5年3組リョウタ組

石田衣良

角川文庫 16294

I　四月の嵐

希望の丘小学校へ続く道は、長いのぼり坂である。

中道良太《なかみちりょうた》は立ちこぎで片足ずつ体重をのせ、自転車のペダルを踏み抜いた。黄色いフレームが鮮やかなマウンテンバイクに、朝の光がはじけている。良太は心地よく熱をもった太ももに力をこめた。坂の途中でスピードが落ちれば、もう一度走りだすのはむずかしい。それは学級運営に似ているのかもしれない。トラブルが起きて、クラスの勢いがなくなってからでは手遅れなのだ。

四月なかばの風が良太の全身をやわらかに包んでとおりすぎた。細身のグレーのスーツに白いシャツ、ネクタイは無地の紺だ。まだ二十五歳なので、通勤のときくらいはおしゃれがしたかったのである。学校に着いてしまえば、ロッカールームですぐジャージに着替えることになる。いくら汚れてもかまわない小学校教師のさえないユニフォームだ。

のぼり坂の左手には、清崎《きよさき》の港が鉄色に広がっていた。そのうえはぼんやりと灰をまいたように鈍い春の青空である。朝のこの時間では通学路をいく児童はほとんどいなかった。

黄色い自転車が小魚のように新緑を縫っていくだけだ。

「中道先生、おはようございます」

横を見ると銀色のスポーツカーが速度を落としたところだった。開いたウインドウの奥にキザなメガネが光っている。細みのスクエアカットのフレームだ。

「おはようございます、染谷《そめや》先生」

染谷龍一《りゅういち》はとなりの5年2組の担任である。数すくない同世代同性の教師だった。小学校の教員は基本的に女性社会で、不景気と少子化でここしばらく採用は絞られていた。まわりは年うえの女性ばかりなのだ。

「携帯ゲーム機の報告書つくってきましたか」

染谷がいつもの微笑を浮かべていう。整った顔の造りと冷たい微笑のせいで、女性教師からの評判は上々だった。良太とは対照的である。

「まだまとめてないです。今日の空き時間にやろうと思って」

それは秋山裕輔《ゆうすけ》校長が清崎市の教育委員会から依頼された調査報告書だった。秋山校長はどんな調査や報告でも簡単に引き受けてしまうのだ。文部科学省や教育委員会にいい顔をしたいのだろう。そのたびに現場では一クラス三十二人いる生徒からレポートを集めることになる。ほかにも日々のプリントや試験の採点などが溜《た》まっていくのだ。今も良太の背中のリュックには、四百枚を超える再生紙がずっしりと詰まっていた。

これほど大量の紙の束を始終もって歩くのは、学校教師くらいのものだろう。良太のリュックは肩にくいこむように重かった。

「校長先生は報告書、午前中にほしいといってましたよ」

良太はあせってしまった。今日は午前中に空き時間がないのだ。四時間フルに授業で埋まっている。こうなったら、つくりかけの社会のプリントはあとまわしにして、授業のまえにまとめるしかないだろう。

家で一日何時間ゲームをしているか、三十分刻みで調べてどうなるというのだろうか。教育委員会の都合より、肝心のうちのクラスの授業のほうが大切ではないのか。

「じゃあ、お先に」

染谷のドイツ製スポーツカーが急発進した。すぐにカーブを曲がり、見えなくなる。良太はため息をついて、ペダルを踏みこんだ。

希望の丘小学校の前身は、清崎市立第一小学校という。東京から北東に新幹線で一時間半。海と山の幸に恵まれた清崎県の県庁所在地が清崎市だ。二十年ほどまえまでは、この街で一番有名な小学校が清崎一小だった。

清崎一小から清崎西中、そして清崎中央高を経て東大というのが、地元のエリートコースだった。序列をつけるのを好まない教育委員会の方針で、希望の丘小学校と名称を変更したが、秋山校長は旧ナンバースクールの校長であることに誇りをもっているようだった。

現在では私立の受験校に押されて昔の面影はないけれど、それでもほかの公立小学校からは一目おかれていた。各学年では校長の方針で、クラスごとに成績、生活態度、課外活動などの競争がおこなわれていた。教員の評価にも成果主義がはいりこんでいるのだ。良太が去年受けもっていた2年2組は、学年五クラスのなかで最下位だった。トップは2年4組で、その担任だったのが染谷である。5年3組は低学年ばかりだった良太が、初めてもつ小学校高学年である。

(くそっ、今年はバカ組、リョウタ組とは呼ばせないぞ)

希望の丘小学校の白い校舎が坂道の先に浮かんでいた。建物は築二十年と古いのだが、ペンキを塗り直したため、遠くからは新築に見える。海を見おろす丘のうえにそびえる立派な灯台のようだった。厄介な出来事ばかりの世のなかで、子どもたちに安全な針路を示す。小学校はほんものの灯台なのかもしれない。

教職員用の駐車場にマウンテンバイクをとめて、革靴を上履きのスニーカーに替えた。良太は勢いよく職員室の引き戸を開けた。

「おはようございます」

元気よく声を張って、はいっていく。返事はなかった。生徒にはきちんと朝の挨拶《あいさつ》をと指導するのに、ほとんどの教師はちらりと目をあげただけである。

希望の丘小学校は、学年単位で動くのが基本になっている。広い職員室には机の島が六つあった。良太は再生紙でいっぱいのリュックを自分の机のうえにおいた。5年5組の担任で、学年主任の富田《とみた》敦夫《あつお》が顔をあげた。くたびれたジャージは襟が伸びてしまっている。四十代半ばのキツネ顔の教師が、目を細めていった。

「中道先生、まだ髪をもどしてないんですか」

春休みのあいだに、良太はほんのすこしだけ茶色に髪を染めていたのだ。校長にはまだなにもいわれていないのだが、この学年主任だけがうるさいのである。とっさに返事ができずに、良太は頭をかいた。

「はあ……」

先に到着していた染谷は、まったく顔色を変えずに授業の準備をしていた。車のなかで見たままのカジュアルなコットンジャケットである。授業用に着替えないのは、全学年でも染谷くらいのものだった。

良太のデスクのななめむかいでは、4組担任の山岸《やまぎし》真由子がくすくすと笑っていた。三十二歳、独身。なかなか美人で、スタイルもいい。紺のビロードのジャージがよく似あっていた。給与に男女格差がほとんどない教師は、独身女性が多いのだ。だが、優しそうに見えても、さすがに十年選手だった。生徒指導主任として、子どもたちには恐れられている。

5年生担任で残るひとり、1組の岩本春美はまだきていなかった。いつも遅刻ぎりぎりで、職員室にすべりこんでくるのだ。まもなく五十歳で、仕事にはもうやる気はないようだった。

噂好きな教師たちのあいだでは、5年生のクラス競争でビリのバカ組を競うのは、3組の良太と1組の岩本だろうといわれていた。順位にはこれまであまり変動がなかったからである。学級運営がうまく、事務処理能力の高い教師のクラスは順位が高く、能力の低い教師は最下位を争う。義務教育の現場も世知辛くなっているのだ。ちなみに5年生のトップは、2組の染谷と4組の山岸のどちらかだといわれていた。

職員室のとなりにあるロッカールームで、良太はジャージに着替えた。春休みに東京原宿で買った白いフィラのお気にいりである。ネックレスは、ごつい銀製で大好きなドクロのモチーフだ。

自分の机にもどると、猛然と携帯ゲーム機の報告書をまとめ始めた。人気のゲーム機で一日にどれくらいの時間遊んでいるかのアンケートである。出席番号1番、青野真治《しんじ》1時間30分。意外と長いな。2番、天野沙希《さき》30分。3番、雨宮《あまみや》みなみ0分。30分刻みでつくった表のなかにつぎつぎと○をつけていく。

出席番号順に重ねられたアンケートが、最後に近づいてきた。28番、本多《ほんだ》元也《もとや》3時間以上。右端の3時間以上の欄に堂々と印をつけてきたのは、元也だけだった。良太は少年の顔を思い浮かべた。いつもうわの空で、にこにこしている小柄な男の子だった。身なりはよく、子ども用の高級ブランドの服を着ていることが多い。成績はこれまでの四年間、クラスで上位の五番から落ちたことはなかったらしい。学業は優秀だ。クラスの他の生徒に乱暴を働くわけでもないし、家庭環境も複雑ではないようだ。

けれども、この少年について良太は、4年生時の元担任から申し送りを受けていた。とても癖の強いM児童だというのだ。

モンダイジドウ。

学校ではMは問題のMの頭文字として、ひそかにつかわれている。M教師、M児童、Mクラス、M学校。トラブルのあるところ、すべてこのローマ字をシールのように貼りつけるのだ。

（この子は要注意だ）

良太はため息をついて、29番、松尾彩奈《あやな》に移った。こちらは0分。よしよしとうなずいて、残る三人分を片づける。なんとか朝の職員ミーティングには間にあったようだ。

がらりと引き戸が開いて、まず副校長の牧田《まきた》英之《ひでゆき》が先に職員室にはいってきた。教師というよりは腕のいい生命保険のセールスマンのようだった。あたりがやわらかく、スーツにも物腰にもスキがない。

続いて秋山校長の登場である。小柄でやせているのだが、笑ってしまうくらい姿勢がいい。声は深々としたバリトンだった。

「先生方、おはようございます」

自分の机のまえに立つと、両手をまえに組んで演説を始めた。良太はぼんやりと校長のうしろにある窓を眺めていた。窓のむこうには眠たそうな春の海が広がっている。

そのとき、引き戸の開く音がして、1組担任の岩本が小太りの身体を縮めて、職員室にはいってきた。

「すみません、子どもが熱をだしたものですから」

新学期が始まって二週間で、子どもが熱をだしたのは三回目だった。ちらりと横目で中年教師をにらんで、秋山校長がいった。

「最近は実社会でも、金さえあればなんでも買えるという風潮が強くなっています。拝金主義の横行です。これが小学校の児童にも広まっている」

良太はとなりの席の染谷に目をやった。背筋をまっすぐに伸ばして、耳をかたむけているようだ。視線に気づいたのだろう。良太のほうを見て、染谷はかすかに唇の端をつりあげた。笑ったのだろうか。ささやくようにいう。

「命、夢、家族」

秋山校長の話は続いている。

「金では買えないものが、この社会にはいくらでもある。自分の命や将来の夢や大切な家族、数え切れません。もちろん先生方がこたえを押しつけることはありませんが、今週のうちに子どもたちと金では買えない大切なものについて、いっしょに考える時間をとってみてください。では、副校長」

名指しされた副校長がファイルを手に立ちあがった。校長は学校のコンセプトとすすむべき方向性を示す。副校長は実務をすべて取り仕切る。希望の丘小学校では、明確な分担制になっている。

「今週は春の避難訓練があります。各クラスでの防災グッズの準備と連絡係の選定を忘れないように。それから清崎市の教育委員会から、新しい調査を頼まれました」

おとなしい教師たちがかすかに失望の息を吐いた。かまわずに牧田副校長はファイルに目を落としたまま読みあげる。

「塾とスポーツクラブなどへ、週のうちどれくらいかよっているかの調査です」

新たに三十二枚のペーパーが増えるのだ。良太は気もちが重くなった。

「それから、もうひとつは児童の家庭にかんする調査です。家族構成を書かせて、提出させてもらいたい」

さらに三十二枚追加。うんざりする。染谷がさっと右手をあげて涼しい声で質問した。

「その報告書には、どんな調査目的があるんですか」

染谷は校長と副校長のお気にいりだった。着任して三年間、クラス競争で一位か二位しか取ったことはない。良太のクラスの順位は、五四五と最低線のジグザグだった。教師としての出来が、どこか違うのだろうか。染谷は感情を交えずにいった。

「児童の多くは、自分の家族にひどく敏感なものです。調査がどういう目的でつかわれるか、あからさまに分かるようでは、子どもたちの心に傷をつけかねません。教育委員会の依頼ですから反対はいたしませんが、アンケートの項目については、事前に見せていただけませんか」

まだ年は若いが染谷は他の教師に一目おかれていた。発言はいつも論理的で、説得力がある。副校長は校長と視線を交わした。胸をそらせて秋山校長がうなずくと、牧田副校長はいった。

「わかりました。染谷先生、あとで質問項目をチェックしてください。では、今日も一日、子どもたちといっしょに学びましょう」

最後の言葉は、清崎一小のころから続く伝統の挨拶《あいさつ》だという。この小学校では教師が一方的に児童を教えるのではなく、教師と児童がともに学ぶのだ。確かに理想には違いないが、なかなか実行するにはむずかしい言葉だった。

ざわざわと職員室が動きだした。十分後にはそれぞれの教室で朝のホームルームが始まる。良太はとなりの机にささやいた。

「染谷先生、なぜ命とか夢とか家族とか、校長先生の台詞《せりふ》の先がわかったんですか」

「校長先生が自宅で取っている新聞は、清崎日報と全国紙が二紙です。ミーティングの内容は、八割がた日報の論説やコラムから引いています。ぼくも同じ新聞を取っているから、だいたい目星はつくんです」

いそがしい朝に新聞三紙に目をとおしている。良太は素直に染谷に感心してしまった。さすがのクラス競争一位候補である。

「すごいな、染谷先生は」

染谷は糸のように細い銀縁のメガネの位置を直した。

「5年生の担任で、ぼくのライバルは中道先生ですよ。おたがいにがんばりましょう」

万年ビリを争っている自分を、染谷が意識しているとは思わなかった。うれしくて、声がおおきくなってしまう。

「えっ、ぼくがですか」

染谷があきれたように笑った。

「でも、そのシルバーのネックレス。Tシャツのしたにいれたほうがいいと思いますけどね。じゃあ」

5年3組の教室は南むきだった。古い校舎の三階にあり、窓からは清崎の港と広い空が見える。その窓は今、すべて開け放たれていた。やわらかな風が吹きこんで、教室のなかを抜けていく。冷房設備のない教室は、春と秋だけ快適である。夏はうだるようだし、冬は旧式のガスストーブのおかげで、いつも暑すぎるか寒すぎるか、どちらかなのだ。

教室には三つの机の列が奥にむかって伸びている。それぞれの列に十人ほどの児童が着席していた。六十四の瞳《ひとみ》が、じっとこちらを見つめている。朝の一時間目が始まるこの瞬間には、いつでも緊張感があるものだ。何年たっても慣れることはない。アンケートをまとめるためオリジナルのプリントをつくれなかった良太は、しかたなくいった。

「はい、一時間目は社会です。教科書の十三ページを開いて」

本をめくる音が教室中に響いた。ざっと視線で子どもたちの動きに注意する。誰を見ているというわけではなかった。ただ全体を掃くように目で追うのだ。それだけで児童の気もちや集中の度合いがだいたいはわかる。教師になって、気がつけば身についていた特殊技術である。

「みんな、おいしいごはんは好きだよね。炊きたてほやほやの新米に、生卵をかけてたべるとたまらないよな。こう、がーっとかきまぜて」

問いかけやちょっとした愉快な事例などで、子どもたちの好奇心をそそってからでないと、授業にはならないのだった。教師の仕事はエンターテインメントだ。

「うわー、やべえ。腹減ってきちゃったよ」

冗談好きな川村友樹《ともき》がいった。友樹は授業であてるとなにもこたえられないのだが、こういうときには真っ先にギャグで、自分をアピールする。

「ほんとだな。先生も白い米のめしは大好きだ。今日は、そのお米をどこでどうやってつくっているか、勉強してみよう。十三ページの右うえにある地図を見て」

子どもたちの顔が、いっせいにしたをむいた。

「思い切り口を開いて、あくびしてるおじいさんみたいな形だろ」

ほんとだーと小声で騒ぐ子がいる。

「それが山形県です」

上々のすべりだしだと思って、良太が教科書から顔をあげると、窓際の最前列でぼんやりと笑っている本多元也に気づいた。机のうえには筆箱以外なにもない。

「本多くん、どうした」

元也は明るい表情を変えなかった。まったく悪びれずにいう。

「社会の教科書を忘れました」

「それなら、最初にそういわなきゃダメだろう。木島《きじま》さん、見せてあげて」

となりの席の木島志乃《しの》が開いた教科書を横に動かした。元也は正面をむいたままだ。

「いえ、教科書はいいです。もう勉強してありますから」

元也がかよう進学塾は、東京に本部のある名門だという。では、お手なみ拝見といってみようか。

「山形県の米づくりでは、どんなことを習ったんだ」

「はい、山形県の代表的な米の品種は、はえぬきです。庄内《しょうない》平野の東側には、鳥海山《ちょうかいざん》や羽黒山《はぐろさん》があって、そこの雪解け水や雨水が最上川《もがみがわ》、赤川《あかがわ》になって日本海に注ぎます。二〇〇二年の庄内米の出荷量は約十二万トン。三分の一が関東で消費されています」

頭のなかにあるテキストを読みあげているようだった。良太は素直に感心してしまった。自分自身は子どものころから、飛び抜けて優秀だったわけではない。

「あの、先生。カントリーエレベーターと防砂林についても説明したほうがいいでしょうか」

元也は得意になるわけでもなかった。ぼんやりと笑う表情に変化はない。こと頭の回転の速さでは、大人の自分より一枚上手のようだ。教師よりも優れた子というのは、小学生にさえ明らかにいるものだ。

「いいや、もういいよ。確かに今日のところは教科書、必要ないみたいだな。でも、忘れものをして困っている人を助けるのも、大切な勉強だから、やっぱり木島さんに見せてもらったほうがいい」

「はい、先生」

返事は素直だった。頭のいい子どもだから、意味はわかっているはずだ。けれども、せっかく見せてくれた教科書に目もくれようとしない。

（この子はいったいどういう子なんだろう、変わったやつだなあ）

心のなかでつぶやいて、良太は授業を再開した。

「はえぬきは粒立ちがよくて、よくかむととても甘いごはんです。庄内平野は……」

良太は授業を続けながら、やはりぼんやりと笑っている元也が妙に気になった。


二時間目は国語の授業だった。５年生の教科書の最初のテーマは、「物語に親しんで、人の気もちを考えよう」である。児童文学作家が書いた短篇小説『明日の友だち』が載っていた。帰国子女の物語である。まず、最初は音読からスタートする。

良太はつぎつぎと子どもたちを指名していった。澄んだ声をききながら思う。不思議なことに、音読のうまさと成績はきれいに一致するのだ。ということは、一般的には女子のほうがずっと成績がいいということである。男子は小学生のうちから苦労するのだ。

小説は佳境にはいった。二年ぶりにシンガポールから帰ってきたかつての友人と、同じクラスで再会する。だが、おたがいに意識しすぎてしまって、ふたりの男の子のあいだには、ギクシャクとした空気が流れる。それを一気に解消するのが、昼休みのミニサッカーだった。敵味方に分かれて、思い切り身体をぶつけあううちに友達同士の距離が縮まっていくのだ。

元也は国語の教科書は忘れていなかった。先ほどの忘れもののマイナスポイントを埋めてやるつもりで、良太はいった。

「じゃあ、つぎから最後まで、本多くん、読んで」

「はい」

元也はまったく力みのない返事をすると、そのまま流れるように早口で読み始めた。点も丸も飛ばして、息をつぐ間さえはさまずに、読みあげてしまう。すり傷だらけになって、二年ぶりに親友同士の心がつうじあうクライマックスの場面でも、ペースはまったく変わらなかった。

「ちょっと待って。そんなに速く読むことはないんだよ。小説では、登場人物がなにを感じているのか、それがわかることが大切なんだ。本多くんの読み方だと、いっしょに読んでるクラスのみんなが、振り飛ばされちゃう」

早くもほかの子どもたちが、ざわざわとしていた。小学校5年生では、いったん平静が崩れてしまうと、再びクラスを掌握するのはむずかしかった。良太はすこしだけ声を張った。

「はい、みんな、静かに。本多くんにきくけど、なぜ主人公は二年ぶりに帰ってきた親友に、違和感を感じていたのかな」

座ったまま元也はまっすぐに良太を見あげた。薄い笑いの表情には変化はない。

「おかしな人間に変わってしまっていたから。人間って、みんな変わりますから」

この年代の子どもたちは、ときどきひどく大人びたことをいうことがあった。子どもだからと笑って見せるけれど、そのたびに良太の胸のなかがひやりと冷たくなることに変わりはない。

「そうか。じゃあ、どうやって、このふたりの気もちは昔のようにつながるんだろう」

ほかの子どもたちは、良太と元也の対決に興味津々のようだった。じっと話のゆくえに注目している。

「サッカーですよね。大切な場面で三回サッカーボールがでてきます。こういうの小道具っていうんですよね。小説のなかだから、三十分走りまわっただけで、二年分の時間を越えられるんです。ほんとだったら、むずかしい」

これ以上この子だけにかかわるのは、やめたほうがいい。授業のバランスが悪くなっているし、新しいクラスが始まってたった二週間で、特別視する児童ができたと、ほかの子どもたちに感じさせる恐れがあった。けれども、良太の言葉はとまらなかった。教師だって人間である。

「ではね、このふたりの男の子の気もちが、もう一度つうじた場面を読んで、本多くんはどう感じたのかな」

小柄な男の子は、その日初めて眉《まゆ》を曇らせた。

「先生、試験ならこたえが書けますけど、ぼくはこの小説を読んでも、なにも感じませんでした。おもしろくないし、変な短篇だと思います」

良太は困ってしまった。春休みに新しい教科書を読んで、自分も同じように感じたのである。なんだかもったいぶっている割りには、説教くさくて嫌だなあ。

「わかった。小説には、いろいろな読み方があるから、本多くんみたいな考えもいいと思う。では、同じ質問で……」

涼しい春風の吹く教室のなかを見わたした。このあたりで、すこし緊張をほぐしておいたほうがいいだろう。一時間目に冗談をいった川村友樹があわてて目をそらした。

「川村くん、どう思った」

友樹は顔を真っ赤にして、なにもいえなくなった。

「授業中も休み時間ぐらい元気じゃなくちゃ、ダメだぞ。では、栗田《くりた》さん」

成績優秀な児童の模範解答をききながら、良太は窓の外の空を見た。なぜか授業時間の半分はこうして外の自由な世界を眺めている気がした。自分のクラスの子どもたちは大好きだが、つねに見つめていることはできなかった。

その日から、良太はそれとなく本多元也に注意を払うようになった。授業態度、友人関係、身だしなみ、忘れもの、給食のたべ方。音楽や美術の時間以外、児童とずっといっしょに生活する小学校の教師には、無数にチェックポイントがある。

不思議だったのは、元也には気分の上下がなく恐ろしく安定していることだった。宿題のプリントをだしたり、簡単な抜き打ちテストをやったりと、クラスが騒然とするときでも、元也だけは顔色を変えなかった。給食のときは好き嫌いをいわず、その代わりどんなメニューでも、おいしくなさそうにたべている。確かに成績はトップクラスで、手もかからないいい児童なのだが、ロボットかコンピュータでも相手にしている気分になる。

（まあ、このままなにも起こらなければ、あの子のことは放っておいてもいいだろう）

良太がそう判断した数日後、いつもぼんやりと笑っている男の子に異変が起きた。


それは理科の授業中だった。

教室のなかでは六つのグループがつくられていた。それぞれの机のうえには、インゲンマメとトウモロコシの種が配られている。

「みんなで、よく観察してみよう。その種からおおきな植物が育って、さらにたくさんの種をつくるんだ。じゃあ、まず、ノートに色鉛筆で写生してみよう」

グループ学習になると、とたんに元気になるのがおもしろかった。良太は机の島をまわりながら、なるべく全員に声をかけていく。うまいな、なかなかいいな、それぐらいのひと言で、子どもたちの表情はがらりと変わる。

最後に元也のいる窓際の島にやってきた。ほかの五人の児童は、黙々と植物の種子を写生していたのだが、元也だけがなにもせずに正面をむいていた。あい変わらず、夢見るように笑っている。

「どうした、また忘れたのか」

男の子はゆっくりと視線を良太に動かすと、笑ったままいった。

「はい、色鉛筆と理科のノートを忘れました」

「きちんといわなくちゃダメだ。みんな、本多くんに貸してあげて」

元也はなんの感情も交えずにいった。

「いや、ぼくはもういいです」

笑顔がいつもよりすこしだけ硬いのに、良太は気づいた。

「いいって、なにがいいのかな」

元也の机のうえには、水に一日浸したインゲンマメとトウモロコシが転がっている。ちらりと種を見おろして、男の子はいった。

「こんなものをスケッチしても、なんの意味もない」

つぎの動作は一瞬で起きた。元也は机のしたのものいれからおおきな三角定規を取りだして、種のうえにおいた。そのまま中腰になり、たたきつけるように体重をかけたのだ。透明な定規のしたで、たくさんの種がつぶれていった。机が点々と染みだした水分で汚れた。目を光らせて、元也はいう。

「ほら、写生なんかするより、こっちのほうがよくわかるでしょう。インゲンマメとトウモロコシでは、養分がふくまれている部分が違います。インゲンマメは子葉だし、トウモロコシは胚乳《はいにゅう》です。こたえさえ、わかっていれば、それでいいんですよね」

軽く笑った口元に変わりはなかった。同じグループの子どもたちは、おかしな目で元也を見つめていた。良太の声がすこしだけおおきくなった。

「そんなことはよしなさい。植物の種だって大切にしなくちゃいけない。それに、ちゃんとみんなと同じことをするのも、学校では重要なことなんだ」

元也はまったくひるまなかった。薄く笑っていう。

「でも、このあとカミソリで、種を切るんですよね。だったら、同じです」

色鉛筆やノートは忘れているのに、きちんと教科書の予習だけはやっているのだった。ここで一度叱ったほうがいいのだろうか。だが、ぼんやりと笑って、正面を見ている元也には、どんな言葉をかけても無駄な気がした。そのあいだにも、写生はつぎつぎと仕上がっていく。

教室がざわつき始めた。良太はしかたなくいった。

「忘れものと今の種をつぶしたことは連絡帳に書くから、おうちの人といっしょに考えてごらん」

良太は机に残るつぶれた種を見つめた。胸のなかで不安が急におおきくなる。だが、授業は待ってくれない。黒板のまえにもどると、声を張った。

「さて、表面をちゃんと観察したので、つぎは種のなかを見てみよう」

良太はまるで声に力がはいらなかった。

連絡帳には忘れものが最近多いのでとだけ書いて、元也にはわたしておいた。授業中の態度については、書くのが困難な出来事だったし、もうすこし様子を見てみたかったのである。

元也の忘れものは翌日から、ぴたりとなくなった。親からは、すみません、明日から注意しますと、ごく普通の返信が届いている。だが、元也の授業への集中力は、明らかに落ちていった。いたずら書きをしたり、ぼんやり窓の外を見ていたり、別な科目の教科書を堂々と読んでいたりする。

それでいて、なにか質問をあてると、ぼんやり笑ったまま、申し分のない正解をこたえるのである。かなり厳しい注意をしても、元也は平気なようだった。そのときだけは態度を改めるが、すぐに元どおりになってしまう。

数日がすぎるうちに、クラスに気になる兆候があらわれだした。男子児童が元也の真似を始めたのである。うしろの席の奥村明広と廊下側の前方の席の沼田《ぬまた》悠太《ゆうた》のふたりだった。落書き、教科書を見ない、ぼんやりと窓の外を眺める。明広を注意すると、甘えたように口をとがらせた。

「どうして、本多くんはよくて、ぼくは落書きをしたら、ダメなんですか。本多くんだけ特別扱いなんですか」

元也は自分の名前がでても、平然としている。良太はカッとしたが、そこで一度深呼吸をいれた。同じ次元でいいあってはいけない。この子はただ授業をさぼりたいだけで元也の真似をしているわけではない。元也と同じように自分にも注目してもらいたいのだ。

「本多くんを特別になんか思っていないよ。みんな、大事な5年3組のメンバーだ。奥村くんも、それにさっきから同じようにいたずら書きをしている沼田くんも、授業中にしてはいけないことがなにか、わかるよな」

そういうと元也の真似をしていたふたりの児童は、あっさりとプリントにもどった。元也はあい変わらず感情の読めない笑顔を、鎧《よろい》のようにまとっている。なんだか教室の空気がざわざわしていた。

（まずいな、もうすこし早く親と相談するか、学年主任に報告しておいたほうがよかったのかもしれない。放課後に動こう）

良太は内心のあせりを隠して、社会の時間にもどった。かつお漁の盛んな鹿児島のまち、枕崎《まくらざき》市の話である。

けれども、事態は放課後までのんびりと待ってはくれなかった。学校でのトラブルはいつも予想よりも早く、しかも突発的に発生する。

それはなんとか三時間目の社会をのり切って、四時間目の国語にはいったところだった。

良太はクラスに背をむけて、新しく教科書にでてきた漢字を黒板に書いていた。

「漢字は覚えておくと、便利だよ。賛成反対の賛に、暴力反対の暴。同じサンセイでも、酸性の酸もある。それぞれの漢字がはいった熟語を知っている人は手をあげて」

チョークをおいて、振りむいたときだった。うしろの戸口から教室をでていく元也の背中がちらりと見えた。黙って授業中の教室をでていってしまったのだ。

「本多くん!」

良太は叫んだが、男の子はとまらなかった。このまま授業を続けようか。きっと元也のことだから、ぼんやり笑ったままの表情で、そのうち帰ってくることだろう。

だが、あのままふらふらと希望の丘小学校をでていったら、どうする。外の通りにでもでて、自動車にぶつかったら。あるいは、水を張ったままのプールにでも落ちてしまったら。想像力は悪いほうへばかり働いてしまう。

「みんな、ちょっと自習にします。今日でてきた新しい漢字をノートに十回ずつ繰り返し書いておくこと」

良太は白いジャージ姿で、廊下に飛びだした。左右を確かめる。春ののどかな教室が規則ただしく続いているだけだった。小走りで廊下を急ぐと、首の銀のネックレスが揺れた。ドクロのペンダントトップをTシャツのしたに押しこんで、廊下の奥の階段を駆けおりた。二階の廊下をさっと確かめたが、男の子の影は見えなかった。授業時間中の小学校は、恐ろしく静かだ。誰も廊下を歩いている者はいない。自分が廃校のなかに迷いこんだように感じた。

校庭では低学年のクラスが、ドッジボールをやっていた。上履きのまま走っていき、教師に声をかけた。

「うちのクラスの本多くん、見かけませんでしたか」

相手は中年のベテラン男性教師だった。

「いいや。見ていないけど、どうかしたんですか」

良太のなかであせりがさらにふくらんでいった。今ごろ、あの子はどこにいるのだろうか。

「すみません、先生。ひとり教室を抜けだした子がいて。心配で捜しているんです」

ジャージ姿の教師がちいさな声で耳打ちした。

「見かけたら、声をかけておきます。でも、中道先生、このことはちゃんと学年主任に報告しておいたほうがいいですよ。富田先生って、自分を飛ばされるとあとですごくうるさいから」

大切な子どもがいなくなっているのに、なにをいっているのだろうかと思った。だが、中年教師のいうことにも一理ある。5年生の学年主任は、口うるさいのとプライドが高いので、職員室では有名なのだ。

「わかりました。お願いします」

こんなに気もちがあせっているのに、上司のことを考えなければならないのが苦痛だった。良太は最初に不安に思った正門にいってみた。鉄製の校門は閉ざされて、鍵《かぎ》がかかっていた。誰も外にでた形跡はないようだ。外の通りの左右を眺めても、人影はない。

つぎにとりあえず危険な場所はと考えて、体育館にむかうわたり廊下を走った。プールにつうじる更衣室にはやはり鍵がかかっていた。緑の金網のむこうに、コケのせいで青くよどんだ水が見えるだけだ。

体育館の裏とプールの周辺を捜しまわったが、元也の姿は見えなかった。広い小学校に男の子がひとりである。どこかに隠れられたのでは、自分ひとりで見つけるのは絶望的に困難だった。

まだ四時間目が終了するまで、二十五分もある。良太は職員室にいき、手の空いている先生に捜索を頼もうかと思った。校庭の端に立って、ぼんやりと白い校舎を見あげる。

そのとき、屋上の金網越しにちらちらと揺れる鮮やかな緑が見えた。元也は今日確かプーマのトレーナーを着ていたはずだ。色はグレーと萌《も》えるようなグリーンのコンビ。

良太は自分でも気づかないうちに、校庭を一直線に駆けだしていた。ドッジボールの子どもたちさえ、血相を変えた良太をあきれて見送っている。ドッジボールのコートの中央を走り抜けたのだから、無理はなかった。

校舎の端にある階段を、二段飛ばしで駆けあがっていく。風は涼しかったが、またたく間に汗まみれになった。三階をすぎて、屋上へ。屋上にでる扉についたガラスの小窓越しに見ると、元也はちいさくなって、チョークで屋上のコンクリートの地面になにか描いているようだった。

ここで変にあせったり、あわてているところを見せたらいけない。良太は叫びだしそうな心を抑えて、ゆっくりと塔屋のドアを開いた。早歩きで男の子のところにむかう。

元也が描いている不思議な地図に、良太の影がさした。男の子の手は一瞬とまったが、すぐにまた動きだす。

「捜したよ、本多くん。先生はとても心配してたんだ。今度から絶対に無断で教室から離れたらいけない。わかったか」

最後のひと言は、自分で思っていたよりもずっと激しい調子になってしまった。元也は屋上にしゃがみこんだまま、あのぼんやりした笑顔で見あげてくる。反省の感情も、叱られた当惑もないようだった。ただ黙って薄く笑っている。

「さあ、教室にもどろう。みんな、待ってる。チョークをこちらに」

元也は抵抗せずに白と青と赤のチョークをさしだした。立ちあがるという。

「先生のことは待ってるけど、誰もぼくのことを待っている人間はいない。あの教室でも、うちでも待ってる人なんて、いないんだ」

とっさに返事ができなかった。良太は淋《さび》しそうに笑う元也の肩に手をおいた。

「いいから、もどろう。本多くんがどう思ってるかしらないけど、それでもやっぱりみんなは待っていると思う。それに先生もな」

そのときだけ、元也の頬が赤くなった気がした。うれしかったのかもしれない。良太はそのまま元也といっしょに、三階の教室にむかった。

階段をおり、廊下をすすんでいく。だが遠くからでさえ、5年3組の異常な騒がしさがきこえてきた。5組の教室のまえをとおると、学年主任の富田が、戸口から顔をだして目をつりあげた。

「どうしたんですか、あの騒ぎは？　中道先生」

良太は軽く頭をさげた。

「自習をさせていたんですけど、ちょっと遊びだしたみたいです。すみません」

学年主任はキツネのようにとがったあごを、元也のほうにむけた。

「きみは確か本多くんだったな、なにがあったのかな」

元也はなにもいわずににこにこと笑っていた。表情だけ見ていたのでは、とてもモンダイばかり起こすM児童には見えなかった。良太は元也の手を引いていった。

「放課後にきちんと報告しますから、富田先生。とりあえず教室にもどって、静かにさせてきます」

良太はいそいで自分の教室にむかった。元也もあとからついてくる。

良太が3組の教室にはいるよりひと足早く、となりの2組の引き戸が開いた。3組の教室は好天のサル山のような騒ぎである。染谷が扉をノックしていった。

「だいじょうぶですか、中道先生」

染谷は引き戸を開けると教室にはいった。とたんに、騒がしかった3組が急に静かになる。

「すみません、染谷先生」

あわてて教室に駆けこんだ良太は、真っ先に染谷に頭をさげた。小学校では各クラスは独立国のようなものだった。あれだけ騒がしかったのに、染谷のほかには誰ひとり自分のクラスを放って、様子を確かめにきてくれた教師はいない。良太はこの先生はキザで冷たいけれど、それほど嫌なやつではないのかもしれないと、頭をさげながら思っていた。

染谷はちらりと元也を見た。元也の背の高さにあわせてしゃがみこむといった。

「きみが教室から脱走した本多くんか。中道先生を困らせたらいけないよ。じゃあ」

教室からでていこうとした染谷に良太は小声でいった。

「今夜は帰りが遅くなるかもしれません。学年会議を開いてもらうことになりそうなので」

染谷は表情を変えずにうなずいた。

「わかりました。どうせ帰ってもやることないですから」

こんなに二枚目でも、彼女のひとりもいないのだろうか。同世代なのに妙に謎の多い人物だった。よく見ると元也と5年2組の担任には、似ているところがあった。内心の読めない表情、むやみに頭の回転が速いところ、そしてそこはかとなくにおう育ちのよさである。クラス競争のトップを争うこの教師なら、自分よりも上手に元也を扱うことができるのだろうか。

染谷が教室をでていくと、良太は元也を席にもどした。残る授業時間は十分足らず。一度集中力を失った子どもたちを、ふたたびなにかを学ぶ態勢にするのはむずかしいだろう。良太は心も身体も疲れ切ってしまった。なにも起こらなかった振りをして、教科書に新しく登場した漢字を教える気分にはとてもならない。しかたなく昼休みまで、反省会でつぶすことにした。なぜ自習がうまくできなくて、騒がしくなったのか。きくまでもない。理由ははっきりしている。自分がいなかったからだ。

5年生の担任五人が会議室に集まっていた。校庭では子どもたちが遊んでいる。放課後の時間を豊かにするという名目で、午後六時すぎまで校庭は地域の子どもたちに開放されているのだ。夕焼け空のした、数すくない子どもたちが長い影をひいて遊んでいた。それはどこか淋しさを感じさせる海沿いの丘のうえの風景だ。

会議室のなかは重苦しい空気だった。新しい学年がスタートしてひと月足らずで起きた最初の事件である。良太は本多元也について、この数日間の異常を中心に報告した。

希望の丘小学校では「ホウ（報告）・レン（連絡）・ソウ（相談）」を緊密に行い、学年単位で問題を解決する習慣になっている。学年中心主義が強いので、校長や副校長でさえ、うかつに各学年の問題には手をだせないのだ。

じっとメモを取りながら、話をきいていた富田がいった。

「最初に忘れものが頻発した段階で、ちゃんと報告をいれてくれなくては困る」

「はあ」

そうはいっても、数回の忘れものなど、どの児童にもあたりまえに見られることだ。忘れものが、こんな事件につながるとは、良太にはまったく予測できなかった。

4組の担任、山岸真由子がいった。

「その子は3、4年生のときには、なにも問題は起こしていなかったのかしら」

良太は以前4年生の担任からいわれた申し送りを思いだした。

「ぼくが耳打ちされたのは、M児童だっていうことだけです。実際にどんなトラブルが起きたのかきいても、はっきりした返事はもどってきませんでした」

それが今の良太にはよくわかるのだった。元也のケースは、なぜかひどく扱いがむずかしいのである。つかみがたい印象を残す子どもなのだった。染谷がメタルフレームのメガネを直して、冷たくいった。

「とりあえず、今回の脱走はなにごともなくすみましたが、つぎからはどうしますか」

「えっ」

つぎなどあるのだろうか。もう元也の親には電話をいれてある。両親の都合がつきしだい希望の丘小学校へ面会にくるように、話がついているのだ。親からも厳しく注意されることだろう。それでも、まだ元也は教室を抜けていくのだろうか。想像すると、良太はなんだか怖くなった。

教師同士の会議というのは、むやみに長くなるのが習い性である。その日も結局、三時間以上も学年会議は続いたのだった。終盤は各クラス担任が愚痴のいいあいになってしまう。問題がまるでなさそうなクラスにも、必ずなにかしらトラブルの芽があるものだ。

最後に学年主任の富田がいった。

「中道先生、明日からはこれまで以上に本多くんに注意を払ってください。なにはともあれ、ほかの児童に影響を及ぼすのが怖い。親御さんには、もう一度連絡をいれて、なるべく早く学校にきてもらいましょう」

良太はため息をつきそうになった。

「あの、電話ならもういれてあるんですが、返事がぜんぜんこないんです」

「本多くんの家の人の仕事はなんですか」

染谷は冷静な表情を崩さなかった。そういえばこの男、三時間以上にわたる会議にも涼しい顔をしている。

教師は噂話が好きだった。それもたいていは、児童の親の職業や経済状況に関する噂である。良太は春休みに見た書類を思いだした。

「確か、公認会計士か行政書士か、そういった仕事だったと思うんですが」

キツネ顔の学年主任は、なにかわかったようにうなずいている。

「それなら、いそがしくてなかなか時間が取れないんでしょう。いちおう家計のほうには問題はなさそうですね」

4組の担任、山岸がかすかにうんざりした顔をした。このキツネはすぐに家庭が豊かかどうかで、児童を区別してしまうのだ。1組の岩本は、われ関せずの態度で、ぼんやりと会議に顔だけだしていた。早く終わらないかという態度が見えみえである。

「さて、また明日からがんばりましょう。中道先生には、学年をあげてバックアップしますから、大船にのったつもりでいてください」

台詞《せりふ》は立派だったが、学年主任はかすかに目を細めて良太をにらんでいた。面倒を起こしたクラス競争ビリのバカ組。言葉とは正反対の気もちだけが、冷えびえと伝わってくる。

自分のクラスがあるのに、どうやってバックアップできるのだろうか。空いている時間など、一週間で数コマしかないのだ。良太は頭をさげていった。

「すみません。先生がたにはこれからご迷惑をかけることがあると思いますが、よろしくお願いします」

希望の丘小学校をでたのは、夜九時すぎだった。良太は自転車で坂道を駆けおりながら考えた。今日も十四時間学校で働いたことになる。リュックには、学年会議のため採点できなかったテストが電話帳のような厚さになっていた。

清崎は地方都市なので、物価は安かった。それでも二十代なかばの小学校教師では、月々の給料はたいした額ではない。生活にゆとりがあるとは、とてもいえない状況である。

良太が自転車をとめたのは、港の灯が見おろせる海沿いのカーブだった。キツネの学年主任がきき耳を立てている学校の電話では、かけたくなかったのだ。携帯電話に初めての番号を打ちこんで、呼びだし音を待った。

「はい、本多でございます」

おっとりとした女性の声だった。

「夜分遅くすみません。元也くんの担任の中道です」

「あら、先生、いつもお世話になっております」

挨拶《あいさつ》はちゃんとしていた。この程度のひと言さえいえない親もかなりの割合でいる。

「息子さんから、今日の授業中にあったことをおききになりましたか」

こんな電話をかけるのは、良太は好きではなかった。夜の港をわたる貨物船の灯《あか》りがとてもきれいだ。自分はなぜ船のりにでもならなかったのだろうか。

「いいえ、なにもきいておりませんが。元也になにかあったのでしょうか」

家ではいい子のふりをしているのだろうか。良太はしかたなくいった。

「授業中に無断で教室をでていったんです。今日の四時間目はまったく授業になりませんでした」

「………」

返事はなかったが、息をのんだ音のおおきさで、母親の衝撃がわかった。ここで厳しく注意させたほうがいいのか良太は迷った。それで問題がすんなりと解決することもある。

そのとき思いだしたのは元也の淋《さび》しそうな笑顔だった。あの男の子はいっていたのだ。自分を待っていてくれる人は誰もいない。良太はその瞬間に決断していた。

「お家《うち》の人からは、そう厳しく責めないでください。どちらにしても、なるべく早く学校にいらしてくださいませんか」

元也の母親は困ったようにいった。

「あの、それはわたしだけでもいいんでしょうか」

児童の家の内実をよく知るには、どちらか片方だけではむずかしかった。

「もうしわけありませんが、できましたらご両親でお越しいただきたいんですが」

返事はため息だった。長い間をおいて、母親はいう。

「わかりました。まだもどっておりませんので、主人の都合を調べて、あらためてお返事さしあげます。今日は元也がたいへんなご迷惑をおかけしました。中道先生、これからもあの子を見捨てないでください。よろしくお願いします」

バカ組だろうが、教室を脱走しようが、かわいいクラスの子どものひとりである。良太にはその言葉が胸に刺さるようだった。

「見捨てるなんて、おかあさんがいわないでください。元也くんはしっかりしたいい子です。それはぼくが保証します」

良太は自分でもなぜそんなことをいっているのか、よくわからなかった。まだ新学期が始まってひと月足らずである。元也のことだって、決して理解しているとはいえない。けれども、その瞬間は本気でそう思ったのである。きっとあの子はおおきく育つ。まっすぐな道にもどれば、どこまでも成長できる。自転車にまたがったまま携帯電話をつかい、夜の清崎港に目をやった。

返事は蚊の鳴くような声である。

「ありがとうございます」

「おかあさんも、気を落とさずにいらしてください。元也くんは頭もいいし、きっとだいじょうぶです。無理やり押さえつけて、きつくしかるようなことは、避けたほうがいいと思います。これはおとうさんにも、お伝えください。元也くんは、きっと普通よりもずっとデリケートなんです」

「……」

静かな泣き声が携帯電話の雑音をとおして耳に届いた。児童のトラブルがあるたびに、こんなふうに泣かれたら、身体がもたないだろう。

「では、お返事お待ちしています。元也くんによろしく。先生は別に怒っていなかったとお伝えください」

良太はそっと携帯電話を切った。春の夜の坂道にペダルをこぎだしていく。頬をなでる風が冷たくて、とても心地よかった。

翌日は春の鈍い曇り空だった。雨になるのは午後からだろうと、天気予報は告げている。水分をたっぷりとふくんだ重そうな雲が、海辺の丘のうえに渦のように覆いかぶさっていた。

一時間目は国語の時間だったが、元也の顔を見て良太は息をのんだ。左目の頬骨から目のしたにかけて、青黒い三日月形のあざがあったからである。誰かになぐられたあとだ。良太は迷った。ここですぐに声をかけたほうがいいのだろうか。クラスメートがいるまえで、誰に受けた傷なのかきくことは、元也にどんな影響をあたえるのか。昨日の今日では、きっと家族の誰かしか加害者はいないだろう。

国語の教科書を開きかけたまま、動作が凍りついてしまった。一瞬目があったが、元也はまた自分は誰とも関係ないという微笑を浮かべたままである。

「はい、じゃあ、前回の続きで『明日の友だち』をじっくり読んでみよう。最初は日高くん」

日高真一郎は成績優秀な学級委員の常連で、困ったときに教師がつい助けを求めてしまう児童である。

「はい」

澄んだ少年の声で、朗読が始まった。ふたたび元也の様子を確認する。今日は教科書も忘れていないようだ。良太は児童に背をむけて、黒板にチョークをつかい始めた。物語のなかで人物がどんなふうにからんでいるかを示すキャラクターのチャートである。

そのとき背後でざわざわと子どもたちに動きがあった。良太が振りむいたときには、開け っ放しになった教室うしろの扉しか見えなかった。あわてて目をやると、元也の席には手でつかめそうなくらいしっかりとした空白が残っているだけだ。

「みんな、また自習だ。先生は本多くんを捜してくる」

「えー、またですか」

「ヤッホー、やったー」

教室のあちこちでさまざまな声があがったが、良太には返事をしている余裕はなかった。すぐ廊下に飛びだす。左右に人影はない。階段にむかって走った。

手すりから身体をのりだして、階段室の上下を確かめた。元也の影は見えない。息をとめて耳を澄ませた。近くの教室からのざわめきで、足音をきくことはできなかった。またあの子は無断で教室をでていったのだ。

これで元也が教室を脱走したのは二度目である。二度あることは……ということわざが、胸を騒がせた。こうなったら、つぎもあるのだと覚悟を決めたほうがいいのかもしれない。良太は前回のことを思いだし、とっさに階段を駆けあがった。まず屋上を捜してから、ほかを見てみよう。教室に残してきた子どもたちのことは気になったが、元也をなんとしても見つけなければならない。塔屋の扉からガラス越しに屋上に目をやった。

希望の丘小学校の屋上は、高さ二メートルほどある金網にかこまれているが、むやみに広かった。ドッジボールのコートがいくつもとれるほどである。元也はその金網に全身でもたれかかって、清崎の港を見つめていた。うしろ姿がぽつりとちいさかった。雨のふりだしそうな雨雲が、のしかかるように男の子の頭を押さえている。

良太は深呼吸をひとつして扉を開けた。古い金属のドアは悲鳴のような声をあげる。元也はさっと振りむいた。もう教室にいるときのように笑ってはいなかった。目は暗い穴のようにくぼんで、薄い春の日を吸いこんでいる。

ゆっくりと近づいていき、良太は敵意のない声を数メートルてまえでかけた。

「どうして、本多くんは、いつも屋上にくるんだろうな」

元也はじっと良太を見つめてきた。視線の強さは大人の自分がたじろぐほどである。雨雲の空をちいさな指がさした。

「うえに誰もいないから」

「……そうか」

意味はわからなかったが、うなずいておく。

「そのあざは、やっぱりおとうさんかな」

元也は急いで首を横に振った。声を一段とおおきくしていう。

「違う。階段から落ちたんです」

階段から落ちて、目のしたになぐられたようなあざが残るものだろうか。だが、男の子は必死だった。

「ぼくが悪かったから、いいんです。やっぱり階段から落ちたんです」

この子にそれほどかばわせるようななにが、家族のなかにあるのだろうか。良太はため息をつきそうになったが、なんとかこらえた。

「それほどいうなら、そういうことにしておこう。教室に帰るよ、本多くん、すぐに雨もふりそうだし」

薄い肩に手をおいた。そのとき元也は声をあげて泣きだした。元也の肩が震えていた。ひーひーと苦しげに息を吐いて、声をださないように泣いている。このまま教室に連れて帰ることはできなかった。良太は元也の肩を抱いた。

「だいじょうぶだよ、本多くん。先生はここにいる。教室にいくのは、ちょっと待ってもいいから」

しゃくりあげながら、元也はいった。

「でも、クラスの、みんなに、迷惑が、かかる。ぼくの、せいで、みんなに、悪い。先生も、ぼくを、捜しに、こなくても、いいのに」

良太は肩を抱いたまま、元也と屋上の隅に移動して、座りこんだ。ふたりならんで、清崎の港に目をやる。灰色の海をいく貨物船は紺や錆色《さびいろ》だった。ほとんどとまっているように見えるのに、目を移すといつの間にか位置を変えている。まるで子どもたちのようだと、良太は思った。この子だってきっと毎日変化して、心のおき場をすこしずつ移しているのだろう。

「そういうわけにはいかないよ、本多くんは大事なうちのクラスのメンバーだから。これから何度教室を抜けだしても、先生はきっと捜しにくる」

元也は不思議そうな顔で、ちらりと良太を見あげた。

「でも、どうして、ぼく、なんて、ダメ人間、なのに」

「どうしては先生のほうだ。本多くんは、みんなに悪いとわかってるのに、どうして教室を離れちゃうんだ。そのたびに授業はむちゃくちゃになるんだよ」

元也はまだしゃくりあげていた。

「だって、息が、できなく、なる。苦しくて、たまらなくて、心がちいさな、石ころみたいに、ぎゅっと、固まっちゃう」

天気予報よりも早く粉のような雨が風に舞い始めていた。良太は絶望的な気分だった。屋上のコンクリートが湿った色に沈んでいく。

「じゃあ、これからも、本多くんは教室から脱走するんだ」

元也はまつげを涙と雨に濡《ぬ》らして、必死に担任を見あげた。

「死に、そうに、苦しいから、息をする、ために、教室から、でてるんです。悪いこと、なのは、ぼくも、知ってます。でも、先生、苦しいよ。息が、できなくなる。苦しくて、苦しくて」

あとは泣き声で言葉にならなかった。こんなに頭のいい子どもが、自分で自分を苦しめているのに、担任としてなにもできないのだろうか。

結局、その日一日だけで元也の脱走は三回になった。午前中に二度、午後に一度。完全にお手あげである。しかも、三回目の理科の時間には、なんとか元也を連れて教室にもどると、ほかにも数名が教室を離れてしまっていたのだ。クラスのなかでは各人がばらばらに騒々しく遊んでいた。これが先週までは、ちゃんと授業をきいていたのと同じ子どもたちなのだろうか。

学級崩壊。

恐ろしい言葉が頭に浮かんでくる。良太はパニックになりそうだった。脱走は元也ひとりから、ほかの児童にも伝染していく勢いだ。ぐったりと疲れ切って、一日の授業を終え、職員室にもどった。

（どうしたらいいんだろう、いったいどうしたら……）

同じ言葉が頭のなかをぐるぐるとまわっていた。学年主任の富田の机はまだ空席だった。あとで真っ先に報告しなければならないだろう。だが、悩んでいたのはそのことではなかった。報告したところで、つぎの手がなにも浮かばないのだ。

小学校のクラスは、ほとんどの授業を担任の教師ひとりが受けもっている。独立国に等しいほどの裁量がまかされているのだ。児童を引っ張っていくはずの自分が、なにも打つ手が見つけられずにいる。そのことが、良太の胸を黒々とした思いで満たしていた。

頭を抱えてクラス名簿を眺めていると、横から声がかかった。いつも冷静な染谷である。

「あの、中道先生、ちょっといいですか」

メタルフレームのメガネに蛍光灯の光が落ちていた。

「なんでしょうか」

「今日の一時間目と四時間目と五時間目。先生のクラスでなにかありましたよね」

クラス競争で一番を取るような教師はやはり出来が違うのだろうか。さすがだった。良太は自分のクラスのことで精一杯だが、染谷はとなりのクラスまでちゃんと気配りしている。

「ええ、また脱走です」

「本多くんですか」

「はい。もうどうしたらいいのか、わからなくて。本多くんは、前回の脱走のせいで父親から暴力を振るわれたみたいで」

「そうなんですか」

メガネの奥で、染谷の目が細まった。やけに真剣な声でいう。

「ちょっと職員室の外で話しませんか」

良太が連れていかれたのは、校舎裏手の教職員用駐車場である。雨は本降りになっていた。コンクリートのひさしのしたでも、空気は重く湿っている。紺のブレザーを着た染谷がいう。

「学級崩壊を防ぐには、初期の対応が大事だといいます」

良太はうなずいた。教育関係の雑誌で読んだことがある。その架空の事態が、いきなり自分の身に起きたのだ。先のことは誰にもわからなかった。同世代の気安さだろうか、良太は正直に悩みを漏らした。

「まだ家の人にも会えませんし、これから本多くんをどうしたらいいのかもわからない。うちのクラスがどうなっていくのか、心配でたまらないんです。ほんとうにちょっとまえまでは、みんないい子どもたちだったのに」

染谷がかすかに笑っていった。

「学年主任なら、きっとクラスの掌握が甘いんだというでしょうね」

あのキツネのいいそうなことだった。富田が一度もクラス競争でトップを取ったことがないのは、クラスの子どもたちから自発性が消えてしまうせいだった。大人の力と教師の権威で押さえつける。それではクラスは静かになるが、子どもたちの目は輝かない。

「染谷先生なら、どうしますか」

同世代の教師はじっと雨の駐車場を見ていた。染谷の銀のBMWも滑らかに濡れている。

「ぼくだったら、学年主任の言葉に徹底的に甘えちゃいますね」

どういう意味だろうか。良太にはなんのことかわからなかった。染谷は粘り強く待ってから、謎をかけるようにいった。

「このまえ富田先生は、なんていってましたっけ」

良太は実りのない学年会議を思いだしていた。確かあのとき、富田はいったのだ。

「えーと、学年をあげてバックアップするからとか、なんとか」

染谷は正解をこたえたあまり出来のよくない児童をほめるように顔を明るくした。

「それです。問題を押さえこむのではなく、別々に分けて問題をちいさくして、それぞれを解決していったらいいのではないでしょうか。数学の解法と同じです。困難は分割せよ」

染谷は理系だったのだろうか。数学と物理が苦手だった良太には、今ひとつぴんとこなかった。

困難を分割する？　どういう意味だろうか。今、良太の5年3組が抱えている困難はなんだろう。まず、元也の脱走。それにそのあいだ放置されて荒れていってしまう教室。良太は指を鳴らしていった。

「そうか、本多くんとクラスと両方ちゃんとやろうとするから厳しいんだ。こっちはひとり切りだし」

染谷はうなずいていった。

「それでこそ、中道先生です」

なぜこの男は自分のことをこれほど評価するのだろうか。良太にはよくわからないところがあった。

「どうして、染谷先生はぼくに、こんなによくしてくれるんですか」

まださして親しいわけでもない。希望の丘小学校の男子会で、何度か酒席をいっしょにしただけである。そんなときでも、染谷はアルコールを一滴も口にしなかった。

「それは簡単です。5年生が終了するころには、きっと中道先生がぼくとクラス競争のトップを争うことになる。ぼくは一番のライバルは、中道先生だと思っているんです」

最初はびっくりしただけだった。万年最下位のバカ組候補と噂されたことはあっても、トップを狙えるなどといわれたのは初めてだった。誇らしい気もちで胸はいっぱいになるが、同時にひどく疑わしさも感じる。

「冗談はやめてくださいよ。うちのクラスが学年トップなんて」

染谷はまじめな顔で、良太をにらんでくる。

「賭《か》けますか。ぼくか、中道先生のどちらかが学年一位になること」

「だって、染谷先生はずっと一位じゃないですか」

笑って頭をかくと、2組の担任はいった。

「うっかりしてました。じゃあ、中道先生が一位か二位になるほうに、ぼくは……」

染谷は雨の教職員用駐車場を見わたした。うなずいていう。

「そうでなければ、あの車を中道先生にさしあげます」

銀のBMWは二座席の真新しいスポーツクーペである。五百万円はするのではないだろうか。そんなものを賭けるという。染谷はきっといいところのボンボンなのだろう。気おされた、良太はうなずいた。

「……わかりました」

そのあと染谷と良太の作戦会議がしばらく続いた。職員室にもどったのは、十五分後である。5年生の島には、ほかの三人の担任がもどっていた。まだ時刻は五時まえだが、早くも1組の岩本が帰りじたくを始めている。気の毒だが、ここで誰かを帰らせるわけにはいかない。良太はまっすぐに学年主任の机にむかった。

「富田先生、もうしわけありませんが、緊急で学年会議を開いてもらえないでしょうか」

染谷もうなずいて、こちらを見ている。キツネがなにかをかぎつけたように、学年主任は鋭い鼻先をあげた。

「なにかあったんですか」

迷惑をかけるなという表情でにらんでくる。この先生は教室だけでなく、職員室でも若い教師を押さえつけるので有名だった。

「本多くんが、今日も三回教室を抜けだしました。そのたびに授業の進行がとまって、クラスはばらばらになります。本多くんの家の人とも、連絡が取れていません」

良太はちらりと染谷を見た。視線だけでうなずき返してくる。背中を押されたような気がして、必死にいった。

「前回の学年会議で主任がおっしゃったことは、ほんとうですよね」

キツネ顔の学年主任が、おかしな顔をした。たたみこむように良太はいった。

「なにかクラスで問題が起きたら、学年をあげてバックアップするという話です」

「……………」

困った顔をして、富田は見つめ返してきた。良太は押し切った。

「とりあえず、学年会議を始めましょう」

会議はそのまま始まった。良太の報告に続いて、各担任が意見をいうのだが、すべてあたりさわりのないものばかりだった。この問題は自分で片をつけなければならない。良太は最後にいった。

「本多くんは、今精神的に不安定ですが、とてもやさしくて頭のいい子です。ここでしっかりとケアしておけば、うちのクラスの中心にもなれる。そこでお願いなんですが、まず一週間、ぼくと本多くんに時間をくれませんか」

おもしろそうという顔をして、４組担任の山岸がこちらを見つめてきた。

「ぼくはマンツーマンで、本多くんをフォローしたいんです。そのあいだ、３組をなんとかみなさんで、見てもらえないでしょうか」

「えー、待ってくださいよ」

最初に反応したのは、１組の岩本である。まもなく五十歳の女性教師は、丸い顔を迷惑そうにゆがめていう。

「こっちにだって、自分のクラスがあるんだから、いそがしくてよその面倒まで見られません」

良太はねばった。ここであきらめてはいけない。問題は自分のことでなく、三十二人の子どもたちである。自分の大切なクラスが、学級崩壊の瀬戸際なのだ。簡単に引きさがることなどできなかった。

「先生がたが、みなさんおいそがしいのはわかっています。でも、本多くんも、クラスのほかの児童も見捨てることはできません。ぼくは一週間、徹底的に本多くんに張りついて、個人授業をしてみたいんです。なんとか、お力を貸してください」

学年主任は困った顔で、腕組みをしていた。4組の山岸がちらりと笑って、良太を見た。細身のジャージは、銀のストライプのはいったアディダス製だ。スタイルのいい山岸先生には、ドレスやスーツよりも、よく似あっていた。

「クラスをもっている教師は、一週間に四、五コマしか、空いてる時間はないのよね。ここにいる四人が全員で協力しても、3組の一週間分の授業は、全部埋まらないと思うんだけど、どうするつもりなの」

良太は染谷にうなずいた。染谷は知らん顔をしている。

「こういうときのために、非常勤の先生がいると思うのですが」

希望の丘小学校には数名の非常勤教諭が常駐していた。教師の病気や怪我、研修や出張にそなえているのだ。だが、週に数日顔をだす非常勤の教諭は、ほとんど職員室で待機しているだけのことが多かった。どの担任も自分のクラスを他人にまかせるのを、好まなかったからである。キツネの顔が曇った。腕組みを解いて、眉《まゆ》をひそめる。

「非常勤の先生か……」

学年主任は困っているのだ。5年生の担任同士の問題なら、この会議だけで調整できる。だが、非常勤の手を借りるとなれば、校長と副校長にも了解を得なければならない。学年だけのトラブルではなくなるのだ。良太は思い切り頭をさげて、声に力をこめた。

「富田先生、ぜひ校長先生に話をしてください。3組が壊れるかどうかの問題なんです」

なりふりなどかまっていられなかった。良太は職員室の机のうえに深々と頭をさげた。1組の担任、岩本はうんざりしてそっぽをむき、2組の染谷はいつものように冷たく微笑していた。4組の山岸はおもしろがっている表情で、学年主任は困った顔で良太を見つめている。

染谷が冷たい声でいった。

「学級崩壊は最初の数週間が勝負だといいます。富田先生、ご決断ください。問題をおおきくしては、5年生全体に傷がつきます。この手のトラブルはクラスからクラスに伝染することもあるそうです。早いうちに、徹底的に封じこめてしまいましょう。ぼくは来週四コマ、3組の授業を見るつもりです」

山岸も軽くうなずいていった。

「この数年、うちの小学校では崩壊したクラスはないけれど、もし3組が壊れてしまったら、校長先生はなんておっしゃるかな」

にこりといたずらっぽく笑って、学年主任を見つめた。良太には山岸真由子が三十歳をすぎて独身なのが信じられなかった。大学時代をすごした東京でも、なかなかお目にかからないほど美人なのである。キツネの学年主任がうめくようにいった。

「清崎一小の名前に傷がつく……」

この県で一番の小学校だった旧ナンバースクールの歴史に、汚点を残すことになる。それは秋山校長がなによりも嫌うことである。岩本はおずおずという。

「わたしは家のほうもあっていそがしいので、3組のお手伝いはできませんけど」

山岸はこの状況をたのしんでいるようだった。

「わたしは染谷先生と同じで、四コマやらせてもらいます」

富田はじろりと岩本をにらんだ。

「じゃあ、わたしも四コマもたせてもらって、残り半分は、非常勤の先生に頼みますか」

良太はさっと頭をあげた。思わずおおきな声になってしまう。

「じゃあ、校長先生に話をしてくれるんですね」

キツネがとがった鼻先で、しぶしぶうなずいた。顔が似ていると、声までなんだかキツネのようにきこえてくるから不思議だ。

「でも、こんなことは特例中の特例ですよ。中道先生には、これでおおきな貸しができたんですから、その点かん違いなさらないように」

「ありがとうございます。学年主任」

すべては染谷の作戦どおりだった。


その日の帰り、職員室からでるところで、良太は染谷に声をかけた。

「今日はどうもありがとうございました」

2組の担任は、まったく表情を変えずにいう。

「いいえ、別に」

染谷は黒革のドクターバッグをさげて、自分の机を離れた。時刻は間もなく夜の十時である。残っている教師は数すくなかった。

「お先に失礼します」

そう挨拶《あいさつ》する染谷のあとを追って、良太は夜の廊下にでた。

「ちょっと待ってください。もうひとつ相談したいことがあるんですけど」

銀縁のメガネを光らせて、染谷が振りむいた。同世代のはずだが、完全にむこうのほうがうえのようである。しかたない。染谷は自分などよりも、ずっと出来のいい教師なのだ。

いつか誰かがいった言葉を思いだした。どんな仕事にも天才というのがいる。染谷先生は小学校教師の天才かもしれない。そのときはきき流しただけだが、今にしてあらためて感心する。染谷が知恵を貸してくれなければ、3組はもっと崩壊の危機に近づいていただろう。

足早に歩いていく同僚のあとを追いかけ、良太はいった。

「本多くんの親御さんのことです」

「それが、なにか」

昼間はあれほど熱心だったのに、冷たい返事がもどってくる。良太はあせってしまった。

「あの、もう一度今日の脱走の件を、電話したほうがいいのかなと迷ってまして」

染谷の足はとまらなかった。春の夜の小学校は冷えこんでいた。吐く息がかすかに白い。

「中道先生はどうお考えですか」

良太は迷った。あの青いあざは電話をした翌日のことである。

「うーん、本多くんにこれ以上余計なプレッシャーをかけたくないので、電話はやめておいたほうがいいかなとも思うんですが」

染谷はかすめるように笑って、横目で良太を見た。

「それで、いいんじゃないですか。中道先生が感じるとおりになさればいい。先生はあまり考えるの得意じゃありませんよね」

「はあ」

「だったら、あんまり考えこまずに、本多くんについて感じたとおりに動いたほうがいいと思います」

これは良太をほめているのだろうか。それともあきれて皮肉をいっているのだろうか。昼のやさしさと夜の冷たさが、ひとりの人間のなかに同居しているのが、良太は不思議だった。

染谷というのは、複雑でよくわからない男である。それでいて、毎年クラス競争でトップを競ったり、はるかに年上の先輩から教育の天才と呼ばれたりすることもあるのだ。

上履きをはき替えた染谷は、駐車場におりていった。銀のBMWはしつけのいい犬のようにもち主を待っていた。公立小学校の教職員用駐車場には、あまり似あわない車である。

良太はジャケットの背中に声をかけた。

「今度の問題が解決したら、そのときには染谷先生になにかごちそうさせてくれませんか」

静かなモーター音とともに運転席の窓がなめらかにおりていく。

「いいですよ。たのしみにしています」

夜の底に腹に響く排気音を響かせて、スポーツカーは小学校をでていった。良太は自分の黄色い自転車にむかって歩きだした。

来週からは元也とふたりきりで授業をするのだ。実際にはなにをしたらいいのか、まるでわからない。だが、良太は覚悟を決めた。

なんとしても、元也を連れもどすのだ。3組のクラスの児童は、誰ひとり見捨てることはできない。

携帯電話が鳴ったのは、独身寮の灯が見えてきたときだった。良太は自転車を片手で操作しながら、電話にでた。切羽詰まった声が流れだす。

「お世話になっております。元也の母です。学校での話しあいの件なのですが、うちの主人がいそがしくて、なかなか時間がとれなくて」

ひと息でそこまでいって、様子をうかがう調子になった。

「それで、来週の金曜日でよろしいでしょうか」

保護者にそういわれれば、無理に早くしてくれとはいえなかった。

「わかりました。お待ちしています」

「はい、では金曜日の六時に、主人とふたりでうかがいます」

切れそうになった電話にむかっていう。

「あの、元也くんに今日はなにかおかしなことはありませんでしたか」

良太は自宅に帰ってからの元也が、気にかかっていたのだ。恐るおそるの返事がもどってくる。

「はい、とくに変わりはないようですが」

春の夜風がむこうから壁のように吹き寄せてきた。片手ハンドルの良太は、ふらふらと左右に自転車を蛇行させた。自分でも意識しないうちに口にしていた。

「元也くんは今日、目のしたに青いあざをつけていました。なにがあったのかきいたんですが、階段から落ちたのだといい張っています」

電話のむこうが静かになった。息をする音さえきこえない。しばらくして、元也の母はいった。

「……そうですか」

あまり考えないほうがいい。良太は同僚の忠告を思いだした。確かに自分は考えるのは苦手なのだ。

「ぼくにはなにがあったのかわかりませんが、おかあさんは元也くんを守ってあげてください。今、あの子はなにをしてますか」

夜の十時すぎである。もうきっと眠っていることだろう。

「まだ学習塾から帰っていません。金曜日なので、十一時近くまでかかると思います。あの子は中学受験をするので」

ため息をつきそうになった。昼は無断で教室を抜けだし、夜は塾で受験技術のため勉強する。それがどれほどゆがんだことか、元也の家では誰も気づいていないようだった。

良太は力なくいった。

「わかりました。では、来週の金曜日にお待ちしています」

電話を切るとすぐに独身寮だった。蛍光灯がひとつだけついた屋根つきの駐輪場に、静かに黄色いマウンテンバイクをとめる。

今日はひどく長い一日だった。元也には三度も教室から逃げられ、授業はそのたびにむちゃくちゃになった。染谷のアドバイスで、なんとか来週からは元也ひとりに集中できそうだが、それで問題がすんなりと解決できる雰囲気ではなかった。

(このまま3組が学級崩壊を起こしたら、どうしよう)

まだ教師になって日の浅い良太である、心のなかで不安がどんどんふくれあがっていく。自分はほんとうは教師にむいていないのではないか。子どもたちになにかを教えられるなんて、思いあがっていたのではないか。部屋にもどる気にもなれずに、しばらく呆然《ぼうぜん》と立ち尽くしてしまった。

(いくら考えても仕かたない。勝負は来週からだ。今夜はとにかく早く寝よう)

良太は重い足をひきずって、部屋にむかった。

月曜日は、あたたかに曇った春の空だった。良太は気もちを引き締めて、いつもより三十分早く登校している。週末のあいだあれこれと考えたが、結局どのように元也に接したらいいのか、こたえが見つからなかった。こうなったら、その場で対処していくしかないだろう。一対一でベストを尽くすのだ。すくなくとも、今日からは3組の他の子どもたちのことを考えないでいいだけ、気が楽である。

職員室では、5年生の担任にていねいに挨拶《あいさつ》した。岩本はまともに良太の目を見なかったが、染谷と山岸は心配せずにがんばれといってくれた。学年主任の富田が声をかけてきた。

「中道先生、校長先生と副校長先生には事情を話して、協力をあおいでおきましたから、挨拶だけでもすませておいたほうがいい」

良太は朝の言葉のネタ探しに新聞を読んでいる秋山校長のほうにちらりと目をやった。いつも校外の活動にいそがしく、あまり希望の丘小学校にいることはなかった。現場の教師たちと親しく口をきく機会もあまりない。

その代わりは、すべて副校長の牧田が埋めていた。どの教師とも一日に必ずひと言は言葉を交わし、クラスの状況をたずねてくる。副校長は校長の何倍もいそがしそうだった。

良太は小柄な校長のまえに姿勢をただして立った。このチョビひげは、夏目漱石《そうせき》を意識してはやしたものだろうか。とにかく校長は立派な顔をしている。

「ほかの先生がたにご迷惑をおかけして、申しわけありません」

頭をさげたが、秋山校長は平然としたものだった。

「まあ、若いころはいろいろと問題がある。まわりのことは気にせずに、どんとぶつかってみなさい。責任はわたしが取るから」

予想どおりの言葉だった。この校長は、どんとか、がんがんとか、ぶんぶんとか、威勢のいい擬態語が大好きなのだ。長身の牧田副校長が、校長の机のとなりに立った。

「中道先生のクラスは、この一週間、非常勤の先生に頼みますから。ちょっと吉井先生、こちらへ」

職員室の隅にある机の島から、三十代なかばの女性教師がやってきた。良太がほとんど口をきいたことのない先生である。ショートカットで、明るい雰囲気だった。良太に勢いよく頭をさげて口を開いた。

「一週間だけですけど、久々にクラスがもててうれしいです。中道先生、3組をお預かりします」

そういえば、良太は職員室の噂できいたことがあった。吉井は結婚して子どもが生まれるまでは、優秀な教師だったらしい。どのような事態なのかはよくわからないが、生まれてきた長男に障害があって、仕事の負担が軽い非常勤になったという。子どもたちが好きで教師になったのなら、自分のクラスがもてないのはきっと残念なことだろう。

元也を取りもどすためとはいえ、大切なクラスをまかせるのだ。良太の声も思わず真剣になった。

「こちらこそ、よろしくお願いします」

頭をさげた良太を、吉井は笑って見つめるだけだった。

5年3組の教室には、非常勤の女性教師といっしょにむかった。引き戸を開けて、ふたりの教師がはいっていくと、子どもたちの空気が変わった。いつもと様子が違うのを察したのである。大人の行動に対して、子どもたちは敏感なものだ。

「えー、今週はこちらの吉井先生に3組の授業を見てもらうことになりました」

三十二人の不安そうな視線が良太に集まってくる。うなずいて良太はいった。

「先生は五日間、本多くんとふたりで勉強することになる。みんなは先生のいうことだと思って、ちゃんと吉井先生の話をきくこと。いいかな」

えーという声が、教室のあちこちであがった。肝心の元也はいつものように、自分とは関係ないという微笑を浮かべている。良太は手をあげて、ざわめき始めた子どもたちをしずめた。

「一週間だけだし、先生がこのクラスの担任であることに変わりはない。みんなのことは、とても大切に思ってる。でも、先週起きたようなことは、もう繰り返せない。だから、吉井先生にきてもらったんだ」

良太は小声で、となりの教師にいった。

「あとはお願いします」

元也のまえに移動して、声をかける。

「さあ、机をもって、教室の外にでよう」

不思議そうな顔で、少年が見あげてきた。

「あの、どこにいくんですか」

良太は笑っていった。

「うえに誰もいないところ」

元也は自分の机を、良太は自分と元也の分の椅子をもって廊下にでた。ランドセルを背負った男の子にいう。

「なんだか、こうやって教室をでるのって、わくわくするな」

廊下には意味のない雑音が満ちていた。あちこちの教室から響いているのだ。学校が息をする音だった。元也が重ねてきいた。

「ぼくたちはどこにいくんでしょうか」

希望の丘小学校も、全国の小学校と変わらなかった。児童数はこの数十年で劇的に減少している。広い校舎のなかには、今はつかわれていない教室が無数にあった。そのうちのどこかでふたりきりの授業をすることもできたのだが、良太は気がすすまなかった。

四十人以上の児童が学習するための教室は、元也ひとりには広すぎる。もっと親密な空気がある場所のほうがいいだろう。週末の二日間でたったひとつ結論がでたのは、その場所の問題だった。

屋上につうじる階段を椅子をもった良太が先導した。数歩ステップをあがると振りむく。元也は机をもったまま、担任を見あげていた。

「どうした？　本多くんの好きな高いところにいくんだ。うえには誰もいないよ」

「はい、先生」

今度はおおきく笑って、元也が階段をあがってきた。踊り場の窓からは、海辺の日ざしがぼんやりと落ちてくる。校舎のなかであたためられた空気が階段室に満ちて、うえにあがるほどあたたかになった。

良太と元也が到着したのは、屋上につきでた塔屋である。ガラスの窓がついたドアからは広い屋上が、階段室の窓からは春の港が一望できた。手すりにかこまれた四畳半ほどのスペースだ。椅子をおいて良太はいった。

「ここが先生と本多くんの教室になる。一週間、よろしくな」

ぼんやりとした笑顔でうなずいて、元也は大人のようにいった。

「こちらこそ、よろしくお願いします」

ひとつの机をはさんで、若い教師と男の子が対面した。良太は子どもの目を見ていう。

「授業を始めるまえにいっておくことがあるんだ。ここには先生ひとりしかいない。だから、また苦しくて逃げたくなったら、いつでも屋上にでていい。先生もいっしょにいって、そこで授業をするから。本多くんは、もうがまんすることないんだよ」

元也の表情が固まった。どんな感情も浮かべない素のままで、フリーズしてしまう。つぎの瞬間、男の子は顔を赤くして涙ぐんでいた。

「すみません、先生。ぼくのせいで、こんなことになって」

この子は頭のいい子だと良太は思った。自分ではすべて気づいているのだが、どうしようもないのだろう。家庭にも塾にも逃げ場がない。それが小学校ででているのだ。十年間ためこまれた鬱屈《うっくつ》は重いだろう。一週間という短い期間で、自分になにができるのかよくわからなかった。だが、悩んでいる時間などない。徹底的に元也に張りついて、フォローすると決めたのだ。良太は声を低くしていった。

「さあ、一時間目は国語だ。これからはずっと本多くんばかりあてられることになる。じゃあ、最初に『明日の友だち』を読んでもらおうかな」

ふたりきりの教室では、いつものように声を張る必要さえなかった。良太は朗読を始めた男の子の澄んだ声に耳をかたむけた。

遠く清崎の港には、いくつも貨物船が接岸していた。海につきだした丘の斜面に、水彩絵の具で塗ったばかりのみずみずしさで、ソメイヨシノの若葉が萌《も》えている。春は今年もまたやってきたのだ。

教師になって四年目、初めてのトラブルに見舞われていたけれど、景色にも季節にもなんの変化もないように見えた。そんなあたりまえのことが大切で、ありがたいように思えるのは、自分がすこしは大人になったということなのだろうか。小学校の教師として子どもたちを教えていても、良太はまだ自分を立派な大人だとは考えられずにいた。

「はい、そこまで」

区切りのいいところで朗読をとめて、良太はいつものように授業を開始した。

月曜日の授業は六時間だった。そのうちの二時間は総合学習である。ゆとり教育で、読み書き算盤《そろばん》が削られたと悪評の高い授業だ。カリキュラムは、各小学校にまかされていた。子どもたちの生きる力や創造性を育てる授業だというけれど、内容は教師によってばらばらである。いつものように淡々と授業を続けて迎えた四時間目、総合学習の時間になった。希望の丘小学校では「かがやき」という名で呼ばれている。生きる力。それを元也とふたりで学ぶのだ。

良太は元也とふたり、校舎の屋上にでた。春の曇り空がまばゆくて、目を細めなければならなかった。どうするのだろうという顔をして、元也が見あげてくる。良太はぶらぶらと屋上の四方をかこむ緑色のフェンスにむかった。

「よいしょ」

日ざしであたたまったコンクリートに腰をおろした。目のまえには清崎の港が広がっている。そこは以前、元也が教室から脱走したときにいた場所だ。

「本多くんも、おいでよ」

男の子は音も立てずに静かに体育座りした。良太と元也はいっしょに眠たげな海にむかった。この子は神経質なくらい細かな子だ。ひざのまえにちいさな両手を組んだ元也を見て、良太は内心舌をまいた。

父と母のこと、学習塾や中学受験のこと、学校やクラスのこと、将来の希望や自分がほんとうに好きなもののこと。ききたい話は山のようにあった。だが、それをすぐに質問するのは、無理な気がした。きっと元也は自分は誰とも関係ないというういつもの微笑を浮かべて、黙ってしまうだけだろう。

あせってはダメだ。きちんと話をするには、それ以前の信頼関係が築かれていなければならない。良太は元也と自分とのあいだに、そんな関係ができているとはとても思えなかった。まだ新しいクラスが始まって、ひと月ほどにしかならない。この子の性格がつかめたとは、とてもいえなかった。

鈍い灰色の港を貨物船がゆっくりと横切っていく。ひどくのどかな春の光景だった。薄手の雲が太陽をまぶしく乱反射させ、晴れた日よりも周囲は明るい光に満たされているようだった。黙ったまま穏やかな日ざしのなか座っているのが妙に心地いい。なにも考えずに、良太は口を開いた。

「いろいろなことがあって、先生はすごく心配してたけど、こうしてるとなんだか全部どうでもいいように思えるなあ」

元也はかすかに笑って、港とその先に広がる太平洋を見ているだけだった。返事の必要のない言葉である。良太も黙りこんでしまった。

そのまま四時間目の授業の三分の二を、ずっと並んで海を見ていた。肩と背中に落ちる日ざしがあたたかい。学校での時間が、こんなふうにのんびりとすぎたことは、この三年間一度もなかった。

公立小学校の教師というのは、のんびりした仕事だろうと学生のころ良太は思っていた。授業の内容も、まだ専門に分かれる以前で、それほど高度ではない。私立小学校のように、成績や受験の結果を求められることもあまりないはずだ。さして考えもせずに、教職課程を取り採用試験を受けたのだが、実際は百八十度異なる現場だった。

いつもなにかに追われるように仕事をしなければならない。細かな仕事が山のようにある。クラスで子どもたちとむきあう時間と同じ分量のペーパーワークが待っていた。夏休みがあるだろうと友人からはいわれるけれど、毎日のように学校にでる用事があり、実際に休めるのは一週間ほど。ほかの会社員と変わらなかった。

それでも仕事として続いているのは、なぜだろう。確かにバブル崩壊後続く不景気はある。公務員は安定したいい職場ということはわかっていた。だが、そんなことより、子どもたちと毎日接することが、たのしかったのである。勉強を教えているなどという感覚は、良太にはなかった。子どもたちを教えることで、自分もなにかを学んでいる。まだ教師になって四年にしかならない良太には、それが新鮮でうれしかった。

背中を押すようにあたたかな陸風が吹いてきた。腕時計を見ると四時間目が終わるまで、あと十五分ほどしかなかった。このまま黙って元也と海を見ているのもいいだろうと良太は思った。生きる力をつけるのに、なにもずっと会話をすることもないだろう。こうして、静かに寄りそっていることが、無言の励ましになればそれで十分だ。

そう考えて、清崎の港から元也に目を移した。良太はあせってしまった。男の子は声を漏らさずに、涙を流していたのである。姿勢よく体育座りをしたまま、元也は泣いていた。

「どうしたんだ、本多くん」

しばらくなにもいわずに、男の子はぽろぽろと泣いた。良太にできたのは、きゃしゃな肩にそっと右手をのせてやることだけだった。風が吹いて、港を貨物船が滑って、またしばらく時間がたった。元也はしぼりだすようにいった。

「……ぼくはダメ人間……なんです」

なんとこたえたらいいのだろうか。良太は迷った。指導書にはこんなとき、どうこたえたらいいのか模範解答など書いていなかった。この瞬間に選ぶ方法は、教師によってきっと何百とおりもあるのだろう。

自分を責めて泣いている子どもに、いったいなにができるのか。教師の力が試されるのは、こんなときなのかもしれない。

相手は小学校の5年生だが、悩みの真剣さは大人と変わらなかった。一対一でむきあうと簡単にいったけれど、ひとりの人間としてなにができるのだろうか。良太はまぶしい曇り空の屋上で迷っていた。担任教師とは名ばかりの無力な存在だと、自分をちっぽけに感じる。

目をそらし、港を眺めた。汽笛が腹に響くうなりで海面を打っている。良太は元也の肩にそっと手をおいたままぽつりといった。

「同じだよ」

えっという表情で、元也がこちらを見ているのがわかった。十歳の子どもも相手になにをいっているのだろう。自分でもあきれたが、いったん口にした気もちはとめられなかった。

「先生も同じだ」

「……………」

元也は驚きの目で良太の横顔を見つめ、なにもいえずにいる。

「うちの校長先生が希望の丘小学校を昔みたいな名門にしたがっているのは、知っているだろう。二十年くらいまえまでは、この小学校が県で一番だったんだ」

元也は心配そうな顔でうなずいた。

「だからね、各クラスのあいだでは、厳しい競争があるんだ。教室のみんなにはあまりなじみはないかもしれないけど、成績や生活態度や生きる力や創造力なんか、細かな項目がたくさんあって、厳しいクラス競争をやっている。本多くんは知っているかな」

元也はこくりと無言でうなずいた。教育熱心な父母のあいだでは、クラス競争の結果は最重要視されていた。順位が悪ければ、うちの子の担任からはずせといってくる親もいるくらいなのだ。良太は海を見たままいった。

「先生はこの三年間で、ビリの五位が二回だ。今年初めて5年生の担任になったけれど、どうせまたビリのバカ組だろうって、職員室では噂になってる。本多くんがダメ人間なら、先生はダメ教師だよ」

すべては単なる事実だった。自分は子どもたちになにかを教えられるような立派な人間ではないのだ。元也のような可能性に満ちた子どものまえで、自分のダメ教師ぶりを愚痴るのが関の山である。つくづく教職にむいていないのかもしれない。

腕時計を見た。昼休みまで、あと五分ほどある。良太はコンクリートの屋上に寝そべってしまった。もう授業をするのも、教室で子どもたちと給食をたべるのさえ面倒だった。腹の底から漏れたのはただの本心である。元也にいったわけでさえなかった。

「ぼくはきっと先生にむいてないんだ。もう辞めたほうがいいのかもしれない」

つぎの瞬間、男の子が叫んでいた。

「違う……」

良太が目をやると元也が立ちあがり、肩で息をしていた。両のこぶしがにぎり締められ、薄い身体が震えている。

「中道先生はダメ教師なんかじゃない。ぼくのことを見捨てないでいてくれた。先生を辞めたらダメです」

立ったまま、元也が泣きだした。しゃくりあげるように息を切って、同じ言葉を繰り返している。

「先生はダメじゃない、先生はダメじゃない、先生はダメじゃない」

良太の胸に男の子の言葉が響いた。呪文《じゅもん》のような言葉が身体の奥深く落ちてきて、そこになにか力強い固まりをつくっていくようだ。良太は立ちあがり、男の子の熱い身体を抱いた。元也は声をだして泣き始めた。

「先生を辞めるなんて、いわないでください。ぼくもしっかりするから。がんばるから」

元也の頭に手をおくと、日ざしと体温で髪がやわらかになっていた。子どもの汗のにおいがする。良太は教師になって、そんなことをクラスの児童からいわれたのは初めてだった。ひどく誇らしい気もちと情けなさがいり混じって、どこかくすぐったいようである。ふざけていってみた。

「なあ、本多くん。自分がダメ人間だなんていったら、大人でも子どもでもいけないんだな。先生もそんなことはいわないようにするから、本多くんももういわないでくれるか。さっきはほんとうにどきっとした」

「……はい」

寄り添うふたりを海辺の風が吹きすぎていった。良太はしゃがみこんで、男の子と目の高さをあわせた。

「本多くんが、なぜ自分をダメ人間だと思うのか、その理由を教えてくれないか。勉強だってできるし、ちゃんと自分の意見もいえる。作文は男子のなかでは一番だよ。いったいなにがダメなのかいってごらん」

「それは……」

元也は口ごもってしまった。担任教師をはげますことはできても、自分のことはいいたくないようだった。まだなにか心に引っかかることがあるのだろう。ちょうど四時間目の終わるチャイムが丘のうえの小学校に響いた。

「いいたくないならいいよ。さあ、クラスにもどって給食にしよう」

ビリ教師とクラス崩壊の元凶になった問題児が、肩を並べて明るい屋上を歩いていく。ちょっと見ただけでは、とてもそんな事情を抱えているとはわからないだろう。ただののどかな春の学校の景色である。階段をおりるとき、良太は声をかけた。

「そんな泣き顔のままだと、目立っちゃうぞ。トイレで顔を洗ってからおいで。今日はミラノ風ビーフカツとカルボナーラだ」

「やったー」

それは贅沢《ぜいたく》になった給食のなかでも、子どもたちに人気のメニューだった。良太は廊下を駆けていくちいさな背中を笑って見送った。


その日を境に元也の表情が落ち着いていった。自分の苦しみはまだいえないようだったけれど、ふたりだけの授業のあいだ、自然な喜怒哀楽の感情表現が可能になったのである。ときには良太に甘えるような顔を見せることもあった。超然と微笑み、いつでも正解しか口にしなかったころとは対照的である。ふたりだけの塔屋の授業が三日目を迎えたころには、元也はすっかり明るくなっていた。

職員室では毎日のように報告を欠かさなかった。学年主任の富田も、2組の染谷も、4組の山岸も、いそがしい時間を割いて、三、四コマずつ良太のクラスの授業をもってくれたのだ。誰も嫌な顔などしなかった。逆に手を貸さなかった1組の岩本は肩身が狭そうである。残りの半分は非常勤の吉井が見ていたのだが、3組の評判は上々である。

「わたしはずっと自分のクラスをもっていなかったでしょう。やっぱり担任をもたないと、小学校教師の醍醐味《だいごみ》は味わえないなあって思っちゃった。なんなら、もうひと月くらい面職員室でそういわれて、良太はひどくうれしかった。トラブルは人の絆《きずな》を強くする。新学期が始まったばかりで、まだばらばらだった5年生担任の結束は、3組の事件で見違えるようにしっかりしてきた。

学年主任の富田が、キツネ顔をむずかしくしていった。

「クラスのほうは問題ない。まあ、教師が四人がかりで見てるんだから、あたりまえでしょう。本多くんのほうも、中道先生のご尽力で落ち着いてきたようだ」

冷たい目でキツネが良太をにらんだ。

「そうなると残りはおうちの人ということになる。そちらのほうは、どんな様子ですか」

良太は返事に困った。

「金曜日の夕方にご両親そろって、学校にきてくれることになっています。おかあさんのほうとは何度か話したんですが、あまり要領を得ませんでした。本多くんにきいてみたんですが、うちのことになると貝になって、黙りこんでしまうんです」

静かに話をきいていた山岸がいった。

「そうなると、決戦は金曜日ということになりますね。うまく片がつくといいけれど、本多くんの場合、おうちの人との問題がおおきそうね」

良太も同じことを考えていた。子どもの問題のほとんどは、親の問題である。現場で数多くの児童に接していると、そのことは嫌というほど痛感する。染谷が冷静に切りこんできた。

「仮にそうだとしても、ぼくたち教師にはおうちの人を教育することはできませんから。それはいってもしかたないことですね」

確かに染谷のいうとおりだった。家庭からは学校に注文をつけることができる。だが、学校には成人である親を教えることも、意見することもできないのだった。学校は専守防衛に努めるしかないのだ。それが教育の現状である。学年主任はため息をついていった。

「本多くんのおとうさんは公認会計士で、清崎市の有力者とも知りあいが多い。中道先生、くれぐれも失礼のないようにお願いしますよ。もっとも、おうちの人と話をするときには、わたしも同席させてもらいますが」

「よろしくお願いします」

良太は力なく頭をさげるだけだった。週に数時間しかない空き時間を、自分のクラスの授業に割いてもらっているだけでもうしろめたいのに、むずかしい親とのトラブルまで抱えこむことになるかもしれないのだ。

学年主任の見えないところで、染谷がちらりとヒットエンドランのような素早い笑顔を見せた。この状況をおもしろがっているのだろうが、良太にはとてもそんな余裕はなかった。

金曜日は快晴だった。元也とふたりで授業をしている塔屋は日ざしが強くさしこんで、真夏のような陽気だ。良太も元也もTシャツ一枚で授業を続けている。

良太が気になったのは、この数日間とは違い元也の元気がないことだった。ふたりだけの授業を始めてから、男の子の表情はずっと明るくなっていた。それが今日はまた沈んでいるのだ。

元也と一対一の授業は、とりあえず一週間と期限が決められていた。最後のかがやきの時間に良太はたずねた。

「どうした？　来週からまた教室にもどるのが、つらいのかな」

教室で授業を受けていると、息ができなくなるとこの男の子はいったのだ。元也はとがったあごを左右に振った。

「いいえ。クラスのことじゃなくて、うちの親のことで……」

また黙りこんでしまう。なんとか話をつなげたくて、良太はいった。

「本多くんのおとうさんは、立派な仕事をしていて、清崎の街では有名なんだってね」

父親の話をしたら、元也の表情はさらに暗くなった。返事は蚊の鳴くような声である。

「……はい」

「じゃあ、本多くんもおとうさんに負けないようにがんばらないとな」

男の子は顔をあげた。にらむような目で、良太を見る。

「ぼくはうちの親と同じ仕事はしたくありません。一日中人が稼いだお金の勘定をするなんて嫌です。あの、先生」

どうやらさわってはいけないところに手をだしたようである。子どもたちはみな自分の家や親の職業に関しては敏感なのだ。

「なんだい」

「夕方にうちの親が学校にきます。ぼくはおかあさんに無理をいって、いっしょに学校にくるつもりです。途中からでいいので、話をきかせてもらって、いいですか」

これ以上はない真剣な目で、良太を見あげてきた。学年主任の了解は取っていなかったが、良太は返事をした。

「わかった。富田先生に話をしておく。でも、なぜ、本多くんはご両親と先生の話をききたいと思うのかな」

思慮深い男の子は、しばらく黙っていった。

「先生が心配だから」

担任の教師のことが心配？　いったいどういう意味なのだろう。海辺の光が跳ね散る臨時の教室で良太はいった。

「先生のことを心配してくれるのはうれしいけど、どうして本多くんのおうちの人と先生が気になるのかな」

今回の騒動の発端は、なによりも元也の教室からの脱走である。心配なのは元也のほうだ。良太は単純なので、思わず大切な5年3組を一週間も放りだしたのは、誰のせいだといいたくなった。だが、そこでぐっとこらえる。窓の外に目をやって、春の港で心を静めた。教師は思ったことをそのまま口にできる職業ではない。不用意なひと言で、ふたりきりの授業の成果がゼロどころか、マイナスになるかもしれない。

元也は口にしにくそうにぼそぼそという。

「うちのおとうさんは強いから……」

男の子というのは、いくつになっても繊細で気が弱いものだった。やわらかな髪をなで て、良太はいった。

「わかったよ。じゃあ、おとうさんとトラブルにならないように気をつける」

「先生、すみません。ぼくのことだけでなく、うちのおとうさんまで」

この子はなにかが起きると、すぐに謝る習慣がついているようだった。大人の顔色にひどく敏感なのだ。

「なあ、本多くん。自分がほんとうに悪いと思っているときしか、謝る必要はないんだよ。いつもすみませんとか、ごめんなさいとかいうけど、本多くんにだっていいたいことがあるんだろう。それをちゃんといわないと、相手にだって気もちがつうじないんだ」

良太は塔屋の端に移動した。

「ほら、みてごらん。先生と本多くんのあいだには距離がある。でも、ひと声かけると」

一歩机にすすんで、良太は立ちどまった。

「距離が縮んでいる。さあ、本多くんも立って。それで今の気もちを、先生にひと言いってごらん」

小柄な男の子はパイプ椅子から立つと、胸のまえで手を組んだ。おずおずという。

「先生、この一週間、ほんとうにうれしかった。大人の人にこんなふうに大事にしてもらったのは、生まれて初めてだったから、ほんとうにうれしかった」

うっすらと目を赤くして、元也が一歩まえに足を踏みだした。

良太は特別に元也を大事にした覚えなどなかった。もちろん大切な児童のひとりだが、どちらかといえば、学級崩壊を防ぐために、ひとりきりの特別授業を始めたのである。その程度のことで、この子はなぜこれほど感謝するのだろうか。

「おうちの人は大事にしてくれないのかな」

男の子は鎧《よろい》のような笑顔で本心を隠してしまった。

「それは話したくないです。でも、先生のいうとおりかもしれない。自分からなにかをいわなければ、ずっと心は離れたままです」

良太は男の子の目をのぞきこんだ。顔は小学校5年生だが、目には老人のような暗いあきらめが沈んでいた。老いた子はいう。

「でも、遠く離れたままのほうがいいことってありますよね。いくら近づいても、絶対にわかりあえないときがある。だから、大人は世界のあちこちで戦争とかしているんでしょう」

そういわれれば、そのとおりというしかなかった。人間の愚かさには限りがない。だが、同時に誰かが子どもたちを教育しなければならないのも事実だった。不完全な大人が、より不完全な子どもを導くのだ。いつの時代にも学校でトラブルがなくならないのはあたりまえだった。自分のような人間が、教師になっているのを見てもよくわかる。良太は正直にいった。

「本多くんは頭がいいから、はっきりさせておこう。大人だって、子どもと同じようにダメだったり、できないことがたくさんある。それは親も先生も変わらない。みんな自分ではできないことを、これがただしいといって、子どもに押しつけてるだけなんだ」

元也はうなずいて、さらに一歩まえに踏みだした。表情が明るくなっている。

「でもね、そういう大人を本多くんはやさしい目で見てやってほしいんだ。先にそれに気づいたほうが、大人も子どもも関係なく、相手を許してあげる。それがおたがいにうまくやっていくコツだと先生は思うな。それからね……」

良太も一歩だけ男の子に近づいた。もう手を伸ばせば届きそうな距離である。

「本多くんには、いつだって味方がいる。それはクラスの友達かもしれないし、先生やおうちの人かもしれない。そういう人はやっぱり大切にしなくちゃいけないよ」

お決まりの言葉だと良太は自分でも思った。人のあいだと書いて、人間と読む。ばからしいなと思ってきいた話は、良太の中学時代の恩師の口癖だった。元也は賢こげな顔で、ひとり考えているようだった。

「でも、先生、息ができなくなるのは、どうしたらいいんですか」

逃げ場をなくしたストレスが身体症状にでてしまう。そんなときに小学校5年生の男の子になにができるのだろうか。良太は迷った末にいった。

「逃げちゃっていいよ」

疑い深そうな表情で元也が見あげてきた。良太は意識して笑顔になっていう。

「逃げてもいいけど、誰もいないところまでいったらダメだ。ひとりでもいいから救命ロープになる人を見つけておいたらいいんじゃないかな。そうしたら、こちらの世界に帰ってこられるから」

問題児はわかったのか、わからないのか、ぼんやりと微笑を浮かべていた。そのとき明るい階段室にざわざわと子どもたちの足音が響いた。どこかのクラスが屋上でレクリエーションでもするのだろうか。良太は手すりのあいだからしたに顔をだした。

先頭にいるのは、元也のとなりの席に座っている木島志乃だった。元也の真似をした奥村明広も沼田悠太もいる。学級委員の日高真一郎は集団の真ん中だった。5年3組の全員が弾むような足取りで、階段をあがってくるのだ。狭い塔屋のなかは、すぐに子どもたちでいっぱいになった。最後に顔を見せた非常勤の教師、吉井が顔をほころばせていった。

「3組はいいクラスですね、中道先生。感心しました。わたしがいいだしたんじゃなくて、子どもたちが自分で、本多くんを迎えにいくっていったんです。今日でひとりきりの授業も終わる。来週からは、またいっしょだからって」

ポニーテールを揺らして木島志乃がいった。

「本多くん、教室に帰ろう」

元也は頬を染めて、思いきりうなずいた。感動している子どもの表情を見るのは、とてもいいものだ。良太は幸福な気もちで子どもたちの輪にはいった。


春の午後六時は、昼でも夜でもないあいまいな時間だった。清崎の港のうえの西空にはまだ明るさが残っているが、東の山の上空には夜がきていた。良太は姿勢をただして自分の机にむかい、元也の両親を待っていた。5年生の担任全員が残っている。

元也のようなトラブルで両親を呼ぶのは、小学校にとっては緊急事態だった。まして、元也の父親、本多和也《かずや》はこの街の有力者である。職員室の引き戸ががらがらと開いたのは、約束の三分まえだった。

「あの、すみません。本多ともうしますが」

電話できいた元也の母親の声だった。良太は席を立って、迎えにいった。キツネ顔の富田が飛ぶように机を離れた。良太よりも先に背中越しに声をかける。

「おいそがしいところ、わざわざお越しいただいてすみません。学年主任の富田でございます」

もみ手をしそうな勢いだった。良太は会釈していった。

「担任の中道です。こちらにどうぞ」

深々と頭をさげたのは母親のほうだけで、父親は鷹揚《おうよう》にうなずいただけだった。高価そうなピンストライプのスーツに、べっ甲のメガネ、口の両端はへの字形にさがっている。良太は幾多の闘いに勝利してきたゴリラのボスを思いだした。一対一ではなかなか手ごわそうな四十代である。富田が旅館の番頭のように腰を折って先導した。

「さあ、さあ、こちらに」

職員室をとおり抜けて、奥の校長室にむかった。ノックして扉を開けると、元也の両親をなかにとおした。校長の秋山はいつもの金曜日のように地域の親睦会《しんぼくかい》か学校の連絡会で席をはずしている。

代わりに出迎えたのは、副校長の牧田である。この手のトラブルはすべて牧田のところまでで処理されるのだ。年季のはいった黒革のソファに両親をとおすと、正面には富田と良太が腰をおろした。左右のひとりがけには、副校長と4組の山岸真由子が座った。四対二である。学校というところは、まず最初にたくさんの人数で親をかこんで、プレッシャーをかけるのだ。こうした方法については、自分が教師になるまで、良太はまったく気づかなかった。牧田副校長がいった。

「では、最初に中道先生のほうから、元也くんの最近の状態を報告してもらいましょう」

良太は息をおおきく吸って、話し始めた。

「お電話でお母さまに報告したとおり、元也くんは最近、黙って授業中に教室を離れるようになりました。お子さんの安全を考えると、担任の教師としてはクラスを放りだしても、元也くんを捜しにいかざるを得ません。授業は当然ストップしてしまいます」

良太は両親の顔を観察した。父親は腕を組んで、誰も座っていない校長の机をにらんでいる。

「すみません、うちの子がそんなことをするなんて。優しくて、親のいうことをよくきくいい子なんですが」

頭をさげたのは母親だけである。かなりきつくネクタイを締めているようだ。元也の父はカラーのしたに指をいれ、居心地悪そうにいった。

「教室から逃げたのは、全部で何回なんですか」

「四回です。そのたびに授業は中断しました」

近づくとずいぶん大きくて、
ハッケンくんはあせりました。

発見！
角川文庫
2010

苦い顔をして、会計士の父はいう。

「そうですか」

富田がつくり笑顔で割ってはいった。

「もちろん、この状態は学年全体としても、見逃すことはできません。この希望の丘小学校では前代未聞のことですが、学級崩壊にさえつながる恐れがある。教師がいない教室がどんなふうに乱れるか、おうちのかたにもご想像がつきますですね」

なぜ、このキツネの話しかたは、これほど人の神経にさわるのだろうか。良太は黙ってうなずきながら、不思議に感じていた。学年主任は胸を張る。

「でも、ご安心ください。5年生の教師全員に加えて、非常勤の先生にまでお願いして、徹底的に元也くんをフォローしましたから」

まるで自分の手柄のようだった。このアイディアに最初は難色を示したことなど、すっかり忘れているのかもしれない。母親が心配そうにいった。

「徹底的なフォローというのは、どのように」

富田がその場にいた教師にうなずきかけた。これはチームの勝利だとでもいいたいのだろう。

「元也くんをひとりだけクラスから離して、中道先生とマンツーマンでしっかり勉強させました。クラスのほうは別な教師で面倒を見ています。この一週間で、元也くんはすっかり落ち着いてきたようです。そうですね、中道先生」

いきなり良太に話を振ってきた。だが、こうした問題が一週間程度の特別授業で解決するはずもない。迷っていると、母親がいった。

「そんなことをして、うちの子がクラスから浮いてしまったら、どうするんですか」

元也の母の声はうわずっていた。胸のまえでハンカチを絞るようににぎり締めている。

「あの年ごろはデリケートです。一週間もクラスから切り離されて特別扱いをされたら、いじめや無視をされたりはしないんですか。そういう措置がどんな結果を生むか、お考えのうえのことなんですか」

また親の過保護と過剰防衛が始まったようだった。教師生活四年目の良太でも、この傾向はすでに了解ずみだ。トラブルが起きて学校に呼ばれたときでさえ、まず最初は自分の子どもの正しさを主張して譲らない。普段は自由気ままに育てているのだが、こうしたときは子どもを守るのが、自分の使命だと思いこんでしまうのだ。父親も重ねていう。

「クラスから離れているあいだに、授業のほうはどうだったんですか。カリキュラムの遅れなんかは発生しないんですか」

現在のゆとり教育下では、一週間ですすむ分量などたかが知れているとはいえなかった。両親がタッグを組んで迫ってくる。会計士の父親が、正面に座る学年主任と良太をにらみつけてきた。

「だいたい家庭になんの連絡もなく、そんな特別待遇をするなんて、非常識きわまりない」

母親は泣きだしそうだし、父親の怒りには火がつきそうだった。富田はキツネ顔を青くしている。副校長の牧田がとりなすようにいった。

「まあまあ落ち着いてください。先生がたも悪気があってやったことじゃないですから。最大限の教育的効果を考えたうえでの選択だったんではありませんか。ねえ、学年主任」

富田はなぜこんな厄介ごとに巻きこんだという きつい目で、良太をにらみつけていう。

「はい。クラスの授業をまるまるとめるわけにもいかない。もちろん、教室を抜けだしたお子さんの安全も守らなければならない。学校側としても、苦渋の決断だったとお考えください」

4組の山岸真由子がいってやれという目をして、良太を見つめている。肝心の元也がいないところで、どうでもいい面子《メンツ》の張りあいをしているのが、急にバカらしくなった。良太はどう受けとられてもかまわないという調子でいった。

「ご両親なら、元也くんの成績がたいへん優秀なのは、よくご存じでしょう。一週間くらい授業を休んでも、ぜんぜん差はつきませんよ。第一、学習塾のほうがずっと教科書よりも先にすすんでいる」

牧田教頭と富田主任がやめろという顔をしていた。4組の山岸は逆に愉快そうに、良太を見ている。元也の母親が心配げにいった。

「勉強はともかく、クラスのなかの子ども同士のつきあいというのは、むずかしくて微妙なところがあるんでしょう」

それは確かにそうだった。親や教師には見えないところでなにが起きているかは、事件になるまではわからないことが多い。だが5年3組について、良太は確信をもっていた。

「今日が元也くんのひとりきり授業の最終日でした。屋上にでる踊り場のところで勉強していたんですが、うちのクラスの子どもたち全員で元也くんを迎えにきてくれたんです。来週からはまた教室にもどって、いっしょに勉強する仲間だからって」

まあっといって、母親はハンカチをつかった。目じりにあてて、そっと涙を吸わせている。

「そんな子どもたちがいじめをするなんて思えません。問題なのはクラスのほうでも、授業のすすみ具合でもない。元也くんの気もちじゃないんでしょうか」

ここのところはいくら報告をしているとはいえ、学年主任や教頭にはわからないだろう。良太は声の調子をさげた。しっかりと伝えて、両親にも考えてもらいたいのだ。

「お子さんにききました。なぜ、教室を抜けだすのかなって」

高価そうなシャネルスーツの母親が中央のテーブルに身体をのりだしてきた。

「元也はなんていってましたか」

良太は母親を見てから、父親に目を移した。こちらのほうはソファに背中をあずけて、うんざりした顔をしていた。

「苦しくて息ができなくなるんだそうです。そのまま教室にいたら死んでしまう、だから悪いとはわかっていても逃げてしまうって」

吐き捨てるようにスーツ姿の会計士がいった。

「弱いやつは、いつだって、そんなことをいう。一度認めてしまえば、一生そいつはいいわけばかりして生きるようになる。中道先生は、息子になんといったんですか」

メガネ越しに、決して負けはしないという目つきで見つめてきた。この人にとっては、自分の子どもの苦境でさえ、勝ち負けで判断するようなことなのだろうか。

「逃げてもいいよといいました」

夕闇の迫る校長室が騒然となった。

学年主任の富田がキツネ顔をさらにとがらせた。くってかかるようにとなりに座る良太にいった。

「それはいくらなんでも無責任でしょう。そのためにほかの先生がたに、どれほどの負担をおわせていることか。われわれは週に数時間しかない空き時間を、3組のために全部つかっているんですよ」

学年主任はどちらの味方だかわからなくなってきた。富田は3組のために時間を割くのを、余計な仕事としか思っていないのだろうか。元也の父は厳しい顔でいう。

「そんなことだから、子どもがつけあがる。うちの子ならかまわないから、一度骨のずいまで叱ってやってください。なんなら、二、三発ぶんなぐってもいい」

息ができなくなるといって、屋上でひざを抱えていた元也の横顔を思いだした。あの繊細さとこの剛《つよ》さ。親と子はときに水と油のように性質が異なっていることがある。家族の不思議だ。それでもあの子はこれから、この父といっしょに生きていかなければならないのだ。良太は腹が立つより、悲しくなった。

「それはおとうさまが、先週、元也くんをなぐったようにですか」

いわずにおこうと思っていた言葉が、口からこぼれてしまった。校長室が静まり返る。

「それがどうかしましたか。わが家では男の子はびしびしと育てる。うちの教育方針について、教師が口をだす権利などないでしょう」

日本の教育の現状では、元也の父親のいうことが正しかった。保護者はいくらでも学校に文句をつけられるが、学校側は親に意見をいうのさえはばかられるのだ。家庭は聖域で、ブラックボックスだった。教頭の牧田が目で抑えたが、良太は引きさがらなかった。

「では、一日に三度も教室を抜けだしたのは、あなたが元也くんをなぐった翌日だと知っていましたか。なぐって事態が悪化したのは、事実だと思います」

会計士の父親はうんざりした顔で、背もたれに身体を倒した。ヘアクリームで固めた頭のうしろで両手を組んでいう。

「だから、あいつはうじうじした暗い性格なんだ。本多家の男なのに困ったもんだ」

高価そうなスーツ姿の母親は、どちらについたらいいのか、夫と良太のあいだで視線を揺らしていた。

良太は静かに切りだした。

「ぼくは何度もききました。その顔のあざはどうしてついたのか。そのたびに元也くんは、自分で転んだといい張ったんです。きっとおとうさまをかばっていたんだと思います。それに……」

良太よりも二十歳は年うえだろう。恰幅《かっぷく》のいい父親は、じれたように叫んだ。

「それに、なんですか。先生はいったい、なにがいいたいんだ」

心が頑ななとき、言葉の力は弱かった。この相手に伝わるのだろうか。良太は不安だったけれど、しっかりといい切った。

「きっと元也くんは、恥ずかしかったんだと思います。ぼくやクラスの友達に、顔むけできなかった。子どもをなぐり顔に傷をつけるような親をもっているのが、恥ずかしかったんです」

父親の手が小刻みに震えていた。金とステンレスのコンビのスイス製腕時計が、きらきらと蛍光灯の明かりを撥《は》ねている。窓の外はすっかり夜になっていた。静かになった校長室で母親だけが声を漏らさないように泣いていた。

そのときこつこつと控えめにドアをノックする音が響いた。顔をのぞかせたのは、2組の担任、染谷龍一である。

「副校長先生、主任、ちょっとよろしいでしょうか。先ほどから、本多くんが外で待っているんですが。どうしても、このミーティングに参加したいそうです。中道先生にもご両親にも、許可は取ってあるといっています」

事態はまだ流動的なままだった。父親との話しあいは平行線をたどっている。実務家の副校長も困った顔をしていた。学年主任はキツネ顔で、じっと副校長の出方をうかがっている。流れが変わってしまうまえにと、良太はいった。

「この一週間、元也くんとふたりきりで勉強をしました。どうして授業を抜けだすのか、どうして教室で息ができなくなるのか。いくら、きいてもわからなかったんです。いい機会ですから、ご両親をまじえて、みなさんで話してみませんか」

染谷がドア越しに援護してくれた。

「ひとりきりの授業を続けることは、負担がおおきすぎて学校としても不可能です。直接、原因を確かめておいたほうがいいのではありませんか、副校長先生」

クラス競争でトップを争う染谷の言葉には説得力があるようだった。牧田が心を決めたようである。

「わかりました。元也くんにも、話しあいに加わってもらいましょう。おうちのかたも、それでいいですね」

副校長の言葉に、父親はしぶしぶ、母親は勢いよくうなずいた。ドアが開いて、染谷と男の子が校長室にはいってくる。ソファセットのわきにふたり分のパイプ椅子が用意された。元也は両親から離れた場所で、姿勢よく正面をむいて座った。父親とも母親とも目を合わせようとしない。牧田副校長がやわらかに語りかけた。

「本多くん、今日はみんながきみのことを心配して集まった。なんだっていい。心のなかにあることをいってしまいなさい」

元也は椅子の一部にでもなったように固まっていた。ひと言も返事をしない。無理もなかった。普段、口をきくことのない副校長先生に、初めての校長室で話しかけられたのだ。自由に話せといわれて、すぐに返事のできる5年生は、すくなくとも男子ではなかなかいないだろう。ここは担任である良太の出番だった。

「ねえ、本多くん、いつか、先生がきいたことがあったよね」

男の子の表情がかすかに動いた。

「教室を抜けだしたあとで、なぜいつも屋上にいくのか。あのとき、本多くんはなんてこたえたっけ」

元也はじっと自分の心のなかを探るような目をしていた。かすれたちいさな声でいう。

うえに誰もいないから」

両親はなにをいっているのか、わからないという表情をしていた。良太はゆっくりといった。

「いつもは、本多くんのうえに誰がいるんだろう。先生に教えてくれないかな」

父親がいらついたようだった。叱るようにいった。

「怒らないから、さっさと返事をしなさい。だいたいおまえは、いつも声がちいさいんだ」

「ちょっと待ってください。そんなふうに圧力をかけたら、いいたいこともいえなくなります」

４組担任の山岸がソファを立って、元也のとなりにしゃがみこんだ。あやすような優しい声は、女性教師ならではのやわらかさである。

「ゆっくりでいいよ、それにみんながどう思うかも気にしなくてもいいの。ここで話したことは、誰も外に漏らさないから。自分に正直になって、楽になっちゃおうよ」

良太のいいたいことを、先輩がすべていってくれたようだ。元也が深呼吸した。

「……俊也《としや》にいちゃん」

口にすれば世界が滅ぶ魔法の呪文《じゅもん》をとなえたようだった。元也は冷たく光るパイプ椅子のうえで震えていた。良太は本多家の家族構成を知っていた。俊也はふたつうえの長男だったはずだ。その兄がどうしたというのだろうか。母親にきいてみる。

「俊也くんはおにいさんでしたね。今はどうされていますか」

四十代の実年齢よりもかなり若く見える元也の母親はかすかに顔をほころばせた。

「栄進学院の中等部にかよっています」

県下でもトップクラスの私立進学校だった。小学校から中学、高校まで十二年間一貫で、東京の難関大学を目指すのである。学校名をきいた元也は身体を縮めて、したをむいてしまった。良太はきいてみる。

「なぜ、おにいさんがいると、そんなに苦しくなるのかな」

元也は恐ろしいものから身体を守るように背を丸めてしまった。

「……それはおにいちゃんが栄進で、ぼくが希望の丘だから」

母親がなぐさめるようにいう。

「そんなに気にすることないの。またチャンスはあるんだから」

元也はちいさくなったままだった。そのとなりでは、染谷が無表情に良太のほうを見つめている。苦々しい顔をしていた父親がいった。

「五年もまえに小学校受験に失敗したことを、まだうじうじと悩んでいるのか。元也、男の子らしくしゃんとしろ」

壮年の会計士は校長室にそろった顔を順番に見わたした。

「みんな、いそがしいのにおまえのために時間をつくってるんだぞ。勝手に教室を抜けだすのなら、勉強なんかしなくてもいい。小学校を辞めてしまえ」

元也の身体の震えがとまった。うつむいたままいう。

「おとうさんは、うちの小学校のことを、公立のダメ学校だっていったじゃないか。栄進はいいけど、公立なんてダメだって」

父親は憮然《ぶぜん》とした表情で黙りこんだ。

「公立校なんて、先生も生徒も落ちこぼればかりだ。本多家の男がかようところじゃない。いつもそういって、バカにしていた。でも、うちのクラスのみんなも、中道先生もぜんぜんダメなんかじゃない」

元也の声はおしまいのほうは、叫ぶようだった。気まずい沈黙のなか、男の子の荒い息だけが響いている。一度せきを切った気もちは抑えられないのだろう。元也はしたをむいたままいった。

「希望の丘のことをバカにしないでよ。ここだって、みんながんばってるんだ。そんなに栄進が偉いの。東京の大学にいくのが、そんなに偉いの」

母親が驚いた顔で、息子を見つめていた。ひざのうえに涙で濡《ぬ》れたハンカチをもどす。

「でも、元也くん、おとうさんは悪気があっていったんじゃないのよ」

そこで良太は母親の言葉をさえぎった。

「せっかく自分のほんとうの思いを話す気になったようですから、もうすこし元也くんのいうことをききませんか」

父親はまた誰もいない校長の机を眺めていた。歴史のある学校なので、壁には三十人を超える歴代校長の白黒写真が飾ってある。勇気づけるように良太はいった。

「本多くん、ずっと黙っていたことがあるんだろう。話してしまおう」

元也はそれでも顔をあげようとはしなかった。自分のひざ頭を見つめていう。

「おとうさんはいつもいつも、俊也にいちゃんとぼくを比べてばかりだった。運動だって、学校の成績だって、お受験だって、すべてにいちゃんのほうがよくできる。うちの子なのに、なんでおまえはできないんだ。死ぬ気で、もっとがんばれって……」

途中で元也はしゃくりあげ始めた。

「ぼくだって、がんばってるよ。でも、できないことはできないんだ。それなのにおとうさんは、ぼくのことを否定した。生きてる価値がない。うちの家には必要ないダメ人間だ。将来だってきっと意気地のない人間になるって」

小学校5年生の男の子が、声をあげて泣き始めた。クラス競争で連続してビリを争っている良太には、元也の気もちがよくわかった。人はほんのちいさな競争に敗れるだけで、自分の弱さに打ちのめされるものだ。そういうとき追い討ちをかけるように優秀な誰かと比較されたらたまらないだろう。頭はいいが、この子はまだ十歳なのだ。元也は叫んだ。

「ぼくだって希望の丘で、がんばろうとしたよ。でも、もっともっとってやってるうちに、教室で息ができなくなったんだ。苦しくて、ほんとに息が吸えなくなるんだよ。教室が真空になっちゃうんだ」

元也は身体を硬くして、パイプ椅子に縮こまっていた。もともと小柄だから、そうしているると小学校低学年の子のように見える。このままひとりにしておいてはいけない。良太はそう感じて、冷たく銀色に光るパイプ椅子の横に座りこんだ。震える肩にそっと手をのせる。子どもにふれるときは、いつだって熱量に驚くものだ。けれども、そのとき元也の薄い肩は高熱でもあるかのように熱かった。

「ぼくはおとうさんがいうように医師とか弁護士とか会計士とか、シがつくような仕事はやりたくない。そんなにお金が儲《もう》からなくてもいいし、みんなから尊敬されなくてもいい。勝ち組とか負け組とか、そんなのどうでもいいんだ。でも、これ以上苦しいのは嫌だ。息ができなくなるのも、屋上でひとりぼっちでいるのも嫌だ」

初めて元也が顔をあげた。良太のほうをしっかりと見る。

「でも、どうしたらいいのか、わからないよ。中道先生、一週間もずっとぼくのことだけ見てくれて、ほんとに感謝してます。でも、どうしたらいいのかわからない。このままだと、ぼくは逃げたくないのに、また教室を逃げだしちゃうかもしれない。小学校にもまともにいけないほんとのダメ人間になっちゃうかもしれない。先生、ぼくは自分がわからなくて、怖いよ」

良太の肩に額を押しつけて、元也が泣いていた。これだけ子どもが苦しんでいても、教師にできることなど、ほんのわずかしかないのだ。親は大人で、教師がなにかを教えられる対象ではない。大人は教育できないのだ。人生のなかばをすぎては、考え方を変えるのは、本人が望んだとしてもむずかしいだろう。

「やっぱり、おまえはうちのかあさん似で、細かいところがあるな」

しゃがれた声は、元也の父親だった。

「ひとりで抱えこんで、最後の最後まで自分の気もちを明かそうとしない。そんなところもよく似ている。とうさんはずっとおまえのためだと思って、厳しいことをいってきた。世のなかにでれば、実際はもっと厳しいからな。誰もなにもいわずに、無能な人間、無用な人間を切り捨てていくだけだ」

きっとこの人はこのまま生きていくことになる。元也とはずっとぶつかりあうことになるのだろう。あと二年もすれば、この子は小学校を卒業していく。それまで担任教師として辛抱すれば、それでいいのかもしれなかった。

だが、気づいたときには良太は口を開いていた。

「では、無能で無用だからと、おとうさんは自分の子を切り捨てられますか。世のなかがすべてそうなっている。だから同じように子どもに対するというのは、おかしな話だと思うんです。それに耐えられない子もいる」

元也の父親は露骨に嫌な顔をした。二十歳も年したの若い男に説教されるのはたまらないという表情である。

「だから学校の先生は純粋培養だといわれるんだ。大学をでてすぐに先生と呼ばれるなんて、そちらのほうがおかしな話だ。社会の厳しさも、人の冷たさも知らずに、教育ができるんですかね」

母親が夫の腕に手をかけた。

「あなた、今日は元也のためにきているんですから、やめてください」

さらになにかいい返そうとして、父親は黙りこんだ。男の子はまだ良太の肩に顔を押しつけ、声を殺して泣いていた。良太はいいたかった。そういう世のなかだからこそ、学校があるのだ。闇のなかをすすむ子どもたちを導く灯台として、寒さに震える子どもたちをあたたかくくるむ上着として、この希望の丘小学校はある。牧田副校長がつくり笑顔を固定していった。

「まあまあ、おとうさん、そのくらいにしておいてください。中道先生の言葉がすぎたのは、わたしのほうから謝ります。でも、確かにおかあさんのいうとおり、今日の問題は元也くんのことです」

そのときだった。ずっと黙っていた染谷がぽつりといった。

「誰かに認めてもらえるというのは、とてもうれしいことですね」

乾いた春の日ざしのような穏やかな声である。タイミングも絶妙だった。校長室にいた全員の視線が染谷に集まった。泣いていた元也さえ顔をあげている。

「認めてくれる相手が、大切で尊敬している父親だったら、もっとうれしいと思います。元也くんはうちの小学校では、成績優秀です。なんの心配もいらないし、これからもっと伸びていくでしょう」

微笑んで、男の子を見る。良太は同世代の染谷の役者ぶりに驚いた。

「先ほどのお話では、栄進学院の中等部を受けるんですよね。それまでの二年間、うちの小学校でも足りないなりに、しっかり見させてもらいます」

副校長の牧田がうなずいていた。染谷はひとりでまとめにはいっているようだった。良太がなにかいおうとすると、視線でとめてくる。

「おとうさん、さっきの元也くんの話でひとつわかったことがあります。それは、この子が教室を抜けだしてしまうのは、学校側にではなく、おうちのほうに原因がありそうだということです」

染谷のメガネのメタルフレームが蛍光灯に青く光っていた。良太はあっと思った。校長や副校長がこの若い教師を高く買うはずである。良太のようにただ子どもに肩いれするのではなく、学校という組織をちゃんと守ってくれるのだ。良太は元也の苦しみをとりのぞこうと思うだけで、小学校を守ることなど考えてもいなかった。牧田副校長も満足そうにいった。

「元也くんが感じていたことを、みんなで共有できた。それだけでも、今日みなさんにお集まりいただいた成果はあったと思います。もちろん何年もかけて、心のなかにたまったものがあるでしょうから、明日にでもすぐに問題が解決するということはないでしょう。ですが、今日の話をおうちのほうでも、お子さんと繰り返しなさってみるのはいかがでしょうか。元也くんは学業だけでなく、生活態度のほうも優秀ですから、きっとクラスを引っ張るような児童になると思います」

さすがに実務やトラブル担当の副校長だった。子どもをほめながら、親を丸めこんでしまう。元也の父親はまだ納得のいく顔つきではなかったが、壁の時計を見るとすでに夜八時近かった。学年主任の富田がすかさずいった。

「そろそろ夜も遅くなりますし、今夜はここで解散にしませんか。お気にかかることがあれば、いつでもまた本校にいらしてください」

どこまで荒れるかと思われた親とのミーティングは、染谷のひと言で流れが変わってしまった。まるで手品のようである。だが、このままでは問題の解決には遠いだろう。良太はくやしかった。いいたかったことの半分もいえなかったのである。帰りじたくを始めた親子に声をかけた。

「来週からの授業のことで話があるんですが、ちょっといいでしょうか」

父親が良太から目をそらせてうなずいた。

「じゃあ、こっちにきてくれないか、本多くん」

元也は濡《ぬ》れたまつげで、良太を見つめ返してきた。

良太が先導して校長室をでた。そのまま職員室をとおり抜け、校舎の角にある階段まで移動する。踊り場にあがると、男の子は足音を立てずについてきた。夜の学校は薄暗い。見あげると、ふたりだけで特別授業をした塔屋が、手すりのすきまからのぞいていた。良太は清崎の港を黒々と望む窓にむかった。となりで元也が同じ風景を見ている。明るい光のさいころは、港沿いにあるビルの群れだった。

「どうだった。ちゃんといいたいことはいえたのかな」

元也の目はまだ赤かった。さばさばという。

「はい、全部じゃないけど、ずっといいたかったことが、初めていえたから。でも……」

「でも、なあに」

男の子は春の夜を映す冷たいガラスに額を押しあてた。

「うちのおとうさんには、ぜんぜんわかってもらえなかったみたい」

良太はすこしだけ笑った。子どもは大人が思っているよりも、ずっときちんと大人を見ているものだ。

「先生もそう思った」

しゃがみこんで、良太は男の子と目の高さをあわせた。なにかほんとうに伝えたいことがあるときには、視線の高さをあわせること。それはこの三年で良太が学んだコミュニケーションの方法である。両肩に手をおくと、元也は真剣な目で見つめ返してくる。

「先生は思うんだけど、こういうことでは、大人も子どももないんだ」

元也はよくわからないという顔をしている。

「それにきっと親とか、子というのもあんまり関係ない」

親殺し子殺しは、人の歴史がある限りなくならないだろう。そこまでいかなくても、一生を憎みあって暮らしたり、傷つけあうことでしかおたがいを確認できない親子など、この世界にはいくらでもいる。

「これから先生がいうことは、ちょっとむずかしいかもしれない。でも、しっかりきいて、あとでよく考えてごらん。あのね、親と子でも、兄弟同士でも、まるで性格があわないことがあるんだ。人間同士だから、好きだったり嫌いだったりするのはあたりまえだよね。ときどき正反対のタイプが、たまたま親子になったりする。だから、そういうときは強いほうが、相手にあわせてあげなくちゃいけない。おとうさんと本多くんだと、強いのはどっちだろう」

元也は迷わず即答した。

「おとうさん」

良太はクイズ番組のようにおおげさに男の子の目のまえで人さし指を振ってみせた。

「違うよ。強いのは、本多くんのほうだ」

「でも、どうして」

良太は窓の外に広がる清崎の港に目をやった。今この瞬間、この景色を眺めているのは、元也と自分だけしかいない。きっと人を教えるというのは、こんな時間を何度つくれるかなのだと思った。

「本多くんのおとうさんは、先生の何十倍もお金を稼いでいるかもしれないし、この街で力のある人のほとんどを知っているかもしれない。頭だっていいし、力も本多くんよりずっと強い。でもね、ふたりの人がいたら、相手のことをよりたくさん感じて、わかってあげられる人のほうが、絶対に強いんだよ。おとうさんは本多くんの気もちがわかっていたかな」

男の子はぼんやりした表情で、首を横に振った。

「じゃあ、本多くんはおとうさんの気もちはわかっていた?」

少年はうなずくといった。

「ぼくのことが心配で怒っていたのは知ってる。いらいらしてたし」

良太は男の子のさらさらの髪に手をおいた。乾いた砂でも撫《な》でているようだ。

「ほらね、そういうときは本多くんのほうがやっぱり強いんだ」

元也の表情がぱっと輝いた。

「強い人は、弱い人の気もちを考えてあげなくちゃいけない。弱い人は自分を変えられないし、相手の気もちになることもできない。だから、先に気がついたほうが、相手のことを守ってあげるんだ」

「ぼくがおとうさんを守るの？」

「そう。本多くんは強いから、おとうさんに気もちをあわせて、守ってあげよう。おとうさんは世間は厳しいっていったよね。無用な人、無能な人は切り捨てられるって。でも、同じようにただ正しいだけの人も、立派なだけの人も、お金をもってるだけの人も、尊敬されないんだ。本多くんが、おとうさんを守ってあげよう。おかあさんも守ってあげよう。それができるのは、本多くんの家ではきっとひとりだけだ。いいかな」

十歳の男の子は静かにうなずいた。

「さあ、みんな待ってる。来週から、またクラスにもどるよ」

階段をおりていくと、夜の廊下の角に染谷が立っていた。良太はそっと男の子の背中を押した。

「おうちの人が待ってるよ。さあ、いきなさい」

「はい、先生」

この子にはこんな目の輝きがあったのだろうか。担任の良太でさえそう思うほどの目で返事をしてくる。元也は足早に両親の待つ下駄《げた》箱にむかった。良太といっしょにちいさな背中を見送って、染谷がいった。

「なかなかのお言葉でした、中道先生」

「いいや、やっぱり染谷先生のほうが一枚うわてでしたよ。さっき責任は学校ではなく、親のほうにあるとやんわりと釘《くぎ》をさしたでしょう。あのとき牧田副校長も富田主任も、ほっとした顔をしていました。ぼくにはあんなふうに親をなだめて、学校のことも同時に守るなんてできないですから」

春の夜はかなり冷えこんでいた。子どもたちのいない小学校はがらんと静かで、ますます寒々しい雰囲気である。染谷は軽く首を横に振った。

「ぼくには学校は守れても、さっきの中道先生みたいに子どもを守ることはできません。子どもに親よりも強くなれというなんて、絶対に思いつかなかったと思います」

まともにほめられて、良太は照れてしまった。相手は学年のクラス競争でトップを走るエリート教師だ。ほんとうにそうなのだろうかと、夜の港に目をやって考えた。

「いつかぼくがいいましたね、来年の春にはきっと中道先生がぼくと一位を争うことになるって。ぼくはこの三年間、先生を見ていて思ったんです。損得もなく、学校の制度も気にせず、子どもの目の高さで考え、あの子たちのなかに飛びこんでいける。それは中道先生だけだって」

良太はそんなことを考えたこともなかった。教師の仕事は瞬間瞬間に起きたことに対応を求められるのだ。あらかじめなにかを決めておくことなどできるものではない。

「富田先生のように権力でクラスを掌握するのでも、ぼくのようにロジックで押すのでもない。ほかの先生方にはわかりにくいでしょうが、中道先生のやり方は数字にでないところで成果をあげていますよ。この一週間、四コマほど授業をもちましたが、先生のクラスの子どもたちは、ほかの子に共感する力がとても強い。それは中道先生の人柄の力だと思います」

良太は心を動かされたが、同時に不思議にも思った。自分は良太とは異質だという染谷こそ、学年主任や副校長が見落としている5年3組の美点をすぐに見抜いているのだ。教師の才能があるというのは、やはりこういう男のことをいうのかもしれない。軽く茶色に染めた髪をかきあげて、良太はいった。

「そんなふうにいわれると、なんだかほめ殺しみたいだ。同世代なんだし、遠慮してほめあうのやめにしませんか」

染谷のネクタイは嵐のような一日をすごしてもゆるんではいなかった。銀の針のようなフレームのメガネを直すと、その夜初めて笑った。

「そうだね。だいたいうちの小学校はベテランが多すぎるから」

良太は染谷と肩をならべて、職員室にむかった。思いついていう。

「染谷先生、今日は車でしたね。一杯は無理だけど、晩めしでもいっしょにくいませんか」

「いいな。じゃあ、ぼくがいつもいってる店があるから、そこにしよう」

希望の丘小学校をでたドイツ製のスポーツカーはゆっくりと坂道をくだった。ときどきバックミラーで染谷が良太を確認しているのがわかった。長いくだりなので、帰り道はペダルをこがなくても、やすやすとBMWについていくことができた。春風が心地よく、シャツのなかを抜けていく。

良太は染谷のいきつけはどんな店なのだろうと思った。外国車にのり、いつもジャケットを着こんですきを見せない染谷のことである。もしかしたら、高級なイタリアンやフレンチかもしれない。良太はその手の店では、緊張してよく味がわからなかった。

だが、染谷の車がとまったのは、国道沿いにぽつりと明かりをともした定食屋である。瓦《かわら》屋根がすこし傾いて、築年数を物語っていた。砂利を鳴らしてはいった駐車場には、タクシーや営業車が何台もとまっている。車からおりた染谷がいった。

「ここの店は安くて、うまいんだ。小鉢はどれを取っても百円」

黄色いマウンテンバイクを銀の高級クーペのとなりに立てると、良太は油煙の染みがついたのれんを染谷に続いてくぐった。この男にはまだ底の読めないところがある。

店内には白茶けた木目の塩化ビニール張りのテーブルと丸椅子がならんでいた。かかっている音楽は今どきめずらしい昭和歌謡である。「夜霧のブルース」はこんな曲だったのだろうか。

染谷は慣れた様子で店の奥のカウンターにむかった。盆を取るとガラスケースから、惣《そう》菜《ざい》の小鉢を素早く選んでいく。

「小松菜とベーコン炒《いた》め、韓国風冷や奴《やっこ》はおすすめですよ」

小学校にいるときと表情が変わっていた。良太もすすめられた鉢を取り、大盛りの鶏《とり》のから揚げと味噌《みそ》汁《しる》と丼飯《どんぶりめし》を頼んだ。染谷は小鉢とカツ丼の組みあわせである。

良太の分はすべて合計しても七百五十円にしかならなかった。カウンターの端で会計をすませると、ふたりは駐車場と淋《さび》しい国道の見わたせる窓際に腰を落ち着けた。乾杯は冷たい麦茶である。

「今回はほんとに染谷先生にお世話になりました」

良太はテーブルにつくほど頭をさげた。いくら感謝しても足りないくらいである。教師になって四年目で、初めてほんものの嵐に巻きこまれたのだ。この一週間は生きた心地がしなかった。毎朝目覚めて、学校にいくのが憂鬱《ゆううつ》でたまらなかったほどである。染谷は3組の問題児によく似た微笑を浮かべて、良太を見つめている。落ち着いた声でいった。

「いいですよ、いつか、ぼくが助けてもらうことがあるかもしれない。おたがいさまだ」

良太は素直に驚きを口にした。

「だけど意外だったな。染谷先生のことだから、きっとしゃれたレストランか、どこかだと思った。こういう定食屋でめしをくうなんて、似あわないですよね。ぼくのために、わざわざこういう店を選んだんですか」

今度は染谷のほうが驚いていた。

「まさか。さっきの様子を見てもわかるでしょう。ここはぼくのいきつけだって。でもね、実をいうと、ぼくがこの店に人を連れてくるのは、中道先生が初めてなんだ」

それほどご大層な店だろうか。不思議に思って良太は周囲を見まわした。壁に張られた手書きの短冊、油の染みた天井。床のタイルにはどこかぬめるような感触がある。きっと染谷は冗談でもいっているのだろう。良太は意味もわからずに、軽くうなずいて小鉢をついた。小松菜の葉先がとろけそうにうまい。

染谷は刻んだキムチともみ海苔《のり》がたっぷりとかかった冷や奴の角を、箸《はし》で崩しながらいった。

「ぼくが中道先生を助けたのは、自分のためですから」

校長室での三者面談が副校長や学年主任に評価されるということだろうか。良太は意味もわからずにうなずいていた。優秀な教師はメガネ越しにまっすぐ見つめてくる。

「確かにうえからの評価は悪くないようです。クラス競争の順位とかね。でも、ぼくはうちの小学校で孤立しています。みな、距離をおいてぼくに接している。それでは、いつかこちらにトラブルが起きたときに、どうしようもなくなってしまう」

良太は麦茶をがぶのみした。小学校のなかでのポジションなど、これまで考えたことがなかったのだ。

「だから、同世代で話のわかりそうな中道先生を選んだんです。これまでのぼくは、人に弱みをみせられないくらい弱かったから」

教師歴二十年を超える先輩たちから、教師としての才能が生まれつきある、天才かもしれないといわれる染谷の言葉は、まったく予想外だった。

「ぼくなんかを味方にしても、いいことないですよ。バカ組のダメ教師なんてかげでいわれてるんだから」

染谷は薄汚れたテーブルのむこうで、微笑んで左右に首を振った。

「だから、中道先生は自分のことがわかっていないというんです。うえの先生方にも、簡単に評価できないんです。今だって、ほら、なんでもないという調子で自分をダメ教師だといった。ぼくにはそんなことは口が裂けてもいえません」

「だって事実だから」

染谷の声が急におおきくなった。

「違う、ちがう。ショートレンジの子どもの管理能力とか、クラスの掌握力とか、テストの点数とか、そんなことはいってみれば局地的な戦術の問題にすぎません。教育って、ほんとうはもっともっと遠くまで届く目標をもっているはずじゃありませんか」

普段はクールで、ネクタイひとつ、前髪ひと筋のゆるみも見せない染谷がテーブルに身体をのりだしてきた。

「ぼくたちはそんなことのために教師を一生の仕事として選んだわけじゃなかったはずです」

定食屋の蛍光灯が染谷の額を青く照らしていた。

良太は気おされて、なにもこたえられずにいた。就職難のせいもあり、教職課程を取った。難関の採用試験にも、なぜかうまくとおってしまった。噂によると、試験の上位ばかり選んだのでは、教師が女性だけになってしまうので、成績の悪かった自分はできない男子の優待枠で、おこぼれ合格したらしい。

だが、染谷のような優秀な教師をまえに、そんなことはいえなかった。そのうえ、このエリートは小学校の嵐のような現場に立ったあとでさえ、理想に燃えているらしいのだ。

「よくわからないけど、今度トラブルがあったら、ぼくは染谷先生のために動くよ」

なにかを話しかけて、染谷は黙ってしまった。店の奥から七十すぎの女性が、盆にカツ丼と鶏のから揚げをのせてやってきた。片足をひきずるようにしている。良太の目のまえに皿が震えながらおりてきた。

給仕の老女は染谷の丼を鉤《かぎ》のように曲がった指でつかんだ。手の揺れが激しくなって、出来立てのカツ丼の中身を、汚れたテーブルにぶちまけてしまう。

「すみません、すみません」

女性は謝り慣れているようだった。

「すぐに新しいものをつくって、もってきますから。ほんとにすみませんです」

染谷はかすかに笑って、湯気をあげる残骸《ざんがい》を眺めていた。メガネに悲惨な残飯が映っている。

「いいや、いいです。これで」

「でも、染谷先生、テーブルだって汚いし」

「これでいいんです」

そういってうなずくと、染谷は迷うことなく手づかみでカツと玉子とご飯を、いっしょくたに丼のなかにもどし始めた。老女は驚いて、染谷を見つめている。教育の天才は中身を回収すると、やわらかにいった。

「お手ふきだけ、貸していただけませんか」

良太のほうを見て、にこりと笑った。良太はなにか見てはいけないものを見てしまった気がして、あわてて目をそらした。染谷は届いた濡《ぬ》れタオルで手をふくと、丼をもってたべ始めた。ほがらかに笑う。

「すごくうまいです」

良太は自分の料理に手をつけずに、染谷を見つめた。ごちゃ混ぜになったカツ丼をがつがつとつめこみながら、染谷がいった。

「これで、ようやくぼくの弱みをみせられますね。あのおばあちゃんに感謝したいくらいだ」

染谷の目には穏やかな光があった。

「ぼくの家はひどく貧しかった」

カツ丼の残骸がはいった器をおいて、染谷がそういった。手が震えている。

「小学校4年生のときに父が死んだんです。あちこちに病気が転移して、長く苦しみました。父はちいさな印刷会社で働いていたけれど、長患いのせいで貯金はなくなったようです。自分の命の終わりが、すぐそこに見えているのに、お金の心配ばかりしていました」

メガネの奥の染谷の目は伏せられていた。口元にはいつもの微笑が見える。

「父が死んで家族三人が残されました。母とぼくとよっつしたの弟です。母はいくつかの仕事をかけもちして、必死に働きました。いつだって白いご飯だけはたっぷりとあった。おかずがなくて、塩だけとか醬油《しょうゆ》だけとかいう日もありましたけど」

ジャストサイズのジャケットを着こなし、ドイツ製のスポーツクーペにのっている染谷の言葉が、良太にはとても信じられなかった。けれど、これは嘘ではないのだろう。染谷の真剣さは息をのむようである。

「おかずがあるといっても、たいしたものはでませんでした。家でトンカツや天ぷらをあげてくれるのは、母の給料日だけだったんです。スーパーのセールで買った肉を大量にあげるものだから、つぎの日から二日も三日もカツ丼ばかり続いて。でも、弟もぼくもカツ丼の日はうれしかったなあ。おかずが玉子一個とか、キュウリ一本に味噌《みそ》だけなんて日も、給料日まえにはよくありましたから」

染谷はかすかな声をあげて、思いだし笑いをした。良太の家はとくに裕福というわけではないが、ご飯と醬油だけの夕食など生まれてからたべたことはなかった。

「……それは、たいへんだったんですね」

エリート教師は顔をあげて、軽く首を振って見せた。

「いや、そんなことはないですよ。子どもはなかなか自分が貧しいなんてことには気づかないもんです。でも、さすがに中学にはいるころになって、わが家の経済状況がわかるようになりました」

なにか悲しい出来事でもあったのだろうか。良太は同僚を気づかっていった。

「あの、嫌な思い出なら無理して話さなくてもいいと思うんだけど」

染谷は目を赤くして笑っていた。

「あれは新しい中学の制服を買ってもらったときだから、十二歳の春でした」

夢見るような表情で、染谷は続けた。きっとすべてを話してしまいたいのだろう。良太は休めていた箸《はし》を動かし始めた。確かに同僚のすすめるとおり見かけは汚いが、この定食屋の味はなかなかだった。鶏《とり》のから揚げはぱりっと香ばしくあがっている。

「その晩はあまりジャーにご飯が残っていなかったんです。おかずは醤油で倍の量に薄めた生卵がひとつでした。母親はぼくたちのお茶碗《ちゃわん》に大盛りでよそうと、仕事の帰りにたべてお腹がいっぱいだといいました。席を立って、キッチンのむこうにいったんです」

十二歳の染谷を想像した。聡明《そうめい》で落ち着いた子どもだったはずだ。良太はうなずいて、冷めた味噌汁《みそしる》をすすった。具は絹さやと厚揚げである。

「いつものようにキッチンからは、母の歌声がきこえてきました。確か工藤静香の『嵐の素顔』か『恋一夜』だったと思います。ぼくはすぐに山盛りのご飯を平らげてしまった。あのころはいつだって、お腹が空いてましたから」

なにをいくらたべてもおいしくて、すぐに腹が減る。教師にだって、そんな時代もあったのだ。

「キッチンのシンクにむかって、歌をうたいながら母は泣いていました。コップにくんだ水道の水をのんで、またうたう。なにもたべていなかったんだ。丸まった背中を見て、すぐにわかりました。それで、はっとしたんです。そういえば、たべるものがないとき、母はいつもキッチンで歌をうたっていた。ぼくたち兄弟にたべさせて、自分は水をのんで、つらくなると歌でごまかしていたんです」

染谷の目は真っ赤になっていた。良太は目をあわせたら絶対にもらい泣きすると思って、うつむいて無理やり飯を口に押しこんだ。

「ぼくは黙って、テーブルにもどりました。ほんとうはもっとなにかたべるものはないかききにいったけれど、もうお腹は空いていなかったんです。鴨居にかかったぴかぴかの制服を見ました。そのとき、ぼくは決めました。きちんと勉強しよう。母がぼくたちに見せなかったように、決して弱さやつらさを人に見せるのはやめよう。安定した仕事を選んで、母に楽をさせてあげよう」

染谷は涙目で笑って、顔をあげた。流しこむようにカツ丼をたべていう。

「なんだか現代の話じゃないみたいですね」

「いいえ」

良太はまっすぐに染谷の涙目を見つめた。

「うちのクラスでも援助を受けている子どもは何人もいます。嫌な言葉だけど格差社会になって、これからはもっと増えていくと思う」

公立の小中学校にかよう児童・生徒には、文房具代や給食費、修学旅行費への就学援助制度がある。5年3組でも三十二人中七人の子どもたちが、援助を受けていた。染谷の話は昭和どころか、目のまえで起きている事態なのだ。

良太は口にはしなかったけれど、父親のいない子どもたちも就学援助と同じように多かった。それが単純に不景気のせいなのか、人の心が荒廃したせいなのか、良太にはわからなかった。ただひとついえるのは、子どもたちをめぐる家庭環境が加速度をつけて厳しくなっていることだ。教師はただ教科を指導するだけでなく、時代の荒れにも対応しなければならない。

染谷の顔が引き締まった。

「そうですね。うちのクラスでも援助率は同じくらいです。十年以上昔よりも、今のほうが状況が厳しいなんて、困った時代になりました」

から揚げを口に押しこんで良太はいった。

「でも、知らなかったなあ。染谷先生がそんなふうにして教師の道を選んだなんて」

エリート教師は、カツ丼の残骸をきれいに片づけてしまった。冷たい麦茶をのみほしていった。

「教員採用試験は狭き門でしたから、ぼくは懸命に勉強しました。これで落ちたら、もう未来はないというくらいの勢いだった。中道先生もそうだったでしょう」

あいまいにうなずいて、良太は味噌汁をすすった。なんだかはずかしくなる。

「だから合格したときはうれしかった。真っ先に母のところに報告にいきました。受かったよといっても、そうとひと言でぜんぜん反応がなかった。自分の部屋にいくと、したから静かに泣き声がきこえてくるんです。母が父の仏壇に話しかけていました。これでもう龍一は心配ない。でも、あなたが死んでから、ほんとにずっとつらかった。どうして、あんなに早く死んだんだって、怒っていた。母はぼくが一人まえになるまでは、決して父に文句をいわないつもりだったようです。物陰でそれをきいて、ぼくも泣いてしまった。母はそれから二時間父に愚痴をこぼして、笑顔になりました。母がへそくりを取りだして、家族みんなでお祝いの寿司《すし》をたべにいったのはそのあとです」

「そうでしたか。それはよかった」

自分はぼんやりと教師という職業についただけだが、染谷は厳しい状況をくぐり抜けて、希望の丘小学校にやってきた。仕事への意気ごみが違うのもあたりまえだった。生活のために給料を得る以上の仕事の重さ、おもしろさ。今回のトラブルで良太はその手ごたえを感じていた。教師になって初めてのことかもしれない。染谷は照れたようにいった。

「でも、ぼくはええかっこしいなんです。学生時代にずっと貧しかったせいで、逆に人に弱みをみせられなくなってしまった。毎日ジャケットを着て、ネクタイを締めて、小学校にいくのも、おしゃれが好きだからじゃないんです。ただそうしないと不安で、自分が守られている気がしない。教師の安月給には不似あいなドイツ車になんかのっているのも、決して他人にすきを見せないための鎧《よろい》のようなものかもしれない。もっとも車のなかにひとりでいるときだけは、自由になれるので、あれを手放すつもりはぜんぜんないですけど」

小学校教師のユニフォームは、全国的に体操用のジャージだった。子どもたちと一日すごすのはタフな汚れ仕事なのだ。染谷のようにジャケットでとおすのは、管理職以外ではめったにない。貧しさへのコンプレックスから、完璧《かんぺき》な外見をつくりあげる。茶髪にネックレスにジャージという自分の気楽な装いからは、想像もできない窮屈さだ。

「染谷先生、毎日ネクタイって苦しくないですか」

エリート教師は笑った。

「慣れましたけど、けっこう苦しいですよ」

良太は学校での染谷の冷たい笑顔を思いだした。それにテーブルにぶちまけられたカツ丼の中身をうまそうにたべる染谷を重ねてみる。思い切っていった。

「じゃあさ、そのネクタイゆるめちゃいなよ。もう仕事は終わったんだし、ぼくにはひっくり返ったカツ丼をくうところも見せたんだから」

紺に銀のななめストライプが走るシルクのレジメンタルタイだった。染谷の顔つきが変わった。ゆっくりと襟元に細い指先を伸ばす。

染谷は荒々しくネクタイをゆるめると、淡いブルーのシャツの第一ボタンをはずした。

「ありがとう、中道先生。ぼくは希望の丘小学校にきたときからわかっていた。いつか鎧を脱いで、自分の秘密を誰かにちゃんと話す必要がある。そうしなければ、だんだんと窒息して教師の仕事だって続けられなくなるかもしれない。その相手はきっと同世代で、おおらかで太い心をもった人がいいだろう」

良太は染谷の細いメタルフレームのメガネを見た。裸電球を映して、点々とあたたかな光がとまっている。

「だから、本多くんのトラブルが起きたときから、ずっと注目していたんです。中道先生と近づくいい機会になるかもしれない」

良太は驚いていた。単純な自分にはとても理解できない理由で、染谷はこちらを注視していたという。

「じゃあ、あんなふうに熱心に相談にのってくれたのは、こうして自分の話をするためだったんですか」

染谷はにっこりと笑った。

「半分はそうですよ。でも、じっくりと中道先生のお仕事ぶりを拝見しているうちに、教師としての優れた点がいくつか見えてきた。だから、残り半分は同世代の実力ある先生とお近づきになるのがうれしかったんです」

どうも本気なのか量りかねる話だった。

「ふーん、そんなものかなあ」

「そうですよ。自分で気づかないのが、中道先生のいいところです。ぼくのいうことなんか気にしないでください」

染谷は上着を脱いで、となりの丸椅子においた。国道沿いの定食屋の低い天井にむかって伸びをする。

「今日、車でなければ一杯やりたい気分だ。でもね、さっきの本多くんへの言葉、すごくよかったですよ。ぼくがこの学校にきてから、一番胸にしみた子どもへのひと言だった」

ふたりの人間がいるなら、相手のことをより理解している人間のほうが強い。良太は子どもに、大人だけれど弱い父親を守ってやれといったのだ。

「ぼくは本多くんにむかって、ずっと黙っていたことを、ちゃんと話してみろといったけれど、あれは同時に自分にいっているような気分だった。誰かを教えることが、自分を教えることになる。教師というのは、ほんとうに不思議な仕事です」

確かに教師はよくわからない仕事だった。さしてやる気のない自分がこの仕事を続けられたのは、予想外におもしろかったという点がおおきいのかもしれない。毎日のペーパーワークや雑用は面倒だったが、子どもたちと接する日には一日として同じことがなかった。なによりも昨日できなかったことが、今日できるようになる子どもたちの成長がまぶしかった。自分が教えたというより、子どもたち自身が勝手にぐんぐん伸びてくるのだ。ほかのどんな仕事で、これほどの満足感が得られるのかと思うくらいである。染谷がいった。

「その気もち、わかります。一生懸命やっているけど、子どもたちの成長のスピードにはぜんぜんかなわない。ときどき自分はなにをやってるんだろうと思うときがある。毎日毎日変わっていくあの子たちに、なんとか振り落とされないようについていくのが精一杯で」

染谷はポットから麦茶を注いだ。つかい古されたアルミの胴は、でこぼこにへこんでいる。

「中道先生は将来の夢があるんですか」

良太はあまり先のことを考えるタイプではなかった。教職課程をとったのも、教師になったのもなりゆきである。小学校の教師にどんな夢が見られるのだろう。このまま仕事を続けていくのはいいが、管理職にはなりたくなかった。校長や副校長の仕事は、横で見ていてもうんざりするほど煩雑で、子どもの教育とは無関係なことが多かった。こたえに詰まっていった。

「いや、とくに夢とかはなくて。教師の仕事はいいとは思うけど。将来はわからないな」

染谷はメガネの奥で目を輝かせた。

「ぼくはいつか大学院にいくつもりです。教育の現場をしっかりと見たあとで、先生を教える先生になりたい。大学生に教育学を教えたいんです。あと二十年か三十年はかかってしまうかもしれない遠い目標ですけどね。希望の丘小学校は、そのためにはとてもいい学校です」

旧ナンバースクールの公立名門小学校というのは、狭い教育学の世界ではそれなりに力があるのだろう。良太はすこし引け目を感じて、同世代の教師を見つめていた。夢らしい夢などない自分と教師を育てたいという染谷。やはり人間の出来が根本的に違っているのかもしれない。

「今回の本多くんのことも、仮名でレポートにまとめようと思っています。ぼくの大学時代の指導教授のゼミでは、とてもいいテキストになるでしょう」

ますます染谷が立派に思えてきた。自分はなんとか元也の事件を収めるので限界なのに、染谷は卒業した大学へレポートを書くという。そこでエリート教師は意外なことをいった。

「その教授を中心に、若くて優秀な教師を集めた会があるんですけど、中道先生もはいりませんか。いろいろとほかの学校のこともわかりますし、文部科学省の情報なんかも入手がとても早いですよ」

文科省の方針に振りまわされてばかりの現場にはありがたい話だった。染谷のようなできる教師ばかりが集まった会を想像した。教育の現場と理想、新しい教材と指導法、ずっとそんな話題が続く熱心な集会なのだろう。

「なんだか、ぼくには無理みたいです」

染谷は意外そうな顔をした。

「中道先生みたいなタイプはすくないから、おもしろいと思ったんですけど。先生なら十分資格もありますし」

自分はそれほど教育が命の教師ではなかった。テレビなどでよく見る熱血先生とも遠い。第一ああいう生き方には違和感がある。良太は染谷から目をそらしていった。

「小学校はたのしいけど、ぼくには理想も夢もないです。教師の仕事が生きがいで、すべてをかける染谷先生みたいな人がいるのはすごいなあって感心する。だけど、やっぱりぼくの場合は自分が生活していくための仕事として、教師を選んだんです。いい先生にはなりたいけど、自分のすべてを仕事に投げこんでしまうのは、ちょっと違うと思う」

そんな形の教師がいてもいいだろう。というよりも、日本の教師の過半数は、自分と同じように職業として学校で教えているはずだ。染谷のように教師が天職というわけでもなく、教える才能があるわけでもなく、日々淡々と子どもたちと勉強を続ける。

良太は学校教師が日本に何十万人いるのか知らなかった。だが、やる気がないとか、サラリーマンのようだといわれる「普通の」先生たちこそ、日本中のクラスを現場で動かしているはずだった。ヤンキーだとか夜まわりだとかニックネームがついて、テレビ番組に登場するような教師は、ほんのひとにぎりにすぎない。

「ところで、染谷先生は月曜日もまたネクタイをして登校するんですか」

良太が質問すると、エリート教師は笑ってこたえた。

「ええ、今夜はお恥ずかしい話をいろいろときいてもらったけど、急に服装や態度を変えるつもりはないんです。でも、そのうち中道先生みたいなジャージにも挑戦しようと思います」

良太も笑って、自分の服装を見た。朝はスーツ姿でいくこともあるのだが、帰りは着替えるのが面倒で、ついついジャージのままのことが多かった。今も黒い革靴に運動着という、ひと目で教師だとわかる恰好《かっこう》をしている。

「中道先生のジャージはいつもカッコいいけど、どこのブランドなんですか」

「プーマとかフィラとか、普通のですよ」

胸に赤くついた給食のパスタの染みが気になった。良太が濡《ぬ》らした紙ナプキンでふいていると染谷がいった。

「でもね、このまえ学校でいったことは本気ですから」

とっさのことで、なにをいっているのかわからなかった。ジャージの胸では赤いトマトソースがにじんでいる。良太が顔をあげると、染谷は塩ビのテーブルで上品に手を組んでいた。

「ほら、5年生の終了時には、中道先生とぼくがクラス競争でトップを競っているという予想です。ぼくはあのときいいましたよね。もしそうでなかったら、あの車を賭《か》けてもいいって」

良太は暗い砂利敷きの駐車場にとめられたＢＭＷのクーペに目をやった。銀色の車は清崎の国道沿いでは、別な宇宙からきたのりものに見える。翼でも生えているようだ。

「でも、あれはまだずっとローンが残ってる車でしょう」

染谷は想像していたような裕福な家の出身ではなかった。教師の天才は微笑んで、メタルフレームのメガネの位置を直した。

「そうですよ。ぼくのただひとつの趣味です。だからこそ、中道先生にはがんばってもらわなければいけない。今はまだ最下位だけど、来年にはちゃんとクラス競争で、うえにあがってきてください」

疑わしい話だった。まだ来年の春までは十カ月以上あったが、自分のクラスがそこまでいけるとはとても思えなかった。第一、どうすれば評価があがるのか、まるでわからない。

「そうはいうけど、今回の本多くんの件だって、大幅マイナスの減点材料です。当分は浮かびあがれそうにないです」

染谷は首を横に振った。教え子にでも諭すようにいった。

「いいや、違うんですよ。中道先生はナイーブだなあ。問題が起きたことが評価の対象になるんじゃない。そのトラブルにどんなふうに対応したかが、評価の分かれ目なんです。本多くんの件では、中道先生は見事な対応を見せたと思う。逆にプラス要因です」

信じられない話だった。首を傾げた良太の声は、自然にちいさくなった。

「そんなもんかなあ」

染谷には自信があるようだった。

「ぼくが管理職なら、きっとそう見るでしょう。トラブルが発生するのは、教育の現場ではあたりまえのことです。今回と同じようなことが、1組や5組で起きたらどうなっていたと思いますか」

1組にはまるでやる気のない中年の女性教師岩本が、5組には力で押さえつけてクラスを掌握する学年主任の富田がいる。元也の繊細で空《うつ》ろな微笑を思いだした。確かにあのふたりの選ぶ方法では、元也にはむずかしかったかもしれない。

「どちらの場合も、問題はもっとおおきくなっていた可能性が高い。本多くんは中道先生のクラスでラッキーだったんですよ」

照れてしまった良太は即座に返事をした。

「だけど、いいアイディアをだして、助けてくれたのは染谷先生だった。ありがとうございました。遅くなったし、そろそろいきましょう」

染谷は笑って席を立った。

「あのカツ丼のことはみんなには内緒にしてください。テーブルにひっくり返った中身を手で寄せ集めてたべたなんて知れたら、ぼくは大幅にイメージダウンですから」

良太も笑ってしまった。

「染谷先生はカッコつけすぎですよ。仕事もイメージも、そんなにパーフェクトじゃなくていいと思うけど。じゃあ、あのお母さんの話もなしですか」

もらい泣きしそうになったエピソードである。良太は誰かに話したくてたまらなかった。

「ええ、もちろん。まだ希望の丘小学校では、ぼくの存在は消しておきたいです。よくわからないイメージだけのほうが、なにかと便利ですから」

良太は染谷の言動がすべて演技のようにも思えてきた。自分を感動させて、味方につけるためである。だが、もしそうだとしても、これだけ見事にだましてくれるなら、それはそれで拍手を送りたくなるほどだった。

ふたりは夜のなかにでた。国道といっても、このあたりは幹線道路ではなく、交通量も多くはない。春のぼんやりとかすんだ空気のなか、街灯が白い繭にくるまれて点々と伸びている。

「それにしても長い一週間だったなあ」

良太の口からこぼれたのは、素直な感想だった。元也とふたりきり塔屋で授業をした日々は、教師になって初めての試練だった。砂利の音を立ててとなりを歩く染谷は、微笑んで黙っているだけだ。謎めいたエリート教師は、銀色のクーペのドアを開いた。

「ここから寮まではすぐですね。ゆっくり流していきますから。並走してください」

良太はうなずいて黄色いマウンテンバイクにまたがった。ジャージに自転車の自分とジャケットにスポーツカーの染谷。笑ってしまうほど対照的だが、同じ寮に住む小学校教師であることに変わりはない。

「いきますよ」

定食屋の駐車場からBMWがゆっくりと走りだした。良太はいきなり全力で自転車のペダルを踏んだ。なんだかおおきな声で叫んで、全力で走りたい気分だった。テレビの動物番組で海面をジャンプしては水中を目覚ましい勢いで泳ぐイルカの群れが映ることがある。自分もあんなふうに春の夜のなかを走れたらいいのに。良太はしっとりと湿ったアスファルトにでると、ギアを一番重くしてしっかりとペダルを踏みこんだ。良太の足でも高性能のマウンテンバイクなら時速四十キロはだせるのだ。風にのって笑い声がきこえた。

「がんばりますね、中道先生」

染谷が開いた窓からこちらを見ていた。

「もう良太でいいよ。ふたりきりのときは。その先生っていうの、なんだか気もち悪いから。だってぼくたちはまだ若いんだから」

そうなのだ。大学をでてすぐに先生と人から呼ばれる職業にはついたけれど、自分たちは二十代のなかばなのだ。生きていくことの重さ、つらさはこれからずっと先に待っているのだろう。

「わかった、良太。ぼくも龍一でいい」

返事は笑い声で返した。太ももが熱をもっている。全身にうっすらと汗をかき始めた。若い身体が動くことをよろこんでいるようだ。夜の道は遥《はる》か彼方《かなた》まで広がっていた。良太は自分の部屋に帰るのが急に嫌になった。このまま永遠に自転車で走り続けたい、そう思いながら思い切りペダルを踏み抜いた。


「おはようございます」

「おはようございます」

月曜日は快晴だった。良太がゆっくりと自転車で希望の丘小学校へ続く坂をのぼっていると、乾いた日ざしのような挨拶《あいさつ》が降ってくる。子どもたちの声を朝一番にきくのは、とてもいい気分だった。この仕事についてよかったと思う瞬間である。

小学校に到着するまえの最後の右カーブに、その背中が見えた。黒いランドセルの端から防犯ベルがぶらさがって、リズミカルに左右に揺れている。男の子の薄くちいさな背中だ。

「おはよう、本多くん」

元也がさっとふりむいた。小動物のような敏感さとスピードだった。この子は神経の細かい子なのだ。

「おはようございます、中道先生」

良太はじっくりと少年の顔を観察した。いつかのようになぐられたあとはないようだった。声の調子も明るい。マウンテンバイクをおりて、手で押しながら元也のとなりをいく。

「おうちのほうはどうだった？　あのあとでちゃんと話しあえたかな」

元也ははにかんで、自分のスニーカーのつま先を見た。

「はい。まだおとうさんにはわからないみたいだけど、ぼくがおとうさんやうちのにいちゃんとは違う人間だって感じてはくれたみたいです。これからは絶対にくらべないって約束してくれたから」

「おとうさんのことを守ってあげられそうかな」

元也はさっと顔をあげた。頬がかすかに赤いようだ。

「それは……わかりません。だって、ぼくは小学生で、むこうは大人だから。でも、きっとなんとかします」

希望の丘小学校の正門が見えてきた。校舎のうえの青空は抜けるように高かった。良太の姿に気づいたのだろう。何人か5年3組の子どもたちが手を振っていた。

「今日からは、また教室で授業だね」

元也は勢いよく返事をする。声は跳ねあがるように元気だ。

「はいっ」

良太は校門で待つクラスの子どもたちに手をあげた。元也もちいさな手をちぎれるように振っている。

「中道先生、ぼく、ちゃんとがんばります」

となりを歩く男の子の声が変わっていた。重い決意をこめた調子である。

「最後の日、3組のみんなが迎えにきてくれましたよね。ぼくはあれがすごくうれしかった。みんないってくれました。また、教室でいっしょに勉強しようって」

「そうか」

良太の胸もいっぱいになった。あれは教師の指図ではなかった。子どもたちが自分からいいだしたことなのだ。ひとりぼっちで授業を受けていた元也を、クラス全員であたたかく迎えにきてくれたのである。

「ぼくはあのとき思ったんです。うちの親のこととかにいちゃんのことなんて、ちいさな問題だなって。だって、みんな、こんなぼくのことを、ちゃんとクラスの一員として待っていてくれる。ぼくはもっとしっかりしなくちゃいけない。がんばらなくちゃって」

良太はそっと元也の横顔を見た。明るい表情が逆に切なかった。

「しっかりするのはいいけど、本多くんはあまりがんばりすぎちゃいけないよ。今のままでも十分なんだから。進学塾も毎日あるんだろう」

元也のスケジュールは、確か土日もびっしりと塾で埋まっているはずだった。

「はい。でも、勉強は嫌いじゃないからいいです。それよりあと希望小で二年あるから、思い切りクラスのみんなと遊びます。うちのおとうさんは公立はダメな子ばかりだっていうけど、ぜんぜんそんなことない」

白塗りの校門で、奥村明広と沼田悠太が手を振っていた。どちらも元也の真似をしていたお調子者の子どもである。元也の仲のいい友達だった。

「先生、先にいっていいですか。朝礼まで校庭で遊びたいんだけど」

良太はランドセルの背中をぽんとたたいてやった。元也は矢のように坂道を駆けのぼっていく。身体のなかに新品のエンジンでも積んでいるようだ。

誰かがもっていたサッカーボールを、春の終わりの空高く蹴《け》りあげた。5年3組の子どもたちが、ひとつのボール目指し、歓声をあげながら校庭を走っていく。良太は目を細めてまぶしい朝と子どもたちに目をやった。

II 七月の冷たい風

どうやら日曜の夜にのみすぎたようだった。いつもの時間にまったく起きられなかった。良太はあわてて自転車を希望の丘小学校の教職員用駐車場にとめると、校舎に駆けこんでいった。いつもの場所にスポーツカーはとまっている。染谷はちゃんと遅刻せずに今朝もきているのだろう。

昨夜は同じ店で最後までのんでいたのに、妙にしっかりした男だった。合コンというわけではなかったが、良太は独身の女性教師のメールアドレスをふたつゲットしている。教育関係の懇親会といっても、悪くはない成果だった。片方はそれほどでもなかったが、もうひとりはなかなかかわいい顔をしていたのだ。気になるのは、彼女がなぜか染谷にばかり話しかけていたことだが、それはきっと居酒屋での席が近かったせいに決まっている。

良太は足音を殺して廊下をすすみ、そっと職員室の引き戸を開けた。すでにほとんどの教師はそろっているようだった。秋山校長と牧田副校長が所定の場所に立っている。職員ミーティングの始まる直前だった。

「すみません。寝坊しました」

副校長がちらりと良太を見た。5年生担任の机の島にいくと、学年主任の富田が露骨に嫌な顔をした。朝から見たくはないキツネ面である。染谷は涼しい顔で目配せしてくる。この男はまったくくわせものだった。4組の山岸真由子は片方だけ笑くぼをつくってくすりと笑った。三十二歳なのに、昨晩の若い教師に負けない肌の張りをしている。

良太が自分の席につき、正面をむいた。なるべくまじめな表情をつくる。心のなかではなにを考えていても、顔のおもてだけは真剣な振りをする。それは教師になって学んだテクニックだった。なぜか世のなかの人は、教師がまったく遊びのないまじめ人間であることを求めるのだ。また、期待された役を演じていたほうが、なにかと便利なこともある。

「さて、では職員会議を始めます。校長先生からまず最初のお言葉をいただきましょう」

長身の牧田副校長が場所を変わって、背は低いが異様なほど姿勢のいい秋山校長がまえにすすみでた。

「今年からわが希望の丘小学校も、二学期制になりました」

たまには文部科学省もいいことをすると良太は思った。秋山校長の声は朗々と続いている。

「これまでの三学期制の場合、七月は学期末でテストの準備や採点に、通知表の作成とおおいそがしでした。ですが、二学期制が導入された今年からは、先生方の仕事の負担はかなり軽減されるはずです。ただしこれは休んだり、さぼったりしていいという意味では、もうとうありません。ゆとりをもってもう一段深い教育をするための時間だと考えてください。このことはホームルームで、子どもたちにもよく伝えておくように」

良太は遅刻ぎりぎりで職員室に滑りこんだので、神妙に校長の言葉をきいていた。なぜ今ごろになって、急に二学期制にしたのか、意味はよくわからなかった。ただそれでなくともいそがしい教師の仕事が軽減される点については、大歓迎である。

校長がまたどこかの新聞の論説からの引用を始めた。心がこの場を離れて、どこかに飛んでいきそうになる。インターネットが子どもたちに及ぼす影響について、きいたような話をする校長を良太はぼんやりと眺めていた。まじめにきいている振りをしている同僚たちに目をやる。みな、自分と同じようにまじめな振りがうまいのだ。

校長の話が終わって、牧田副校長の番になった。こちらは実務的な業務連絡である。5年生に関するもの以外は、あっさりとき流した。ようやくあまり得るところのないミーティングが終わろうとしていた。良太はこの部屋がなんだか苦手で、早く5年3組の教室にいきたかった。最後にビジネスマンのような副校長がいう。

「中道先生……」

職員室の注目が自分に集まったのがわかった。なにかたいへんな失敗をしでかしただろうか。教師は女性からメールアドレスをもらってはいけないという規則があったのかもしれない。副校長はなんでもない調子でいった。

「えー、それに染谷先生、このあとで校長室にきてもらえませんか」

染谷はすかさずハイと返事をした。出遅れた良太は口のなかで、もごもごといっただけである。

「以上で朝のミーティングを終わります。では今日も一日、子どもたちといっしょに学びましょう」

ざわざわと教師たちが動きだした。各自の教室にむかい、職員室をでていく。4組の山岸が声をひそめた。

「ふたりでいったいどんな悪さをしたの」

「悪さなんてしてませんよ。やめてください」

山岸なら冗談ですむが、学年主任は冷たい目でこちらをにらんでいた。染谷はわれ関せずという表情で、冷たく笑っている。

「山岸先生、たぶんぼくたちの問題ではないと思いますよ」

染谷は冷静だった。山岸真由子がいった。

「なんだつまらない。ちょっと羽目をはずすくらいでちょうどいいのに。まだふたりとも若いんだから」

三十代前半の女性教師と二十代なかばの自分たち。良太にはさして年齢差があるとは思えなかった。染谷は話の輪からはずれていた、学年主任にすかさずフォローをいれる。

「富田先生、校長先生からのお話の内容は、のちほどご報告しますから」

さすがにクラス競争トップの教師は違う。呼ばれたのは良太と染谷だけで、富田ははずされている。学年主任としては、どういう用件なのか気になるのはあたりまえだった。その不安をすかさず埋めてやる。染谷はほんとうに自分と同じ程度の人生経験しかないのだろうか。あきれていると、染谷がいった。

「校長先生が待っている。いきましょう、中道先生」

校長室は職員室の奥だった。染谷がドアをノックした。

「失礼します」

「はい」

何度足を踏みいれても、落ち着かない部屋だった。黒いソファセットとおおきな机。壁には歴代校長の遺影のような白黒写真がずらりとならんで、視線の圧力をかけてくる。

「まあ、座ってください」

牧田副校長がソファから声をかけてきた。染谷と良太は、ふたりそろって三人がけのソファに腰をおろした。机にむかってなにか書類に学校印を押していた校長が、顔をあげた。

「そう緊張することはない。なにもふたりに注意があって呼んだわけではないんだ」

染谷のいうとおりだった。この男はいったいどこから情報を得ているのだろうか。そのときドアをこつこつと短くたたく音が鳴った。

「おはいりください」

　副校長が返事をすると、ゆっくりと扉が開いた。にこにこと温厚そうな五十代の教師が腰を低くしてはいってきた。４年生の学年主任、九島秀信《くしまひでのぶ》である。九島は４年生の学年主任をしているが、希望の丘小学校に着任して、まだ二年目だった。この学校では良太よりも日が浅いのだ。もう五十代だが、管理職試験を受けようとしないので、まだ普通の教員をしている。その気もちは良太にもよくわかった。教室で子どもたちと勉強するほうが、部下の教師を管理するよりもずっとやりがいのある仕事だ。

　良太はむかいのソファに背を丸めて座る九島を見つめた。妙に髪の量が多く、年齢の割りには黒々としている。困ったように眉《まゆ》をさげて笑っているが、きっとこの表情が基本になる顔なのだろう。良太は五十代なかばすぎという年齢を考えた。残された時間からすると、九島はこの小学校が最後になるだろう。自分はその年齢になったときいったいなにをしているのだろうか。

　秋山校長が机の書類を整理して、応接セットにやってきた。校長の整理整頓《せいとん》好きは有名だ。

「急に呼び立てて、驚かせてしまったかな」

　校長はおおきく笑って、良太と染谷にいった。こんな至近距離でも、よく響く声に変わりはない。

「きみたちに頼みたいことがあってね。ちょっと複雑な事情なのだ。副校長先生、お願いします」

牧田は情報整理の能力と伝達力に優れていた。このふたりはいいコンビだなと、良太は思った。副校長は早口でいった。

「おふたりの先生とほぼ同期にこの小学校に配属された立野《たての》先生をよくご存じだと思う」

立野英介《えいすけ》は4年2組の担任だったはずだ。着任したばかりの三年まえは、よくのみにいったものである。要領がよくなく、頭の回転はそれほど速くはなかったが、実直でいい男。それが良太の評価である。

「その立野先生が先週からずっと病欠しているのです」

まったく気づかなかった。染谷にちらりと視線を投げると、軽くうなずき返してくる。この男はそれを知っていたのだろう。

「おふたりは年齢も近いし、男同士だ。しかも立野先生と同じ寮に住んでいる。本業の教育とは関係のない話だが、ちょっと様子を見にいってもらえないだろうか。まるまる一週間の病欠のあと、月曜の今日になってもまだ顔をだしてこない。今朝は電話一本もはいっていないのです」

牧田副校長が目を細めた。学年主任の九島がセンターテーブルにつくほど頭をさげた。人のよさそうな笑顔でいう。

「わたしからもお願いします。立野先生のところにはいったのですが、わたしにはまったく話をしてくれません。ドアさえ開いてくれなかった。病気というよりは、なにか悩みがあるのかもしれない。おふたりで立野先生の様子を探ってきてほしいんです。これは4年生の問題で、学年違いの先生方にはお恥ずかしい話なのですが」

希望の丘小学校は、学年主義がいき届いている。問題が起きたら、それぞれの学年の教師が一丸になって対処する。立野の長期欠勤がわからなかったのは、学年主義の弊害なのかもしれない。

九島の前髪に白髪が一本光っていた。それが妙に太くて強《こわ》そうだ。どう返事をしたらいいか迷っていると、副校長がいった。

「おふたりもよくわかっていると思うが、公務員というのは、なかなか首も切れないし、処罰もむずかしいものです。立野先生のこれからの生活も配慮しなければならない。ただ現在の状況のままで、いつまでも非常勤の先生に4年2組をお願いするわけにもいかない」

牧田副校長は優秀なビジネスマンのようである。残念ながら自分が切れ者であることを、周囲にアピールしすぎなのが少々煙たい。良太をじっと見つめて釘《くぎ》を刺した。

「中道先生のときは一週間と期限がはっきりしていましたから、それほど問題はありませんでしたがね」

本多元也の教室脱走の話である。あのときにも非常勤の先生にクラスを頼んだのだ。良太は冷や汗をかいた。よくよく非常勤が引っ張りだされる小学校である。

さて、どうしたらいいのだろうか。トラブルにかかわってしまえば、どうしても責任の一端を担うことになるだろう。それでなくても、自分のクラスの雑事だけで、毎日夜遅くまで残業を続けているのだ。良太が迷っていると、となりの染谷がはっきりといった。

「わかりました。中道先生といっしょに立野先生のところにいってみます。世代も同じですし、立野先生は優秀な教師だとぼくは考えています。今日の放課後に寮の部屋を訪問してみます」

おいおい、なにをいっているんだと良太は思った。まったく染谷のやることは、予想がつかない。困った男だった。

校長室からでた良太は、頭をさげてドアを閉める染谷の背中にいった。

「あんなこといっちゃっていいんですか、染谷先生」

染谷はよく磨いたメガネで、良太のほうをじっと見つめた。

「学校だって、もう先生はいいよ。良太は気がつかなかったかな」

「なにを」

4年5組の担任、米澤多恵《よねざわたえ》がとおりかかった。染谷が会釈して、声をひそめた。

「ちょっと話がある。廊下にでてくれないか」

良太は染谷のあとについて、職員室の廊下にむかった。5年生の机の島から学年主任の富田の視線を感じたが、報告はあとでいいだろう。夏の日ざしがまぶしい廊下は、温室のようである。窓は全開にしてあるのだが、小学校に冷房はなかった。汗をふきながら良太はいう。

「どうしたんだ、龍一」

染谷は涼しい顔で微笑んでいた。

「だから、立野先生のことだよ。先週から学校を休んでいたけれど、寮でもほとんど姿を見かけなかった。食事とか買いものとかどうしているんだろう。ぼくは不思議に思っていたんだ。良太は気づかなかったかな」

どうせ自分はいつもぼんやりしているのだ。染谷のように周囲の状況に細かく神経をつかうことなどできなかった。つい不機嫌になってしまう。

「いや、ぜんぜん。それよりおかしなトラブルにはかかわらないほうがいいんじゃないか」

当事者になって問題がこじれれば、クラス競争でもマイナスになるかもしれない。染谷はどうでもいいという様子で開いた窓の外に目をやっていた。子どもたちのいない校庭は、ひどく静かな広がりだ。消えかかった白線が夏の気分だった。

「それなら、あらかじめ今回は学年をまたがる問題なので、評価の対象からはずしてほしいといってもいいよ。だけど、そんなことを気にするなんて、良太らしくない。昨日の夜はゆりの木三小の女の子のメアドを、ふたつもゲットしてたじゃないか」

こっそり隠れてやったつもりなのに、染谷にはお見通しのようだった。確かに教員の管理が厳しい希望の丘小学校に、だんだんと染まってきたのかもしれない。昔の良太なら十日近く姿を見せない友人を放っておくはずがなかった。

「わかったよ、龍一。どうなるかわからないけど、がんばってみる」

先月のクラス競争では、良太の3組は全五クラス中第四位だった。本多元也の問題が落ち着いて、クラスの一体感は増していた。ほぼ指定席だった最下位を抜けだしているのだ。ほとんど初めての順位アップだったので、良太はクラスのためにもひどくよろこんでいた。代わりに落ちたのは、岩本の1組だった。変わらずにトップを走るのは、もちろん染谷の2組である。

良太はクラス競争のことは、しばらく忘れることにした。結果をだそうとしてちいさくなったのでは、本末転倒である。子どもたちとしっかり勉強して、いいクラスをつくる。その結果として順位があがるのであれば、それはいいだろう。だが、順位をあげるためだけに、クラスをつくり変えるのは問題外のはずだった。実際目のまえには、それがちゃんとできる染谷がいるのだ。負けてはいられない。

「だけど、気になることがあってね」

ほかの教師のいない廊下の隅でも、染谷は声をひそめていた。

「なんだよ、龍一」

がらがらと引き戸が開いて、朝の授業にむかう教師があふれだしてきた。染谷は微笑みながら口の端でいった。

「くわしいことは、まだぼくもわからない。今話すのはやめておく。ただ4年生の担任にはなんだかおかしな噂が流れてるんだ」

良太は初耳だった。染谷は同世代なのに、なぜこんなに学校のなかの事情につうじているのだろうか。

「龍一って、ほんとうは文部科学省から派遣された潜入調査官かなにかじゃないのか。おまえの情報通は異常だな」

染谷は汗もかかずに笑って見せた。

「そっちこそ、どうしてそんなに素朴なんだ。大人になれば、誰だってすこしはむずかしくなるものだ。でも、良太はびっくりするくらい単純に自分をだすよね。なぜ、そんなに強くなれるのか、こっちがききたいくらいだ」

自分は強いのだろうか。そんなことを良太は考えたことはなかった。

「どうしたの。男同士でひそひそ話なんかして」

4組の担任、山岸真由子だった。胸に出席簿を抱えて、真っ白なジャージを着ている。

スタイルがいいので、まるでスポーツウエアのカタログから抜けでてきたようだった。

「ひそひそ話なんかしてないですよ」

良太はなぜかいつもからかわれているような気がして、山岸がすこし苦手だった。うわ目づかいに年上の女性教師がいった。

「昨日の合コンで、ほかの小学校の先生のメールアドレスふたつもゲットしたんだって」

良太は染谷をにらみつけた。染谷は平気な顔でそっぽをむいている。

「別にいいじゃない。悪いことをしたわけじゃないんだから」

「いや、でも、そういう噂が流れるとうえの先生たちににらまれたりするでしょう。なにかと頭の固い人が多いし」

山岸は笑って、手を振った。細い指がしなやかに揺れている。

「そんなことないよ。中道先生は独身なんだし、恋愛は社会勉強のひとつでしょう。ほかの小学校のことを知っておくのも、仕事の役に立つもの。昨日は若手の懇親会だったんでしょ」

「ええ、まあ」

小学校の教師は七、八年でつぎの学校へ移っていく。学校の評判や校長の運営方針など、知っておいて有益な情報も多かった。勢い教師同士の横のつながりも強くなる。性別、世代別、地域別と各種の懇親会や勉強会が、始終開かれているのだ。とても山岸にはかなわない気がして、良太は染谷に相手を替えた。

「龍一、なんで山岸先生に話したんだよ」

くすくすと笑って山岸は、ふたりを見ていた。染谷はあっさりという。

「さっき、どうしてぼくのところにばかり情報が集まるのかってきいたよね」

良太がうなずくと、講義でもするように染谷がいった。

「それはこちらがきちんといい情報を流すからだよ。情報というのは、商売と同じなんだ。先に価値ある情報をわたせば、相手はお礼に別な情報を与えてくれる。だから、情報のあるところにはさらに情報が集まり、ないところはますます貧しくなる」

なんだか、今の世のなかと同じようだった。情報に金に生きるよろこび、すべてに差がついて厚いところと薄いところに分かれていくのだ。自分はいつもないほうの側だなと、良太は思った。

「なんだか、染谷先生がいうと説得力があるから不思議ね。でも、情報がないことにもいい点はあるでしょう。余計なことは考えずにすむし、迷うこともないし」

皮肉な笑顔で山岸は良太を横目で眺めていた。またからかわれているのだろうか。むっとしていると、染谷がいう。

「そのとおりですね。中道先生を見ていると、ぼくもそう思います。やっぱり、ほしければ迷わずに女のコのメアドをゲットすればいいんです。人生はカンタンなほうがいい」

山岸と染谷が、明るい廊下で共犯者の笑みを浮かべている。良太はくやしくなった。

「どうせ、こっちには頭がよくて複雑な人間のことはわかりませんよ」

5年3組の教室にむかおうとしたところで、職員室から九島がやってきた。ちいさな歩幅でちょこちょこと歩く姿は、小動物のようである。4年生の学年主任はひどく腰が低かった。

「お話し中のところ、すみません。ちょっとだけよろしいでしょうか」

「じゃあ、わたしはお先に失礼します」

山岸が廊下を去っていった。白いジャージの背中はほっそりとして清楚《せいそ》だ。あれでおかしなことさえいわなければ、五歳以上も年上とはいえ良太のストライクゾーンなのだが。

九島がきてから、染谷の態度が明らかに変わった。主任に負けないほど低姿勢になる。良太はぼんやりしていたのだが、同僚の教師は深く腰を折って頭をさげた。

「お気になさらずに、どうぞ。九島先生からはお話をうかがわなければならないと考えていました。立野先生のことは学年が違うせいもあって、ぼくたちにはなにもわかりませんから。4年生をまとめるのにおいそがしいとは思いますが、よろしくご指導お願いします」

染谷はさらに頭をさげようとした。目で良太になにか訴えてくる。良太もあわてて調子をあわせ、頭をさげた。九島は目を細めて、ふたりを見た。

「いやあ、若い先生でも、ちゃんとしているかたがいらっしゃる。5年生の主任がうらやましいくらいです」

良太は九島の噂はきいていた。ひどく面倒見がよく、ほかの教師への指導はていねいだという。子どもたちからの評判も悪くないようだ。挨拶《あいさつ》も欠かさず、口ぶりも礼儀ただしい。服装、行動ともに乱れたところはなかった。定年間近ではあるが、教師の鑑《かがみ》のような存在である。

「立野先生が休まれている理由は、おききになっているでしょうか」

染谷が微笑を絶やさずに質問した。

なんだか染谷が「刑事コロンボ」のように見えてきた。九島がもみ手をするように両手をまえで組む。こちらもていねいさでは負けていなかった。慇懃《いんぎん》無礼。自分でつかったことはない言葉だけれど、世のなかにはなんにでもぴったりの形容があるものだ。

「いやあ、なかなか若い先生のいうことは理解がむずかしいんです。ジェネレーション・ギャップというんですか。何度かお話をきくことはできたんですが、どうも小学校をお休みになっている理由がわからない。なにか心身ともに苦しいことがあるようなのですが」

目を細めているので、表情が読みにくかった。この学年主任がにおわせているのは、立野がなんらかの心身症を患っているということなのだろうか。ノイローゼやうつ病などさまざまな症状で、長期休職をしている先生は意外に数が多い。これも自分が教師になるまではわからなかった事実である。

「そうですか。弱りましたね。お休みになるまえの立野先生のご様子は、いかがでしたか」

染谷はやはり優秀な刑事のようである。九島は両眉《まゆ》の端をさげて、困った顔をした。

「なにかお悩みがあるようでした。表情が暗かったですから。気になって相談にのるというと、別に話すことはないとおっしゃる。そんなふうでしたから、わたしのほうではまったく手をだせなくて。ほかの学年の先生のお手を借りるのは、たいへん心苦しいのですが」

良太が口をはさんだ。

「クラスのほうは、問題なかったんですか」

学級崩壊の話はきいていないが、問題児童や親とのトラブルで休職に追いこまれる教師もいる。じろりと九島が厳しい顔で、良太をにらんだ。視線の先は首筋である。ジャージの胸元にはスターリングシルバーのドクロがさがっていた。すぐに九島は笑顔にもどっていう。

「いえ、クラスのほうも問題はなさそうです。子どもたちにきくと、立野先生の評判はなかなかいいようでした」

それでは手がかりはまったくないではないか。良太は二十代なかばの同僚の顔を思いだそうとした。線の細いまじめな顔立ちだったはずだ。どこか生命力に欠けている気がしたのは、あまり表情がなかったからかもしれない。眉は、目は、鼻は、口は……。順番に顔の造作を思い描いたが、まったく像を結ばなかった。立野はひどく印象の薄い教師だった。

「早速ですが、今夜ふたりで立野先生の部屋に顔をだしてみます」

染谷がそういって、また軽く頭をさげた。九島がきてから何度目の礼になるのだろうか。山岸と話していたときとは、別人のようだ。4年生の学年主任は腕時計を見た。古いスイス製の自動巻きである。年季のはいった革ベルトが飴色《あめいろ》にとろけていた。

「授業ですから、わたしはこれで失礼します。立野先生にはくれぐれもよろしくお伝えください。学年のほかの先生方も復帰を待っていると」

「わかりました」

九島はまたちいさな歩幅で、廊下を遠ざかっていった。良太はあきれていった。

「なんだか、ていねいな話し方教室みたいだったな。龍一はどうして急に態度を変えたんだ」

染谷は遠ざかる学年主任の背中を見送っていた。廊下の角を曲がるとき、九島はこちらのほうをちらりと見た。染谷は会釈したが、良太はぼんやりと立っていただけだ。

「さっきの目つき、一瞬だけど怖かったな」

なにをいっているのか、わからなかった。

「ほら、さっき九島主任が良太の胸元をにらんだだろう」

そんなことがあっただろうか。良太は首からさげたスターリングシルバーのペンダントにふれた。お気にいりなのだ。黒いドクロの目にはクリスタルの眼球がはいっている。

「そうだったっけ」

「やっぱり良太は自信があるんだな」

染谷が5年生の教室にむかって歩きだした。良太もあとを追う。

「自信なんてあるわけないだろう」

振りむかずに染谷がいった。

「ぼくなら相手がどんな人間かつかむまでは、絶対に自分を素直にだしたりはしない。九島先生はむずかしい人だよ。腰が低くて、ていねいでというおもての顔だけ見ていたのでは、評価を間違ってしまう」

小学校で教師をすることも、染谷には恐ろしく複雑な仕事なのかもしれなかった。良太が返事をできずにいると、同僚は続けた。

「良太のペンダントトップを見たときの九島先生の顔は、ひどく厳しかった。なにかいいたいことがあるようだったけど、ほかの学年だから控えたっていう表情だったよ」

良太はまたドクロをいじった。いったいこのアクセサリーのどこが問題なのだろう。

「うちの学校って、基本的にアクセサリー自由じゃなかったっけ」

染谷はあきれたように笑った。

「それは女性教師の場合じゃないか。男性のほうには、規程はないんだ。昔は男の先生がネックレスやピアスをするなんて、誰も思わなかったから、内規をつくる必要もなかったんじゃないかな。時代が変わったんだ」

良太は周囲の反応をあまり見てはいなかった。茶髪もネックレスも上司から厳しく注意をされないから、そのままにしてあるだけである。ときどき中年以上の教師から、にらまれることがあったけれど、教室にはいってしまえばこちらのものである。小学校のクラスは、独立国のようなものだ。

夏の廊下を海風が抜けてきた。染谷は前髪を熱した風に乱していう。

「今日はあまり遅くならないうちに、学校をでよう。立野先生の部屋を八時くらいに訪問したいから」

ふだんは十時過ぎまで学校に残って、雑務を片づけるのがあたりまえだった。そうなるとかなりの量のペーパーを、寮にもち帰らなければならない。

「まったく、なんで小学校の教師って、こんなに仕事があるのかなあ」

授業のプリント作成、テストの採点、子どもたちの作文やノートのチェック、うえにあげる報告書やレポート書き。短い作文に目をとおすだけでも、一回に三十二人分である。どさりどさりと毎日A４の再生紙の束が、音を立ててたまっていくのだ。果てしなく文字を読み、赤ペンをつかう。個々はそれほどむずかしい仕事ではないのだが、むやみに量が多いのだ。授業以外ではずっと机にむかう。それが実際の教師の姿だった。

自分の勉強のために本を読んだり、子どもたちとの話題づくりにロードショーで新作映画を観たりという余裕はめったになかった。小学校の教師をめぐる文化的な状況は厳しかった。良太の嘆きに染谷はただ笑っているだけだった。5年2組の教室のまえまでくると足をとめる。

「良太、今回はあまり勝手に動かないように」

「えっ……」

驚いた良太は返事をできずにいた。

「まだ、わからないことが多いし、ぼくには気になることがある。立野先生の欠勤だけでなく、ほかにもおおきな問題があるのかもしれない」

問題ってなんだろう。小学校は陰謀や大事件の舞台にふさわしい場所ではなかった。だが、染谷の目は真剣である。

「なにいってるんだよ、龍一。ちょっと疲れた先生が一週間ばかり学校を休んだだけだろう。そんなの、どこの学校でもよくある話じゃないか」

染谷は自分の教室の引き戸に手をかけたまま いった。

「そうだろうか。立野先生はまじめな先生だった。学年主任を門前払いするなんて、普通なら考えられない。誰にも理由がわからないということは、どこかうんと深いところに重要な問題が隠されているのかもしれない」

これだから頭のいい人間というのは面倒だった。なにかをするまえに考えすぎるのだ。

「そうでなけりゃ、誰でも知ってることが問題なのかもね」

良太は軽口のつもりで返したのだが、染谷は感心しているようだった。

「良太も、たまにはいいことをいうね。実際にそうかもしれない。誰もが明白に気づいていることで、立野先生は苦しんで、学校を休んでいる可能性もある。どちらにしても、すべては一度、先生の話をきいてからだ」

良太は胸元のペンダントをいじりながら、にやりと笑った。

「なんだか、こういうのワクワクしないか。どこかの組織の秘密捜査官みたいだ」

考えてみれば、立野はほかの学年の教師である。本多元也のときのように直接の責任は、自分にはないのだった。これで学校側にひとつ貸しをつくることもできるだろう。なによりも、よくわからない事情を探るというスリルがよかった。染谷は困った顔で、こちらを見ている。一時間目のチャイムが、廊下をやわらかに響いて抜けた。

「良太はのんきだな。そういう楽天主義がうらやましいよ。じゃあ、放課後に」

「OK、染谷捜査官。作戦会議はまたあの定食屋にしよう」

染谷は鼻で笑っただけで、教室にはいっていった。良太も3組のドアにむかった。深呼吸をして、手をかける。また、夏の新しい一週間が始まるのだ。こんなときの教師の気分は悪くないものだ。がらがらと引き戸をひいて、元気よく朝の挨拶《あいさつ》をした。

「みんな、おはよう」

「おはようございまーす」

男性教師ばかりが入居する清崎市の独身寮は、バブルの時期に竣工《しゅんこう》されたコンクリート打ちっ放しの三階建てだった。東京の有名な建築家が設計を担当したというが、太平洋側で雪のすくない清崎でも、冬にはかなりの冷えこみになる。子どもが遊びの途中で放りだした灰色の積み木の家のようなしゃれたデザインだが、この寮は暖房がまるで利かない構造だ。

良太と染谷が夕食をとってから寮にもどったのは夜七時半すぎだった。点々とアルコーブのえぐられたしゃれた廊下も、むきだしのコンクリートで夏もひんやりしている。

「いつもこんな時間に帰れればいいのになあ」

良太がのんきにいうと、染谷が返した。

「良太のいい加減なところを立野先生にもすこしわけてやりたいよ。だいたいみんな繊細すぎるんだ。ここがいけない、あそこがいけないと自分を責めてばかり。教育には理想なんてないのに、理想の教師になろうとする」

希望の丘小学校で若手ナンバー1と目される教師の言葉とは思えなかった。

「へー、龍一がそんなことをいうなんて、びっくりだな。なにもかも計算ずくでやってるんだと、ずっと思ってた」

染谷はドアに張られたプレートを確かめている。312号室。立野の部屋はあとふたつ先だ。

「子どもたちが毎日なにを起こすか、予測できるはずがないだろう。毎回、その方法がベストだと信じて、瞬間的に対応してるだけだよ。教育方針だとか理念だとか、そういうものは現場ではほとんど役に立たない。良太だって自分のクラスをもってるから、わかるだろう」

夜の廊下でうなずくしかなかった。子どもたちに対するときは一対一なのだ。なかには小学生でも自分よりずっと器のおおきな人間に出会うこともある。恐ろしいほど些細《ささい》なことで、しぼんでしまったり、急に伸びていく子どもたちを間近にするのは、大学時代に考えていたよりもずっとスリリングな経験だった。

「まったくな。教えてるんだか、教えられてるんだか、いまだにわからない。よく教師なんか務まってるよな」

ははは と笑って、染谷が親指の先で閉まったドアを示した。白いスチールの扉は冷えびえと外界を拒否しているようだ。良太は声をひそめた。

「さて、いってみようか」

染谷がうなずいて、ドアをそっとノックした。

三回ずつ、二度。金属の低くこもった音が響いた。返事はなかった。良太は染谷と顔を見あわせた。

「ちょっと交代」

そういって、染谷と位置を代わる。良太は今度はかなり強めに扉をたたいた。回数はまた同じ、三回ずつ、二度である。しばらく待ったが、それでも返事はなかった。染谷の顔を見ると、黙ってうなずき返してきた。

白いドアにむかって、声を張る。

「立野先生、中道です。染谷先生もここにいます。部屋にいらっしゃるんですか。学校のことでちょっとお話があるんですが」

それでも返事はなかった。耳を澄ませると、完全な静寂ではなかった。ドアのむこうから、なんの音楽かわからないが、リズムを刻むシンバルとバスタムの音がかすかに流れていた。良太はいった。

「おかしいな。立野先生の車は駐車場にあるし、玄関の札も帰宅していることになっている。なかにいないのかな。ちょっと夕食を買いにコンビニにいったとか」

じっと染谷は白いドアをにらんでいた。腕組みを解いて、抑えた声でいった。

「いいや、立野先生が息をひそめている気配がしないか。きっとなかにいるんだ。どうしてもぼくたちと話をする気分じゃないのかもしれない」

良太も声をひそめた。相手がきいているなら、滅多なことはいえないだろう。九島主任がにおわせた心身症のことを急に思いだす。

「だけど、どうしてだ。こっちはただの同僚で、上司でも管理職でもない。なにがあったのかぐらいは、気軽に話せると思うんだけど」

染谷は首を振ってから、もう一度ノックを繰り返した。

「立野先生、いったんぼくたちは部屋にもどります。あと一時間したらもう一度きますから、ちょっと気もちを整理しておいてください」

それから良太にささやいた。

「いこう、良太。なにか立野先生によくないことが起きてる気がする。急だったから、ぼくたちに話をする用意ができないのかもしれない。時間をおいてまたこよう」

良太は白いドアをじっと見つめていた。自分の部屋と同じだから、なかの造りは手にとるようにわかった。広さは十畳ほどで、ロフトとユニットバス、それにミニキッチンがついている。

独身寮の名のとおり、ひとりで暮らすには十分な広さだった。それでもずっと昼も夜もこもりきりでは息がつまるだろう。ミニキッチンといっても、電気ヒーターが一台あるだけで、本格的な調理はできなかった。食事には部屋をでて外出する必要があるのだ。

もう一度ノックしようとした良太に、染谷がちいさく声をかけた。

「ここは無理をしないほうがいい。夜九時になったら、またこよう」

ふたりはそこで別れて、それぞれの部屋にもどった。良太はボリュームを絞って、夜のテレビを流しながら、算数のテストの採点を片づけた。この教科が一番採点がはかどるのだ。下手な文字の手書き作文を読むより、ずっと楽だった。平日にこの時間の番組を観るのは久しぶりである。

一時間後、また立野の部屋のまえに集合した。

今度は良太が先にノックする。返事はない。さっきとは違って、ドアのむこうは静まり返っていた。音楽もきこえないし、人の気配もなかった。染谷がこつこつと白い扉をノックして、耳を金属のおもてに押しつけた。

「立野先生はどこかにでかけたみたいだ」

良太は思わずいった。

「なんだ、逃げられたのか」

染谷は眉《まゆ》をひそめた。

「そんなふうに犯罪者みたいにいうなよ。立野先生はただ小学校を病欠してるだけだろ」

「わかってる。だけど、ぼくたちはとことん嫌われてるみたいだな。さっきはちゃんと一時間後にくるって、伝えたはずだ」

染谷は廊下をエントランスのほうに歩きだした。夜の廊下はひっそりと静かだ。どの学校も残業が多い。この時間ではほとんどの教師が帰宅していないのだろう。

玄関ホールの壁には、ずらりと名札がぶらさがっていた。おもてが白、裏が灰色の札が三十枚近くである。良太は立野の部屋番号の名札を確認した。白である。さっき見たときは灰色だった。ふたりの来訪を避けるために、立野はこの一時間のあいだに寮をでていったのだ。

「どうなってるんだ、いったい」

良太が漏らすと、染谷が無表情な顔でいった。

「ぼくのことをどこかの捜査官みたいだといったろ。いよいよ本格的なスパイごっこになってきたみたいだな。これから、どうする、中道刑事」

良太にはなんのアイディアもなかった。こんな面倒なことはさっさとギブアップしたほうがいいのかもしれない。なんといっても、学年違いの4年生の担任なのだ。会ってもらえなかったと職員室で報告すれば、それですむ。

ホールにおかれたくたびれた革のソファに腰をおろした。ル・コルビュジエのLC2だった。この寮は備品もバブルのにおいが残っているのだ。染谷もむかいに座った。良太は両手を頭のうしろで組んだ。テーブルにスリッパの足をのせたいのだがやめておいた。

「ここまで避けられると、なんだか気分が悪いな。ぼくたち立野先生になにかしたっけ」

染谷はじっと外出を示す名札を眺めていた。口の端でつぶやく。

「スパイか……」

なにをいいだしたのだろうか。良太も反射的に口にする。

「ぼくたちがか」

染谷は良太に視線をもどした。夜のメガネに閑散としたコンクリートむきだしのホールが映っている。

「そうだ。こちらはただ同世代の教師で気心も知れているから、様子を見てきてくれといわれただけだ。立野先生にあまり関心もなかったしね。だけど、むこうからすると、ぼくたちが希望の丘小学校から送られてきたスパイにでも見えているんじゃないか」

いきなり夜訪問を受ける相手の気もちなど、良太はまったく考えていなかった。確かに予告なしに押しかけられれば、うんざりも、あわてもするだろう。黙っていると染谷がいった。

「ということは、どういう意味だかわかるか、良太」

どうもこの男は頭の回転が速すぎるなと、良太は思った。染谷は目を光らせていった。

「立野先生と学校のあいだに信頼関係はないということだ。小学校から送られてくる人間をまったく信用していないんじゃないだろうか。きっと先生には学校でなにか深刻な問題があるんだと思う」

　そういわれれば、そうなのかもしれない。だが、良太は別の可能性を口にしてみる。

「ただストレスや仕事の疲れがたまっているだけっていうのは、どうかな。それでちょっとばかり対人関係が面倒になったとか。気分が落ちこんだとか」

染谷はゆっくりと首を横に振った。

「それで十日近くも学校を休むかな。良太は覚えてないか。立野先生がうちにきたばかりのころの男子会」

今どき男女に分かれてのみ会を開くのは、教師くらいのものだろう。学校には古い習慣が昔のままの形で残っている。良太はこんなソファが自分の部屋にもひとつあったらいいなと、のんきなことを考えていた。

「二年も三年もまえのことだろ。覚えてるはずないじゃないか」

染谷はキザなメタルフレームを指先で軽く押しあげていった。

「立野先生は酔っ払っていってたよ。自分は一般の企業に寄り道してから学校にきた。ただ金もうけをするだけじゃなく、子どもたちといっしょに成長できる。この仕事は天職だって」

良太は開いた口がふさがらなかった。

「龍一はのみ会で誰かがいった台詞《せりふ》まで、全部覚えてるのか。よくそれで、頭がおかしくならないな」

あっさりと染谷はいう。

「全部は覚えてないさ。興味深いことだけだ。ちなみにそのとき良太は、希望の丘小学校で誰が一番美人か、でかい声で話していた」

「ぜんぜん覚えてない」

「ふふっ」

クラス競争一位の教師に鼻で笑われた。腹は立つが、自分でもなにをいったのか、まったく覚えていないのだから嫌になる。染谷は余裕たっぷりにいった。

「第一位は4組の山岸真由子先生だった」

「えっ……」

今では苦手な山岸を、自分が学校一の美人だと思っていたのだから、意外である。年はかなりうえだが、山岸は独身だし、確かに整った顔立ちをしている。

「ぼく、ほかになにかやばいことといってないよな」

染谷は笑った。この男は捜査官よりも検事のほうが似あうのかもしれない。

「すくなくとも、つきあいたいとはいってなかった。さすがに、そのあとは覚えてない」

それなら別にかまわなかった。話を変えるために、良太はまじめな顔をした。

「そんなことより、立野先生のことはどうする」

「ホウ・レン・ソウかな」

報告、連絡、相談。どの学校でも教師のあいだで重要なことは変わらなかった。

「立野先生には会えませんでしたと、報告して終わりにするのか」

良太はどちらでもいいけれどというつもりでいったのだが、染谷は急に深刻な顔になった。

「今夜のことはありのままに報告したほうがいいだろう。でも、問題はこれからだ。良太がよければ、引き続きふたりで立野先生の様子を探ってみたいと、ぼくは思ってる。その場合は、副校長先生や九島主任にも話をとおさなければならないな。それでも、いいかな」

親しくなっても、染谷にはなにを考えているのかわからないところがあった。良太の返事は切れが悪くなる。

「別にいいけど……」

「ほんとに？」

染谷は横目で良太を見た。あまり信用していない表情である。

「その場合、もしかしたらこれから何週間も立野先生にかかわることになるかもしれない。それにぼくたちは学校側ではなく、自分たち独自の方向からこの問題を調べることになるだろう。いつか管理サイドと対立することになるかもしれない」

まったく頭のいい人間の考えることは厄介だった。

「龍一はどうして立野先生の件に、そんなにいれこんでるんだ」

染谷はソファにまえのめりになって、指を組んだ。声をひそめる。

「4年生にはおかしな噂がある」

「なんだよ、それ」

「まだ噂だけだし、良太に話すとそっちはストレートだから、まっすぐ相手にぶつけるだろう。まだ証拠もない段階で、ムチャはできない。しばらくは良太にも話したくないんだ」

希望の丘小学校にそれほど恐ろしい陰謀が渦巻いているのだろうか。染谷がにこりと笑いかけてきた。

「その代わり調査には良太も必ず同行してもらうよ。同じ情報をつかんでも、見る目が多いほうが客観的な事実をつかめるかもしれない。報告を終えたら、ぼくは自分なりの形でこの件にかかわりたいとうえのほうにいうつもりだ」

職員室がそれほどスリリングな場所になるとは、良太は想像もしていなかった。

「龍一ってなんだか変わってるな」

染谷は苦笑いした。

「良太にはいわれたくないよ」

「面倒な調査もいいけど、いま立野先生は寮をでているだろ。このままずっとここで帰りを待ってるのはどうだ。いくらなんでも真夜中までには帰ってくるだろう。そうすれば、明日副校長に話すときも手ぶらじゃなくなるし」

玄関ホールの吹き抜けを、染谷は見あげた。築二十年のコンクリートには、細かなひびが黒い血管のように走っている。

「それはぼくも考えた。でも、初日からひと晩中待ち伏せするような相手に、良太だったら素直に自分の気もちを話せるか。今度の件にはきっと深い事情があるんだ。ゆっくりと立野先生の気もちをほぐしていったほうが、結局は近道になるんじゃないかな」

良太は優秀な同僚教師に感心した。どんな仕事でも恐ろしくできるやつはいるものだ。

「さっきまで捜査官は冗談だったけど、龍一はほんとうに警官になっても成功したかもしれないな」

染谷は首を横に振った。

「毎日犯罪者を相手にするのか。ぼくはそんなのとても無理だ。子どもたちといっしょに分数の計算でもしていたほうが、ずっと心の平和が得られるよ」

広い玄関ホールに人影が動いた。

「こんばんは」

近くの中学校の男性教師が疲れた顔で挨拶《あいさつ》をよこした。反射的に同じ言葉を返す。丸まった背中が廊下に消えると、良太は声をひそめた。

「ところでさっきの噂だけど、詳しくじゃなくていいから、もうすこしきかせてくれよ。なんだか龍一だけ、謎が全部解けてるようで、しゃくにさわる」

染谷は困った顔をした。

「だからまだよくわからないんだって。でもひとつだけいえるのは、学校側だって一枚岩じゃないってことだ」

いったいなんなのだろう。良太は口を滑らせた。

「秋山校長派vs.牧田副校長派の暗闘とか。時代劇のお家騒動みたいだな」

染谷はまた鼻で笑った。

「龍一のその笑いかた、なんか傷つくんだよな」

「すまない。ぼくがいってるのは管理職と4年生の担任全員の話だよ。どうも学年主任は立野先生について、なにか隠していることがあるようなんだ」

良太は異常に腰が低く、ていねいな九島の顔を思いだしていた。定年間近の小学校教師にどんな秘密があるというのだろうか。

「見た目じゃぜんぜんわからないな。九島先生は臆病《おくびょう》そうな人の感じがするけど」

暗いホールに染谷の目が光った。

「人は見た目のとおりじゃない。つくづくそれがわかったのは、ぼくも小学校にきてからだ。学校の教師ほど、おもての顔と裏の顔が違う人種はいないからね。明日はうえに報告して、もうすこしこの件について調べる許可を得ようと思う」

面倒なことになってきた。良太はそう思ったが、同時にぞくぞくするようなスリルも感じた。授業と採点ばかりの毎日に飽きあきしていたのである。小学校にはめったにない謎解きの仕事ができるのだ。

「わかった。じゃあ、こっちがワトソンで、龍一がホームズだな。ぼく、考えるの苦手だから」

染谷は感心した顔をする。じっくりと良太の顔を見ていった。

「どうして、そんなふうに自分の弱点を気軽に口にできるのかな。良太はやっぱり変わってる。職員室じゃあ、どの先生もきちんと子どもたちを指導して、できるところを見せようと必死だ。良太だけ自然体でぼんやりしてるだろ。ぼくはあまりかりかりしないほうが、子どもたちにもいい影響があるんじゃないかと思っているんだけど、なかなか自分ではできないよ」

ポイントをずれたところでほめられた気がして、良太は素直によろこべなかった。

「ぼくは、天然かな」

「そうかもしれない。よく教育関係の雑誌なんかで、子どもたちの視線を大切になんて書いてあるよね。でも、ああいうのは高さをあわせようと無理すると、逆にどんどん差が開いていく気がするんだ。でも、良太はそういうことを考えないだろ。いいことも悪いこともまとめて、子どもたちといっしょにもみくちゃになっている。案外、それが一番ただしい教育なのかもしれないって、最近思うんだ」

染谷はまたひとりでなにか反省しているようだった。生まじめすぎる男だ。

「これから、どうする。まだ九時だし、部屋で一杯のまないか。ビールなら冷えてる。つまみはポテチくらいしかないけど」

染谷が笑って立ちあがった。

「いいね。ぼくはもうすこし教育論をたたかわせたい気分だ」

それだけはやめてくれと良太がいって、笑い声とともに、ふたりは暗い玄関ホールをあとにした。

七月のまぶしい朝に似あわない重苦しい雰囲気だった。校長室の黒いソファセットのむかいには、秋山校長と牧田副校長がいる。こちらの三人がけには良太と染谷。4年生の学年主任は席をはずしていた。染谷がそう望んだのである。

「昨日は立野先生に面会してもらえませんでした。どうやら、学校サイドに強い不信感をもっているようです」

良太は前夜のみすぎて、まだ頭の芯《しん》がぼーっとしていた。染谷は何事もなかった顔で、経緯を説明している。一時間おきに二度訪問したが拒否されたというと、副校長の顔色が変わった。

「いったいなにがあったというんだろう」

染谷がたずねた。

「九島主任から、詳しい事情はきいていないんですか」

副校長はビジネスマン顔を曇らせた。今朝も髪には櫛《くし》のあとが見事に残っている。

「いいや。理由に心あたりはないとしかきいていない」

横を見ると、染谷がうなずいてきた。そこで良太は口を開いた。

「ぼくたちは同期として、立野先生が心配です。まじめで優秀な先生だし、このまま長期休職という形になったら、立野先生のこれからのキャリアに傷がつく。ふたりでもうすこし調べたいんですが、許可してもらえないでしょうか」

そのためには希望の丘小学校の慣例である学年中心主義を超える必要があった。校長が初めてその朝、口を開いた。

「どういうことかね」

染谷が正面からいった。

「ぼくたちは4年生の他の担任にも話をきいてみたいんです。2組のクラスの子どもたちも同様です。九島主任がにおわせているように、なんらかの心身症であるとしても、原因を確かめておかないと、学校としては悔いが残ると思います。ずるずると原因不明の長期休職の先生を抱える。市の教育委員会からは、おおきなマイナスに見えますし、現場の士気だってさがってしまう」

立野の休職も二週目にはいって、職員室では噂になり始めていた。染谷と良太はじっと夏目漱石に似た秋山校長の立派な顔を見つめた。ひげまでそっくりだ。昔の千円札の顔だと思うとありがたい気がするから不思議である。

「わかりました。許可しましょう。立野先生の件では、おふたりに存分に調べてもらいます」

校長室をでてから染谷がまっすぐにむかったのは、4年生の担任教師の机が集まった島だった。良太はなんのためかわからずに、あとについていくだけである。染谷はていねいに頭をさげて、学年主任にいった。

「ぼくたちの力が足りなかったようです。立野先生にはお話をきくこともできませんでした」

それから手短に昨夜の様子を報告する。こんなことなら、主任も校長室に呼べばいいのにと良太は思った。九島主任は立ちあがり、染谷に深々と頭をさげた。

「いいえ、わたしの指導が至らないばかりに5年生の先生にもご迷惑をおかけしました。申し訳ありません。それで校長先生はなんとおっしゃっていましたか」

染谷はちらりと良太のほうを振りむいた。黙っていろと視線だけで合図を送る。

「市の教育委員会の手前もあるので、もうすこし原因をはっきりさせておきたい。九島先生からは心あたりがないときいているので、ぼくたちのほうで立野先生の様子を探ってくれないか。秋山校長はそうおっしゃっています」

九島は目を細めて、染谷の話をきいていた。なにを考えているのかわからない表情である。

「それで、こちらも困ってしまって……」

染谷は頭をかいている。この教師はとんだくわせ者だった。立野のことをもっと調べたいといいだしたのは校長ではなく染谷である。

「校長先生はこの件できちんと報告書をあげるようにというんです」

初耳だった。先ほどの話しあいでは、そんな言葉はまったくきいていないのだ。九島は妙に黒々と量の多い髪に手をやって、困ったようにいった。

「そうでしたか……」

染谷がまた頭をさげた。良太もあわてて調子をあわせる。

「校長先生からの命令なので、4年生のほかの担任の先生や2組の子どもたちからも話をきかなければならなくなりそうなんです。他の学年のことに首を突っこむのは、正直心苦しいんですが、ぼくたちも報告書は仕あげなければならないですし。九島主任、ご許可をいただけますでしょうか」

なるほど。良太はそこで初めて染谷の目的に気がついた。うえからの命令で嫌々調べる振りをしながら、九島にも調査をオーソライズさせるのだ。

九島以外の4年生の担任は、立野をのぞき女性教師ばかりだった。先生同士のなかで不安げな視線がいきかう。校長にあげる報告書という言葉が効いたようだ。九島が口元を引き結んでいった。

「わかりました。そういうことでしたら、学年をあげてお手伝いさせてもらいます」

4年生担任のほうを振りむいた。

「おききになったような事情ですので、染谷先生、中道先生の調べに先生がたもご協力お願いします」

良太は三人の女性教師を観察した。3組の渡辺奈津子は四十代後半の落ち着いた印象である。ひどくやせていて、真夏でも長袖《ながそで》のブラウスに上着を欠かさなかった。

4組の篠原圭子《しのはらけいこ》も四十代だが、渡辺よりは数歳若かった。小太りの身体《からだ》に締めつけるところがないムームーのようなワンピースをかぶっている。そのしたはジャージのパンツだ。

順番に視線を動かしていくと、5組の米澤多恵が目をそらせた。こちらは三十代の初めで、良太と同じように海外ブランドのトラックスーツを着ている。ひもをとおして首からさげているのは、教師の必需品赤ペンである。良太はそのままじっと米澤を見つめていたが、顔を伏せたまま目をあげようとしなかった。

九島主任がいった。

「染谷先生、いつから始めますか」

にこやかに染谷は返す。

「まあ形だけの調査ですが、時間がありませんので、今日の放課後から順番にお話をうかがいたいと思います。それではみなさん、よろしくお願いします」

染谷は最後にまた深々と頭をさげた。このころになってくると、良太も染谷の行動の先が読めるようになっていた。腰を直角に折って、心のなかで数字をみっつかぞえてから、身体をもどした。となりにある5年生の島にもどって、良太は染谷の耳元でささやいた。

「なんだか、だんだんおもしろくなってきたな」

一時間目の準備をしながら、染谷がいう。

「良太はいつものんきでいいな」

「だってききとり調査なんて、実際におもしろそうじゃないか」

染谷は椅子をまわして、正面から良太にむきあった。声を殺したまま真剣な表情でいう。

「良太が思っているほど、簡単な事態じゃないんだ。下手をしたら、ぼくたちも潰《つぶ》されるかもしれない」

潰される？　いったい誰にそんなことをされるというのだろうか。地方公務員の身分は手厚く保護されていた。仮に立野がこれから原因不明のまま数カ月休職しても、それだけで首を切られることはまずないだろう。校長にさえそれほどの権限はないし、教育委員会もよほどの不祥事でも起こさなければ、教師を処罰することはなかった。

「おおげさなことをいうなよ、龍一」

染谷はきっと良太をにらんだ。

「職員室では染谷先生と呼んでくれ」

「はいはい、わかりました。染谷先生、それで今日の放課後から、順番に4年の担任に話をきいていくんだよな」

染谷は意外なことをいった。

「それで、なにがわかるというわけでもないんだけどね」

「なんだよ、それ」

メタルフレームのメガネに夏の光が伸びている。職員室の窓にはまぶしい七月の日ざしが満ちているのに、自分たちは希望の丘小学校には似あわない謎の陰謀を追っているのだ。とても現実の話とは思えなかった。

染谷は自分の机で淡々と一時間目の準備をしていた。良太は重ねてきいた。

「だから、どんな危険があるっていうんだ」

九島が教科書を胸に大切そうに抱えて、職員室をでていくところだった。丸まった背中を見送り、引き戸が完全に閉まるまで染谷は待っていたようだ。

「危険というのは、誰もがわかる危険な場所になんかないんだ。それは普通の生活のなかで口を開けている。例えば……」

染谷は始業時間を控えて、ざわざわと騒々しい職員室を見わたした。

「この部屋のなかにある。立野先生はここで罠《わな》にはまったのかもしれない」

良太はびっくりして、自分の机まわりに目をやった。

「ここには地雷が埋まっているようにはとても見えないよ」

乾いた笑いを短くあげて、染谷はいった。

「もちろん床には埋まってないさ。地雷は歩きまわってて、息をして、子どもたちに授業をしてるんだから」

「希望の丘小学校の先生が地雷なのか」

染谷は悲しげな顔で良太を見つめた。

「残念だけど違う。この世界に生きてる人間が、すべていつどんなきっかけで爆発するかわからないんだ」

その日の授業もいつものとおりに進行した。ということは、予想外の問題が二、三件発生したということである。良太の5年3組では、ケンカがひとつと怪我人がひとりでていた。

休み時間に工藤紳《しん》と古村冬樹《こむらふゆき》が、ささいなことをきっかけにケンカをしたという。手をだしたのは普段はおとなしい工藤紳で、古村冬樹の背中には赤いみみずばれができていた。シャツのうえから強く引っかいたのである。良太は事情をきき、おたがいに謝らせた。これですむようなら、親にはしらせないというと、男の子ふたりはほっとした顔になった。

怪我人は女の子だった。最近は男子に負けないくらい活発な女子が増えているのだ。放課後に校庭で遊んでいた佐々木麗奈《れいな》が鉄棒の着地に失敗して、ひじから手首にかけておおきくすりむいたのである。じくじくと血がにじむような傷は見ているだけで痛そうだったが、当の本人はけらけらと笑っていた。女性が痛みに強いというのは、事実なのかもしれない。保健室で治療を受ける女の子を見て、良太はおかしなところに感心していた。

染谷といっしょに職員室で4年生の島にむかったのは、放課後も一時間をすぎたころだった。1組が学年主任の九島、2組が欠勤中の立野なので、まず3組の渡辺奈津子に声をかけた。

「あまり話すこともありませんけどね」

四十代後半の神経質そうな女性教師が自分の机を離れた。背中は板がはいっているようにまっすぐである。染谷は九島にむかっていった。

「渡辺先生のお時間をすこしだけお借りします」

はいはいとにこやかにうなずいて、学年主任は日誌に目をもどした。職員室をでると、手近な空き教室にむかった。希望の丘小学校でも全盛期には一学年八クラスもあったという。日本中の校舎のあちこちに、誰もつかっていない教室があまっているのだ。姿勢よく子ども用の椅子に座ると渡辺がいった。

「わたしは校長先生も学年主任も甘いと思います。立野先生のようにきちんと仕事のできない人は、すっぱり辞めてもらえばいいんです。自分のクラスを放りだすなんて、教師として論外です」

染谷は傷だらけの机のうえに手帳を広げていた。細字の万年筆でメモをとっている。

「あの、どういう点で仕事に問題があったんでしょうか」

「立野先生は好き勝手に校外学習にクラスの子どもたちを連れていって、遊びまわったりしていました。一度は清崎の海岸で事故を起こしそうにもなったんです」

「そうでしたか」

さらさらとメモをとりながら染谷がいう。実際に誰かがおおきな怪我でもしない限り、そうした問題は学年内で処理されるのが、この学校ではあたりまえになっていた。良太も初耳の話である。3組の担任は自分の言葉で火がついたようだ。ますます厳しい顔でいいつのる。

「自由はもちろんいいですよ。でも、自分の指導力のなさのいいわけに、子どもたちの自主性とか自由をつかってはいけません。2組はうちのとなりですが、授業中もすこし騒がしすぎます。子どもたちの目上の人への口のききかたにも問題があります」

良太は黙ってうなずいているだけだった。そんなことをいわれたら、自分の5年3組だって怪しいものだ。染谷がやわらかにいう。

「おっしゃりたいことはわかります。ただその程度のことは各クラスをあずかる担任教師が自分の裁量で決められることですよね」

小学校は独立したクラスの集合体である。教師と子どもの合衆国といってもいいかもしれない。

「うかがっていると、立野先生はかなり自由に自分のクラスを運営していたようですね。のびのびと仕事をしていた。そうなると先週からずっと理由もなく休んでいるのが、うまく結びつかないんですが」

姿勢をただしたまま、中年の女性教師は横をむいた。口の端で冷たくいう。

「理由はご本人しかわからないんじゃないでしょうか。わたしも存じませんし、ほかの4年生の先生方にもわからないと思います。どちらにしても、立野先生はこの学年のお荷物です。わたしもいそがしいので、失礼してもいいですか」

染谷はていねいに頭をさげた。

「わかりました。ご協力ありがとうございました。最後にひとつだけいいでしょうか」

腰を浮かせかけた渡辺が座り直した。真夏でも長袖《ながそで》のシャツと上着に乱れはない。

「なんでしょうか」

「九島先生は学年主任としていかがですか」

てのひらを返したように3組の担任は笑顔になった。

「それはご立派な仕事をされていますよ。最初のころは立野先生にもずいぶん熱心に指導されていたみたいですけど、若い人は勝手だから」

4年3組の担任は、冷たい目でちらりと良太を見た。茶髪に銀のネックレス。ペンダントトップは口を開けたドクロだった。なぜかわからないが、このアクセサリーは中年以上の教師からは評判が悪い。けれども、他人がどう自分のことを考えるかなど、変えられるものではない。良太は平然といった。

「立野先生から、身体の調子が悪いとか、悩みごとがあるなんて相談を受けたことはありませんか」

渡辺はそっぽをむいていう。

「ありません。あったとしても、わたしや学年主任には話さなかったんじゃないでしょうか。あの人は自分の殻に閉じこもる癖がありましたから。そういうことでしたら、5組の米澤先生におききになるといいです。彼女のほうが年齢も近いですし、なにかとお話をされていたみたいですから」

渡辺は失礼しますといって、立ちあがった。空っぽの教室をでていく。夏でも上着を欠かさない姿勢のいい背中を見送って、良太はいった。

「なんていうか、ぼくの子どものころの先生みたいだな。ああいう厳しい女性教師っていたよな。授業中の私語は絶対に許さないみたいな」

染谷はなにか手帳に書きこんでいた。

「渡辺先生は立野先生のことをまったく評価していないみたいだね。ああいう人を敵にまわすと大変だ。良太も気をつけたほうがいい。そのネックレス、にらんでいたぞ」

ペンダントトップにさわりながら、良太は閉まった引き戸を見ていた。

「なんで誰かが身につけているもので、単純に人を評価するんだろうな。あの年代の先生は考えてることがわからないよ」

「それはむこうも同じだろ。すこし年齢が離れている、すこし自分の好みの服装からはずれている。すこし仕事の方法が、自分とは違う。それくらいのことで、ぼくたちは人を区別して、おたがいにはじきあうんだ」

良太はため息をついて、左右に首を振った。

「ほんとだな。個性豊かで、創造力のある人間を育てるなんて簡単にいうけど、その教師がまわりにいる教師と同じことをしなければいけない。こんなふうに同じになれって圧力を受けて、それで個性的になんてなれないよ。子どもに偉そうにいうまえに、教師がもっと個性的になればいいんだ」

染谷は困った顔で良太を見つめるだけだった。

4年4組の担任は篠原圭子だった。ふたりは同じ空き教室に招いて、話をきくことにした。篠原はぼんやりした表情で、にこにこしている。身体全体が丸い中年の女性教師を眺めながら、良太は感心していた。人間はなにか困ったときに頼る表情があるものだ。先ほどの渡辺は怒り、今度の篠原は笑う。なんだかほんものの探偵にでもなったようで興味深かった。染谷がはげますようにうなずいていう。

「立野先生の勤務態度はいかがだったでしょうか。なにかトラブルの話をおききになっていませんか」

篠原は手のなかのハンカチで額の汗をふいた。この身体では冷房のない学校で働くのは、つらいのかもしれない。

「あまり存じあげませんけど。立野先生とはほとんどお話ししたこともありませんし」

染谷の手はさらさらと手帳のうえを走っていた。

「学年会議などで、立野先生は発言などされなかったですか」

篠原は困ったようににこにこした。複雑な立場を理解してもらいたい。良太にはそんな笑いに見えた。

「一学期が始まったころは、学年主任とたまにぶつかっていたみたいです。でも、話の内容は忘れてしまいました。あまり重大な用件ではなかったと思います。ぜんぜん覚えていないくらいの問題ですから」

染谷は顔をあげ、篠原の目を見ていった。

「そのころ、熱心に九島主任が立野先生をご指導されていたということはありましたか」

「そうですね。そんな雰囲気もあったでしょうか。4年生の担任は立野先生と九島主任をのぞいてすべて女性ですから、おふたりだけで話されたり、動いたりされたことは多かったように覚えています」

なぜこんなに汗をかいているのだろうか。確かに西日のさしこむ教室は暑かったが、全開にした窓からは涼しい海風が吹きこんでいた。篠原のハンカチはしぼれそうなほど汗を吸っている。良太が質問した。

「そういうときにふたりがどんなことを話しあっていたか、わからないでしょうか」

篠原は首筋の汗をぬぐいながらいった。

「わたしは今回のことにあまりかかわりたくないんです。あのふたりのあいだになにがあったかは、知りたくもありません」

女性教師は泣きそうな表情で眉《まゆ》の端をさげた。

染谷が手帳から顔をあげた。中年の女性教師の目をまっすぐにとらえていう。

「篠原先生は九島主任のことをどんなふうにお考えですか」

4組の担任は目をそらせた。いいにくそうにぽつりぽつりと口を開く。

「指導熱心で、まじめな先生だと思います。細かなところまで、とてもきちんとされてますし。ただ……」

篠原が口ごもった。染谷は力づけるように笑ってみせる。良太は同僚の演技に舌を巻いていた。

「それはどういうところですか」

「……わたしにはすこし細かすぎるんじゃないかと、感じるときもありますけど」

篠原はハンカチで汗をふいた。額の髪の生えぎわに汗の粒が浮かんでいる。

「あの、わたしがいったことは、内緒にしてほしいんですが」

染谷がこちらを見る。良太はしっかりとうなずき返した。

「ここにいるふたりだけの秘密にします。お話しください」

「学年主任に提出するクラスの週報がありますよね」

週末に提出する簡単なレポートだった。5年生では出欠が主で、なにかトラブルが起きたとき以外、文章を書くことはない。ほとんど形式だけの週報である。

「あれが4年生では、毎日細かな書式が決められているんです。びっしりとかなりの分量を埋めなければなりません。ほかにも会議のすすめかたや、学習課題の進行度とか、九島先生はひどく細かくて、チェックが厳しいんです」

初めて耳にすることばかりだった。学年がひとつ違うだけで、希望の丘小学校では別な学校のようになるのだ。染谷はうんうんとうなずきながら、メモをとった。

「篠原先生のほかに、その点で不満を漏らしている先生はいらしたんですか」

女性教師の目に不安げな色が浮かんだ。

「いえ、これはわたしだけの印象で、ほかの先生と話したことはありません。もうこれくらいでいいでしょうか」

篠原はぎゅっとハンカチをにぎって、立ちあがった。軽く頭をさげて、逃げるように教室をでていってしまう。良太はあきれていった。

「なんなんだよ、あれ」

4年生の担任ふたりの面談を終えて、窓の外は暗くなっていた。校舎は一階の職員室を中心に点々と蛍光灯の明かりを漏らしている。最後は5組の米澤多恵だけだった。染谷がなにか書きながら、良太にいった。

「悪いけど、米澤先生を呼びにいってくれないか」

「わかったよ。だけど、4年生の先生たちはどうかしてるんじゃないか。誰もおたがいに胸のなかにあることを話そうとしない。なんで学年のなかで起きてることを、あんなに隠そうとするんだろう」

「なぜかな。だけど、渡辺先生によれば、つぎの米澤先生にきくのが一番いいみたいだね」

あの厳格な教師は立野は米澤と年齢も近く、よくふたりで話していたという。それも皮肉まじりで、怒っていたようなのが妙に気になった。

良太は米澤を迎えにいこうと、引き戸を開けた。目のまえには青ざめた若い女性教師が立っていた。水色のジャージ。ノーメイクの顔。5組の担任、米澤だった。

「すみません。篠原先生が帰ってこられたので、自分からきてしまいました」

良太は通路をあけた。

「どうぞ、どうぞ」

夜の教室はひどく淋《さび》しかった。四十の机があるのに、室内にいるのは三人である。染谷と良太のまえに座ると、米澤は机の上に両手を組んで背筋を伸ばした。

「まず最初にもうしあげておきたいんですけど、わたしと立野先生のあいだには、なにもありませんから」

良太の口はふさがらなくなった。予想さえしていなかった言葉である。これにはさすがの染谷も驚いたようだ。

「米澤先生はご結婚なさっていますよね」

三十代前半の女性教師は青い顔でうなずいた。

「ええ、子どもはまだいませんけど、結婚して四年目になります」

良太は正直にいった。

「米澤先生と立野先生の関係なんて、疑ってもいませんでした。なにか理由はあるんですか」

いい間違えたかもしれない。かえって疑われる理由にきこえなかっただろうか。そう思って、恐るおそる相手を見ると、米澤はジャージのポケットから、一枚の紙切れをとりだした。

「卑怯《ひきよう》な嫌がらせです」

良太は女性教師からその紙を受けとった。学校で大量に使用されているかすかに黄ばんだA４の再生紙である。開いてなかを読んだ。

４年２組担任、立野英介と４年５組担任、米澤多恵は、不適切な関係にある。このような事態は神聖な教育の場において、許されるべきものではない。猛省を望む。

文字は手書きではなく、プリンターで打ちだされたパソコンの書体だった。すぐに染谷に手わたした。染谷はさっと目を走らせると、米澤にもどした。若い女性教師は無記名の嫌がらせを手にすると、震える手で折りたたんだ。染谷はいう。

「初めて拝見しました。これは誰に送られたものですか」

米澤はジャージのポケットのファスナーを開けて、嫌がらせを押しこんだ。

「4年生の担任全員と、校長副校長の両先生です。こんなことをして、なんの役に立つのか理解に苦しみます。わたしは何度か立野先生とお話ししたことはありますが、一度もふたりきりででかけたこともありませんし、この手紙にはまったく根拠がありません」

これが3組の渡辺がいっていた事情だろうか。あの中年教師は米澤が欠勤中の立野のことをよくしっているとにおわせていたのだ。小学校の教師だって人間である。もちろん職員室にも不倫はあることだろう。良太は目のまえの若い教師を観察していた。怒ってはいるが胸を張り、やましいところはなさそうだ。

「なぜ立野先生が休んでいるか、心あたりはありませんか」

「さあ、よくわかりません」

「何度か立野先生とお話をしたとおっしゃいましたが、どんな内容だったんでしょうか」

染谷の質問に米澤は困った顔をした。

「だいたいは子どもたちの指導のことですが……」

いいにくそうに米澤は黙ってしまう。良太は元気づけるようにいった。

「秘密は誰にも話しません。先ほど篠原先生にも同じ約束をしています。なんでもきかせてください。立野先生の手助けをしたいんです」

「わかりました。わたしたちが話していたのは、九島主任のことです」

また学年主任の話だった。

米澤は堰《せき》を切ったように話し始めた。

「去年までの学年主任とは、九島先生のやりかたはまるで違っていたんです。恐ろしく管理が厳格で、息苦しいくらいでした。主任の方法に3組の渡辺先生はすぐに同調しました。あの人はもともとスパルタですから。4組の篠原先生は、主任を恐れてなんでもいいなりです。わたしと立野先生が4年生の教師のなかでも浮いていたことになります」

学年主義の弊害なのだろう。ひとつしたの学年でそんなことが起きていたとは、噂でさえきいていなかった。

「でも、立野先生とわたしはおもてだって、九島主任に逆らったりしたわけではありません。ときどきふたりで愚痴をこぼしあっていたくらいです。だから、先週から急に立野先生が欠勤して、ほんとうに驚きました。子どもたちのことが大好きな先生でしたし、簡単にクラスを放りだすような人じゃないんです」

良太は生まじめな立野の顔を思いだした。確かに自分よりもずっと教師の仕事に燃えていたはずだ。なんとなくではなく、天職として小学校の先生を選んだと、酔っ払っていっていた。

「やはり九島主任ですかね」

染谷は納得したようにつぶやいた。米澤の顔がぱっと明るくなった。なにか思いだしたようである。

「そういえば、お休みになる半月ほどまえに立野先生がいっていました。今度、九島主任と話をしてみる。それでダメなら、うえのほうに問題をあげるって」

うえは校長副校長の管理職である。

「そのあとどうなったか、立野先生からきいていないんですか」

勢いこんで、良太はいった。ようやく謎を解く鍵《かぎ》のかけらが手にはいったようだ。

「いいえ。立野先生は、急に元気をなくしたようです。話をきいても、言葉を濁していました。それに、わたしのことを避けているような雰囲気もあったし」

いったい学年主任と立野のあいだになにがあったのだろうか。

「立野先生を助けてあげてください。わたしにはなにが起きたのかわからないけれど、こんなふうに学校を休むなんて異常です。立野先生によほどよくないことがあったはずなんです」

染谷はメモをとる手を休めなかった。視線を落としたままいった。

「すべての矢印が九島主任を指していますね」

「どういうことだ」

良太がそういうと、染谷は万年筆をおいた。

「まだ確かではないけれど、九島主任と立野先生のあいだになんらかのトラブルがあった。それだけが理由ではないかもしれないが、立野先生はそのせいで休んでいる」

「そうとわかれば、問題は解決だな。これから九島主任のところにいって、なにがあったのかききだしたら、それでおしまいだ」

染谷があきれたようにいう。

「そんなことをしても無駄だ。だって、校長先生や副校長先生にも、学年主任はなにも報告していないんだ。理由はわからないととぼけてるじゃないか」

米澤は厳しい顔でふたりを見た。

「わたしは九島主任がなんだか不気味なんです。あの先生のことをよくしっているわけじゃないけれど、あまり近くにはいたくない。嫌な感じがします。そういえば……」

小学校にそれほど危険な人物などいるものだろうか。良太は目のまえの若い女性教師をおおげさだなと思って見つめていた。染谷は冷静である。

「そういえば、なんでしょうか」

「篠原先生がいってました。九島主任には気をつけたほうがいい。にらまれたら、たいへんよって。篠原先生は以前いた小学校で、九島主任といっしょだったようです。確か清崎西小だったと思うんですけど」

再び染谷がメモをとった。良太はいう。

「なんだろうな、それ。さっき篠原先生に話をきいたとき、あの人はそんなことぜんぜんいっていなかった。おかしいな」

染谷は考えこんでいるようだ。蛍光灯の青い光に隅々まで照らされた教室は、無駄に明るかった。三人はしばらく黙ってしまった。普段は子どもたちの喚声が響く小学校に、想像もできないような裏の世界がある。推理小説のようで現実感がまるでない。

「篠原先生は九島主任を恐れているようだ。あまりかかわりになりたくないという様子だったとぼくは思う。なにか口にできない秘密をしっているのかもしれない」

良太は腰が低く異様にていねいな口をきく学年主任を思いだした。あと数年で定年退職するあの先生に、それほど恐怖を感じるのはなぜなのだろうか。想像することさえ、できなかった。

「なんだか、おかしな話になってきたな」

良太の言葉に、染谷がうなずいた。米澤は困った顔をしていう。

「そろそろ帰らないといけないんですけど、この件についてはわたしもおふたりの調査のお手伝いをするつもりです。なにかあったら、ぜひ声をかけてください」

若い女性教師は夜の教室をでていった。良太は腕組みをして、天井をあおいだ。簡単なききとりだと思っていたのに、三人の教師と話をすませてさらに謎が深まってしまった。普段は教室で5年生の子どもたちを相手にしているので、大人の複雑さが身にしみるのだった。

「もうぜんぜんわからなくなったよ。これから、どうする」

染谷は自分でとった手帳をめくって、内容を確認していた。

「すくなくとも、4年生の担任はふたつに割れていたことはわかったな」

「でも、九島主任と話はできないんだろ」

「そうだ。ぼくたちをまともに相手にはしてくれないだろう。考えてみたら、あの学年主任は最強のボスキャラだと思わないか」

五十代後半の小学校教師である。小柄で小心で、さして野心もなさそうだった。良太は妙に分量の多い髪を思いだしていた。もし九島が強烈な生命力をもつとしても、それがあらわれているのは黒々としたあの頭だけかもしれない。

「最強って、なにが」

染谷は目をあげて、澄んだレンズ越しに無邪気な同僚を見た。

「考えてもみろよ。九島主任はこの小学校で数年間働けば、定年退職だ。偉くなることはもうないけど、誰にも首を切られることはない。校長や副校長だって、怖くないだろ。先が見えているからこそ、なんだって自由にできる。今回の件だって、立野先生が九島主任とのトラブルで長期休職になっても、別に主任は痛くもかゆくもないはずだ。副校長は心身症かなにかが原因だと、教育委員会に報告しておしまいだ」

確かにそのとおりだった。学年主任の役を解いて平教員にもどしたところで、降格で傷がつくこともない。年金の額も変わらないだろう。第一、学校側は立野の問題など、真剣に調べようと思っていなかった。たまたま同じ寮に、同世代の教師が住んでいたから、話をきいてこいといっただけである。

「なんだか、やっかいになってきたな」

染谷は目を細めて、夜の窓に目をやった。

「問題はぼくたちの肩にかかっているんだ」

「どういうことだ」

染谷は微笑んで見せた。この男は笑うといっそう冷たくなる。

「4年生の担任は、九島主任が怖くて動けない。学校側はこれ以上のトラブルは望んでいない。自由に調べられるのは、ぼくたちだけだ。このまま放っておけば、立野先生は潰《つぶ》されるかもしれない。やられ放題だからね。けれど、さらに深いりすれば、今度はぼくたちが標的になる可能性もある。さて、どうする、良太」

明るい夜の教室で、良太は困ってしまった。蛍光灯のまわりをちいさな蛾がうるさく飛びまわっていた。夏休みを控えたのんびりした七月に、自分の学校でこんなトラブルが発生するとは意外である。

「もうおもしろくはなくなってきた。最初はスリルがあるとかよろこんでいたけど。ただ立野先生を見捨てることはできないからなあ」

染谷はうなずいて、今度はほんとうに良太に笑いかけてきた。

「それでこそ、良太だ。もう逃げることはできそうもない。誰も立野先生の側には立っていないから、ぼくたちが手助けしたほうがいいと思う。だから、今夜もう一度、ぼくたちで立野先生の部屋にいってみよう」

「龍一、まじかよー」

大人が二度も訪問して、門前払いをくらった相手である。まったく気がすすまなかった。

「また居留守をつかわれるのは、気分悪いな。立野先生がぜんぜん話をしてくれなかったら、どうするんだ」

手帳を閉じて、染谷がいった。

「相手が心を開くまで、待つしかないだろう。ぼくたちはすくなくとも、立野先生の味方だ。ねばり強くそれを伝えて、むこうが軟化するのを待つ。持久戦だ」

本気なのだろうか。小学校の教師は、ゆとりがあるように表面上は見えるかもしれないが、でたらめに多忙なのだ。

「持久戦って……毎日、立野先生のところにいくのか」

子ども用の椅子から、染谷が立ちあがった。軽く背伸びをする。こんなときでも、夏ものの紺のジャケットにしわひとつないのは、なぜだろうか。

「そうだよ。これから毎晩だ。ぼくたちと同じ若い先生の一生がかかってると思えば、それくらいしてもいいだろう」


その夜は、いつもの国道沿いの定食屋で夕食をすませ、ふたりで立野の部屋にむかった。時刻は九時すぎ。玄関先の名札で立野が在室しているのは確認してある。

コンクリート打ちっ放しの廊下にも、昼の熱気が残っていた。ひどく蒸し暑いのだ。長期戦を覚悟してきたので、良太はミネラルウォーターのペットボトルを持参していた。やわらかに金属の扉をノックしたのは、染谷である。

「立野先生、またきました。中道先生もいっしょです」

テレビの音だろうか。冷たい扉に耳をつけるとかすかにノイズがきこえた。染谷はいう。

「今日の放課後、4年生担任の先生方からお話をうかがいました。立野先生と九島主任のあいだで、なんらかのトラブルがあったということは、ぼくたちにはわかっています」

返事はなかった。良太が続ける。

「ぼくたちは学校側でも、九島主任の側でもなく、立野先生の味方です。ここを開けて、話をきかせてもらえませんか」

また返事はない。どうやらテレビは野球中継のようだった。だれかがファインプレイをしたのだろう。歓声が遠くきこえる。

「どうする、龍一。ぜんぜん反応がないよ。これじゃあ、まえと同じだ」

染谷は小声でいった。

「そうだな。でも、これで帰るわけにもいかないだろ。もし良太が立野先生だったら、部屋のなかでどうしてる」

遠いノイズをききながら、良太は考えた。自分ならドアの外にいる同僚を完全に無視することなど到底できないだろう。外が気になってたまらないはずだ。

「きっとぼくがなかにいたら、外の物音にひどく敏感になってると思う。こちらが話したことは、きっとなかでちゃんときいてるよ」

正解をだした担任の子どもをほめるように、染谷は笑ってうなずいた。

「そうだな。じゃあ、今日学校で起きたことを報告するとしようか」

そこから染谷はゆっくりと、希望の丘小学校の一日を語り始めた。朝の校長、副校長とのミーティング、この問題を調べる許可を学校から得たこと、夕方の三人の教師へのインタビューとその内容。手帳を確認しながら、染谷はよどみなく語った。すべてを話し終えるまでには、まるまる一時間近くかかってしまう。

独身寮の廊下も夜が深まっていた。染谷は扉にむかって体育座り、良太は壁にもたれて足を投げだしていた。つぎにくるときにはクッションをもってこよう。タイルの床もコンクリートむきだしの壁も、人間の身体には少々硬すぎるのだ。

すべてを話し切った染谷に、良太はペットボトルをさしだした。ぬるくなったミネラルウォーターをのどに送りこむ同僚にいった。

「龍一はなにかを短くまとめる才能があるよな。さっきのはそのまま調査報告書になりそうな出来だった」

かすれた声で染谷は返した。

「立野先生が耳をふさいでいないことを祈るよ。そうなったら、まったくの無駄骨だからね」

良太は独身寮の扉にむかって声を張った。

「立野先生、これでぼくたちが敵でなく、味方だってわかってくれましたよね。なにか返事をしてください」

こちらは二晩も、夜をついやして人助けをしているのである。すくなくともひと言くらい感謝の言葉があって当然だろう。だが、金属の扉からはなんの反応もなかった。野球中継が終わって、バラエティー番組になったようだ。空しい笑い声が、かすかにきこえてくるだけだった。良太はしばらく耳を澄ませていたが、突然腹が立ってたまらなくなった。思い切り扉をなぐりつけたくなる。平手でドアをたたこうとしたところで、染谷が肩に手をおいて良太をとめた。

「やめておけ、良太。時間はある」

「だけど、なんでこっちがこんな目にあわなくちゃならないんだ。立野先生のために、面倒でもあれこれ動いているんだぞ」

染谷は静かにいった。

「教室を思いだせ」

5年3組のクラス？　ときどき染谷は意味不明のことをいう。

「子どもたちに無理やりこたえを教えても無駄だろう。誰だって、自分で考えて、自分の身体でわかったことしか、本物にならない。立野先生にはもうすこし時間をあげよう」

確かに染谷のいうとおりだった。子どもたちは知識として教えられたことは、オウムのように繰り返すだけだった。だが、自分で納得して身につけたこたえは、問題が変化してもきちんと応用がきくのだった。それには子どもの理解のペースにじっくりつきあう必要がある。

「でも、このまま一ヵ月も休職したらどうする？」

いくら立野に考える時間を与えるといっても、猶予は無限にあるわけではなかった。休職が一週間と二日の今夜なら、まだいいだろう。だが、二週間、ひと月、三ヵ月と原因不明の休職が続けばどうなるのだろう。染谷は口元を厳しく結んでいった。

「そのときにはさすがに学校側も、なんらかの処分をしなければならないだろう。立野先生は潰されることになる」

心臓がきりきりと締めつけられるようだった。良太は思わず閉じたままの扉にむかって叫んだ。

「立野先生、こんなことで教師を辞めてもいいんですか。先生になる夢がかなったとよろこんでいたのは、誰なんですか」

返事はなかった。七月の夜の扉は、四角く閉じている。染谷がそっという。

「いこう、良太」

「だけど……」

首を横に振って、染谷は扉にむかった。

「今夜はこれで帰ります。また、明日もきますから、立野先生もよくお考えください」

ふたりは暗い廊下をもどっていった。ドアのむこうから、誰かがすすり泣くような音がきこえたが、それは良太の気のせいかもしれなかった。

廊下の突きあたりで、ふたりは立ちどまった。

「どうする。これじゃあ、八方ふさがりだ。当事者の九島主任と立野先生は、まったく相手にしてくれない」

染谷はじっと考えている。良太はこぼした。

「いくら立野先生の問題があるといっても、毎日の授業は待ってくれない。今夜だってこれから、山のようにテストを採点して、作文を読み、明日のプリントをつくらなくちゃいけない。こんなことは、ぼくたちだっていつまでも続けられない」

「そのとおりだ。でも、ぼくたちが見捨てたら、先生は孤立無援になる。なんとかしなくちゃ」

良太の声は悲鳴のようだった。

「なんとかって、どうするんだ」

「学年主任の過去を洗ってみよう。確か米澤先生がいっていたね。九島主任は清崎西小にいたって。友人で、あの小学校に勤めている先生はいないか。手を尽くしてあたるんだ。篠原先生があれほど恐れるくらいだから、きっとなにかがあったに違いない」

「わかったよ。でも、こんなことは夏休みまえにすべて終わりにしたいな。もううんざりだ」

ふたりは小学校のペーパーワークをするために、それぞれの部屋へと解散した。

つぎの日も真夏日になった。希望の丘小学校のうえには、軽々と積乱雲を浮かべた青空が一枚の布のように広がっていた。海辺の丘に建つ白い校舎は、蜃気《しんき》楼《ろう》のようにゆらめいていた。良太はいつものようにマウンテンバイクで、学校へ続く坂道をのぼっていた。きき慣れたエンジン音がして振りむくと、染谷のスポーツカーが速度を落としたところだった。

「おはよう、良太」

エアコンのきいた車内から、腹の立つ声がかかった。良太の額には暑苦しい汗の筋ができている。

「ああ、挨拶《あいさつ》だけなら先にいってくれ。こっちは一度とまると走りだすのがたいへんなんだ」

学校までの最後の坂は厳しかった。十段変速のギアを軽くしても、立ちこぎをしなければならない。

「そっちは清崎西小のつてを見つけたかい」

昨日の今日の話だった。良太はまだ具体的にはなにもしていない。

「そういう龍一は？」

染谷はちらりと横目で、自転車の同僚を見あげた。

「あったよ」

「なんだって」

良太はついブレーキをかけてしまった。車輪から金属のこすれる音がして、黄色い自転車は急停止する。銀色のＢＭＷは音もなくとまった。良太は片足をついて叫んだ。

「マジかよ。ほんとに龍一は名探偵みたいだな」

エリート教師は鼻を鳴らして笑った。

「種明かしをしたら、なんでもないよ。このまえの合コンの子、覚えてるか」

ふたりの女性教師のメールアドレスをゲットしたのは、ついこのまえのことである。立野の問題に集中していて、良太は放りだしたままだった。うなずくと、染谷は平然といった。

「ふたりのなかで、小柄でかわいいほうの子がいたよね」

もうひとりはやせぎすで、硬い話ばかりのとっつきにくい先生だった。良太がねらいを定めて、積極的に話しかけたのは、たっぷりしたブラウスのうえからでも目立つほど胸がおおきい同じ年の教師である。顔色を変えないように注意して、良太はいった。

「ああ、いずみちゃんだったよな」

浜中いずみのフルネームはもちろん覚えていた。城山小学校の先生である。

「そうだよ。昨日の夜、あの子にメールしてみたんだ」

染谷はあたりまえのようにいった。

「なんだよ。龍一もメアドをゲットしていたのか。人のことばかり噂にして」

良太が合コンでアドレスふたつを得たと、4組の山岸真由子にいったのは染谷である。あれにはひどくばつの悪い思いをしたものだ。染谷は悪びれずにいった。

「もらってないとはいってないだろ。それにこっちは、いずみちゃんのほうだけだ。ぼくは良太みたいに優しくないから、どうでもいい人間のメアドなんか、もらわない。別にそんなことはどうでもいいよ、今は」

良太にはどうでもいいことではなかったが、しぶしぶうなずいてみせた。

「彼女の友人にもう六、七年、清崎西小で働いている先生がいるそうだ。事情を話して、今夜いっしょに食事する約束をした。良太もいけるだろう」

それなら問題はない。良太の声がはずんだ。

「もちろん、いけるさ。九島主任の話もきけるし、いずみちゃんにも会える。ところでさ、龍一もあの子を狙ってるのか」

染谷はスポーツカーのなかから、冷ややかに良太を見た。どうでもいいという調子でいう。

「ぼくは立野先生の件で手いっぱいだ。しばらくのあいだは、女性とつきあう気はない。いずみちゃんは良太にまかせるさ。まあ、むこうはあまり好感をもっていないみたいだけど」

「どういう意味だよ、それ。どうせまた、こっちの話で盛りあがったんだろ」

染谷はにやりと笑った。

「さあ、どうかな。彼女はいってたよ。あまりにみえみえで、その気になっている男性は苦手だって。良太が胸ばかりちらちら見てたのを、気づいていたみたいだ」

良太は青空を見あげて叫んだ。

「かんべんしてくれよ。別に胸ばかり見てたわけじゃない。ちゃんと教育論とか、子どもたちの話もしたろ」

短い笑い声をあげて、染谷がアクセルを踏んだ。エンジンが二度、三度とうなりをあげる。

「そんないいわけは、ぼくじゃなくいずみちゃんにしろよ。今夜七時に、県庁通りにあるイタリアンを予約した。せいぜいおしゃれしていったほうがいいかもしれないな、中道先生」

銀色のスポーツカーは坂道を滑走路のように駆けあがっていった。

清崎県の庁舎は東京駅を模してつくられた赤レンガ造りの建物である。両側に翼を広げ、左右対称にどっしりと安定している。中央にあるレンガの塔はライトアップされ、夕空に鮮やかに浮き立つようだった。

染谷と良太は約束の五分前に県庁通りにあるしゃれたレストランにはいった。壁には長靴のような形をしたイタリア半島の古地図が張られている。

七時をすこしまわって、入り口の扉からカウベルの音がした。浜中いずみと初対面の三十すぎの女性だった。いずみはにこりと笑うと、ふたりのテーブルにやってきた。胸が揺れている。見られると嫌だといっていたくせに、襟ぐりがおおきく開いたカットソーを着ていた。女心はよくわからないものだ。良太は腰を浮かせて挨拶した。

「お久しぶりです」

いずみの視線は良太を飛び越して、染谷にむかっている。鈍感な良太にもいずみの狙いはすぐにわかった。胸は染谷のほうにむいているのだ。

「こちらが、清崎西小の三浦美紀先生。大学の先輩です」

ジーンズにダンガリーのシャツをラフに着こなした女性だった。化粧はしていない。長い髪はポニーテールにまとめられていた。四人が席に着くと、ワインリストが届けられた。良太はワインの銘柄など、ひとつもしらない。染谷がリストを開いていった。

「ぼくが決めちゃっていいですか」

全員がうなずく。良太はどうするのだろうと思って、同僚を眺めていた。確か染谷の家はとても貧しかったはずだ。こういう場面に慣れているのだろうか。

「じゃあ、のみ口の軽い、爽《さわ》やかな白ワインを。そうだな、値段はこのクラスのもので」

ウエイターを見あげて、そういうとワインリストを返した。なるほど、別にしらないことはしらないでいいのだ。あとは専門家にまかせればいい。良太はあらためて、染谷の如才なさに感心した。いずみも同じ気もちだったようだ。うっとりとした目で、染谷を見つめている。

染谷がテイスティングをすませると、四人はグラスをあわせて乾杯した。いずみが染谷のほうをむいていった。

「立野さんでしたっけ、その先生に感謝しなくちゃいけないですね。こうして、またみんなで会えたんだから」

ワインを口にふくんだまま、明るく微笑んでいる。自分が圏外だとわかると、良太は気が楽になった。しっかり染谷の援護をしてやろう。

「龍一もいずみちゃんに会えるって、うれしそうでしたよ。こいつ、ずっと彼女いないらしいから。それに意外と胸フェチでね」

染谷は氷柱《つらら》のような視線で、じっと良太を見つめた。いずみはその様子に気づかずにいう。

「いやだー、中道先生ったら」

ふたりは笑い声をあげたが、残る染谷と三浦はにこりともしなかった。なぜか清崎西小の教師は黙りこんだままで、ワインに手をつけようともしない。染谷は相手をうかがっていう。

「ワインはお嫌いでしたか」

かすかに首を横に振った。三十代の女性教師は、赤と白のチェックのテーブルクロスをじっと見おろしている。顔色は青白く、首から肩の線はこわばって、ひどく緊張しているようだった。九島主任について質問したときの篠原に似ている。なぜ、あの定年間近の学声でいった。

「九島先生のことをご存じですね」

三浦は一度だけうなずいた。

「今、九島先生が学年主任を務める4年生で、ひとりの若い先生が先週からずっと欠勤しています。理由は誰にもわかりません。ぼくたちは校長の許可を得て、この問題を調べています。清崎西小時代の九島先生について、教えていただけませんか」

女性教師は「ずっと欠勤」という言葉に、ぴくりと身体をふるわせた。テーブルにブルスケッタが届いた。誰も手をつけようとしない。三浦はため息とともにいった。

「……やはりそうですか」

テーブルの空気が沈みこんでいく。良太は皿に手を伸ばした。

「ここのはフルーツトマトをつかっていて、うまいんですよね」

三浦がさっと顔をあげた。ひどく深刻な表情である。

「誰からきいたのか、絶対に秘密が守れますか」

良太はちらりと染谷を見た。人間の裏側についてなにかを調べるというのは、なんと手間を要するのだろう。数日がかりで、ようやく学年主任の謎に近づいてきたようである。

染谷は安心させるように、初対面の女性教師にうなずきかけた。声のトーンを抑えていう。

「三浦先生のお名前は決しておもてにはだしません。ぼくたちは立野先生を助けたいだけで、九島主任をどうこうしようとは考えていないんです」

いずみは、なにが起きたのだろうかという顔で染谷を見ていた。こんなときなのに、胸元を見てしまうのだから、男というのは情けない。三浦はグラスに手を伸ばした。白ワインをひと息で半分ほど、空けてしまう。

「わかりました。でも、わたしは九島先生について話すのが今でも怖いんです」

良太は清崎西小の教師を見つめた。かすかに震えているようだ。あの学年主任はそれほど恐ろしい人間なのだろうか。短くため息をついて、三浦はいった。

「あの人は、いつだってただしい。そのただしさに反する者には、容赦のない人でした。いつあのただしさの刃《やいば》がこちらにむかってくるか。西小の先生がたはみな、ぴりぴりしていました」

良太はそこで思わず口をはさんだ。

「だけど、九島先生は当時だってただの主任ですよね。人事権だってないし、小学校のクラスは独立国みたいなものじゃないですか。なにがそんなに怖かったんですか」

年上の教師は良太を見て、かすかに笑った。

「正面から人事権をつかうなんて、別に怖くはないですよ。でも、おもてだって口にはできないような微妙な方法で、徹底的ないじめにあったら、どうしますか。悪意なのか、ただの偶然かわからないような方法で、朝から晩まで何ヵ月でも嫌がらせが続くんです。九島主任のあだ名をご存じないでしょう」

メモをとる手を休めて、染谷が顔をあげた。良太と視線がからむ。染谷もこれまでにないほど真剣だった。

「それはどういうあだ名でしょうか」

三十代の女性教師の顔が引き締まった。ききとれないほど、ちいさな声でいう。

「壊し屋です。その名前は、うちの小学校でついたものではありません。ずっと若いころから、九島先生はそう呼ばれてきたんです」

（あの男が壊し屋？）

良太は定年間近の学年主任の顔を思い浮かべた。意志の強さや気性の激しさよりも、おどおどした臆病《おくびょう》な印象のほうが強い。それに異様なほどの腰の低さとていねいさ。良太は気の弱いモグラのような人だと軽く見ていた。目のまえの女性教師が恐れるのは、別な人間ではないのかと疑わしくなる。三浦は誰かにきかれるのが怖いかのように声を低くした。

「わたしがしっているだけでも、ふたりの先生が九島主任のために、学校を辞めています。それに……」

冷水のコップに伸ばした指先がふるえていた。三浦の声もその指と同じように揺れている。

「……これは噂ですが、自殺だか、自殺未遂を起こした先生もひとりいるそうです」

赤と白の陽気なクロスがかかったテーブルに重苦しい沈黙が落ちた。いずみは不安そうに染谷を見ている。手帳のうえでとまってしまった万年筆の先を、染谷はじっとにらんでいた。良太も黙って、白ワインを口にふくんだ。これほどこの酒は酸っぱかっただろうか。

ようやく三浦が口を開いた。

「九島主任は最初のうちは、若い先生にとても熱心に指導してくれるといいます。そのまま相手がいうことをきいているうちは、関係は良好です。でも、一度でももめてしまうとダメらしいんです。若い先生を突き放して、徹底的ないじめにかかる。小学校のなかって細かな連絡事項がたくさんありますよね」

いずみが必死にうなずいていた。

「それをひとりだけにしらせなかったり、無視したりするんです。親や他の教師にも、悪い噂を流します。職員会議でねちねちとしつこく絡むし、子どもたちにその先生のクラスの子とは遊ぶなといったりもしています」

良太はだんだんと胸がむかついてきた。

「それでよく問題になりませんね。誰かいじめに遭っている先生を助ける人はいなかったんですか」

眉《まゆ》の両端をさげて、年上の女性教師が良太に気弱な視線を送った。

「みんな、自分がつぎにねらわれるのが、怖かったんです。かわいそうだけど、なにもできない。わたしも、指をくわえて見ているだけのひとりでした。子どもたちにはいじめはいけないといいながら、あの人の執念深さが怖かった。誰かを壊すときに見せる異常な狡《こう》猾《かつ》さが怖かった。九島先生はブラックホールみたいなんです」

ブラックホールは宇宙に開いた穴である。光さえ吸いこんで、外にもらさない暗黒の天体だった。ふたりが学校を辞めて、ひとりは自殺しているかもしれない。おとなしい定年間近の学年主任が、急に恐ろしくなってきた。人間は見かけではまったくわからない。良太は人を見る目を揺すぶられたように感じ、衝撃を受けていた。染谷は再びメモを取り始めた。

「清崎西小の管理者はどんな対応をしたんですか。問題にはならなかったんでしょうか」

胸のまえで両手を組んで、祈るように三浦はいった。

「九島主任の学年で、ふたり目の退職者がでたときにはさすがに騒ぎになりました。ですが、九島先生は主任として指導しているだけだといい張りました。辞めてしまったほうの先生も、もうかかわりになりたくない様子で、学校側の調査に熱心に応じなかったんです」

良太は染谷と目をあわせた。それは現在、希望の丘小学校で起きているのと、まったく同じ事態である。立野は口をつぐみ、学年主任は理由がわからないという。事態の核心はうやむやなまま、長期の欠勤が続くのだ。このままでは立野の退職も、時間の問題だろう。良太は腹のなかが煮えくり返るようだった。

「もしかしたら、人がひとり死んでるかもしれない。それに何人もの人が教師としての未来を潰《つぶ》されたんでしょう。立派な犯罪じゃないですか。九島主任を放っておいていいんですか」

いずみも良太に調子をあわせた。その夜初めて、正面から良太のほうを見ていう。

「わたしもその学年主任はおかしいと思います。子どもたちにいじめはいけないといいながら、職員室で陰湿ないじめをするなんて、絶対に許せません」

染谷の声は冷静だった。手は休まずにメモを続けている。

「じゃあ、なにができるんだろう。いじめというのは小学校のクラスだけで起きるものじゃない。高校や大学、職場や趣味のサークル、仲のいい友人同士のあいだでさえ、普通に起きている。日本の国民病みたいなものだよ。ぼくたちはひどくちいさな輪のなかで、ちょっとでも自分たちと違う相手を見つけると、強力に排除する。そうやって、無理やり同質性を保とうとしているんだ」

良太はつい叫んでしまった。

「そんな理屈はいいんだよ。それより九島主任をどうするか、それが一番の問題だ」

三浦がテーブルに目を伏せたままいった。

「あの、わたし思うんですけど、今、染谷先生がおっしゃったような一般的ないじめと、九島主任のケースはちょっと質が違うと思うんです。まわりの先生がたは、主任と同調していじめをしていたわけでもありません。九島先生はとても特殊なケースです」

確かに希望の丘小学校でも、4年生のほかの担任が立野をいじめていた形跡はない。学年主任はひとりで、若い教師をターゲットにしていたのだろう。レストランの冷房はそれほど強くはなかったが、三浦は自分の身体を抱くようにした。

「以前、勇気のある先生が九島主任に尋ねたことがあったそうです。どうして、そこまでいきすぎた指導をするんですか、と」

徹底したいじめが教育的指導なのだろうか。良太は不思議に感じたが、黙って先輩教師の話の続きを待った。

「九島先生は、きょとんとされたそうです。軽く驚いて。当人はいじめているつもりなど、まったくないみたいなんです」

染谷は顔をあげて、三浦を見つめた。白ワインを二杯空けても、女性教師にはまったく酔った形跡がなかった。逆に顔色は青白く冴《さ》えている。染谷はやわらかに背中を押すようにいった。

「どういうことでしょうか」

「九島主任は、そんなことをきかれるのが意外なようでした。教師は一度なってしまえば、よほどの事件を起こさない限り、辞めさせられることはありません。だから、あの人は教師としての適性のない人間を、自分がふるいにかけて選別しているつもりだったようです。教師の質を高め、無駄な税金を節約する。出来の悪い先生なら、仕事を辞めるのは当然だし、弱い人が自殺しようと、それは当人の問題にすぎない。九島主任に迷いはありませんでした」

良太は頭を抱えそうになった。確信犯なのだ。自分がなにをやっているのかわかっているし、誰も自分に手をだせないこともしっている。それで自分の気にいらない若い教師をいじめ抜くのである。三浦の声には、しだいに苦さが増してきた。

「九島先生は、教師としてはとても優秀です。あの人のもったクラスは、いつも成績がトップクラスになる。中学受験をする親からは、自分の子どもをいれてくれと、何人分も嘆願が集まるくらいでした」

テレビや映画の悪役なら、問題は簡単だった。ばっさりとチャンバラで斬り捨てるか、二枚目の刑事にパトカーで連れていってもらえばいい。だが、九島のようなケースはどうすればいいのだろうか。誰かが自殺を図ったり、仕事を辞めるほど追いこんでも、犯罪にはならない。

けれども現実の世界にある悪というのは、そういうものなのかもしれない。善と悪は分離することができないほど、溶けて混ざりあっているのだ。ＰＴＡや子どもたちからは慕われ、その裏で若い教師をいじめ抜く。いつもは冷静な染谷も頬を上気させていた。

「清崎西小では校長や副校長は動かなかったんですか」

三浦は残念そうにいった。

「何人かの先生が直談判をしています。校長先生も事態を重く見て、九島主任と話しあったんですが、具体的に処分することもできません。主任はその場では、熱心に指導しすぎたと頭をさげるんですが、校長室をでたら元どおりです。いじめがとまることはありません。だって、あの人にとっては、いじめも大切な教師の仕事なんですから。信念を曲げるような人じゃないんです」

いつもなら冗談でもいうところだが、良太も事態の深刻さに黙りこんでしまった。三浦はワイングラスからひと口のむと、のみ口を親指の腹でぬぐった。

「結局、うちの小学校でできたのは、いつもの島流しでした。校長先生は適当な推薦文をつけて、九島主任をほかの小学校へと送りだしたんです」

そして、あの主任が希望の丘小学校へやってきた。Ｍ教師、問題を抱えた教師への対応は、最後にはその方法になってしまう。辞めさせられないなら、ほかの小学校に問題を押しつけよう。かくしてＭ教師はぐるぐると地域のなかの小学校をめぐることになる。新たな学校で問題を起こし、またつぎに流されるまで。

「どうする、龍一」

良太にはアイディアなどなかった。今となっては、4年生の担任が九島主任にかかわりあいになりたくないという気もちが痛いほどわかる。学年主任は危険な病気をもった獰猛《どうもう》な肉食獣のようだった。一度狙われたら、逃げることはまずできないだろう。フィールドは狭い小学校のなかである。子どもたちが毎日教室で待っているのだ。隠れる場所も逃げる場所も、どこにもなかった。

染谷はじっと壁のイタリア地図を眺めてから口を開いた。

「くやしいけど、ぼくたちも九島主任には手をだせないと思う。あの人は法にふれるようなことはなにもしていない。結局はあと何年かたって、主任が定年退職するまで我慢しているしかないだろう。もうほかの学校に流す時間はないからね」

良太は九島主任の妙に肌艶《はだつや》のいい顔を思い浮かべた。五十代後半とは思えないふさふさと豊かな黒髪、微笑んで頭をさげる姿、ていねいすぎるものいい。すべてが今は恐ろしい怪物の擬態としか感じられなかった。

夏目漱石の『坊っちゃん』を思いだす。坊っちゃんが赤シャツをなぐったように、学年主任をぼこぼこになぐれたら、どんなに胸がすくだろうか。だが、九島主任のようなタイプは執念深いだろう。手をだせば、自分も小学校教師の仕事を辞めなければならなくなる。

「ちくしょー」

小声だったが、本音が漏れてしまった。いずみはおどおどとこちらを見つめている。

「じゃあ、ぼくたちにはなにもできないのか。立野先生は好き放題やられても、やられ損で終わりなのか」

「いいや。そんなことはさせない。今の話も校長先生には報告するつもりだ。三浦先生、辞職した先生のお名前と年齢、それに辞めた年次はわかりますか」

三浦は青い顔でうなずいた。

「すぐには無理ですが、西小にもどればはっきりします」

いずみが目を伏せていった。

「でも、学校側でもなにもできなかったんですよね。いったい、どうしたら……」

宙ぶらりんのままこたえのない質問が浮かんでいた。レストランの隅に重い空気がたまっていく。良太はボトルに残った最後のワインをグラスに注いだ。一気にのみ切ってしまう。勢いよくグラスをおくとやけになっていった。

「もうめんどくさくなった。こうなったら、こっちもいっしょにいじめられないか。立野先生にばかり九島主任の暗いエネルギーはむいてるんだろ。ぼくたちふたりまでいじめたら、敵もたいへんだし、すこしは負担が軽くなると思うんだけど」

染谷が冷たく微笑んでいた。こういう表情のときはよくバカにされるのだ。

「悪くないな、それ」

意外な言葉が返ってくる。

「でも、ぼくたちがいじめられるだけでなく、九島主任が周囲の人全部をいじめるようになれば理想だな」

どういう意味だろうか。良太よりも先に三浦がたずねていた。

「そんなことができるんですか」

染谷は考えこんでいるようだった。いずみはうっとりとして、自慢の胸をそらせ染谷を見つめている。

「……危険な猛獣で、駆除することも飼い慣らすこともできなければ、誰からも距離をおくように隔離するのがいいと思う。そのためには九島主任の危険をみんなにしらせなくちゃいけない」

良太は勢いこんでいった。

「学内報で流すとか」

腕組みをして染谷はいった。

「それはむずかしいだろうな。いわれのない中傷で名誉毀損《きそん》だと訴えられたら、こちらは手も足もでない」

三浦が静かにいった。

「その方法では、みんなで逆に九島主任をいじめることになりませんか」

確かにそうだった。学年主任の行動は許せないが、当人には学内での立場や家庭生活もある。なにをしても許されるということはないだろう。良太はだんだんといらいらしてきた。やっぱり決着は『坊っちゃん』式でいこうか。腕ずくなら、定年間近の男に負けることはないだろう。染谷がいった。

「教職員の全員でなくてもいいけど、なんらかの包囲網が必要だとぼくは思う。九島主任がなにをしてきたか、現在立野先生になにをしているか、ちゃんと理解している。それをあの人にきちんとわかるようにサインを送らなければいけない」

良太は動かぬ証拠の報告書を、慇懃《いんぎん》な学年主任に突きつける場面を想像した。あの男に頭をさげさせたら、どんなに胸がすっとするだろうか。だが、そこで思い直してみる。あした人間は自分のプライドを傷つけられたら、なにをするかわからない。自分たちの逃げ場を用意したうえで、隔離しなければならないのだ。

「やっぱりめんどくさいな」

染谷はちらりと良太を見た。

「九島主任だけでなく、まだ部屋からでてこない立野先生の問題もあるしね」

すっかり忘れていた。あちらのほうもまだ解決からはほど遠いのだ。立野は独身寮の部屋にこもったきりで、ひと言も返事さえしてくれない。良太は頭を抱えそうになった。

「そうだったな。龍一、あっちはどうする」

染谷は顔を曇らせた。

「今夜もまた立野先生の部屋にいってみよう。あまり進展は期待できないけどね」

せっかく女性教師ふたりとのんでいるのに、最後はまた開かない扉のまえで今日一日が終わるのだ。なにかどかんとたのしいことでもやってこないかと、良太はワインに酔った頭で考えていた。染谷が軽く頭をさげていった。

「急にお呼び立てして、すみませんでした。三浦先生のお話は、希望の丘小学校でも役に立ちそうです。九島主任への対策は学校側とも相談して、これからじっくり考えてみます」

いつの間にかテーブルには、空になった皿が溜《た》まっていた。話に夢中になっていたせいで、ひととおりのコースをすませたのに、ほとんど満腹感はない。良太はいった。

「なにかデザートでもたべましょう。今夜はぼくたちのおごりだから、スイーツでものみ足りなければワインでもなんでもいいです」

「じゃあ、わたし、もうすこしワインをもらおうかな」

そういったのは、いずみである。ようやく肩の力が抜けたようだった。染谷はまだ青い顔をしている年上の教師を見た。

「三浦先生はどうされますか」

じっとテーブルを見おろしていた女性教師は、はっとなにかに気づいたようだ。

「じゃあ、わたしはジェラートを。そういえば、九島主任のお子さんもいじめで転校したことがあったときききました」

意外だった。良太はデザートのメニューを見ながらいった。

「子どもがそんな目に遭っても、自分でも同じことを繰り返してしまう。人間っていったいなんなんでしょうね。じゃあ、ぼくは柚子《ゆず》のシャーベットと紅茶のシフォンケーキのダブルで」

ウエイターが注文をとって帰っていった。三浦が染谷にむかって頭をさげた。

「もし、辞職された先生から話をききたいのでしたら、わたしがご紹介します。染谷先生、中道先生、その立野さんという人を助けてあげてください。わたしは西小のときはなにもできなくて、ひどくくやしい思いをしたんです。その分も九島主任からその人を守ってあげてほしいんです」

その夜、独身寮に着いたのは夜の十時すぎだった。染谷と良太は一度部屋にもどってから、すぐに立野の部屋のまえで集合した。良太は前回の反省から、クッションをふたつ持参している。コンクリート打ちっ放しの廊下は、背中にも尻《しり》にも痛いのだ。しかも、今度は九島主任について話さなければならないことが山ほどある。白いドアのまえの定位置につくと染谷がいった。

「立野先生、きいていますか」

部屋のなかにいることは、玄関の名札で確かめていた。スチールの扉のむこうから、かすかに音楽がきこえる。これはピアノトリオだろうか。ゆったりとしたベースラインとバスドラムだけが、テンポよくドア越しに響いてきた。染谷は良太と目をあわせてうなずいた。

「今夜、九島主任がいた清崎西小の先生から話をきいてきました」

そのときだった。良太はドアのむこうで気配が変わるのを感じた。すぐに音楽のボリュームが絞られる。音はほとんどきこえなくなった。立野が初めて、扉の外側に反応したのである。良太はガッツポーズをして染谷を見た。メモを開いて、内容を確認しながら染谷はいう。

「九島主任のターゲットになったのは、立野先生が初めてではありませんでした。西小にいた六年間に、若い先生をふたり、あの人は辞職に追いこんでいます。それからこれは未確認情報ですが、西小以前に在籍した小学校では、自殺者か自殺未遂者をひとりだしているようです。学年主任がそうした極端な性格の人間であることは、小学校を替わる際にはうえに報告されていませんでした。わかりますか、立野先生はひとりではありません」

静かだが、説得力のある言葉だった。良太はそこで口をはさんだ。

「立野先生、これからはぼくたちもついてます。自分から学校を辞めるなんて、いわないでください」

　音楽がとまった。だが、別な音がきこえる。これは誰かが静かに泣いている声だろうか。良太は胸が熱くなった。染谷の声は冷静である。

「学校側にもこの事実は報告しますが、九島主任を処罰することは、とてもむずかしいと思います。西小でも、なにもできなかったそうですから」

　良太はくやしい思いで、唇をかんだ。悪いのが誰かは明白なのに、手をだすことさえできないのだ。

　手帳を見ながら、染谷はいった。

「九島主任は若く未経験な教師に、最初は懇切ていねいな指導をします。その相手とうまくいっているあいだは問題ありません。ですが、なにかちいさないき違いがひとつでもあると、てのひらを返して異常な攻撃を始めます。そちらのほうは立野先生もよくご存じですね。ぼくたちは4年5組の米澤先生から、おふたりの関係について書かれた怪文書を見せてもらいました」

　白いスチールの扉が冷えこんだようだった。立野が部屋のなかで息をのんだに違いない。

「いじめは日本人の高い同質性のマイナスの表現です。組織のなかにいる人間のいきすぎた防衛本能なのかもしれません。アレルギーってありますよね」

　この男はなにをいいだすのだろうか。良太は黙って、エリート教師の言葉をきいていた。

「異物に対して人体が過剰な拒否反応を示すことですが、いじめはあの状態に近いとぼくは思っています。どちらもときに死に至ることがありますから」

そこで染谷は扉ではなく、良太に顔をむけた。

「いじめについては、中道先生ならどう対処しますか」

いきなりかしこまってきかれて困ってしまう。

「うーん、そうだな……」

時間を稼いで、考えをまとめた。染谷はけしかけるように閉まった扉を指で示した。

「昔はいじめられる側にも問題があったという考えかただったけれど、最近は変わってきているのかな。やはりいじめる側が無条件で悪いし、責任がある。うちの教室でそういう事態になったら、そちらの方向で対処するんじゃないかと思う」

染谷は出来のいい生徒でもほめるようにうなずいてみせる。

「ですが、立野先生。おとなの世界では一方的に誰かを裁いたり、処罰することはむずかしい。今回の九島主任のようにとても犯罪にはならないような微妙な方法では、学校側でも動きがとれないんです。公務員は簡単に処罰できませんし、すべては小学校の職員室のなかの問題ですから、おおやけにもしにくい」

染谷は厳しい目で良太を見た。力をこめてしっかりとうなずく。

「だから、立野先生、あなたが九島主任に負けないくらい強くなってもらえませんか」

それはいじめで悩んでいる子どもには、禁句になっている言葉だった。いじめられたら、それに負けないくらい強くなれ。だが、当人はたいていの場合、心が壊れるほど苦しんでいるのである。

だが、染谷はすべて了解しているようだった。十日間も独身寮の一室にこもり切りの立野にそういったのである。相手は小学校高学年の子どもではなく、すでに何年か教壇に立っている大人だった。良太は優秀な同僚の横顔を見つめていた。染谷は閉まったままの白い扉にむかっていう。

「悪いのは九島主任だとわかっています。これからは、学校側やぼくたちの援護も期待できるでしょう。でも、学年主任はもう六十歳近くです。自分を変えたり、これまでの方法を改めたりすることは不可能だと思います。4年生の担任からはずすこともできないでしょう。法律にふれるようなことはしていないですから。いじめもあの人にとっては、教育的な指導のようです。自分の手で適性のない教師をふるい落とす。そんな正義感をもって、陰湿な手段をとっているらしい。九島主任は確信犯です」

良太はスチールの扉を見つめた。白く塗られたおもてには、長い歳月によりうっすらと汚れが浮いていた。しばらくしても、なんの返事も、もの音もきこえない。立野の部屋はしんと静まり返ったままだった。なぜかわからない怒りが、良太の腹の底から湧いてきた。思い切り平手でドアをたたいてしまう。夜の廊下にバシンと金属を打つ音が響いた。染谷は冷静な顔で、良太の反応を眺めていた。

「そっちが苦しいのはわからないわけじゃない。でも、一度くらい顔を見て、話をさせてくれてもいいだろ。立野さん、ぼくたちは学年違いの4年生の問題で、毎日あちこち駆けまわってるんだ。ひと言くらい返事ができないのか。それとも、あんたはこのまま学年主任に潰《つぶ》されるつもりなのか。相手の思うつぼじゃないか」

良太は白い扉に手をかけた。夏でもスチールはひんやりとしている。

「あんたの夢はそんなに軽いものだったのか。九島主任にいじめられたくらいで、2組の子どもたちを放りだし、それですまないとは思わないのか。子どもたちはいってたぞ。立野先生、早く病気を治して、クラスに帰ってきてって。あんなオッサンがなんだっていうんだよ。すこしはガッツのあるとこ、見せてみろよ」

染谷が息を殺していった。

「良太らしい説得だな。ときにはそうやってガツンといくのも、いいのかもしれない」

別になにかを考えているわけではなかった。ただ無性にくやしかったのだ。教師になる人間には、やはり自分なりに子どもたちへの夢がある。一生、教育の現場で働きたいという強い気もちがある。あるいは幼いころ、いい先生に出会って、自分もそうなりたいと願った日々がある。

九島主任がやっていることは、自分勝手な判断で人の夢を踏みにじることだった。神のような視点から、教師の出来不出来を決定して、気にくわない相手が辞めるまでいじめ抜く。そんなやり口のどこに、正義があるのだろうか。

良太は腕時計を見た。もうすぐ十一時になる。ここにいられるのも、あとすこしだろう。日づけが変わっても廊下を占拠するのは、男ばかりの独身寮とはいえ、さすがに問題だった。染谷はいう。

「すこし乱暴だったけど、中道先生が本気で心配していることは、わかっていただけたと思います。清崎西小の先生や、4年5組の米澤先生からも、なんとか立野先生をお守りするようにいわれました。欠勤が長引けば、長引くほど先生には不利になります。明日からでもいい。なんとか学校に顔をだしてもらえませんか」

またも返事はなかった。立野の部屋は誰もいないように静かだ。良太は叫んだ。

「九島主任ばかり怖がっていないで、2組の子どもたちのために学校にきてくださいよ。立野先生には味方がいるんです。なんなら、ぼくが学年主任をぶんなぐってやります」

染谷が笑っていた。耳元でささやく。

「もっとはっぱをかけてくれ」

良太は白い扉をたたいていった。

「小学校を辞めたら一生後悔しますよ。子どもたちとなにかを学ぶのは、すごくおもしろくないですか。昨日できなかったことが、今日できるようになる。子どもたちの成長を見るのって、どきどきするくらいたのしくないですか。それは確かに、小学校の先生は高給とりじゃないですよ。でも生活は安定してるし、嫌な上司に頭をさげることもない。売りあげで文句もいわれることはない。すごくいい仕事じゃないですか。ねえ、立野先生、もう一度学校にいこうよ」

つい力がはいってしまった。最後のほうではつい白い扉をばんばんたたいてしまう。だが、それでも立野から返事はない。ドアは真っ白に沈黙したままだった。

その夜十二時までねばって、ふたりはとうとうあきらめた。結局最後まで立野からはなんの反応も返ってこない。薄暗い独身寮の廊下で別れるとき、良太はため息をついていった。

「やっぱり今回も学年主任の勝ちなのか。なんだか嫌なやつばかりのさばる世のなかだと思っていたけど、うちの小学校も同じだったんだな。なんだかショックだよ」

染谷はコンクリートの壁にもたれた。良太のほうを見ないでいう。

「まだ立野先生のほうは三日間しか説得していない。クラスの子どもなら、何度でも同じことを教えるだろう。もうちょっと辛抱強く、明日からもチャレンジしてみよう」

「ああ、そうだな。毎晩、立野先生の部屋にいくのが習慣になったみたいだ。もうあまり面倒だとも思わないし、返事がなくても怒る気にならなくなった」

染谷はうなずいて、手帳を開いた。

「明日は校長と副校長に報告をしておこう。もう一度4年生担任の反九島主任派から、細かな話をきいてもいいかもしれない」

また実りのない話が続くのだろう。肝心の学年主任と立野は口をつぐんだままなのだ。良太はつい廊下の壁をたたいてしまった。先ほど立野の部屋のドアをずいぶんたたいたので、癖になったのかもしれない。

「だけど、今回わかったことがひとつあるよ。ほんとうに恐ろしいのは、犯罪者とか乱暴者なんかじゃないんだな。普通の暮らしをしながら、九島主任みたいに心の底からねじ曲がった人間がいる。冷静で、自分のすることはすべて正しいと思っていて、執念深くて、同情することをしらない。出来のいい毒蛇みたいな人間。そういうやつが、ぼくたちのすぐ近くになんでもない顔をして暮らしている。ハリウッド映画のサイコキラーなんて、目じゃないよ。学年主任はよき市民で、子どもたちやPTAに慕われる優秀な教師なんだからな」

皮肉な話だった。その優秀な教師が、つぎつぎと若い教師を業務上抹殺していくのだ。あの主任はこれまでの三十年を超える教師生活で、いったい何人の先生を辞めさせてきたのだろうか。想像すると背筋が寒くなる。染谷が首を左右に振った。

「すくなくとも、ぼくたちは毒蛇が毒蛇であることには気づいたんだ。なんらかの安全策は打てるだろう。あまり自信はないけどね。じゃあ、また明日、おやすみ」

六時間眠って良太は復活した。

寝ぼけた目をこすり、ベッドの枕元に散らばった算数のテストの採点の続きを、猛烈な勢いで片づける。食堂におりたのは、四十分後だった。味噌汁《みそしる》とハムエッグの朝食は、三分で腹に流しこんでしまう。染谷の姿は見えなかった。あの男はいつも人が集まるまえに、さっさとなんでもすませてしまうタイプなのだ。

部屋にもどり、登校の用意をした。今朝は遅刻しないですみそうだ。肩にリュックをかけて、適度に整頓《せいとん》された部屋を飛びだしていく。良太は意外にもきれい好きだ。玄関で名札をひっくり返し、寮のエントランスを小走りで抜けた。さすがにこの時間でも七月の熱気は厳しい。屋外にでると全身をヘアドライヤーに吹かれるようだった。

駐車場には染谷の銀のスポーツカーが見えた。とっくに希望の丘小学校にむかっている時間なのにおかしい。良太は黄色いマウンテンバイクをとめた屋根つきの駐輪場に歩いた。きっと学校につくころにはシャツが汗を絞れるほど濡《ぬ》れてしまうだろう。

くっきりとした夏の日ざしのなか、影を引いて立っている男がふたりいた。思わず良太は叫んでしまった。

「立野先生」

立野は青い顔でうなずき返した。しばらく見ないうちにやつれたようだ。もともと細い身体が、さらにスリムになっている。頬もげっそりとこけていた。となりにいるのは、サマースーツを着た染谷だった。

「龍一が立野先生を連れてきたのか」

染谷は汗もかいていないようだ。涼しい顔でいった。

「いいや。今朝、車にのろうとしたら、立野先生がここにいたんだ」

「ご迷惑をおかけしました」

いきなり大声で叫んで、立野が深々と頭をさげた。顔をあげると、目は真っ赤になっている。

「この何日間か、おふたりの言葉は身体にしみました。ぼくなんかのために、いろいろ調べてくださったり、やさしいことをいってくれたり、すごくありがたかったです」

ぽろぽろと涙を落とす。それを見ただけで、良太はたまらなくなった。

「まだすごく主任のことは怖いけど、今日から学校にいってみます。すみませんが、いっしょに登校してもらえませんか」

良太は染谷と目をあわせた。同僚はうなずき返してくる。立野を元気づけるように意識して明るい声をだした。

「それぐらいでいいなら、よろこんで」

夏の朝日がななめにさす駐輪場は、版画のようにはっきり光と影に分かれていた。この爽快感が良太は好きである。いくら暑くても、自転車での通勤をやめないのは、生まれたばかりの一日を全身で感じたいからだった。良太は調子にのっていう。

「ぼくたちふたりで、立野先生を九島主任からがっちりガードしますよ」

　立野のやせた顔で影が彫りつけたように深くなった。うつむいてスニーカーのつま先に目を落としてしまう。染谷が首を横に振った。ノーのサインである。同僚は穏やかな口調でいう。

「立野先生から、良太がくるまえにすこしだけ話をきけたんだ。九島主任のことは、誰にもなにも話したくないそうだ。あの怪文書もふくめて、九島主任による嫌がらせは無数にあったようだけれど、そのことについては、学校側にもぼくたちにも話すつもりはない。あの人の処分も求めない。それでいいんですよね、先生」

　立野は青い顔でうなずいた。これでは九島の名前も学年主任という役職も、立野のまえでは口にもできないようだった。これほど完璧《かんぺき》に相手から目をそらせて、問題が解決するのだろうか。九島主任になんのおとがめもなしというのも納得できない。良太は心配になったが、染谷が先に立って駐車場のほうへ歩いていく。

「じゃあ、ぼくたちは先に学校にいく。良太もあとで合流してくれ。むこうの駐車場で待っているから」

　良太と染谷を左右に護衛のように従えて、職員室にはいるつもりなのだろう。いきなり立野の顔を見て、九島主任がどんな反応を示すのかたのしみではあった。立野は軽く良太に頭をさげると、染谷のあとに続く。

ふたりが背の低いクーペにのりこむ姿は、どこか戦いにでもいくような悲壮さを感じさせた。二座席のスポーツカーは、なめらかに朝の駐車場をでていく。

良太もマウンテンバイクに飛びのった。しっかりとペダルを踏み抜く。立ちこぎで左右に身体を振りながら独身寮を離れると、朝の風に全身をつかまれた。小学校が平和で安全などというのは、おおきな間違いだった。外の世界にあることは、すべてあの校門のなかで同じように起きているのだ。

十五分後、良太は坂道をのぼり切って、海辺の丘のうえにある小学校に到着した。額から頬にかけて、すでに幾筋か汗が流れている。

駐輪場のいつもの場所にマウンテンバイクをおいて、校舎にむかった。コンクリートのひさしのついた職員用の入り口には、染谷と立野が待っている。

「悪い、待たせたな。さあ、いこうか」

良太の声だけが元気だった。立野の顔はさっきよりもさらに色を失っている。こんな顔を良太はよくしっていた。遠足のたびにバスのなかで車に弱い子どもが見せるのである。今にもなにかを吐きそうな表情。4年2組の若い担任は、ビニール袋がすぐにも必要な顔をしていた。

「だいじょうぶですか、立野先生」

ずっと欠勤していた教師は、何度もつばをのみこんでうなずいた。染谷は相手の状態をはかるような冷静な目で、となりにいる立野を見ている。

「とりあえず職員室までいってみようか」

立野をまんなかに朝の廊下をすすんだ。片側から光のさしこむ明るい廊下の奥から、職員室のざわめきが響いてきた。良太には耳慣れたもの音だが、明らかに立野の歩くペースが遅くなった。

開いたままの職員室の戸口までいく。染谷がそっと立野の肩に手をおいた。

「さあ、勇気をだしていきましょう」

そのときだった。広い職員室のほぼ中央にある4年生の机の島に、九島主任の丸まった背中が見えた。定年近い学年主任は、何度も洗ったせいで生地の薄くなった麻の開襟シャツを着ている。かすかに微笑みながら、子どもたちの作文でも読んでいるようだった。右手では教師の必需品である赤ペンが動いている。

職員室の戸口で、立野がいきなりまわれ右をした。そのまま早足で、廊下を遠ざかっていく。良太は思わず叫んでいた。

「立野先生、どこにいくんですか」

染谷と目があうと同時に、ふたりで立野の背中を追った。

「待ってください」

小柄な立野の薄い背中はとまることはなかった。良太はあれほど必死なうしろ姿を見たことがない。

「いったいどこにいくんだ、立野先生」

良太がそういうと、染谷が横目でこちらを見つめてきた。

早足に廊下を駆けながらも、染谷は落ち着いたものだった。息も切らさずにいう。

「苦しくなったときにいく場所は、大人も子どもも大差ないのかもしれないな」

立野の背中が廊下の角を曲がった。その先にあるのは、体育館への連絡通路と保健室だけだ。良太はついおおきな声をだした。

「マジかよー」

なにかトラブルを抱えた子どもたちが保健室にいくのは、よくある話だった。良太も何度かあの部屋のなかで、子どもたちと話しあったことがある。だが、大人の教師が病気でもないのに保健室に駆けこむのは初めてのことだった。立野はがららと引き戸を開けると、保健室に飛びこんでしまった。声がきこえる。

「すみません。ちょっとだけ、ここで……」

あとは言葉にならないようだった。なんの音もきこえない。染谷と良太もようやく保健室にはいった。ほぼ同時にシャーッとカーテンを閉ざす音がする。

白衣を着た養護教諭があっけにとられて、良太を見つめてきた。末永蓉子《ようこ》は四十代初めのベテランである。ソバージュにした髪が、よく似あうきりりと締まった顔をしている。

「立野先生、なにかあったんですか」

声をひそめて末永がきいた。良太はとっさにこたえる。

「ちょっとこれには、いろいろとわけがありまして」

保健室にみっつ並んだベッドの中央だった。そこだけが周囲を白いカーテンで円く閉ざされている。そのなかから、立野の声がした。

「す、す、すみません……あの、洗面器をもらえませんか」

なにをいっているのだろうか。だが、さすがに養護教諭はあわてなかった。古新聞を敷いた洗面器をカーテンのすきまから、さっとわたしてやる。

なにかを吐きもどす苦しそうな声がきこえた。爽《さわ》やかな夏の朝にきくには、最も憂鬱《ゆううつ》な音である。

「だいじょうぶですか、立野先生」

染谷がカーテン越しに声をかけたが、返事はなかった。末永が冷蔵庫から冷たい麦茶をだしてきた。

「これどうぞ。口をすすいで、すこしのんでみてください。落ち着きますよ」

さすがにいつも不安定な子どもたちを相手にしているだけあって、手慣れたものだった。

良太はまったく動かない白いカーテンを驚いて見つめていた。独身寮では白いドア、この保健室では白いカーテン。立野とのあいだには、なぜか白い障壁ができるようだ。

「立野先生、せっかく学校にこられたのに、いったいどうしたんですか」

良太の質問に返ってきたのは、空っぽの胃からなにかを吐こうという苦しそうな音ばかりである。末永が声をひそめていった。

「立野先生、どうなさったんですか。確か先週からお休みになっているとはきいたんですが」

染谷はちらりと困ったように笑って、養護教諭を見つめた。それだけで相手のガードがゆるんでしまうのだから、二枚目は得である。

「職場の人間関係で、あれこれとお悩みのようで。職員室から駆けてきたんです」

「あら、そうなの」

良太は人ごとのような会話を無視して、カーテンのなかに呼びかけた。

「立野先生、学年主任の顔を見たとたんにどうしたんですか。この小学校にいる限り、あの人からは逃げられないんですよ」

「わかっています……」

立野のかすれた声が細々ときこえた。保健室のベッドサイドで、三人の教師が息をひそめて続きの言葉を待つ。

「……それなりに覚悟はしてきたつもりだったんですが、やはり主任の顔を見るとダメでした。頭や気もちはともかく、身体のほうが受けつけない。腹のなかに泥だらけの手を突っこまれて、かきまわされたみたいだったんです。吐き気もとても我慢できなかった……ぼくは、どうしたらいいんでしょうか」

ききたいのは、こちらのほうだった。養護教諭がやわらかな声でいった。

「ねえ、立野先生、ずっと学校にこられなかった子どもが、なんとか校舎までたどりついた。でも、まだ教室にははいれない。そんなとき、先生ならどうなさいますか」

動きのないカーテンから立野の返事がもどってくる。

「きっとほめると思います……よく学校にきてくれた……えらいなって」

立野は泣いているようだった。とぎれとぎれの言葉を自分自身をはげますように漏らしている。末永はウインクをして、染谷と良太を見た。

「今日はいつまでも、そのベッドを使用してくださっていいですよ」

「末永先生、ちょっといいですか」

染谷がそういって、養護教諭を保健室の廊下に連れだした。良太もそっと引き戸を閉めて、あとに続く。

「でも、驚いたな。子どもたちならともかく、先生が保健室通勤するなんて、わたしも初めて」

「すみません。でも立野先生は今、大切な時期なんです。職員室で深刻ないじめにあっていたようで、教師を辞めるかどうかという境目なんです」

「あらっ」

末永は細い目を見開いて返事をした。

「職員室のいじめねえ。昔いた小学校でもあったなあ」

良太は驚いていった。

「先生同士のいじめって、そんなにありふれたものなんですか」

「あたりまえじゃないの。日本中どこにいっても、そんなのあるわよ。先生って、外面をよくしないといけないから、内にこもるとかえってひどく暗いいじめをするものよ」

どうやら九島主任のような人物は全国各地に存在するようだった。染谷が考えこむようにいう。

「どうやら、学校教師のありかた自体を、考え直さなきゃいけないみたいだね。ぼくたちはどうやって、自分たちとは異質な人にもっと寛容になれるのか。子どもたちばかりでなく、先生が学ぶこともたくさんある。末永先生、あの調子だと、立野先生がベッドからでてくるのは無理そうです。お手数ですが、ときどき様子を見てあげてもらえませんか。まさかとは思いますが、自分の身体を痛めつけたり、自殺の真似ごとをするかもしれません」

自殺未遂？　良太の胸が痛くなった。だが、九島主任のターゲットになった若い教師は、こうした形で追いこまれて一生の仕事を棒に振ったのだろう。

「わかりました。そういうのは、子どもたちで慣れているからだいじょうぶ。子どもたちの悩みだって、大人と同じくらい深くて重いの。なにも苦しんでいるのは、立野先生ばかりじゃありませんよ。まかせてください」

　思いもかけぬところに、肝のすわったいい人材がいる。それも学校というところのおもしろさかもしれない。染谷と良太はカーテン越しに立野にひと声かけて保健室を離れた。朝の職員ミーティングに出席しなければならなかったのである。会議のあとで、ふたりは校長室にむかった。秋山校長と牧田副校長のふたりが、ソファのむかいに座っている。染谷は手帳をとりだして、清崎西小の教師から得た情報を淡々と報告した。学校側の表情が変わったのは一度だけだった。九島主任の前任校でふたりの辞職者が続いたことと自殺をはかった先生もいたという事実である。染谷は辞めたふたりの姓名と年次をあげた。

「細かなことは、のちほど報告書にして提出します」

　染谷がそういうと、牧田副校長が頭をかいた。

「弱りましたね。九島主任はいじめの事実はないという。立野先生はなにも話せないという。それでは、事態を動かしようがない」

　秋山校長はじっと黙って、腕を組んだままだった。目も閉じてしまっている。副校長はあれこれと具体性のない提案をあげたけれど、話はまったくすすまなかった。すぐに始業時間がきてしまう。そこで初めて、校長が口を開いた。

「なんとか立野先生も、希望の丘小学校にこられるようになったようです。ここは先生の回復力を長い目で見てみましょう。染谷先生、中道先生、ごくろうさまでした」

その言葉が合図だったように、全員がソファから立ちあがった。一礼して校長室をでると、良太は小声でいった。

「なにが回復力だよ。ぼくたちがなにもしなければ、立野先生は独身寮にこもったままだった。清崎西小の話だって、学校側は考えてもみなかっただろ。さんざん働かせておいて、結果はもうすこし様子を見よう。要はなにもしないといっただけじゃないか」

染谷はうっすらと笑っている。

「それがこの国の組織だよ。大騒ぎして、問題を悪化させるよりはましだ。ぼくたちはつぎの一手を考えて、動かなければならない。良太、つきあってくれ」

良太は勢いよくうなずき返した。

授業が始まってしまえば、一日はベルトコンベアのように進行する。5年3組に一日中張りついて、子どもたちと教科書を何ページかまえにすすませる。昼食は教室でいっしょにたべるので、音楽や図画工作の時間以外は、ほとんどべったりと子どもとすごすことになる。

良太はそのあいだも立野のことを考えていた。カーテンを堅く閉ざして保健室のベッドに引きこもった同世代の教師。独身寮の扉は金属製だったから、すくなくとも一歩は前進したのかもしれない。だが、心の傷は深かったようだ。良太の頭から新聞紙を敷いた洗面器が離れることはなかった。

学校側は立野の回復力に期待するといった。なにをするつもりもないようだ。要するにいじめられたら、それに耐えられるほど強くなれという、昔ながらの対応である。教室ではいじめは圧倒的にいじめる側の問題だと教えているので、ここにも子どもたちと学校側には明確なダブルスタンダードがあった。

放課後、職員室で良太は染谷に話しかけた。

「立野先生、あれからどうした」

染谷はちらりと5年生の学年主任を見た。

「さっき養護の先生と話してきたよ。六時間目が終わって、子どもたちと先生が廊下にあふれるまえにベッドをでて、ひとりで帰っていったそうだ。結局、職員室には一度も顔を見せていない」

「そうかあ」

良太が腕組みをすると、学年主任の富田が横から嫌みをいった。

「ほかの学年の問題ばかりに首をつっこまないで、自分のクラスもしっかりみてくださいよ。とくに中道先生、あなたはまたクラス競争の評価が下降気味ですから。いくら校長先生に話をとおしてあっても、小学校では自分のクラスが一番大切です。そこのところ、順番を忘れないように」

染谷はこれだけ職員室でのいじめ問題に振りまわされていても、クラス競争の一位を滑り落ちることはなかった。富田主任の皮肉も圧倒的に成績がよくて優秀な染谷にはむかわない。

学年主任が席を立つと、4組の山岸真由子が小声でいった。

「立野先生、保健室のベッドにこもったんだって？　もう学校中の噂になってるよ。子どもたちもしってるし。だいじょうぶなの」

立野のトラブルは、学校にきたことでオープンになってしまったようだ。一歩前進は一歩後退と同時だった。問題はさらに深刻化している。

「結局、日本ではいじめはなくならないのかなあ。だいたい子どもたちに偉そうに教えてる教師が、職員室でやり放題だもんな」

良太がそういうと、山岸がちらりとこちらを見た。かすかに笑っている。

「じゃあ、中道先生はあきらめるんだ」

かちんときて、良太は即座に口を開いた。なぜ、この女性教師にはこんなふうに反発を感じるのだろう。なんだかいつもからかわれている気がする。

「あきらめるはずないじゃないですか。ただ打つ手がどんどん限られてくるし、いじめの問題は簡単じゃないですよ」

いじめに関しては、大人でも子どもでもこじれると手のつけようがなくなるのは同じだった。染谷が軽く右手をあげて、その場を制する。

「まあ、それくらいで。ぼくにちょっと考えがあるんだ。うまくいくかどうかはわからないんだけどね。土曜日につきあってくれないか」

染谷の考えというのは、いつだってとんでもない方向からやってくることが多かった。サッカーの試合を思いだす。創造力のあるゲームメイカーというのは、味方さえ驚かすようなプレイをして、局面を変えていくものだ。染谷が司令塔でテクニック抜群のファンタジスタだとしたら、自分は身体を張ってゴールを守る体力勝負のディフェンスだろう。その司令塔がなぜか汗っかきのガードとうまがあうのだから、人間関係というのは不思議である。良太はぼんやりとカレンダーを見ていた。夏休みまであと二週間ほどしかない。

「別にいいけど。予定もないし。どうせ立野先生もいっしょなんだろ」

染谷はうなずいて、机のうえを片づけ始めた。山岸がいった。

「今日はずいぶん早いんですね。いつも最後まで残っているのに」

「ええ、土曜日の件で、ちょっと打ちあわせにいくんです。ショック療法だから、弱っている立野先生に効くのかどうか、あまり自信はありませんが。なにもしないまま夏休みになるよりはいいでしょう」

　染谷はバッグを片手に立ちあがった。

「そういうわけで、今夜の立野先生のフォローは頼んだよ、良太」

「なんだよ、またあの開かずの扉にいくのか。しかも、ぼくひとりで。もう学校にきたんだからいいんじゃないか」

　染谷は厳しい顔をした。職員室の窓の外はようやく夏の日が落ちるころだった。蛍光灯がついているので、外と内の明るさがほぼ同じである。夏の夕暮れのどこか甘い空気が窓から流れこんでくる。

「立野先生と話したのは、まだ二言三言だろ。もっと話をさせなきゃダメだ。今日は初めてあのドアが開いたんだから、力をこめて押しこまなきゃ、また閉められちゃうよ。今がチャンスなんだ。良太のやりかたで、立野先生の心を開いてくれ」

　山岸は毎晩のようにふたりが立野の部屋を訪れていることをしっていた。

「へえ、責任重大だね、良太先生」

　またからかうようにいう。その呼びかたは5年3組の子どもたちが、良太を呼ぶときの名前だった。年上のきれいな女性教師から、いきなりしたの名で呼ばれて、緊張してしまった。良太が表情を硬くしたのを、染谷は見逃さなかったようだ。ちいさく笑っていう。

「いや、ほんとに山岸先生のおっしゃるとおり、責任重大だよ。ぼくには人の心を動かすような力はない。それには良太みたいに単純なのが一番なのかもしれない。人間の心なんて、案外むずかしくはないものだからね。忘れていた。今回の立野先生の問題も、クラス競争の加点要因になるんだそうだ」

初耳だった。

「へえ、副校長先生に確かめたのか」

「もちろん。立野先生は助けてあげたいが、ぼくだってただ働きは嫌だから。じゃあ、お先に」

染谷は颯爽《さっそう》と職員室をでていった。なんでもそつなくこなせて、成績も抜群、上司からの覚えもめでたい。染谷のような男は、どんな職場にもひとりはいるのだろう。きっとそういう優秀な人間が、この不完全な世界を動かしているのだ。

「染谷先生はわかってるんだね」

山岸がぽつりといった。

「あいつは頭がほんとに切れるから」

「そうじゃなくて、良太先生の力だよ。染谷先生は素晴らしくできる先生だけど、人の心を動かすことは苦手。だけど、あなたはクラス競争がビリで不器用でも、誰かを感動させたり、その人を内側から変えることが、たまにできる。染谷先生はきっとそれがわかっているんだ」

　ほんとうにそうなのだろうか。良太は自分のこととはとても思えなかった。山岸がいうような人の心を動かす力を、自分はもっているのだろうか。照れ隠しに良太はいった。

「クラス競争がビリは余計です。ぼくなんかより、染谷先生のほうがずっとよくできるし、いい先生だと思うけど」

　山岸は机のうえを整理し始めた。数十枚のプリントアウトをきれいに束ねていう。

「まあ、若いうちは自分のいいところは、なかなかわからないものよ。染谷先生とわたしがいうんだから、あたってるんじゃないの」

　まだ三十歳をいくつか超えただけで、山岸も十分に若かった。外見だけなら、良太とほとんど変わりなく見える。

「なんだか、すごく大人の発言しますね。山岸先生って、ほんとはいくつでしたっけ。もうすぐ四十路《よそじ》とか」

　山岸真由子は三十二歳だった。良太はそれをしっていて、冗談をいった。片方の眉《まゆ》だけつりあげて、5年4組の担任はいった。

「あのね、セクハラと年齢差別で副校長先生に訴えてあげる。でも、良太先生はいい線いってるよ。成績だけじゃはかれないというのは、子どもも教師も同じだと思うな。じゃあ、お先に。立野先生のフォロー、よろしくね」

白いジャージ姿の山岸が職員室をでていった。ほっそりとした肩と引き締まった腰を良太はぼんやりと見送った。山岸真由子のスタイルにあらためて感心する。かすかにフレアになったパンツの先がきれいにさばかれていく。長身なので、ひざしたが長いのだろう。そういえば自分にはしばらくガールフレンドがいなかった。

職員室で机にむかいながら、良太は突然誰か女の子と恋をしたくなった。それはひどい空腹やのどの渇きと同じような切迫感である。教師だって、恋もしたいし、遊びたいのだ。若いのだから当然である。

だが、今夜は独身寮にもどろう。立野の心を動かすこと。自分にしかできないという課題にベストをつくしてみよう。職員室の横長の窓が夜の紺色に深まっていく。良太はリュックを肩にさげ、元気よく駐輪場にむかった。


立野の部屋の白い扉は、またも鍵《かぎ》がかけられていた。良太はひとりきりで、気楽なものだった。クッションをふたつつかい壁にもたれ、缶ビールのロング缶も二本用意していた。つまみは柿の種とチーズかまぼこである。冷えたビールをひと口やって、良太は閉め切りのドアにいった。

「今日は立野先生、よくがんばりましたね」

ほとんど人ごとのような調子だった。だいたい人のために熱中することなど、良太にはめったにないのだ。もちろん返事はない。

「部屋からでて、学校にいけただけでも、大進歩ですよ。今日は龍一から、フォローしてやれといわれたからきたけど、もうなにも話すことなんてないんです」

この数日かよい続けて、激励の言葉は切れてしまっていた。もう考えるのも面倒である。

「龍一は頭がいいから、土曜日になにかいい作戦があるらしいけど、今夜はぼくひとりで、それまでのつなぎです。ねえ、立野先生、こっちはビールのんでるんですけど、先生も一杯やりませんか。今日はひどく暑かったでしょう。ビールもう一本あるんですよ。それにちょっとしたつまみもね」

期待もせずにドアを見つめていた。すると頭上から鍵のはずれる金属音がカチリと鳴った。白い扉が開いて、男の手が伸びてくる。驚いたが、良太はアルミ缶をわたしてやった。

「つまみは？」

小声で立野がいった。

「ください」

良太はティッシュペーパーに柿の種とチーかまをのせてやった。缶ビールとつまみを受けとると、ドアはまた静かに閉まった。だが、今度は鍵のかかる音はしない。

どうやら立野は部屋の入り口に腰をおろしているようだ。閉まったドアのむこうに人の気配があった。

「だけどさあ、立野先生も情けないよなあ。定年間近のあんな主任にいじめられたくらいで、学校休んじゃうんだもの。なにが一番効いたんですか。よくわからないけど、5組の米澤先生の名前がでてる怪文書とか……」

こつんとドアのむこうで、缶ビールを床に置く音がした。閉まったドア越しに緊張感が伝わってくる。あてずっぽうでいったのに、どこか痛いところを突いたようだ。立野の声は真剣だった。

「米澤先生とはおつきあいをしていません」

4年5組の担任、米澤多恵は三十代前半、美しい教師である。子どもはいないが、すでに結婚していた。

「ぼくと米澤先生のことを書いた怪文書が職員室にでまわりました。証拠はありませんが、犯人はたぶん九島主任でしょう。ぼくはまえまえから教育方針をめぐって、主任とは対立していた。あの人の子どもを鋳型にはめるような強硬なやり口が納得できなかったからです」

立野がめずらしく多弁になっていた。ビールのせいか、スチールの扉をはさんでいるせいだろうか。人との距離をとったほうが、コミュニケーションが容易になる。立野は都会の生まれだった。

「だけど、学年主任と教育観が違うくらいで、なぜ先生はクラスの子どもたちを放りだしたんですか」

厳しい質問だったかもしれない。軽く酔った良太は口にしてから後悔した。絞りだすように立野はいった。

「そのことはもうしわけないと思っています。ですが、米澤先生の顔を拝見するのがつらかったし、九島主任からの嫌がらせはほかにもいろいろとあったんです」

先ほどから何度も米澤の名前がでてきていた。立野の言葉にはほかのことなど眼中にないという雰囲気がある。

「もしかして、立野先生、本気で米澤先生のことが好きなんじゃありませんか」

いつもの能天気な良太がでてしまった。立野はむきになった。

「いけませんか。別におつきあいをしたいといっているわけじゃない。遠くから見つめているだけです。米澤先生が結婚なさっていることも、お相手が以前いた小学校の先生だったこともしっています」

立野はまじめなのだと、良太は思った。まじめに勉強して教師の資格をとり、学校でも仕事ひと筋できたのだろう。恋愛の経験はきっとあまりないはずだ。学校では恋を教えてくれないし、認定を受けた教科書があるわけでもない。ひとりひとりの生きる力がためされるのが恋愛の場だった。立野は真剣に人を好きになったことが、初めてだったのかもしれない。

相手の一番弱い部分を突いてくる。学年主任の壊し屋のあだ名は伊達《だて》ではなかった。もし自分が4年生の担任にまわされていたら、立野の代わりに狙われたかもしれない。扉のこちら側にいるのは、ただ幸運だっただけだと思えてくる。

「そうか、ようやくわかったよ。そんな理由があったのか」

ほぼ初めての恋愛、それも夫のいる同僚への片恋を攻撃されたのだ。ナイーブな立野には衝撃だったことだろう。立野は声を殺して泣いているようだった。引きずるような息の音で、それがわかった。

「だけど、立野先生、学校を辞めたらダメだ。それじゃあ、主任の思うつぼになっちゃうよ。あの人はもうあと何年かで定年だ。もう出来あがった、ねじ曲がった大人だから、変えることなんてできないと思う。やっぱり立野先生が強くなるしかないんだ」

いじめられている側に強くなれという。教育現場では禁じられている言葉だった。けれどもこの教師にもっと芯《しん》の強さが必要なのも確かである。

「だってさ、米澤先生とはなにもないんでしょう。だったら恥ずかしいことなんて、なにもないじゃないですか」

立野はききとりにくいほどちいさな声でいう。

「あの怪文書は米澤先生の自宅にも、ご主人の勤める小学校にも郵送されたんです。一時期大騒ぎになりました。先生にあわせる顔がありません。うちの実家や学生時代の恩師にも、あれは届いています」

その話は初耳だった。よその学校や自宅でもそんな事件が起きていたのだ。九島主任の執念深さが急に恐ろしくなる。

「米澤先生はいっていたよ。なんとかして、立野先生を助けてあげてください。なんでもお手伝いしますからって。彼女が胸を張って、学校にでてるのに、立野先生が逃げていてどうするんですか。そっちが休んでいるあいだに、標的は米澤先生に移るかもしれない。男のあなたがそんなことでいいんですか。だいたい立野先生はだらしないよ」

抑えていた本音がついでてしまった。バシーンと独身寮のドアをたたく音が、夜の廊下に響いた。良太も平手で、激しくドアをたたき返した。

「うるさい。それくらいのガッツがあるなら、小学校にきて、あのオッサンをにらみつけてやれよ」

「そんなことができたら、どんなにいいか。でも、中道先生には誰かに狙われる怖さなんて、わからないですよ。最初は怒って、つぎに怯《おび》えて、しまいにはどこか自分が悪かったのかなって反省するようになる。だって……」

立野の言葉は途中で消えてしまった。悪意をもった個人に徹底した攻撃を受ける。良太には想像のできないことだった。ずっと追い風の人生を送ってきた立野にとっても、初めての試練かもしれない。

「ぼくや龍一や米澤先生が、立野さんのほうについてもダメですか。今のあなたには二週間まえと違って、事情を理解している味方が何人もいるんですよ」

鍵《かぎ》のかかっていない白いドア越しに立野は話した。声はくぐもって、やわらかに響いてくる。

「それは……とてもありがたいです。でも、みなさんと九島主任の問題は別なので」

ヘビににらまれたカエルのようなものかもしれない。その場で固まってしまえば、喰《く》われるのを待つだけなのに、恐怖で身動きがとれないのだ。良太はようやくわかった。自分自身が壊れるほどの恐怖には、誰も立ちむかえない。このやりかたでは、立野を変えることはできないだろう。

もし、立野の呪縛《じゅばく》を解くとしたら、まったく別な方法で、この男の心を動かさなければならない。だが良太には、その方法はまったく見当もつかなかった。やはり染谷はいつでも良太の一歩先にいる。あいつは自分よりもずっとまえにそれに気づいて、今夜は打開策を求めて走りまわっている。小学校の教師としても、ひとりの人間としても、自分とは出来が違うのだ。良太は優れた同僚を妬《ねた》みなく正当に評価できるほど、素直で単純な人間だった。

「わかったよ、立野先生。今夜はもう帰る。でも、最後にひとつだけきかせてくれ。4年2組の子どもたちのことは、好きなんだよな」

返事はしばらくもどってこなかった。またすすり泣きの息がきこえる。

「……この部屋にこもっているあいだ、何度も写真を見ました。今だって、ひとりひとりの顔が頭から離れないですよ。ぼくなんかより、ずっとしっかりしたいい子たちです」

良太は胸を突かれた。

「その気もちを忘れないで。九島主任が怖いのはもういいし、逃げてもいい。でも、先生を待っている子どもたちがいるんだよ。みんな先生に会いたがってる。お休みなさい」


翌日、立野は同じことを繰り返した。なんとか学校にはいけるのだが、職員室には顔をだせず、保健室のベッドに引きこもる。4年2組は依然として非常勤の教師が面倒を見ていた。校長や副校長、それに問題の学年主任と立野が話すことができないので、引き継ぎさえ不可能なのである。

学校側は静観の態度を崩さなかった。立野に手をださないと同時に、九島主任にもなんのおとがめもない。良太は内心不満だったが、あまり騒ぎをおおきくするなと副校長からも、染谷からもいわれていたので、しかたなく従っていた。

その日の放課後である。夜遅く学校をでようとして、職員用駐車場で染谷といっしょになった。このところ重要な話は職員室ではしていなかった。九島主任派の先生に話をきかれるのが嫌だったし、5年生の学年主任もふたりの活動にはいい顔をしなかったからである。

「良太、きいたかい」

疲れ切った良太はぼんやりと返事をした。

「なにを」

「立野先生のクラスの親が騒ぎだしているらしい。学校の名前がはいった手紙が子どもたちの家に届いて、そのなかに担任教師が心身症で、クラスを放りだし、保健室登校していると書かれていたようなんだ。もうぼくたちには時間があまり残されていないのかもしれない。今までみたいに、立野先生の回復を待つなんて、ゆっくりかまえていられなくなった」

夜の駐車場で良太は立ちどまった。明かりを求めて飛びまわる虫たちにさえ腹が立つ。

「ちくしょう、主任のやつ」

「そういうな。あの人は地震や交通事故やインフルエンザウィルスと同じだと考えたほうがいい。どうしようもない災害なんだ。ぼくたちには手をだすことも、変えることもできない」

「わかってるけど、むかむかする」

良太が飛んできた蛾にこぶしを振りまわすと、染谷は冷たく笑っていった。

「明日、ショック療法にいく。立野先生とぼくと良太の三人だ。友人の車を借りてあるから、つきあってくれ」

「いったい目的地は、どこなんだよ」

染谷は微笑みながら、しっかりうなずいた。

「それは明日まで秘密だ。良太はそこで目を開いてよく見てくれ。身体で思い切り感じてくれ。良太の反応で、立野先生の心を溶かすことができるかもしれないんだ」


土曜日の朝は快晴だった。南の島のように年々青さを増してくる日本の夏空が、軽々と積乱雲を浮かべ、フロントガラスのむこうに広がっている。清崎市から郊外へむかう国道は、空へ続くまっすぐな滑走路のようだった。センターラインが目に痛いほど輝いている。

染谷が友人から借りたのは、新型のワンボックスカーである。飛行機のエグゼクティブクラスのような豪勢なシートに足を伸ばして座り、良太は上機嫌だった。ぴしりとシートベルトを締めた運転席の染谷に声をかける。

「なあ、そろそろ目的地を教えてくれよ」

微笑んだままハンドルをにぎり、染谷がいった。

「まだだ。それは着いてのおたのしみ。立野先生、暑くはありませんか」

染谷は立野に気をつかっていた。エアコンの設定についてきくなんて、タクシーの運転手のようである。肝心の立野は朝から沈んでいた。学校でトラブルが続き、独身寮の自室に引きこもっていたので、軽い鬱《うつ》状態になっているのかもしれない。後部座席からきこえた立野の声は、井戸の底から響くように重かった。

「あまりぼくに気をつかわないでください。おふたりとも、したの名前で呼びあっているんですから、ぼくのことも英介でいいです……」

良太は横目で染谷を見た。目があうと染谷が、いけというようにうなずいた。こんな調子の相手に親しげに声をかけるのは、かなり抵抗があったけれど、無理やり明るい声をだす。

「わかったよ、英介。ぼくたちは年もほとんど同じだし、気楽にいこう。今日は気分転換にドライブにでもいくつもりで、つきあってくれ。つまんなかったら、龍一に文句をいえよ。こっちはまだどこにいくかもしらないんだからな」

それでいいという顔をして、染谷は目配せしてきた。ほんとうに立野の心を動かすようなショック療法など、土曜日一日で可能なのだろうか。頭のなかに浮かんだ黒い疑問を抑えこんで、良太はコンビニのポリ袋から菓子をとりだした。

「立野先生じゃなかった……英介、なにかたべないか」

振りむくと立野は眉《まゆ》をひそめ厳しい表情で、真夏の猛々《たけだけ》しい緑に目をやっている。

「ありがとう。でも、ずっと食欲がないんです」

頬の削げ落ちた顔でそういった。なにか不吉なことを口走りそうで、良太は無理やりコンソメ味のポテトチップを口のなかに押しこんだ。

自動車が速度を落としたのは、コンクリートの門が見えてきたときだった。左右におだやかな山を従えた静かな盆地である。門柱には粗く手彫りされた木製の銘板が埋めこまれていた。

【清崎県立　朝日山養護学校】

良太は思わず声をだしていた。

「ここか……」

あとは言葉が続かない。養護学校はさまざまな障害をもつ子どもたちがかよう学校である。職員室で執拗《しつよう》ないじめにあった立野に、染谷はいったいなにを見せたいのだろうか。

コンクリートの真新しい三階建ての校舎だった。ワンボックスカーは横手にある妙に広い駐車場にとまる。

「さあ、おりてください。今日はぼくのお師匠に見学をもうしこんでありますから」

染谷はバッグをさげて先に立ち、開け放したままの入り口にむかった。受付のガラスの小窓に顔をのぞかせ、職員に声をかける。

「希望の丘小学校の染谷といいます。瀬戸先生とお約束があるんですが」

地味な服装をした中年の女性がこちらにやってきた。

「はいはい、すぐにお呼びしますよ」

染谷は慣れているようだった。なにもいわれないうちに来校者名簿に所属や氏名を記入している。下駄《げた》箱の並ぶ玄関でしばらく待っていると、奥まで見とおせる長く、通常の学校よりも横幅のある廊下の奥から、ジンベエを着たヒゲ面の男がやってきた。クマなのか、クマ撃ちの猟師なのかわからない雰囲気である。ずいぶん遠くから太い声をかけてくる。

「よう、龍一、久しぶりだな。それで、そっちにいるのが、いじめられて学校から逃げだした先生か」

足元を見ると瀬戸は裸足《はだし》にゴムぞうりだった。良太の視線に気づいたのだろう。にやりと笑っていう。

「これが一番簡単に足を洗えるからな。あんたが、なかなかやんちゃな先生だというんだろ。中道良太だったか」

分厚い手をさしだしてくる。良太は指にも黒々と毛の生えた手をしっかりとにぎった。

「それで、そっちが人妻に片思いをした先生だよな。立野英介、まあ元気だせ。なんだったら、ダンナから奥さんを奪っちまえよ。人妻はいいもんだぞ」

養護学校の教師は豪快に玄関先で笑い声をあげた。

立野は苦い顔をしたが、瀬戸はまるで気にしていないようだった。染谷はにこにこと笑って、その様子を見ている。

「さあ、ついてきてくれ」

ジンベエ姿の教師が先に立って、風の吹き抜ける廊下を歩いていった。設計が新しいせいだろうか、光をとりいれる工夫がしてあって、どこにも影のささない明るい校内だった。背中越しに瀬戸がいった。

「公立の養護学校は障害の種類別にみっつに分かれている。知的な障害のある子ども、肢体が不自由な子ども、病虚弱な子ども。それぞれに専用の学校があるんだ。この朝日山養護学校は、そのなかの肢体不自由校というわけだ」

どこかの教室で子どもが叫んでいるようだった。夏の日ざしがまぶしい廊下に、わーんという泣き声が響いていた。瀬戸はにやりと笑っていった。

「おー、元気のいい子がいるな」

良太は感心して瀬戸の言葉をききながら、立野の反応を確かめていた。暗い表情が変わることはない。自分のつま先を見るように背を丸めて歩いている。

「そうはいっても、障害を簡単に分けられるはずもない。実際には肢体が不自由なだけでなく、ほとんどの子どもたちは、知的な障害があるんだよ。神さまはやることがきつくてな。重い荷物を背負った子どもに、さらにもうひとつのせようとするんだ。まったく雲のうえで、なに考えてんだかなあ」

三人は黙って、瀬戸の話をきいていた。事実の重さに身が引き締まる思いがする。

「ここには小学校から高校まで、約百七十人の子どもたちがいる。肢体の障害の程度も知的障害の程度もばらばらだ。普通のクラス分けを一応はしてるんだが、そいつは形だけで、実際の授業は七、八人の課題別グループでやっている。ひと班に教師が何人つくかわかるか」

瀬戸は急に振りむいていった。

「はい、中道良太」

七、八人の班なら半分くらいだろうか。自信はないけれど、生来の元気で良太はこたえた。

「四人くらいですか」

広く厚い肩をすくめて養護教諭はいった。

「いいや。そんなもんじゃ、とても手が足りない。子どもの数と同じだけの教師が必要なんだ。もうすぐ教室だ。まあ、覚悟しておけ」

瀬戸の表情はからりと乾いて明るい。ガラス窓のついたおおきな引き戸を開いた。白いプラスチックのプレートには、つぼみぐみと丸文字で刻まれている。教室というより病室の入り口のような幅の広さだった。瀬戸はおおきな声でなかに声をかけた。

「今日は街からお手伝いの先生が三人もきてくれたぞー。みんな、思い切り遊んでもらえ」

あー、うーというなり声が返ってくる。戸口に足を踏みいれて、良太は言葉を失った。

通常よりも広い教室のなかには車椅子がよっつとキャスターつきのベッドがみっつ、教壇のほうにむいて散らばっていた。それぞれに子どもたちがひとりずつのっている。年齢層は小学校の低学年から中学生まで分かれているようだ。壁一面を埋める窓には、夏山の緑が深かった。

教師はひとりの子どもにひとりずつついていた。車椅子やパイプベッドの横に張りつき、障害のある子どもの面倒を見ている。長髪をうしろで束ねた若い教師が顔をあげていった。

「天国へ、ようこそ」

にやりと笑った男性教諭の胸には、舌をだしたローリング・ストーンズのマークがでかでかとプリントされていた。ジーンズ、ジャージ、ジンベエと教師の恰好《かっこう》はばらばらだった。立野はショックを受けているようだ。良太はいった。

「どうして、養護学校が天国なんですか」

ロックTの長髪がこたえた。

「そりゃあ、ここでは教育の理想どおりだからな。テストの出来で子どもたちに優劣をつけることもない。平等で民主的な教室運営ができるのさ」

養護学校の教師には個性の強い人間が多いのだろうかと良太は思った。長髪の教師が見ている子どもは、車椅子に座ったままのけぞるように頭をうしろにそらし、宙にあげた右手をミツバチの羽ばたきの速さで震わせている。瀬戸が良太の肩に手をおいた。

「この学校には寝たきりで、ごはんも自分ではたべられないような子もたくさんいる。授業といっても、通常の学校のように教科を教えるわけじゃないんだ。文字を読んだり、書いたりできる子はほんのすこしだからな。国語ならお話の読みきかせをして、みんなで登場人物の台詞《せりふ》をいったりする。図工なら紙粘土や貼り絵みたいに手をつかう訓練だ。この学校には知識のつめこみも、テスト順位もないんだ」

良太は呆然《ぼうぜん》と子どもたちを見つめていた。希望の丘小学校のクラス競争がバカらしくなる。

良太の学校ではクラス運営と学習の習熟度を採点して、学年五学級のなかで順位をつけている。自分のクラスが万年ビリだから、なんだというのだ。ここにいる子どもたちには優劣などつけることはできない。

「ぼくになにかできることはないですか」

良太は思わず口にしていた。だが、いきなりおおきな街からやってきた障害のことをなにもしらない教師になどできることはないだろう。瀬戸がばしんと背中をたたいた。

「国語の授業は、シンくんが騒ぎだして、いったん中断してるんだ。シンに話しかけてやってくれ」

「ぼくが……」

「ああ、そうだ。この学校の子どもたちは親と先生以外の大人とふれあう機会がひどくすくないんだ。切符を買って、電車にのる。プールや海で泳ぐ。飛行機で外国にいく。障害のせいで生まれてから一度もそういう経験をしたことがない子が多い。だから学校のなかだけでも、いろいろなことをさせてやりたい。あんたはいい練習相手だ」

シンくんというのは、長髪の教師の担当のようだった。良太は車椅子のとなりにしゃがみこみ、視線の高さを子どもとあわせた。小学校高学年くらいだろうか。短く切りそろえた髪で、男か女かわからなかった。

「あー、あー、あー」

顔にはまったく表情がない。どんな精神状態なのかもまるで読めなかった。長髪の教師はさばさばといった。

「シンくんは身体だけでなく、顔面にも麻痺《まひ》があるんだ。顔を見てもわからない。ちゃんと目を見て話してくれ」

良太は深呼吸をして、子どもの目を見ながらいった。

「中道良太です。清崎の小学校で先生をしているんだよ。うちのクラスにはシンくんくらいの子どもたちが三十二人います。このつぼみぐみはおもしろいかな」

もどってきたのは一連の意味不明の音のつながりだった。右手はあい変わらず宙に浮いたまま震えている。ストーンズのTシャツを着た先生がいった。

「よくきたねだって、あとはずっとシロクマがかわいそう、シロクマがかわいそうっていってるよ」

車椅子のひざには絵本がおいてあった。

『シロクマの氷の家』は子どもたちに人気の絵本だった。対象は幼稚園の年長から1年生くらいだろうか。地球温暖化で北極の氷の家を追われていくシロクマの家族の物語である。カバーにはキラキラと光をはねる銀箔《ぎんぱく》がつかわれていた。良太は感心した。

「よくシンくんのいいたいことがわかりますね」

長髪を束ねた教師はなんでもないというふうにうなずいた。

「学校にいるあいだは毎日ずっといっしょにいて、食事の世話もしてるんだ。シンくんはひとりじゃ給食が無理だからな。何カ月もじっと目を見てりゃ、誰にだって相手のいいたいことくらいわかるさ」

うー、うーとシンくんがうなり声をあげていた。きっと感受性が強い子どもなのだろう。まだシロクマがかわいそうだと叫んでいるようだ。良太は絵本を手にとってゆっくりといった。

「確かにシロクマの家族はかわいそうだけど、これは物語なんだ。お話の流れをたのしんで、それから自分だったらどうするかを考える。お話っていろんな人の気もちになって考えるための練習なんだよ」

瀬戸がやってきていう。

「中道良太、あんたなかなかいいセンスしてるじゃないか。普通の学校にいくのもったいないな。どうだうちにこないか」

良太はちらりと立野を見た。暗かった表情がかすかに変わっている。頬に赤みがさしてきたようだった。染谷に目をやると、教室の全体が見わたせる部屋のコーナーから、良太と立野を観察していた。瀬戸が手をたたいていった。

「さて、国語の授業を再開しよう。どこまで読んだかな。じゃあ、シンくんのシロクマの子どもの台詞から」

長髪の先生が絵本を子どものひざのうえに広げた。台詞を読む教師にあわせて、シンは意味不明の音をたのしげに漏らしている。勉強をさせるのではなく、なにかをいっしょに学ぶこと。その大本の形を見た気がして、良太の胸は熱くなった。

授業中は絵本を投げる子もいれば、疲れて居眠りしてる子もいる。なにが起きても、教師は緻密《ちみつ》なチームワークで対処していくようだった。この学校では通常の小学校と違って、徹底したチームティーチングがクラス運営の基本になっていた。

午前中の授業は、国語、図工、算数と続いた。良太は養護学校での授業に新鮮な驚きを感じていた。ひとりで三十二人の子どもたちを教える自分のクラスとひとりの教師がひとりの子どもにつききりになる肢体不自由校。その対比があまりに強力だったのだ。

もちろん子どもたちの状態が違うので、単純にくらべることなどできない。それでも目を見ただけで子どものいいたいことを察した長髪の教師のように、自分はクラスの子の心をつかんでいるかといわれたら、バンザイをするしかないだろう。

希望の丘小学校では教科書の内容をまえにすすめるのに精一杯で、この学校に見られる子どもとの距離の近さや結びつきは弱いのかもしれない。教育というものに原点があるとしたら、それはこんな形なのではないか。母親が自分の子どもを一対一で育てていくのと同じである。良太はパイプベッドと車椅子のならぶ教室で、子どもの世話をしながら、そんなふうに考えていた。

その思いは立野も同じだったようだ。職員室でのいじめにより、自分のクラスを放りだしてから二週間だった。けれどもこの養護学校では水を得た魚のように、生きいきと子どもたちの面倒を見ているのだ。子どもといっしょに学ぶこと。自分が好きで選んだ仕事にもどれて、うれしくてたまらないのかもしれない。立野はこの数日間見せたことのない笑顔を子どもにむけている。

良太は教室の隅に立つ染谷に目をやった。かすかに笑って、うなずき返してくる。今回もまたこの秀才教師にやられてしまったな。さしてくやしさもなく顔をもどしたとき、その声が響いた。

「あーあっ……あっ」

車椅子の少年シンだった。男の子の下半身から濁った液体が流れだし、車椅子の車輪を伝って、床に広がっていく。そのあいだも宙に浮いた右手は震え続けていた。異臭は鼻に小石をぶつけられたようだった。長髪の先生がいった。

「あんた、すぐに窓を開けてくれ」

良太はアルミサッシの窓をすべて開いた。それでも臭いは鼻について離れない。瀬戸がぞうきんとバケツをもってきた。

「ほい、あんたらで片づけてやれ」

良太と立野にさしだす。良太はしかたなく廊下の水のみ場に、バケツをもって走った。蛇口を全開にして、バケツに水を張った。ちいさな水面には渦巻きができている。山あいの学校のせいか水が澄んでいるようだ。小学校でもよく鼻血をだしたり、嘔吐《おうと》する子どもはいる。だが、下の世話をする機会などめったになかった。ここでは食事の世話も排泄《はいせつ》物《ぶつ》の世話も、あたりまえなのだろう。手際よく用意されたバケツとぞうきんで、それがわかった。良太は満杯のバケツを揺らしながら、つぼみぐみにもどった。

立野と長髪の教師は床によつんばいになって、少年の排泄物をぬぐっていた。ローリング・ストーンズのTシャツを着た長髪は平然といった。

「まいったな。シンくん、いくら暑いからって、あんなに冷水機の水をのんだらダメだぞ。もうすぐ給食なのに、くさくてかなわないよ」

良太もぞうきんを絞って、シンの座る車椅子をふき始めた。便は水のように薄いが、臭いは強烈だった。顔面麻痺の少年の顔を見た。表情はまったく変わっていない。だが、目の奥を見ると、子どもの気もちがはっきりとわかった。恥じらい、すまないという気もち、自分に対する怒り。ちいさな目のなかにいろいろな感情が浮かんでいる。透明な水のなかを小魚が泳いでいくようだった。これほど、人の心は目にあらわれてしまうのだ。

「だいじょうぶだよ。大人だって、毎年のようにお腹を壊すんだから。ビールをのみすぎたりさ。シンくんは恥ずかしいことなんてないよ」

良太がそういうと、背中から瀬戸の声がきこえた。

「うちの学校では、なるべくおむつはつかわないようにしてるんだ。ときどきは失敗しても、やっぱり自分で便所にいくほうがいいからな。どうだ、こうやって下の世話までしてみる気分は？　こんなのうちじゃあ、しょっちゅうだぞ。臭くて、汚いだろ。だがな、無理して学科の暗記なんかをさせるよりは悪くないんじゃないか」

ジンベエ姿の教師はからからと笑い声をあげた。男の子が大便を漏らしても、誰も気にしていないし、さして騒ぎもしない。こんな教室も日本にはあるのだ。教育の現場は考えられないほど広くて多彩だった。長髪を束ねた先生がバケツにぞうきんを投げこんでいった。

「昼めしまえにシンくんにシャワーを浴びさせて、着替えてくるわ。あんたら、あと片づけ頼む」

良太と立野は二度目の床そうじを始めた。

昼食は瀬戸に連れられて、別な部屋でとることになった。三階にある立派な視聴覚施設のついた娯楽室である。四人は給食のトレイをもって、階段をあがった。エレベーターはあるのだが、車椅子やベッドの移動で混みあっていたのだ。おおきな楕円形《だえんけい》のテーブルに席をとって、瀬戸がいった。

「こんなに金のかかったAV機器なんて、宝のもち腐れなんだがな。うちの子どもたちは、映画なんて観ないから」

良太は殺菌作用のある石鹸《せっけん》で二回手を洗っている。それでも、まだ自分の手がにおうようだった。瀬戸が笑い声をあげた。

「シンのやつ、しっかりあんたたちを歓迎してくれたな。なにかやるとは思ったが、今日はうんちか。なにが起きるか、毎日スリリングだ」

立野は瀬戸からふたつ離れた席に腰をおろしている。

「ああいうことは、よくあるんですか」

「もちろんだ。ここでは日々、予想を裏切ってなにかが起きる。教師はずっとあの子どもたちにつききりになるんだからな」

良太はアルミのトレイにのせられた給食を見た。カニ玉、春雨サラダ、揚げ鶏《どり》の甘酢ソース。ごはんは中華がゆで、デザートはゴマ団子と杏仁《あんにん》豆腐だった。自分の小学生のころとくらべても、給食のメニューは飛躍的に向上している。だが、良太には食欲はまったくなかった。

「さあ、くってくれ。午後もまた授業がある」

ジンベエ姿の教師は豪快に中華がゆをすすりこんでいく。瀬戸は揚げ鶏を口に放りこんでいった。

「おれはこの学校にきて十年になる。毎日が冒険だ。さて、なにをしでかしてくれるか。興味津々ってやつだ。あんたたちの学校なら、おおきくなった卒業生が挨拶《あいさつ》にくるなんてこともあるだろう。立派に育って、社会人になったりしてな。なかには教師よりも出世したりして」

四年目の良太が送りだした子どもたちは、まだいなかった。けれども、いつかはそんな日がくるのかもしれない。想像してみただけで、頬がゆるむような気がした。

「けど、ここの子どもたちはみな身体が弱くてな、いい加減おっさんのおれより先に亡くなっていく子が多いんだ。社会にでて活躍するなんてことも、あまり期待できない。教え子の葬式にでるのは、それはつらいもんだぞ」

瀬戸は目をそらして、がつがつと給食を平らげた。

希望の丘小学校からきた若い教師三人は、黙りこんでしまった。しっかりと給食をたべているのは染谷だけだ。瀬戸は誰よりも早く昼食を終えて、ビンいりの牛乳を一気のみした。

「おれはときどき不思議に思うよ。なんのために、あの子たちに授業なんか受けさせてるんだろうって。働くこともむずかしい、読み書きだって怪しい。それどころか、大人になることさえ期待できないかもしれない。それなのに、なんで学校なんか必要なんだろう」

娯楽室の窓のむこうに夏の山が見えた。良太は胸を打たれて考えていた。なぜ、山の木々は緑で、夏の空は青いのだろう。あの子どもたちは、なぜ重い障害を背負わされてしまったのか。理由などなにひとつないはずだった。立野が必死の顔つきでいった。

「瀬戸先生はどんなこたえをだしたんですか」

ヒゲ面の教師は豪快に笑った。

「こたえなんかあるかよ。おれには毎日、あの子たちがこの学校にきて、なにかたのしい思い出をもって帰ってくれたら、それで十分なんだ。糞《くそ》を漏らそうが、給食を吐こうが、そんなことはなんでもない。勉強だって、どうでもいい。あの子どもたちの多くは、おれやあんたよりもずっと早く死んじまう。人生がなにかもわからずにひたすら苦しんで、恋だのスケベだのと空騒ぎもできずに、この世界からおさらばする。おれは去年の八月、子どもの葬式に四回もいったんだ。それには理由なんかなんにもない。教師にできることなんて、なにひとつない。親といっしょに泣いてやることしかできないんだ。ほんとにいい子だった。天使みたいだった。つぎに生まれてくるときは、もっと幸せになってくれ。そんなしょうもない決まり文句を、葬式のたびに繰り返してな」

「お、おーっ……」

立野が吠《ほ》えるような声をあげて泣いていた。良太は唇をかんで、涙を落とさないようにするだけで精一杯だった。瀬戸は立野にいった。

「養護学校の教師は変わり者が多くてな。どこか普通の小学校じゃあ、浮いちまう先生がほとんどだ。なかにはまったくダメなM教師もいるが、ほんものだってたくさんいる。あんたが今の小学校に耐えられないなら、こっちにきてみたらどうだ。ただし、そのまえにそっちの小学校でできる限りのことをやってみろ。あんたのクラスの子どもたちは、あんたが帰ってくるのを待ってんだろ。おい、立野英介」

立野の泣き声がいっそうおおきくなった。

「……は、はい」

立野の返事は涙声で、よくきこえなかった。瀬戸はテーブルのむこうに給食のトレイを押しやって、腕を組んだ。

「あんたは今が最悪だと思ってるかもしれないが、どんな場所にだって逃げ場はある。だがな、教師の仕事を辞めちまったら、同時にその逃げ場も失うことになるんだ。その嫌みな学年主任から逃げるのはいいだろう。でも、子どもたちから逃げてどうする。クラスが頼りにしてるのは、主任じゃなくて、担任のあんたひとりだろう」

それは独身寮の廊下で、良太も何度か口にした言葉だった。だが、養護学校の教室を見学したあとでは、重さが違っていた。良太も自分の5年3組のことをあらためて考え直した。

染谷が瀬戸を師匠と呼んでいた意味が、ようやくわかった。型破りで普通の小学校では規格外かもしれないが、この先生には磁石のように同じ教師をひきつける力があった。教育の現場は結局のところ、知識や技術ではなく、その教師がもつ人間力を試される場なのだ。

染谷も給食を終えたようだ。立野にやわらかに声をかける。

「午後も授業を見学していきますよね」

立野はぽろぽろと涙をおかゆのなかに落としていた。おとなしい顔つきが涙でぐしゃぐしゃだった。

「はい」

染谷は良太にうなずいていった。

「明後日の月曜日、職員室にいきませんか。ぼくと中道先生がごいっしょしますから」

立野はうつむいてしまった。給食にはほとんど手をつけていない。

「……だけど」

良太はついおおきな声をあげた。

「職員室で学校側と話して、学年主任と顔をあわせなくちゃ、自分のクラスにはもどれないんだぞ。いつまで、うじうじしてんだよ」

もっとやれというように、瀬戸が立てた親指を振り、けしかけてくる。

「教師が人妻に恋して、なにが悪い。だらしなくて弱くて、めそめそしていて、なにがいけない。ぼくたちだって人間だ。だけど、クラスを投げるのはよせ。自分が一番大切に思うものを投げ捨てるなんてやめてくれ。ここで教師を辞めたら、一生後悔するぞ」

立野の泣き声だけが、広い娯楽室を満たしていた。壁にはおおきなスクリーンが純白にさがっている。ジンベエを着た教師がにやりと笑っていった。

「ここは完全防音だ。いくら泣いてもいいんだぞ、立野英介」

独身寮に引きこもっていた男性教師は、手で隠すこともなくぼろぼろと涙を落としていた。良太はその様子を見て、染谷がいっていたショック療法の意味がわかった。夏休みまえに立野の問題にケリをつける。それには荒っぽくても、こんな方法しかなかったのかもしれない。養護学校の教諭はいう。

「もういいから、月曜日にはちゃんと学校にいけよ。底意地の悪い教師なんて、どの学校にいっても必ずいるもんだ。そんなやつからは、いくら逃げても恥じゃない。ただし逃げ場が問題だ。そいつはなにも自分の部屋じゃないだろう。あんたの場合は自分のクラスがあるんだからな」

そこで言葉を切って、瀬戸は全員にゆっくりと視線をまわした。ひと息ためてから、腹の底からおおきな声をだす。

「いいか、立野先生、来週はちゃんと小学校にいくんだぞ」

たいした役者だった。立野は気おされて、即座に返事をした。

「は、はい。いきます。いって、クラスの子どもたちにあやまりたいです」

恐怖や痛みを超えるには、そんなものを忘れるほどたくさん心を動かせばいいのかもしれない。染谷が軽く頭をさげた。

「瀬戸先生、ありがとうございます」

ヒゲ面の教師は頭をかいていった。

「おい、龍一、おれのこと先生と呼ぶなといってるだろうが。保護者以外からそんなふうにいわれると、なんだか身体のあちこちがかゆくなる」

良太は笑ってしまった。この学校で、肢体不自由な子どもたちの面倒を見ながらすごす十年間を考えてみる。自然に頭がさがってしまった。

「ぼくからもお礼をいいたいです。来週はしっかり立野先生をガードしますから」

瀬戸は照れくさいのだろう。そっぽをむいたままぼそりという。

「さあ、午後の授業も厳しいぞ。さっさと給食をくっちまえ。子どもたちはともかく、あんたらは給食を残したら、許さんからな」

立野は泣きながら、中華がゆをすすりこんでいる。これほどうまい給食など、良太は久しぶりだった。

月曜日は底抜けの青空だった。独身寮をでたとき、すでに気温は三十度を超えている。清崎の港の沖には、目にしみるほどの入道雲が背を伸ばしていた。校長室には六人の教師が顔をそろえていた。朝のミーティングが始まる二十分まえのことである。染谷が立野にいった。

「立野先生からひと言あるそうです」

染谷と立野と良太、三人が座るソファのむかいには、校長と副校長、そして両手をひざで組んで微笑む九島主任がいた。

「ながいあいだ、学校を休んでしまって、すみませんでした。もうしわけありません」

立野は座ったまま、深々と頭をさげた。

「ですが、もう体調も気力も回復しましたので、今日から4年2組の授業にもどらせていただきたいんです。お願いします」

秋山校長は目を閉じ、腕組みしながら話をきいていた。九島主任がいった。

「立野先生は二週間もクラスを放りだしておられた。子どもたちも、非常勤の先生も、急にクラスにもどるといわれても混乱するのではないでしょうか。親御さんのほうでも、騒ぎ始めています」

おどおどとした様子で、いつものようにていねいにいう。蛇のような男だと良太は思った。おとなしい顔をして、何人もの教師を辞職に追いこんでいる札つきの壊し屋である。良太は我慢できずにいってしまった。

「長期休職の理由をつくったのが誰か、ここにいる人間はみんなしっているんですよ、九島主任。あなたが前任の清崎西小で、なにをしてきたか。ご自身の嫌がらせで、若い教師を辞めさせるのはどんな気分ですか」

九島主任は驚いた顔をした。白々という。

「校長先生、副校長先生、わたしには中道先生がなにをいってるのか、まったく理解できないのですが」

染谷が手帳を開いた。冷たい声で読みあげる。

「一九九七年六月、中島初美先生、辞職。二〇〇二年、吉岡倫明《ともあき》先生、辞職。このおふたりはどちらも、九島先生が学年主任をなさっていた学年の先生ですね。自殺未遂を起こしたもうひとりの方の名前をあげたほうがよろしいでしょうか」

九島主任の笑顔に変わりはなかった。かすかに目を細めただけである。

「なんのことをおっしゃっているのか、わかりかねますねえ。若いかたは無茶をなさる」

平静を装っても、ひざで組んだ九島主任の両手はすこしだけ震えているようだった。良太は定年間近の教師の乾いた手を見つめた。関節が白くなるほど力がはいっている。染谷も気がついたようだ。校長や副校長のまえで、具体的に辞職した教師の名前をあげられ、主任も動揺は隠せないのだろう。染谷は低くいった。

「先生がたのお名前は、以前から報告してあります。九島主任がまったく身に覚えがないとおっしゃるなら、やはりぼくたちとしても疑ったことがもうしわけないです。きちんと謝罪させていただくためにも、主任の潔白を証明するためにも、教育委員会に訴えて再調査をすすめてもらうのが筋かもしれません」

笑顔はまったく変わらないが、学年主任の手の震えがさらにおおきくなった。片方の頬がぴくぴくとちいさくひきつっている。良太は横に座る立野に目をやった。立野の顔でなにかが変わった。照明でも切り替わったようである。暗く臆病《おくびょう》だった表情が、どこか誇らしげで明るい顔つきに変化しているのだ。立野は良太と染谷に自信のある様子でうなずきかけ、また深々と頭をさげた。

「九島主任とぼくの休職は関係ありません」

良太はちいさく叫んだ。

「それは違うだろう、立野先生」

立野は横をむき、良太を抑えた。

「いいんだ。ぼくはもう、だいじょうぶだから」

牧田副校長がセンターテーブルに身体をのりだしてきた。なにかかぎつけたようである。

「どういうことでしょうか、立野先生」

「学年主任とぼくのあいだには、トラブルはありませんでした。ぼくはただ体調を崩して、学校を休んだだけです。教育委員会やPTAへの報告はそれでけっこうです」

「ほんとにそれだけでいいのか、立野先生」

良太がそういうと、九島主任はしぶとい笑顔のまま、ぎらりと細めた目でにらみつけてきた。染谷は主任と同じく、タフに笑っていう。

「週末のあいだに報告書をまとめてきました。今回の事件の経緯と学年主任の経歴を調べあげたものです。もし、今後も主任がこれまでと同じおこないをするのなら、報告書は自動的に教育委員会や本校のPTAにコピーして送付することにします」

学年主任の顔から笑いが消えた。この人はつくり笑いの仮面をとると、ひどく険しい顔をしていると良太は思った。

「わかりました」

目を閉じていた秋山校長が腕組みを解いていった。夏目漱石のような立派な口ひげと迫力のある両目。軽くひざをたたいて校長はいう。

「九島主任と立野先生のあいだにはなにもなかった。ただ立野先生はお身体の調子が悪かった。しかし、仮に今後九島主任と問題が発生した場合は、学校側としても毅然《きぜん》とした態度をとらなければならない。その点は、よくおわかりですね、九島さん」

学年主任は目を伏せたまま口の端で漏らした。

「存じあげております」

ていねいな言葉づかいは変わらないが、明らかに不満そうである。牧田副校長が手もみをしそうな勢いで口をはさんだ。

「では、問題はなにもなかったということで、よろしいんですね。よかった、実によかった。優秀な先生おふたりの経歴に傷がつくところでした。立野先生には洋々たる未来がありますし、九島主任の教師生活の晩節を汚すこともなかった。校長先生のご決断も、お見事でした」

良太は舌打ちをしたい気分だった。なにが実によかったのだろうか。すべては良太と染谷が陰で動いたから解決にむかったのではないだろうか。学校側はなにもしていないも同然だった。良太は腹を立てて、染谷をにらんだ。クラス競争第一位の優秀な同僚は、にっこりと笑ってうなずき返してくる。いい加減なごまかしの決着だと良太には思えたが、染谷は最初からこのあたりで手を打つつもりだったようだ。この男は教師だけでなく、政治家にもむいているのかもしれない。秋山校長がいった。

「非常勤の先生には話をとおしておくので、今日から4年2組の授業にもどってください。子どもたちには、今回の件はふれないように」

立野は頭をさげた。

「わかっています。やはり、ぼくが弱かったからいけませんでした。これからは主任の学年運営をできる限りサポートしていくつもりです」

立野は厳しい顔でじっと九島主任に目をすえた。しばらくして、歯をむきだして笑いかける。あわてて定年間近の学年主任は目をそらせた。それだけで良太は快哉《かいさい》を叫びたい気分になった。もう立野は主任を恐れてはいないのだ。これからも細かないさかいは起きるかもしれないが、クラスを放りだして逃げだすことはないだろう。歓声をあげてハイタッチでもしたかったが、学校のお偉いさん三人が目のまえにいるので、それはやめておいた。

朝のミーティングは、いつものように十五分ほどで終了した。希望の丘小学校の教師たちは教科書やプリントをもって、夏休み間近のどこかにぎやかな校内に散っていく。良太は机を離れて、4年生の島に移動した。学年主任の九島は、ミーティングが終わってすぐに姿を消したようである。先ほどやりこめられたので、ばつが悪かったのかもしれない。

立野は自分の机のうえにクラス名簿を広げ、じっと見つめていた。そこには4年2組の三十二人の子どもたちの名前がならんでいる。椅子に座る背中がまっすぐに伸びて、横から眺めているだけでも、立野が胸をいっぱいにしているのがわかった。

「いっしょに教室にいかないか」

良太は立野の肩に手をおいた。立野はかすかに赤くなった目で見あげてくる。

「……もうこんな日はこないかと思った」

「よかったですね、立野先生。みんな、待っていました。子どもたちも、わたしも」

むかいの机から立野が恋した女性教師、米澤が明るく声をかけてきた。うなずいて、立野はいった。

「ご迷惑をおかけしました。学校を辞めなくて、ほんとによかった」

背中越しに染谷の澄ました声がきこえた。

「ちょっと体調を崩したくらいで、小学校の教師みたいにおいしい仕事を辞めるのは損ですからね」

立野はすこしだけ笑った。公式の記録では確かに染谷のいうとおりだった。4年生の担任教師のあいだには、なにもなかったのである。陰惨ないじめも、学年主任と若い教師の対立も、教師間の不倫の噂もない。小学校の職員室では、そうしたことはあってはならないのだ。

「いきましょうか」

立野が名簿をもって立ちあがった。胸を張って廊下にでる。左右には染谷と良太がいた。朝の日ざしが深くななめにさしこんで、廊下は温室のように熱をもっていた。立野はいう。

「なんだか、初めて希望の丘小学校にきた日みたいだな」

不思議な気分だった。良太もあのときのことを思いだしていたのだ。たくさんの希望とやる気、それに不安と怯《おび》えが少々。教師生活のいそがしさに追われて、新鮮な気もちはすぐに磨《す》り減っていった。それが夏の朝、こうして急によみがえることがある。

一歩一歩足を踏みしめるように廊下をすすみ、階段をあがった。踊り場の窓にはまぶしい積乱雲がガラスに描かれた絵のように広がっている。

「やっぱり学校っていいですね」

返事の必要はない言葉だった。良太と染谷は黙って、幅の広い階段をあがっていくだけだ。

「じゃあ、ここで」

二階にくると、立野が会釈してそういった。

「せっかくですから、教室のまえまでごいっしょします」

一時間目の始業時間までまだすこしある。良太はうなずいて、立野を見た。照れたようにしたをむき、立野は奥から二番目の教室にむかって歩きだした。海からの日ざしのはいる廊下は、光のじゅうたんを敷きつめたようである。4年2組の教室までくると、立野はしっかりとふたりにむかって頭をさげた。

「今回はほんとうにお世話になりました。中道先生と染谷先生がいなかったら、ぼくは教師としてだけでなく、人間としてもダメになっていたと思う。ありがとうございました」

そんなふうに正面からいわれると、良太はその場にいるのが妙に居心地悪くなった。追い払うように手を振っていう。

「いいから、早くクラスの子どもたちに顔を見せてやれよ」

染谷はそんなふたりを見て笑っていた。

「立野先生、なにかお返しをしたいというなら、教室のなかの子どもたちにしてあげてください」

立野は力強くうなずいた。

「はい」

「じゃあな」

「いってらっしゃい」

三人の短い言葉がほぼ同時にきこえた。立野は2組の引き戸を勢いよく開いた。ざわついていた子どもたちが、一瞬静かになる。

「あー、立野先生」

「先生が帰ってきた」

「心配してたよー」

子どもたちの声が乱れ飛んで、教室が爆発したようににぎやかになった。良太と染谷は誰もいない廊下で、その様子に耳を澄ませていた。

なぜか目に涙が浮かんで、良太は困った。

「時間だ。ぼくたちも、教室にいこう」

染谷にうながされて、良太は涙を隠した。朝の光のじゅうたんを踏んで歩きだす。もうすぐ、希望の丘小学校も夏休みだ。

Ⅲ　十二月、みんなの家

夢のなかで携帯電話の呼びだし音が鳴っていた。良太はすぐに飽きてしまうので、着信メロディはつかっていない。寝ぼけたままあたたかなベッドで、やかましい電子のベルをきく。五回、十回と待っても鳴りやむことはなかった。手を伸ばして、机の端の充電器においた携帯電話をとった。十二月の初めである。長袖《ながそで》Tシャツを着ていても、腕が縮みあがるほど空気は冷たかった。

「はい、もしもし……」

思い切り不機嫌な声になった。室内はまだ薄暗い。壁の時計を見ると、五時を十五分ほどすぎたばかりだ。

「いつまで寝てるんだ。早く起きろ」

すっかり目覚めた染谷の声だった。

「なんだよ、こんな時間に」

「緊急連絡網だ。良太のクラスの子どもの家で火事があった」

良太はベッドで跳ね起きた。寒いなどといってはいられない。

「誰の家だ。子どもは無事か」

テープに録音された音声ガイダンスをきいているようだった。染谷の声には緊急時でも乱れはない。

「日高真一郎くんの家だ。今朝三時まえに出火して、家は半焼したそうだ。家族にひどい怪我はないらしい。真一郎くんも無事だ。この件を受けて、5年生の学年会議が開かれる。六時には職員室に集合してくれ。校長先生も副校長先生も駆けつけるから、遅れないようにな」

「……わかった」

気もちが動転しているので、おかしなしゃがれ声になってしまった。日高真一郎は学業抜群、人望もあって、学級委員をしている。なにか問題が起きるには、もっともふさわしくない子どもだった。自分のクラスの子どもの家でおおきな事故があったのは、教師を四年ほどしていても初めての経験だ。

「それから4組の山岸先生に緊急連絡網をまわすのを忘れないでくれよ。ぼくもこれから簡単な朝めしをすませて寮をでる。なんなら、いっしょに車にのっていくか」

冬の早朝の風を思った。自転車通勤では氷の壁にむかっていくようだ。

「悪いな。のせてってくれ」

「十五分後に駐車場で会おう」

染谷の電話はきたときと同じように、突然切れた。悪いニュースはいつもこんなふうにいきなりやってくる。

良太はベッドから跳びでると、寝間着にしている古いジャージをまとめて脱いだ。倒れそうになりながら足をとおしたのは、外いき用の真新しいジャージである。身体を動かすことが多い小学校教師のユニフォームは運動着だ。

着替えてすぐ携帯電話で4組の山岸真由子の番号を選んだ。登録はしてあっても、初めてかける番号である。寝ぼけた声が返ってきた。

「……はあい、誰」

年うえの女性教師は思い切り不機嫌だった。つい先ほどの自分のようである。

「中道です。うちのクラスの子どもの家で、火事がありました」

「まあ、たいへん」

子どもの氏名と被害の程度を告げた。

「わかりました。それ以外になにか情報はないのかしら」

良太は染谷からほかにきいていない。

「ぼくのところにはいっていません」

山岸はすぐに目覚めたようである。もどってきた声ははきはきと明晰《めいせき》だった。

「うちの小学校はなにか不祥事が起きると、貝になるから気をつけて。先生の対応とか学内の情報を、絶対外に漏らさない方針なの。日高くんは中道先生のクラスの子だし要注意ね」

「わかりました」

さすがに先輩である。こういう場面に慣れているようだった。考えがおよばないところを突いてくる。ためらうように山岸はいった。

「でも、ああいうのじゃないよね……このところ、嫌な放火事件が続いているでしょ」

自分の家に火をつける子どもたち。今年は春先から夏にかけて、家に放火して逃亡する子どもの事件が、新聞やテレビをにぎわせていた。放火が流行なのだ。良太は強くいった。

「いや、原因はまだ不明だけど、日高くんの家に限って、そんなことはないと思います」

「そうよね。おうちの人はなにをしてるの」

良太は一瞬こたえにつまった。

「確か、清崎の県庁に勤めているはずだったかな。どちらにしても、固い仕事です」

「わかりました。じゃあ、朝のミーティングで。わたしのほうから5組の富田先生に電話をいれておきます」

電話を切って、壁の時計を見た。まだ時刻は朝の五時半である。なにか腹につめておかなければ、昼までもたないだろう。独身寮の近くにあるコンビニへと良太は薄暗い廊下を走った。

染谷のスポーツカーは、早朝の国道を駆けた。ほかの車の姿はまったく見えない。東の空が朝焼けに透明に燃えていた。清崎の十二月の寒さは厳しい。空には氷と火の両方があった。車内で良太はカレーパンをかじり、缶いりのカフェオレをのんだ。

「おい、パンのくずをシートに落とさないでくれよ」

さして高額とはいえない公務員の給料でローンを組んで買ったドイツ製のクーペである。染谷は大切にのっていた。

「わかってる、気をつけるよ。それより、さっき山岸先生が気になることをいっていたんだ。放火をして逃げたのが、子どもだなんてことはないよな」

染谷はステアリングをにぎったまま、ちらりと横目で良太を見た。

「心配なのか」

「いいや。でも、このところあまりにそういう事件が続いただろ」

夜中に自分の家に油をまいて火を放つ。何人か逃げ遅れた家族がなくなったこともあったはずだ。どの子どもも判で押したように、同じ言葉をいっている。家族が死ぬかもしれないと思った。死んでもしかたないと思った。この家を壊したかった。染谷の声はいつもと同じように冷静だ。

「子どもにとって、自分の家が世界全体みたいなものだからな。家族の住む家に火をつけるのは、世界を焼き払うのと同じなんだろう。自分の生活や将来も焼け落ちるんだ。世界が壊れたあとで、ひとりだけ生きてるって、どんな感じなんだろうな」

車内はエアコンであたたかかったが、良太は思わず震えてしまった。幼くして世界をすべて燃やし尽くそうとするほど追いつめられた子どもたち。きっとそうしなければ、自分のほうが壊されると思いこんでいたのかもしれない。

BMWは海辺の丘をのぼった。希望の丘小学校の真っ白な校舎が見えてくる。だが、見慣れないものが正門のまえにとまっていた。青い大型のワゴン車とRVの二台である。どちらのボディの横にも同じ七色のロゴがはいっていた。

【きよさきテレビ】

地元の民放局だった。染谷が門のてまえでスピードを落とすと、腕に報道とはいったテレビ局の腕章を巻いた男が、両手をあげて車のまえに飛びだしてきた。口に手をあてて、テレビ局の男がフロントガラスのむこうで叫んだ。

「ちょっとお話をきかせてください」

染谷と良太は狭いキャビンで顔を見あわせた。染谷は鋭くいう。

「やめておけ。マスコミを相手にしても、いいことなんてない」

学校管理者の言葉のようだった。けれども、良太の左手はパワーウインドウのスイッチに伸びている。なめらかにガラスがさがっていった。

「なにか、こちらがしらない情報をもっているかもしれない。ぼくは話をききたい」

テレビ記者が開いたガラスのすきまから、マイクと顔を突きだしてきた。

「希望の丘小学校の先生ですか。きよさきテレビです。日高くんの家の火事について、なにかご存じですか。学校側ではどういう対応をしようとしていますか。日高くんはどういうお子さんだったんでしょう」

矢継ぎばやに質問が飛んできた。様子がどこかおかしかった。たまたま事故で出火した家の子どもの生活態度をきいてくる記者がいるだろうか。染谷は表情を変えないが、内心で緊張しているのがわかった。良太の声は悲鳴に近い。

「ちょっと待ってください。日高くんがどうしたんですか」

ダウンジャケットを着た記者はちらりと、手元のメモ帳に目を落とした。白い息を吐きながらいう。

「ふたりの子どもが自分が火をつけたといっています。日高家の善一郎《ぜんいちろう》くん十三歳と真一郎くん十一歳。まだ、どちらが放火したかも、ふたりが共同しておこなったかもわかっていません」

目のまえが真っ暗になった。返す言葉もない。良太はショックで凍りついてしまった。

「そうだったんですか。さすがに記者さんですね。まだ学校側にはあまり情報がはいっていないんです。これから緊急の会議があって、対応はそこで決まることになります。急いでいますので、これで」

そういって染谷が運転席のスイッチで、良太の側の窓を閉めようとした。記者は最後までマイクを車内に押しこんでくる。そのとき、ワゴン車から男がひとりおりてきた。手には去年の卒業アルバムが見えた。男が良太に気づいて叫んだ。

「おい、そこの人が、5年3組の担任の中道先生だ。ちゃんとつかまえておけ」

その声をきいてからの染谷の反応は素早かった。パワーウインドウがあがりきるまえに、アクセルを踏んで車を発進させる。記者の突きだしたマイクが手を離れそうになったが、染谷はブレーキを踏まなかった。

銀色のクーペはそのままゲートを越えて、小学校の敷地にはいった。さすがのテレビ局も、許可なく校内にはいることはできないようだった。記者はゲートのてまえで立ちどまっている。クルーのひとりが業務用のビデオカメラで、こちらを撮影していた。

良太は両方のてのひらでダッシュボードをたたいた。額を押しつけて叫ぶ。

「いったいどういうことなんだ。真一郎が放火ってなんなんだ。うちのクラスの学級委員だぞ。ふたりの子どもが火をつけたって、どういう意味なんだよ」

染谷は教職員用の駐車場に車をとめた。そっと良太の肩に手をおく。

「いこう。緊急の学年会議が始まる」

運転席のドアが閉まる音をきいてから、良太はのろのろとスポーツカーをおりた。

朝六時の職員室に半数以上の教師が顔をそろえていた。学年会議が開かれるのは5年生だけだったが、噂や連絡が流れたのだろう。ほかの学年の先生も緊張したおももちで集合している。学校は全体が脳の神経細胞のようだった。緊急時の情報は、それが悪いものであるほど、驚異的な速度で全体に伝わっていく。

4年2組の担任、立野が声をかけてきた。

「中道先生、お力を落とさないでください」

夏休みまえには、自分が立野にいっていた言葉だった。良太は苦笑いしていった。

「なんだか、立場が逆転しちゃったな」

「でも、今回はぼくがお手伝いする番ですから」

立野はそういうと、しっかりと良太の目を見てうなずいた。牧田副校長の声が職員室に響く。

「では、5年生の学年会議を始めます。先生がた、校長室に集まってください」

校長室のソファは、5年生の担任でいっぱいになった。染谷と良太は若いので、横においたたみ椅子をだして座っている。牧田副校長の声は緊張していた。

「まずご報告です。警察からの情報では、清崎本町二丁目にある日高くんの家から出火したのが今朝未明の二時四十分ごろ。消防への通報はお父さまの光一さんからだそうです。光一さんはいったん二階からおりて、家の外に逃げてから、子どもたちの姿が見えないことに気づきました。庭先で水道の水をかぶり、燃えている家にもどっています」

誰もが息をのんでいた。良太は思わず質問した。

「そのとき真一郎くんとお兄ちゃんは、どこにいたんですか」

牧田副校長はちらりと良太を見て、手元のメモに視線をもどした。

「家からすこし離れた児童遊園でジャングルジムにのぼっていたそうです。自分の家から煙があがるのを見ていた。そういっているらしい」

清崎本町なら静かな高級住宅街である。自分の親が寝ている家からあがる煙を、子どもたちはどんな思いで見つめていたのだろうか。朝の三時まえなら、冬でも真っ暗なはずだ。ジャングルジム、澄んだ冬空と冬の星座、星々よりもずっと明るく燃える家。そこは自分が生まれ育った場所なのだ。牧田副校長の報告は続いている。校長室の空気は重苦しくよどんで、幼い子どもの葬式のような雰囲気だった。

「お父さんは火災の煙を吸って、気管支に軽い火傷《やけど》を負ったそうだ。怪我人はほかに報告されていない。家は半焼で消しとめられたが、そのまま住むことは不可能だろう。取り壊して建て直しになると、消防のほうではいっている」

学年主任の富田がキツネ顔の目をいっそう細めていった。

「日高家の子どもたちが放火をしたといっているそうですが、ほんとうですか」

牧田副校長は手帳のページをめくった。

「そのあたりに関しては、警察も堅くてなかなか情報がはいってきません。兄弟ふたりとも、自分がひとりで放火した。相手は関係ありませんと話しているようです。共謀なのか、単独なのか、それもはっきりしていない。わかっているのは、日高家の子どもが灯油を玄関と階段に撒《ま》き、百円ライターで火を放ったということだけです」

良太はいてもたってもいられなかった。校長室でパイプ椅子に座りながら、全力疾走している気分である。

「真一郎くんは今どうしていますか」

牧田副校長は再び手帳に目を落とした。

「まだ警察のほうにいるようです。ただし、警察は児童相談所にすでに通告しているので、午後にでも、身柄はそちらのほうに移送されるとのことです」

児童相談所、通告、身柄。どれも自分には関係のないニュースのなかの言葉でしかなかった。それが冬の朝目覚めたばかりで、目のまえに突きつけられる。現実はいつも不意打ちでやってくるのだ。牧田副校長がいった。

「マスコミへの対応は一本化しなければいけません。希望の丘小学校のなかで、緊急時に意見が割れているわけにはいかない。窓口はすべて、校長先生におまかせすることになります。みなさんは記者からなにをきかれても、ノーコメントを貫いてください」

銀行員のような副校長は横目で良太をにらんだ。

「とくに中道先生はご注意ください。なにせ日高くんの担任であるうえ、若くて血の気が多い。いつもひと言余計ですからね。今回は清崎だけでなく、全国のメディアが注目しています。希望の丘小学校の危機対応力を試すいい機会にしましょう」

秋山校長はソファに背をあずけて座り、腕を組んでいた。いつものように目は閉じられている。良太はときどきこの人は息をする彫刻なのではないかと感じることがあった。立派な顔をしているが、いつも同じ表情なのだ。校長は腕組みを解いて口を開いた。

「確かにこれは希望の丘小学校始まって以来の重大事件です。だが、危機のときこそ、われわれのほんとうの実力ははかられる」

そういうと校長は壁の天井付近をぐるりととりまく、歴代校長のモノクロ写真に目をやった。

「清崎一小以来の百年を超える伝統に傷をつけるわけにはいかない。結束して、ことにあたりましょう。中道くん」

最後にいきなり校長は大声で良太の名前を呼んだ。驚いて、背筋が伸びてしまう。

「日高くんのことはもちろん大切だ。だが、もっと大切なのは、5年3組のクラスと希望の丘小学校全体のことです。子どもたちの気もちも揺れていることでしょう。クラスの掌握をしっかりお願いします」

秋山校長は座ったまま深々と頭をさげた。

牧田副校長が続けていった。
「校長先生はこのあと午前七時から始まる記者会見のための想定問答を作成されるので、いったん会議から離れます」
うむとうなずいて、秋山校長はソファから立ちあがった。ついたてのむこうにあるデスクに消えてしまう。副校長がコピー用紙をまわした。
誰もが黙っているので、紙のこすれるさらさらした音しか広い校長室にはきこえなかった。良太は手元の紙片に目をやった。
日高光一　（四十四歳）清崎県庁福祉部
　　　　　　　事業計画課課長
裕恵　（四十一歳）主婦
善一郎（十三歳）清崎第一中学校1年生
真一郎（十一歳）希望の丘小学校5年生
最初に日高家の家族構成が書かれている。5年生の数字が哀れだった。うちのクラスの学級委員は、これからどんな人生を歩いていくのだろうか。副校長がいった。
「今回の放火は子どもの事件ですから、個人的な情報は一切マスコミに流す必要はありません。先生がたも日高くんのことは内密に願います。また、うちの小学校の名誉にもかかわることなので、学校関係の情報を求められても、相手にはしないように」

学校という場所はブラックボックスなのだと良太は思った。社会とふれあう機会は日常のなかではめったになく、こうした事件のときだけ悪い意味で注目を集めてしまう。

日高家の名簿のあとには、その日のスケジュールがまとめられていた。まず七時半から、職員ミーティングだった。朝八時には緊急の全校集会、こちらは人目にふれない体育館で開かれる。希望するなら、保護者の参加も自由となっていた。そのあとは一時間目の授業を潰《つぶ》して、今回の事件についてのホームルームである。当然、事件の起きた子どものいる5年3組だけでなく、全クラスでこの事件について考えることになる。事件の再発防止と火の取り扱いについて確認することと注意事項が添えられていた。

今朝の未明に起きた放火のあとで、数時間のうちにこれだけしっかりとした対策が立てられている。確かに歴史のある伝統校は強かった。それでも良太は、この学校側の立てた精密なスケジュールに違和感をもっていた。誰もが貝になれというのは、いったいどういう意味だろうか。

「今日一日のスケジュールは、そこにある予定どおり粛々とすすめてください。わが校が一致団結して、子どもたちへのショックをケアする。教師、保護者、子どもたち、すべてをふくんだ学校としての一体感が、なにより重要なのです」

牧田副校長はしだいに自分の言葉に興奮してきたようである。銀行員のように整った冷たい顔がすこしだけ紅潮していた。

「ちょっといいでしょうか」

　副校長の目が細められ、良太をにらんだ。

「なんでしょうか、中道先生」

「あの、ぼくは日高くんの担任ですよね。校長先生が出席する七時からの記者会見にはでなくてもいいんですか」

　牧田副校長は苦い顔をした。良太はかまわず続ける。

「だって、日高くんのことを誰よりもよくしっている教師は、この学校ではぼくのはずです。失礼ながら校長先生は、あの子の名前と顔が一致しないんではないでしょうか」

　染谷がいつものようにクールに笑っていた。どこかおもしろがっているようである。副校長が口ごもった。

「……それは、確かにそうですが」

　ついたてのむこうから、秋山校長のよく響く声がきこえた。

「確かに中道先生のいうとおりですね。わたしは日高くんの顔は写真でしか見たことがない」

　校長というのは学校の対外的なつきあいが業務の中心になる。クラスも授業ももっていないので、子どもたちの名前はよほどの問題児以外は覚えていないことが多かった。副校長がついたてのむこうに叫んだ。

「ですが、校長先生。今回の放火事件はあまりにデリケートな問題をふくんでいます。日高くんの氏名や家庭環境は、すくなくともうちの学校からはマスコミには漏らせませんし、中道先生はまだいかにも若い」

良太は考えていた。いくら学校側が日高家の情報を隠したところで、たくさんの保護者や子どもたちの口を閉ざすことはできない。問題を起こした子どもの氏名は公表されなくても、家族構成や父親の職業などは、昼にでもテレビで流されることになるだろう。良太の言葉には自然に力がはいった。

「情報はどうせ漏れるんです。それよりも普段の日高くんの生活態度の素晴らしさや学級委員としてのクラスへの貢献をしっかりと記者の人たちに伝えたほうがいいんではありませんか」

「なるほど。それも一理ある」

秋山校長の声がついたてのむこうからきこえた。腕組みをして考えこんでいるのが見えるような調子だ。染谷がいつもの冷静な声でいった。

「中道先生に賛成です。ぼくはつねづね不思議に思っていました。なにかしら不祥事があると、どこの学校でもすぐに校長先生が記者会見で謝ります。けれども、あれは普通の市民に届いているんでしょうか。なんだか学校ぐるみでなにかを隠しているように見えるんです」

キツネ目をさらに細めて、学年主任の富田がいった。

「わたしは反対ですね。こういう風あたりが強いときに、なにかひとつでも失言すれば、うちの学校が袋だたきにあう。マスコミのやりかたはみなさん、よくご存じでしょう」

ある個人をもちあげておいては、てのひら返しでたたき落とす。複雑な事件をひとつのストーリーに単純化して、繰り返し報道でほかの見方を許さなくする。今回はふたりの子どもが自宅に放火したといっているのだ。今年も残りわずかである。この一年を象徴する事件として、大々的にとりあげられることになるだろう。牧田副校長は学年主任の言葉にうなずいていた。

「わたしも主任に賛成します。無駄な危険をおかすことはありません。どちらにしても、学校関係者がニュースにでる時間など、ごくわずかなものです。わざわざ現場の中道先生を出席させたところで、校長先生の言葉だけしかつかわれないでしょう」

4組の担任、山岸が右手をあげて発言を求めた。黒いジャージが喪服のようだ。

「それでもいいんじゃありませんか。わたしも疑問に思っていました。なぜ、どの学校でも同じような対応と言葉しか返ってこないのか。学校はマニュアルで事件に対処しているように見えます。それはうちの学校にとってよくないことだと思います」

1組担任の女性教師、岩本はこんなときはいつもしたをむいて黙ったままだった。嵐がすぎるのを身体を縮めて待っているようだ。染谷が再び口を開いた。

「希望の丘小学校の前身は、百年を超える伝統をもつ清崎第一小学校ですよね。つねに新しいことに勇気をもって挑戦しながら、この地方の基礎教育の形を変革してきた。いつも校長先生がおっしゃっているように希望の丘小学校にできなければ、ほかの学校ではできないと思います」

良太は優秀な同僚に感心していた。秋山校長はこの小学校が旧ナンバースクールの第一番目であることに誇りをもっている。そこをくすぐったのだ。染谷は続けた。

「危機管理においても、新しい方法があるのだということを示すいい機会だと思うのですが」

「……うむ」

ついたてのむこうで校長が考えていた。牧田副校長はあわてていう。

「ですが、校長先生。七時の記者会見まであと十五分しかありません。中道先生を出席させるにしても、事前に打ちあわせが必要ですし、準備がまったくできません」

秋山校長がいった。

「どちらにしても、これはほんの数時間まえに発生した事件だ。準備など足りないに決まっている。染谷先生、なにかお考えはありますか」

染谷は良太にうなずいていう。

「大切なのは三点です。まず、希望の丘小学校の子どもたちと保護者を安心させること。

つぎに日高くんを守ること。遠からず学校にもどってくるのですから、おかしな噂はできるだけ抑えたほうがいい。最後に学校の対外的なイメージに傷をつけないこと」

富田主任が口のなかでぶつぶついった。

「そんなことは誰だってわかっている。だが、実際にはどうすればいいんだ」

「ぼくは学校側のスポークスマンは、中道先生がいいと思います」

副校長と学年主任の声がそろった。

「なんですって」

良太もびっくりして、染谷に目をやった。山岸は微笑んで、染谷と良太を交互に見つめた。

「外部に流してもいい情報だけあらかじめ決めておいて、あとは中道先生にまかせてみませんか。さいわい先生は若くて、好感度の高い外見をしています。これはメディアのなかでは大切なことです」

山岸が口をはさんだ。

「髪はすこし茶髪だけど、NHKの体操のお兄さんに見えなくもないですよね、中道先生」

「それに問題のお子さんの担任教師であるということは、圧倒的な説得材料になるのではないでしょうか。最初の段階でこちらからだせる情報はすべて開示して、極力子どもたちや保護者への取材は控えてもらう。うちの小学校から、新しい危機対応の形をつくってみましょう。いかがですか、校長先生」

ついたてのむこうで人の動く気配がした。秋山校長が手に数枚の紙片をもってやってくる。

「わかりました。その方法でやってみましょう」

牧田副校長がちいさく叫んだ。

「ですが、校長先生」

校長は手をあげて、副校長と学年主任を制した。

「わかっています。問題もあるかもしれない。だが、わたし自身、不祥事が起こるたびに無条件で頭をさげる企業や学校トップのありかたに昔から違和感を抱いていたのだ」

染谷は微笑んで、校長と良太に目をやっている。良太自身は仰天していた。なぜか、今回の放火事件でマスコミ対応のスポークスマンにさせられたのだ。校長はいった。

「もちろん、最初の挨拶《あいさつ》はわたしがするが、細かな対応や日高くん個人の話は、すべて若い先生にまかせてみよう。できる限り誠実な対応をして、この学校の名誉と子どもたちを守ること。いいですか、中道先生」

校長からまっすぐ見つめられて、良太はつい返事をしてしまった。

「はいっ」

だが、記者会見まではあと十分と少々である。いったいどうしたらいいのだろうか。秋山校長が良太から染谷に視線を移した。

「先ほどの意見はなかなかおもしろかった。染谷先生は中道先生のバックアップをお願いします。もう時間がない。副校長先生もふくめて、打ちあわせをしてください」

それだけいうと、校長はまたついたてのむこうに消えてしまった。牧田副校長は苦々しい顔で、良太をにらんでいる。

「校長先生の決断ではしかたありません。ですが、くれぐれもミスのないように願いますよ。この地域だけでなく、全国の人々が見ているんですから。では、緊急の学年会議をこれで終わりにします。このあと、おふたりは残ってください」

学年主任の富田がひきつった顔で校長室をでていった。山岸は良太にむかって、こっそりと横に倒したVサインを送っていく。良太は緊張していて、なんの反応もできなかった。

静かな地方都市の小学校教師が、テレビカメラのまえに立つのだ。なんだか想像しただけでめまいがしそうである。牧田副校長がコピー用紙をさしだした。

「これが清崎県警からはいった最新情報です。バツ印は非公開ですが、あとは記者会見で流すことになります。中道先生、よろしくお願いします」

定刻の七時ちょうどに記者会見場になる会議室にはいった。先頭は秋山校長、続いて良太と染谷の三人である。部屋にはいったとたんにカメラのフラッシュがいっせいにたかれた。強烈な光のつぶてを投げつけられたようだった。目が痛くなる。

広い部屋の短辺には横長の折りたたみテーブルが一直線にならべられていた。まえにはラフな恰好《かっこう》をしたカメラマンと記者が三、四十人ほど集まっていた。その後方には高い三脚がビデオカメラをのせて林立している。台数は七台である。進行役の牧田副校長の声がマイクをとおして流れた。

「それでは清崎本町放火事件について、わが校の記者会見を始めます」

立ったまま三人は深く報道陣に頭をさげた。動くたびにフラッシュがたかれるので、なんだかパンダにでもなった気分だった。席に着くと秋山校長がいった。

「おはようございます。このような痛ましい事件で、みなさまに伝統ある希望の丘小学校にお越しいただいたことが残念でなりません。幸いにして、火災は無事鎮火して、ご家族の誰にも重い怪我人はでませんでした。わたしどもの小学校では、日ごろから家族のありかたや防災について、しっかりとした教育をおこなっていますが、この事件はまさに青天の霹靂《へきれき》でした。これまで判明している事件の詳細を、現在清崎県警に保護されているお子さんの担任教師、中道良太先生からご報告します」

担任という言葉で記者会見場にどよめきが走った。良太を狙って光のつぶてが飛んでくる。マイクを片手に立ちあがって頭をさげた。

「5年3組担任の中道です。では、ご報告を開始します」

良太は手元の紙片に目を落として読みあげた。そこには県警から流れた情報が箇条書きされているだけだった。事件の発生地、発生時刻、経過、消防からの報告、そしてふたりの兄弟が補導された状況、その後の証言。すべて記者の手元にもはいっている情報ばかりだ。ときおりフラッシュがたかれるだけで、静かなものである。手帳のうえをペンが走る音だけきこえている。公式情報を読み終えると、良太は顔をあげた。深呼吸する。ここからは自分の言葉で語らなければならない。

「なにかご質問はありますでしょうか」

波が崩れるようだった。記者がいっせいに手をあげて、こちらのほうに身体をのりだしてくる何人かの記者の質問の声が重なった。最後に残ったのは、一番声のおおきな人間だ。

「少年は普段、どんなお子さんでしたか」

良太は一瞬こたえにつまったが、思い切っていった。

「よく事件が発生すると、そんなことを起こすような子どもではなかったといいますが、彼もまったくそのとおりでした」

フラッシュは途切れなく、良太をたたいた。

「といいますと……」

「成績は最優秀の部類にはいりますし、スポーツも得意でした。あの子はうちのクラスの学級委員なんです。ということは、投票で多くのクラスメートから支持されていたということです。人望があったのは確かですし、立派にクラスを引っ張っていってくれたと思います」

自分で話していて、胸が苦しくなってきた。日高真一郎はほとんど完璧《かんぺき》な子どもだったのだ。

別な記者が手をあげて質問した。

「なにか、事件の前兆のようなことはありませんでしたか」

すこし間をおいて考えてみる。良太には思いあたることはなかった。

「生活態度に変化はなかったです。成績が落ちたということもないし、忘れものや服装の乱れもなかった。小学校の担任教師は一日中、同じクラスの子どもたちを見ていますから、なにかあればきっと気づいたはずです。あの子にはすくなくとも外から見てわかるようなおかしなところはありませんでした」

どこかのテレビ局の記者だろうか。マイクをもって立ちあがった若い女性がいった。

「小学生の事件ですから、遠からず子どもさんは学校にもどってくるはずですね。その場合、学校側ではどんな対応をお考えでしょうか」

自宅に放火した子どもへの対応など、決まったマニュアルがあるはずがなかった。良太は困って、となりに座っている染谷を見たが、同僚はただうなずくだけだった。こうなったらバカ正直になるしかないだろう。

「わかりません。一生懸命に話をきき、いっしょに考えて、いっしょに感じる。その過程ですこしずつ、子どもの心をほどいていく。それくらいのことしか、教師にできることはないのかもしれません」

報道陣から静かなため息が漏れた。おかしなことに良太の言葉への共感が、記者会見場には流れ始めたようである。

良太は考えかんがえいった。

「あとは授業のなかではむずかしいかもしれませんが、ホームルームや総合学習の時間なんかで、この事件のことをみんなで考えてみたいと思います。それもただ話すだけでなく、なにか具体的なカリキュラムを組めるといいんですが」

テレビ局の女性記者がいった。

「それはどういうカリキュラムなんですか」

良太はまた返事に困った。思いつきでいった意見なのだ。迷いながら、言葉を選ぶ。

「ただ話しあって、放火はいけない、家族や家を大切にといっても、なかなか子どもたちには伝わらないと思います。ですから、なにか手をつかったり、身体を動かしたりすることのなかから、今回の事件の意味を考えてほしいんです」

「わかりました」

女性記者が席につくと、また質問の声が重なった。今度は新聞社の腕章を巻いた中年男性が声を張る。

「今年はほんとうに自宅に放火する子どもや親を殺す子どもが多かった。先生はそういう風潮をどう思われますか」

とても自分になど理解できる問題ではない。良太はあきらめそうになって、秋山校長に目をやった。この問いのこたえは経験豊富で、ひとつの学校をあずかる年長者のほうがふさわしいだろう。しかし、秋山校長はいけというようにちいさくだが、強く手を振ってくる。良太は出入り口の付近に立つ牧田副校長を見た。こちらはいけないというように首を横に振っている。

「えー、マスコミのなかでは、子どもが親に危害を加える事件や、自宅放火事件がおおきくあつかわれていますが、実際にはそれほど多くないんじゃないでしょうか。ほとんどの子どもたちはすくすくと健康的に育っています。事件を追うのがみなさんの仕事だからしかたないかもしれないけど、悪いことばかりとりあげるのはやめてもらえませんか」

牧田副校長が天をあおいでいた。いいすぎたのかもしれない。秋山校長はしっかりとうなずいている。これでよかったのだろうか。

「最後にひとつ、おききしていいでしょうか」

先ほど正門のまえでマイクを突きつけてきたきよさきテレビの記者だった。

「子どもさんは、警察でいっているそうです。クラスのみんなと中道先生に迷惑と心配をかけた。ほんとうにすみませんでした。みんなに謝りたいと。この言葉、先生はどうお感じになりますか」

真一郎の利発そうな顔が浮かんだ。切りそろえたつややかな前髪のしたには、澄んだ目がある。あの子が警察で、5年3組のみんなと自分にむかって、すまないと謝っているのだ。

「日高……いや、あの子はどんな様子でそういったんですか。学校側にはまだその情報がはいってきていないんです」

きよさきテレビの記者はじっと良太の目を見つめていった。

「泣きながら、何度もすまなかったと繰り返したそうです」

たまらなくなった。胸のなかからなにか熱いものがあふれてしまいそうだ。

「そうだったんですか……」

ひと言こたえただけで、抑えきれずに涙がこぼれてしまった。それを合図にフラッシュが豪雨のように良太に注がれた。

「……あの子には、ぼくからも謝りたいです。気づいてあげられなくて、ごめん。毎日いっしょにいたのに、苦しいのがわからなくて、ごめん。そう伝えたいです」

良太の涙はとまらなくなった。シャッターとフラッシュの嵐もとまらない。テレビ記者はいった。

「ということは、先生にも責任があると考えてもいいということなんでしょうか」

良太は指先で涙をぬぐった。秋山校長を見ても、腕組みをして目を閉じているだけだった。牧田副校長は頭のうえでおおきくバツをつくっている。覚悟を決めて、良太はいった。

「担任の教師に責任がなくて、誰に責任があるんですか。すくなくとも、あの子の父親よりもぼくのほうが、一日でいっしょにいる時間は長かったはずです。ぼくにも重い責任があると思います」

牧田副校長が記者会見場の天井を仰いでいた。他社のレポーターがマイクをむけてきた。

「先生個人の責任感はわかりました。では、学校側にも今回の事件を起こした責任はあるんでしょうか。この小学校は名門校で、厳しい規律と優秀な成績で有名なようですが」

「あの子は優秀で、この学校にもうまく……」

良太の言葉の途中から、牧田副校長が必死に割りこんできた。マイクのボリュームは最大にあげられている。耳に痛いほどの叫びだった。

「そこまでにしてください。お約束の時間がきましたし、わが校でも緊急の全校集会が開かれます。準備もありますので、みなさま、お引きとり願います」

良太は牧田副校長を見た。目が真っ赤になるほど怒って、こちらをにらみ返してくる。染谷がちいさな声でいった。

「良太、よかったよ。あれで十分だ」

牧田副校長は出入り口から、マイクで追い立ててくる。

「先生がたは速やかに記者会見場を離れてください。つぎの会議が始まります」

秋山校長が腕組みを解いて立ちあがった。頭ひとつ低い背中を見ながら、良太も横長のデスクをあとにした。うしろには染谷がついてくる。数十人を収容できる広い会議室には、前後に出入り口があった。良太たちがでたのは、副校長や学年主任のいない前方の出口である。

「ちょっと待ってください」

先ほどのきよさきテレビの記者が声をかけてきた。テレビカメラがこちらにむいている。まぶしい照明が洪水のように注いだ。若い記者は振りむいていった。

「カメラはもういい。どうせ、ここはつかえないんだ」

ダウンジャケットの記者は良太にむきなおって早口でいった。

「先生の記者会見には感動しました。すごくいい画もとれましたしね。だから、これはおまけで教えてさしあげます。弟の真一郎くんはどうやら無実のようです。火をつけたのはお兄さんの善一郎くん単独の犯行だったらしい」

そこで記者は手元のメモをめくって確認した。

「玄関先と階段に灯油を撒《ま》いて、百円ライターで放火した。それからお兄さんは真一郎くんを起こして逃げた。まだ完全に確定したわけではありませんが、消防の現場検証と警察での善一郎くんの証言が一致したらしいです。詳しくは夕方のニュースを、ご覧になってください」

メモから顔をあげて、記者はにこりと良太に笑いかけてきた。

「それに先生の映像もたっぷり尺をとって流しますよ。もしかしたら、中道さんがスターになってしまうかもしれない」

最後のほうは耳にはいらなかった。良太にとって、真一郎が無実であったことの衝撃が圧倒的におおきかったのだ。遠くで牧田副校長が叫んでいた。

「そこ、なにを話しているんだ。もう取材は終了した。速やかにこの場を離れなさい」

テレビ記者は名刺をさしだしながら最後にいった。

「先生は素直ですね。自分がなにをしたのかまるでわかっていないみたいだ」

職員ミーティングは定刻どおりに始まった。冬の朝という条件を抜きにしても、職員室に集まった教師たちの顔つきは異様に硬かった。

ここでも秋山校長が最初の挨拶《あいさつ》をした。ながながと続く、家庭教育の価値や防災の心得のあいだに、牧田副校長がやってきて良太の耳元でささやいた。

「校長先生からの命令です。ミーティングでも、中道先生がこの事件のスポークスマンをしてください。染谷先生からきいたんですが、未確認ながら、いい情報をテレビ関係者からもらったそうじゃありませんか」

「……はあ」

良太には自分でしたことの意味がわかっていなかった。きよさきテレビの若い記者がなぜ、最新の捜査情報を教えてくれたのかもわからない。秋山校長の挨拶が終わったようだ。緊張した教師の視線が集まるなか、牧田教頭がいった。

「つづいて、今回の事件の対外的な顔になる5年3組担任、中道先生です」

良太はまた情報の箇条書きされた紙片をもって立ちあがった。警察からわたされた事件の詳細を淡々と読む。どうやらスポークスマンというのは、何度でも同じ文章を読みあげる役のようだ。

だが、他の学年の教師のなかには、まだ事件の詳細をしらない者がいくらもいるようだった。先ほどの記者会見とは比較にならない熱心さで、みなメモをとっている。

最後まで読み終えて、良太は顔をあげた。

「それから、つい先ほどはいった情報があります。いいニュースです。まだ公式の発表はないのですが、放火は兄の善一郎くんの単独犯行だった模様です。玄関と階段に灯油を撒き、火をつけたのはお兄さんで、その後、弟の真一郎くんを起こして、近くの児童遊園まで、いっしょに逃げたらしいです」

安堵《あんど》のため息が、職員室を満たした。すくなくとも希望の丘小学校の子どもが、憎むべき放火犯ではなかったのだ。直接に火を放ったのと、巻きこまれたのとでは、天と地の違いがある。

6年生担任の教師が、片手をあげて叫んだ。学校の名に傷がつくと、来春の中学受験がたいへんなのかもしれない。

「なにか証拠でもあるんですか」

「まだ確かなことはわかりませんが、消防の現場検証と善一郎くんの証言が一致したようです。そうすると、真一郎くんの証言が嘘だったことになる」

良太のとなりで染谷が冷静な声でいった。

「真一郎くんはなぜ、自分が火をつけたと証言したんだろうか」

良太にはまったくわからなかった。

「お兄さんをかばうため。それとも……」

つい悪いほうに考えてしまう。

「実際に手はくだしていないけれど、自分も同罪だと感じていたのかもしれない」

不用意な良太のひと言で、職員室がざわめきだした。あちこちでひそひそ話が始まった。となりの席に座る教師と頭を寄せあっている。

「はい、静かに」

牧田副校長がまた立ちあがって、声を張りあげた。あまり好きではないタイプの先生だが、それでもこういうときの副校長は便利な存在だった。良太は銀行員のような教師を見直してしまった。

「さて、つぎは八時からの全校集会です。子どもたちだけでなく、保護者のかたも大勢お見えになっています。希望の丘小学校が一枚岩で、徹底的に今回の事件をケアするんだというところを見せてやりましょう。いいですか、先生がた、よろしくお願いします」

冷えこんだ体育館に集まったのは、九百人をこえる全校生徒と教師・職員の全員。そして、PTAをはじめとする保護者約三百人だった。さして広いとはいえない板張りの体育館は、人で埋め尽くされた。子どもたちの集団を見ていると、熱気が高い天井にのぼっていくようだ。

整列した子どもたちの横をとおって、体育館の前方にいこうとすると、低学年の子どもが手を振っていた。

「中道先生、テレビ、見たよー」

「カッコよかった」

「先生サイコー」

ほんの三十分まえの記者会見の映像が、もうニュースで流れていたのだ。生放送があったのかもしれない。今度は左手の入り口そばに固まった保護者のほうから声が飛んだ。

「なかなかよかったぞ」

「教師が泣くんじゃない」

「その茶髪はなんだ」

昨日までは誰も気にしていなかった髪の毛にさえ文句が飛ぶ。自分はただの小学校教師で、人気のアナウンサーなどではないのだ。良太は腹が立ったが、ここでもスポークスマンの仕事をするために、壇上にあがった。

緊急の全校集会は淡々と進行した。最初の校長の挨拶だけ報道陣がはいったが、十分ほどで底冷えのする体育館から退場させられた。スチールの扉が閉められ、子どもたちは体育座りをして、前方にあるステージに注目していた。吐く息は白く、真剣な表情の子どもたちのあいだを埋めている。

良太はここでも秋山校長のあとを引き継いで、事件の詳細を説明した。壇上の中央におかれたマイクスタンドにむかう。千人を超える人間に注目されるのは、体重がゼロになったようなおかしな緊張感だった。コピー用紙を読みあげたあとで、最後にきよさきテレビの記者からきいた最新情報を伝える。

「つい先ほど、日高真一郎くんが実際には放火をしていないということがわかりました。家に火をつけたのは、中学校1年生になるお兄さんだったそうです。繰り返します。いいですか、みなさん、日高くんは家に火をつけていません」

保護者からは低くどよめきがあがった。子どもたちも良太の言葉の意味がわかったようである。ざわざわと騒ぎだした声もどこか明るかった。牧田副校長がマイクをつかった。

「では、ここから質疑応答にはいります。保護者のかた、子どもたち、なにか質問のある人は手をあげてください」

ステージにならんでいるのは、良太と秋山校長だけだった。最初に右手をまっすぐにあげたのは、良太のクラス5年3組の子どもだ。副学級委員の西川未央《みお》である。しっかりとした声で未央はいう。

「日高くんは、いつうちのクラスにもどってくるんですか」

少年審判のタイムスケジュールを染谷がネットで調べあげていたが、真一郎の無実が判明して事情が変わっている。良太はマイクにむかった。

「今日は一日警察や消防から事情をきかれるかもしれませんが、夜には帰してもらえるはずです。学校への復帰は、ご両親とも話しあわなければいけないので、いつとはいえませんが、休んでも一日か二日のはずです。先生はなるべく早く真一郎くんをクラスに迎えたいと思います」

やはり男の子よりも女の子のほうが感受性が鋭いのだろうか。良太のクラスの上原夢佳《うえはらゆめか》と佐藤亜由美《あゆみ》がすすり泣いていた。壇上からその姿を見て、良太も危うくもらい泣きしそうになる。

保護者席から手があがった。ハンカチで口元を押さえた母親がいう。

「うちの子は6年生で、中学受験を控えています。この事件で、小学校の名前に傷がついて、内申点の評価がさがることはないでしょうか。たとえば、同じ点数同士の子どもだったら、問題の起きていないほかの学校から選ぼうとか。心配なんですが」

こたえようのない質問である。良太はあたりまえのことをいうしかなかった。

「入学試験はもっと公平なもので、この事件でなにか影響があったとしても、合否を左右するほどおおきな問題にはならないと思います」

つぎも保護者だった。老人が杖《つえ》をあげて叫んでいる。

「わたしも、息子も、孫も、うちでは一家三代この清崎一小にお世話になっとる。さっき、先生は兄の善一郎くんが放火したといったが、その兄もここの小学校の卒業生ではないのか。そうだとするなら、教育はなにをしていたんだ」

舞台袖《そで》の染谷を見た。残念そうに首を横に振っている。しかたない。

「日高善一郎くんも、希望の丘小学校の卒業生だそうです。本校を卒業してからなにがあったのかわかりませんが、責任の一端は本校にもあるのかもしれません」

良太の答弁は歯切れが悪くなった。老人はますます声をおおきくして叫んだ。

「親を敬う、家族を大切にする、自分の家に感謝して住まわせてもらう。こういうことは希望の丘小学校に変わってからは、教えていないのか。教師も組合活動ばかりやって、教育の根本を忘れているのではないか」

老人は真っ赤な顔をして、杖の先を良太にむけた。

「だいたい神聖な教職にある先生が茶髪に、ネックレスとはなにごとだ」

いつもどおりの良太のファッションにさえかちんときているようだった。秋山校長はそっぽをむいていっこうに話す気配がなかった。しかたなく良太はマイクにむかう。

「希望の丘小学校では、ほとんど組合活動はありません。服装はよその小学校より自由かもしれませんが、家族を大切に、親を敬うといった教育は、どの小学校なみにもしているはずです」

けれども、たいていは教科の授業で一日は埋まっている。小学校のどのコマで家族を大切になどと教える時間があるのだろうか。

「はい、ちょっといいですか」

つぎも保護者だが、良太のよくしっている顔だった。古村冬樹の母親である。

「今朝も通学の途中で、あちこちの報道記者から子どもたちにマイクがむけられています。とくにうちの子は5年3組だとわかるらしく、ひどく狙われることが多いんです。親としては、なにかつまらないことをいわないか気になりますし、教育上も好ましくないと思います。通学中はどうしたらいいでしょうか」

こちらは切実な悩みだった。なにより、報道陣に学校の名簿がでまわっているという事態が衝撃的である。今朝起きた事件で、すでに5年3組の子どもたちの顔は、すべて記者にしられているのだ。そういえば、自分が担任であることもすでに朝学校にきた時点でばれていた。マスコミの取材力は侮れない。だが、この点については、学校側では対策ができていた。

「これからしばらく集団の登下校時に、保護者のかたがつくようにしてください。みなさんにはお手数をおかけしますが、やはり子どもたちを好奇の視線から守らなければいけません。班組みや保護者のつきそいの順番は、各クラスにもどってホームルームの時間に決めてください」

そろそろ時間だろうか。良太は壇上からゆっくりと視線を体育館にまわした。舞台袖の染谷を見る。軽くうなずいていた。もういいだろう。

「先生、ひとつ質問があります」

まだ小柄な男の子だった。名前はわからない。3年生くらいだろうか。

「ぼくは今朝のニュースを見ました。うちのお父さんは、中道先生が泣いているのを見て涙ぐんでいました。ぼくもすこしだけ、泣きました。先生はなぜ泣いちゃったんですか」

思いもかけない質問だった。一瞬こたえにつまってしまう。自分がテレビカメラのまえで泣いたのに、なにか理由はあったのだろうか。この質問には、校長も染谷も頼りにできなかった。深呼吸をして考えてみる。

「やはり一番は日高くんがかわいそうだった。その時点では、放火犯かもしれなかったけれど、日高くんはクラスのみんなや担任のぼくのことを思って、何度も何度も泣きながら謝ったというんです。それをきいたとき、先生はなにがあっても、日高くんを5年3組のクラスに、もう一度迎えるんだって決めました。そうしたら、自然に涙がでてきてしまった」

そう話すだけで、また涙がにじんできた。静かな拍手がしだいに音量を増して響いていく。

体育館のなかが拍手でいっぱいになった。巨大な鉄骨の建物が揺れるようである。良太は壇上のマイクのまえで、しびれたように立ち尽くしていた。

なぜ、子どもたちと保護者が手をたたいているのか、理由がわからなかった。自分はただあのとき感じたことを話しただけだ。それがテレビカメラのまえだろうが、緊急の全校集会だろうが、良太に区別はなかった。もともとむずかしいことを考えるのが苦手な、単純な人間なのだ。にじんだ涙を抑えていった。

「だから、学校のお友達も保護者のかたがたも、日高くんをあたたかく迎えてあげてください。うちのクラスでも、できる限りのことはするつもりです」

5年3組の列に目をやった。もう女子の半分以上は涙を流している。男子も何人か必死の形相で泣くのをこらえていた。その表情で、良太もたまらなくなってしまった。あっと気づいた瞬間に、右目から涙がこぼれてしまう。あわてて横をむき、指でぬぐった。

「良太先生、がんばって」

副学級委員の西川未央が口に手をあてて叫んでいた。

「先生。泣かないで」

春先には何度も授業を脱走した本多元也もおおきな声をだした。

「良太先生」

「先生」「先生」

佐々木麗奈と武田《たけだ》清人《きよと》だった。あとに続いた声はいり乱れて、どの子どものものかきき取れなかった。5年3組だけでなく、体育座りをした全校の子どもたちのあちこちから、盛んに声が投げられる。

もう泣かないように思い切り歯をくいしばり、良太はとなりを見た。驚いたことに秋山校長が目を真っ赤にしている。

「みなさん、静かに」

牧田副校長が舞台袖でマイクをつかっていた。もう良太にはなにも話すことはなかった。副校長の冷静な声が、子どもたちの頭上を流れていく。

「わたしども、希望の丘小学校の教職員は、全力で今回のような事件の再発を防止するために、子どもたちの教育に力をいれてまいります。おうちのかたも、お力ぞえください。

今後とも本校をよろしくお願いいたします」

全校集会の締めの言葉は、ごくあたりまえの保護者むけのものになった。子どもたちは整列したまま、静かに後方の出口から体育館をでていった。保護者がぞろぞろと退出していく。ステージをおりようとした良太に秋山校長が声をかけた。

「見事だった、中道先生」

小柄な校長は見あげるようにして、握手を求めてくる。良太は厚みのあるてのひらをにぎった。目を赤くした校長が笑いながらいう。

「きみの茶髪も、アクセサリーも、あまり気にはくわなかったが、今朝はよくやってくれた。案ずるより産むがやすしだな。むずかしい事態でも、誠実正直な対応が人の心を動かすことがある。いくつになっても勉強だ」

それだけいうと、良太の返事も待たずに、背筋をぴんと伸ばして、ステージの階段を駆けおりていく。

「校長先生のいうとおりだね、良太」

振りむくと、染谷がスーツ姿で腕を組んでいた。皮肉な様子で微笑んでいる。いや、この男の場合、これでも心からの笑顔なのかもしれない。

「やっぱり良太をスポークスマンに推薦して正解だった。ぼくにはとてもあんなふうにたくさんの人のまえで、自分をさらけだせないよ」

ほめられているのか、けなされているのか、よくわからなかった。染谷は銀縁のメガネを直して、周囲に視線を走らせた。副校長の姿が見えないのを確認していう。

「牧田副校長みたいに杓子定規《しゃくしじょうぎ》なマニュアル的対応だったら、きっと全校集会もこんなものでは済まなかっただろう。一部の親は荒れていたからね。でも、良太は涙ひとつぶで、子どもたちと保護者の心を、すべてさらってしまった」

良太は口をとがらせた。まったく、この男ときたら。

「別に演技でやったわけじゃない。そんなことができないのは、龍一だってよくわかってるだろ」

染谷はにっとヒットエンドランのような笑顔を見せる。

「わかってるさ。天然だから、いいんだよ。良太先生。ぼくだって、3組の子どもたちが良太の名前を泣きながら叫んでいたときは、ほんとうに感動した。ちょっと、うらやましかったくらいさ。でもまあ、適材適所というからね。ぼくには表舞台は似あわないから」

それをきいて、良太も笑った。染谷は自分にできないことはよくわかっているのだ。ただ懸命なだけの自分とは優秀さの度合いが違う。

その日は全校的に一時間目が潰《つぶ》され、ホームルームに替えられた。良太の5年3組では、教室の空気がいつもとはまったく違っていた。暖房のきいた室内が、十二月の外気のように冷たく引き締まっていたのだ。

朝の集会で泣いた女子はまだ目を赤くしている。三十一人の子どもたちのうち、よそ見をしている者はひとりもいなかった。良太はひとつだけ空席になった机に目をやった。うちのクラスの学級委員は、もう警察から児童相談所に移送されたのだろうか。黒板を背にして、両手を机についた。

「もう、みんなわかってると思うから、先生からはあまりいうことはない。でも、火はダメだよ」

もっと立派なことをいおうとしたのだが、思い切り簡単な言葉になってしまった。

「それに、おうちの人や自分を傷つける暴力もいけない。そのときのつらい気もちは、確かに一瞬だけはすっとするかもしれない。だけど、なにかを壊したり、誰かを傷つけたりしても、あとでもっとつらくなるだけだ。暴力って、それをつかう人を、ひとりぼっちにするものだから」

こんなふうに真剣に子どもたちが、自分の声に集中するのは久しぶりだった。普段の授業では手を抜いていても、ほんとうに大切なときには、きちんと耳を傾ける力がある。最近の子どもはと親の世代は嘆くけれど、良太は自分のクラスの子どもたちを頼もしく思った。

「先生みたいに大人になっても、生きていくことのつらさや苦しみは、みんなと変わらない。嫌だなあと思うことも、逃げたいと思うことも、たくさんあるよ。まあ、どうしても授業をやる気になれないときは、フルーツバスケットや校外学習に切り替えちゃうんだけど」

おずおずとした笑い声があがった。3組ではほかのクラスよりも、そうしたおたのしみの時間が長かった。それもクラス競争で、ビリを競う理由のひとつだ。だが、そうでもしなければ、子どもたちだけでなく教師である良太自身が、うんざりしてやっていられなくなってしまうのだ。良太自身にもまだ生徒や学生だったころの気質がたっぷりと残されているのかもしれない。

副学級委員の西川未央がいった。

「良太先生、うちのクラスでは、どうやって日高くんを迎えるんですか」

良太はこたえにつまった。未央の目はまっすぐ真剣にこちらを見つめている。

成績もよく、運動ができて、しかもなかなかの美少女。西川未央はどのクラスにも、ひとりはいる王女さまタイプの子だった。これで性格に問題があるとクラスの女子のトラブルメイカーになるのだが、未央の場合は違っていた。素直で明るく、クラスの意見を引っ張っていくリーダーの資質がある。良太が考えこんでいると、未央がいった。

「わたし、今朝のきよさきテレビのニュースで良太先生を見ました。先生いってましたよね。ホームルームで話しあいたい。それも、話すだけでなく、なにか具体的なカリキュラムが組めるといいって」

あのフラッシュの嵐のなかで、自分はそんなことをいっていたのだろうか。良太はほんの二時間ほどまえのことを、去年の出来事のように思いだしていた。

「わたしもうちのクラス全員で、日高くんのためになにかできるといいなって思っていたんです」

「わたしも」

「ぼくも」

未央の言葉にクラスのあちこちから、賛同の声があがった。その声は良太の胸に響いた。

「……そうかあ」

子どもたちもちいさな胸を痛めていたのだ。クラスからひとり離れて、想像もつかないほど苦しい立場に追いこまれている子がいる。小学校5年生にもなると、ほとんど大人とかわらないほどの理解力はあるのだ。良太はゆっくりと教室全体を見まわした。子どもたちはしっかりと視線だけでうなずきかけてくる。この子たちに家族や家の大切さや、火災の危険を話しても、意味はないだろう。それよりもこのクラスだけでも、もっと先にすむのだ。反省など、どこか遠く安全な場所からこちらを眺めている人間にまかせておけばいい。

ひとりだけ欠けていた同級生を迎える。トラブルの渦中にいる子といっしょに学校生活を送る。それは5年3組にだけしかできない、最高の教材ではないだろうか。良太は心を固めた。

「わかりました。じゃあ、これからみんなで考えてみよう。どうしたら、日高くんをきちんとこのクラスに迎えられるか。それで、まえよりももっといい3組にできるか。先生は授業やテストなんかより、そっちのほうがずっと大切だと思う」

子どもたちは敏感である。クラス中で歓声があがった。

子どもたちがつぎつぎと手をあげていく。良太は順番に指していった。

「はい、進藤さん」

「わたしは歓迎会みたいなことができたらいいと思います」

事件で学校を休んだあとの歓迎会は微妙かもしれない。だが、良太はそのまま黒板に書きだした。決めるのは子どもたちである。

「つぎは宮原くん」

「マスコミの人がうるさいから、学校のいき帰りに、うちのクラスからガードマンをだしたらどうでしょうか」

良太は黒板にガードマンと書いた。これはいいアイディアかもしれない。

「じゃあ、谷内さん」

「わたしは思うんだけど、やっぱり日高くんを中心にして話しあいの会をしたほうが、いいと思う。どうして、そんな事件になったか、みんなもしりたいだろうし」

また微妙な問題をふくんだ発言だったが、良太は黒板に話しあいの時間をもつと書いた。

「先生、いいでしょうか」

右手をまっすぐにあげたのは、本多元也である。春の問題児はひどく真剣な顔をしていた。ひとりだけ立ちあがっていう。

「ぼくも何度か、教室を脱走したことがあって、中道先生からひとりだけ屋上で授業をうけていました。クラスにもどってくるときに、みんなが階段をあがって迎えにきてくれたよね。ぼくはあれがすごくうれしかったです。もし、日高くんを迎えるなら、そういう普通のことのほうがいいんじゃないでしょうか。歓迎会をされても困るだろうし、事件の原因について無理やり話してもらうことはしないほうがいいと思います」

それだけいうと顔を赤くして、元也は席に着いてしまった。誰も返事はしないが、了解の空気が流れ始める。活発だった意見がなかなかでてこなくなった。

「あの、中道先生」

副学級委員の西川未央である。

「わたしはなにか特別なことを日高くんのためにするんじゃなくて、日高くんといっしょにみんなでなにかをするのがいいと思います。ただのおたのしみ会や話しあいではなくて、力をあわせてなにかをする。先生がいっていたカリキュラムって、そういうことですよね」

頭のいい子どもというのは、どこにでもいるものだった。良太はそこで初めて真剣に学級委員を迎えるためにできることを考え始めた。

「先生も日高くんのためになにかをするんじゃなくて、日高くんといっしょにクラスのみんながなにかできるといいと思うな」

いつも冗談ばかりいっている米山悠馬《よねやまゆうま》が、すかさずいった。

「じゃあ、算数と理科の時間をつぶして、歓迎大フルーツバスケット大会は」

何人かの子どもがくすりと笑っただけだった。5年3組は真剣になにかを考える空気に変わっている。西川未央が手をあげた。

「あの、クラスでやるということは、授業の続きですよね」

良太は黒板の端に寄って、腕を組んで立っていた。子どもたちが自分で考えるときは、正面の中央ではなく教室の端に移動する。これは教育実習でいった小学校で、ベテラン教師から学んだコツである。

「そうだね。かがやきの時間とか、ホームルームとか、そういう時間をつかうことになると思う」

なにがあっても、通常の教科の時間は削れなかった。希望の丘小学校にかよう子どもたちの親の要望は、やはり成績をあげることである。この小学校では六年生の七割が中学受験をするのだ。公立でも私立の進学校に受験で負けない。それがこの学校の一番の評判である。

けれども、ホームルームは週に一時間、「かがやき」と呼ばれている総合学習は週に三時間もある。つかいかたによっては、いくらでもできることがあるはずだった。

「先生、先月からやってる環境問題を考えるっていうかがやきの時間、あんまりおもしろくないです」

宮原諒《りょう》がそういった。ゲームではクラス一の腕らしいが、諒は授業でたまに飽きっぽいところをのぞかせることがある。子どもたちから賛同の声があがった。

「ほんとに、そうだ」

「かがやきって、いつもつまんない」

教室がざわざわとし始める。なにかを考えるといっても、子どもたちの集中力はほんの数分ほどしか続かない。何人かのグループがあちこちで勝手におしゃべりを始めた。

「あの、話があるんですけど……」

教室中の誰もが驚いて、手をあげた少年を見つめていた。武田清人は指されたとき以外、めったに口をきかない寡黙な子どもである。清人の右手は細かに震えているようだった。

小柄な清人の声はききとりにくいほどちいさかった。だが、めったに発言しない少年にほかの子どもたちは敏感に反応した。しっかりと集中している。良太ははげますようにいった。

「めずらしいな、武田くん。いいよ、なんでも話してごらん」

　震える右手をさげて、顔を赤くした清人は口を開いた。

「夏休みに和泉《いずみ》の森のキャンプ場にいったんですけど……」

　それだけで息が続かなくなったようである。男の子はおおきく深呼吸した。宮原諒が応援の叫びをあげた。

「がんばれ、武田」

　軽くあごの先でうなずいて、清人は続けた。

「それで、キャンプ場にちいさなログハウスをつくるっていう教室があって。グループに分かれて、木の家を建てるんだけど、それがすごくおもしろくて。うちは途中で帰っちゃったから、最後まで完成させるところまではいかなかったんだけど……」

　清人がこのクラスになってから話した最長時間かもしれなかった。男の子はまた深呼吸している。諒がじれったそうにいう。

「だからさ、武田はなにをいいたいんだよ」

　清人は顔を真っ赤にしていった。

「かがやきの時間に、みんなで家をつくったらどうかなって……すごくおもしろいし、みんなで力をあわせなくちゃできなくて、それでそれで……」

　自分でもなにをいっているのかわからなくなったようだ。清人はしたをむいてしまった。

良太はこれまでどおり、黒板に「みんなの家をつくる」と書いた。いったいどこに建てればいいのだろうか。建材や工具はどうすればいいか。たくさんの疑問は浮かぶが、いいアイディアのようにも思える。

「先生、いいでしょうか」

澄んだ声は西川未央である。

「わたしは武田くんの意見がすごくいいと思います。わたしの通学路は日高くんの家のまえをとおるんです。今朝、こげたにおいがする、真っ黒に焼けた家を見ました。あの家の代わりに、みんなで家をつくったらいいと思うんです」

「えっ、燃えちゃった日高くんの家を、みんなで建て直すの」

そういったのは、いつも早合点をする谷内里奈だった。良太より先に副学級委員が返事をした。

「そうじゃなくて、あの家とは別に、学校でみんなの家をつくるのよ。自分たちで家を建てれば、どれくらい家が大切で、建てるのがたいへんかわかるようになると思う」

良太は頭のなかで考えていた。確かにいい考えなのだが、いったい学校の敷地内のどこに家を建てられるのだろうか。宮原諒が勢いよく右手をあげた。

「おれんち、工務店だから、大工道具ならいくらでももってこられるよ。坪山《つぼやま》のところは材木屋だろ。つかわなくなった板や柱なんかを用意できないかな」

坪山虎之助《とらのすけ》は背は低いが、がっしりした体格をした男の子である。どこか重みを感じさせるのは、清崎市で代々続く材木商のひとり息子だからかもしれない。胸をたたいて、虎之助がいった。

「良太先生、木のことなら、おれにまかせてください。クズ材じゃなくて、ヒノキやスギの一番いいやつをオヤジにださせますから」

「おー、それ、いいじゃん」

「すごーい」

教室のあちこちで、声があがった。良太も思わず笑っていう。

「そんな高級品はいらないよ。もし建てるとしても、ちいさな家だし、ずっと残しておくことはできないと思う。期間限定にしなければいけないんじゃないかな」

子どもたちが力をあわせて建てる家である。それほど立派なものにはならないだろう。そのまま放置して家が崩れ、万が一けが人でもでたら取り返しがつかないことになる。せいぜい数週間その家で遊んだら、つくったときと同じように、みんなで力をあわせて取り壊さなければならないだろう。

いったん、これというアイディアがでてしまうと、もう新しい案をだす子どもはいなかった。ホームルームの時間も残りすくなくなっている。良太は最後にいった。

「では、総合学習の時間に、みんなで家をつくるのがいいと思う人、手をあげて」

5年3組の子どもたち三十一人のちいさな手がまっすぐにあがって、表決は終了した。

その日の放課後のことである。良太は職員室に残っていた染谷に声をかけた。外はすでに真っ暗な六時すぎだ。

「ちょっと話をきいてもらえないか」

良太がそういうと、学年主任の富田がキツネ顔を険しくして、こちらを見た。染谷が顔をあげた。

「事件のスポークスマンのほうは、もう仕事はないの」

日高真一郎が放火犯ではなかったことが判明して、報道陣はいっせいに引きあげていた。残っていたのは、地元の新聞とテレビくらいのものである。良太は二度ほど、児童相談所からはいった情報を流している。

すでに真一郎は、両親の許《もと》にもどされたという。半焼してしまった家には帰れないので、親といっしょに清崎市にある親戚《しんせき》のところに身を寄せているそうだ。

「新しい情報がでなければ、今日はもう記者会見はなしだ。それより、うちのクラスのことで話がある」

学年主任の頬がぴくりと動いた。このまま職員室にいたら、必ず自分も加わらせろというだろう。良太は先に席を立った。そのまま廊下にでてしまう。つきあたりまで歩き、染谷を待った。しばらくしてでてきた染谷は、首を横に振っていった。

「どうして、良太はああいうのが下手なんだ。どんな相談だかしらないが、富田先生がいるところで声をかけなくてもいいだろ。あの人はそれでなくても、ひがみっぽいんだから」

良太はまっすぐだが、あまり気がまわらないところがある。

「まあ、いいじゃないか。こっちにきてくれ」

職員室から見とおせない死角の階段をあがった。踊り場で足をとめる。窓のむこうには暗い校庭が広がっていた。十二月の無人の校庭はひどく乾いて寂しい。

「日高くんを迎えるためにうちのクラスでなにかできないかって話しあいをした。今朝の緊急ホームルームの時間だ」

「2組でもやったよ。あまり実りのある授業にはならなかったけれど」

良太は自然に胸を張ってしまった。

「やっぱり子どもってすごい力があるよな。うちには日高くんがいるだろ。だから、なにをするかみんな、真剣に考えていた」

染谷が銀縁メガネの位置を直した。目つきが急に鋭くなる。

「へえ、それでどんなことを子どもたちは考えたんだ」

良太はにやりと笑った。

のようである。

「大歓迎のフルーツバスケット大会とか、放火事件の真相を追究する会とか」

染谷はスーツ姿で腕を組んだ。小学校の教師というより、どこかの企業コンサルタント

「ふざけてないで、肝心の話をしてくれ。ぼくだっていそがしいんだ」

「だからさ、龍一にききたいのは、学校に家を建てられるかってことなんだ」

「家を、建てる……」

良太は事情を説明した。ログハウス教室で家を建てる楽しさに目覚めた子どもがいて、総合学習の時間に家をつくろうという意見がでたこと。家を建てることのたいへんさと、家自体の大切さを学ぶには、きっといい授業になるだろう。放火で半焼した自宅をもつ真一郎には、ゆっくりとしたリハビリになるかもしれない。黙ってきいていた染谷がいう。

「それで、良太はなんといったんだ」

「いいアイディアだから、やってみようといった」

染谷はあきれたようだった。

「学校側の了解もとらずにか」

「そうだよ。総合学習の時間は、教師の自由裁量にまかされてるだろ。ほとんどまともなガイダンスなんてないしさ。子どもたちからでたいいアイディアなら、どんどん実現したほうがいいはずじゃないか」

うーんとうなって、染谷が暗い窓をむいてしまった。しばらく考えてから、口を開いた。

「確かにぼくも悪くはないと思う。小学生が家を建てるなんて、普通だったら絶対にできない経験だしね。でも、学校内の敷地をつかったり、建材を運びこんだり、工事の危険性を考えたら、うちの学校は二の足を踏むんじゃないかな。良太が思うほど、簡単にはいかないよ、きっと」

良太は茶髪をくしゃくしゃにかき乱した。

「危ないことや初めてのことはやらないようにする。なにが伝統校だよ。龍一に相談してるのは、そんなこたえがききたかったからじゃないんだ。ぼくは子どもたちに約束した。みんなの家を建てるってさ。いっしょに、どうやったら学校で家を建てられるのか、考えてくれよ。こいつは絶対に子どもたちにはいい体験になる。総合学習なんて、こういう冒険をしなけりゃ意味ないんだ」

「そうはいっても……」

染谷は腕を組んだまま黙りこんでしまった。蛍光灯の青い光で隅々まで明るい階段の踊り場である。良太はにやりと笑っていった。

「じゃあ、作戦はまかせたから」

めずらしく染谷があわてている。

「なんだよ、それ」

良太はうしろも振りむかずに階段を先におりてしまう。数段したから声をかけた。

「だからさ、実行するのはこっちだけど、考えるのは龍一のほうが得意だろ。いいアイディアができたから、そのためにどうやって学校を動かしたらいいのか、方法を考えてくれよ。こっちは考えるだけ時間の無駄だ」

染谷は苦笑いしていた。

「まあ、良太にはいつもたいへんな役を押しつけてるからな。わかったよ、考えてみる」

階段をおりる良太の足取りは軽かった。

「そうと決まったら、もういこうぜ」

「いくって、どこに。こっちはまだ仕事が残ってる」

良太は階段のしたから染谷を見あげていった。

「今朝は龍一に送ってもらっただろ。自転車もないし、歩いて寮には帰れない。早めに学校をでて、いつもの定食屋で晩めしにしないか。作戦会議」

ダークスーツの染谷が一歩ずつ踏みしめるように階段をおりてきた。白いタイル仕上げの幅広の階段がステージのようだった。良太と違って染谷は絵になる男である。

「おまえって、なんで女の子とつきあわないんだよ」

以前の合コンのときも、盛んに染谷に近づこうとしていた他校の女性教師はいたのである。

「別に理由はないけど、今は女の子はいい。これでも、ちょっとした目標があってね。そのためには、もっと勉強しなくちゃならないんだ」

良太は目を丸くして、優秀な同僚を見た。

「そのうえにもっと勉強するのか。龍一は最年少の校長でも狙ってるのかよ」

にやりと笑って、染谷はいった。

「いいや、そんなことではないよ。先に駐車場にいっていてくれ。ぼくは今夜、寮にもち返るプリントを職員室からとってくる。きちんと富田主任にもフォローをいれておくから、安心するように」

良太はクラス競争一位の友人に両手をあわせた。

「ありがとう。恩に着るよ。あの主任はどうも苦手でさ。今夜の晩めしはぼくのおごりだ」


国道沿いの定食屋はいつものように三分の一ほどの客のいりだった。染谷と良太がはいっていくと、カウンターのむこうのおかみが声をかけてきた。

「良太先生、今朝のテレビ見たよ。実物よりいい男に映っていたじゃないか。あたしも、ついもらい泣きしちゃったよ」

カウンターでひとりのんでいた常連客が、それをきいて顔をあげた。

「おかみさん、グラスをひとつくれ」

さしだされたグラスを良太のほうにむける。

もう片方の手にはビール瓶が見えた。

「あんたは車じゃないんだろ。まあ、一杯やってくれ。おれもあのニュース観たんだ。あんたは若いのにいいとこあるじゃねえか」

龍はあといって、コップを受けとり、注がれたビールを一気のみした。染谷はすこし離れたところから、にこにこしながら良太を見ている。

ふたりはそのあとで、砂利敷きの駐車場が見わたせる窓際のテーブルに席をとった。龍一の盆にはのり切れないほどの小鉢があふれていた。良太はそのうちのひとつに手を伸ばしながらいった。

「いくらぼくのおごりだからって、そんなにくうことないだろ。ナスの煮びたし、ひとつくれよ」

染谷は夕食には手をつけなかった。じっと良太を見て考えこんでいるようだ。

「うまいな、これ。じゃあ、そっちの小松菜のゴマ和《あ》えも」

「良太」

いきなり染谷が真剣な声をだした。

「小松菜はダメなのか」

「違うちがう。さっきのこの店のおかみさんの反応を考えていたんだ。テレビの力って、すごいよな。あれを家を建てることにつかえないだろうか。放火犯の弟のクラスで、みんなで力をあわせて学校に家を建てる。ドキュメンタリーのいい素材だ。希望の丘小学校の名誉回復とPRにも有効だと思わないか。学校側もむやみに反対はしないと思う」

ナスの小鉢と割り箸《ばし》を両手にもったまま、良太は思い切りうなずいた。

「それなら、副校長も学年主任も反対はしないよ。さすがに龍一だな。この店の小鉢くらいなら安いもんだ。もっとお代わりしないか」

染谷はあきれて笑っていた。

「いいや、もう十分。それより今朝、きよさきテレビの記者の名刺をもらっていたよな」

良太はジャージのポケットから財布を抜いた。朝もらった名刺は、そこに突っこんでおいたはずだ。確かめてみる。

「なんだ、えーと、きよさきテレビ報道局、山口恵治《けいじ》。ほら、名刺」

手わたすと、染谷は手帳に電話番号を控えた。顔をあげていう。

「むずかしいのはタイミングだな。あまりテレビのほうを先行させてもいけないし、学校サイドだけだととても家づくりなんて、無理だろうし。どっちにしても、テレビ局への電話は良太がしてくれよ」

小松菜のゴマ和えをつまむ箸がとまった。

「なんでだよ。テレビ局のほうは龍一のアイディアだろ」

染谷は笑って、良太の手から小鉢をとりもどした。

「ナスを返してくれ。ぼくは校長や副校長に受けがいい。良太はあの記者会見のせいで報道陣に受けがいい。それぞれ役割分担したほうがスムーズに運ぶだろ。もし計算して泣いていたら、良太は極悪人だな」

良太も負けずに染谷の盆から、別な小鉢をとった。シメジのバター焼きである。

「そんなことができるなら、小学校の教師じゃなくて、役者にでもなってるよ」

バター焼きをひと口たべた。きのことバターの香りが混ざって、冷えたビールがのみたくなる。染谷には運転があるので、良太も先ほどの一杯だけで我慢することにした。

「子どもたちが力をあわせて、家を建てるドキュメンタリーかあ。きちんと撮れたら、すごくいいものになるような気がするな」

染谷は力づよくうなずいた。

「ぼくにもいい資料になる」

「なんの資料だ」

深くため息をついて、染谷は口を開いた。

「前にいったけれど、ぼくは大学院にいきたいんだ。確かに教育の現場で子どもたちと学ぶのは勉強になるし、とても楽しい。でも、まだ学校の機能は十分に果たされているとはいえないと思う」

急になにをいいだすのだろうか。良太は箸を休めていった。

「龍一は小学校、辞めちゃうのか」

「すぐには辞めないさ。でも教育学を勉強し直して、もっといい先生を増やすために、先生の先生になりたいんだ」

自分は5年3組をなんとかまとめていくだけで精一杯なのに、染谷はもっと先のことを考えていた。よりよい先生を育てるための先生になる。これでは校長や学年主任から高く評価されるのは、あたりまえかもしれない。

「じゃあ、いつか龍一は、どこかの大学で教育学の教授になるのか」

染谷はうなずいて、小松菜をつまんだ。

「そうだ、可能ならね。現場の実務経験をしっかりと積んでから、もっと勉強をしたい。大学時代の恩師とは、今も連絡をとりあっているんだ。小学校の教育に関する論文もいくつか書いたよ」

教師のいそがしさを肌でしっている良太は、染谷に目を丸くした。それでは女の子と遊ぶひまなどないに決まっていた。染谷は箸をおいて、真剣に良太を見た。

「ぼくは思うんだけど、世間の人たちはあまりにも自分のもっているイメージだけで、教育のことを語りすぎているんじゃないかな。昔はよかった、今の子どもは道徳がなってないなんて、このごろ流行のめちゃくちゃな意見にはぜんぜん確かな理由がないよ」

それは良太も感じることだった。現代ではたいていの子どもたちはおとなしく、従順で、逆にまじめすぎるくらいである。

「政治家や文科省の偉い人たちだって、現場を見ないで自分の信じる理念だけを押しつけようとしている。親や祖先や国への尊敬なんて、小学校で教えられるものではないはずだ。そういう気もちは社会全体がそうなっていれば、自然に生まれてくるだろう。大人が号令をかければ、子どもたちは都合のいい方向にどんどん成長する、なんてね。子どもたちはビニールハウスの野菜じゃないんだ。そんなに都合よくは育てられないさ。そういうのは安全な場所にいる人間だけが信じてる妄想だ」

良太は理屈っぽいことは苦手なので、教育を恋愛におきかえて考えてみた。これまでにつきあった何人かの女性との失敗談を思いだす。

「まあな。女の子とつきあっていても、相手は絶対にこちらが思うとおりになんて動かないからな。恋愛とか教育とか子どもとか、人間を相手にする仕事では、一方的な思いこみとか強制って、絶対にうまくいかない。でも、こうだったらいいのにって、つい押しつけたくなるんだよな」

染谷は笑って、ほうじ茶をひと口のんだ。

「確かに恋愛と教育は似ているかもしれない。ぼくはときどき思うことがある。大人のほうが子どもより偉いなんて、大人の勝手な決めつけじゃないのかな。教えることと教えられることは、それほど変わらないんだ。毎日クラスで子どもたちと勉強していて、しみじみそう感じることがある」

良太はクラスの子どもたちの顔を、ひとりひとり思いだしていた。昨日できなかったことが、今日できるようになる。その瞬間の発見やよろこびに満ちた子どもの顔を見ていると、自分もなにかをもう一度学び直した気もちになるのだ。それは成績や偏差値ばかりを求められない小学校教師の醍醐味《だいごみ》かもしれなかった。良太はぽつりと漏らした。

「子どもとクラスで勉強してて、ほんとに感動することってあるもんな」

染谷はしっかりとうなずいた。

「うん、ある。そういう時間は、先生のほうだって、子どもたちだって、絶対に忘れないものだ。もし、未来の教育にすすむべき道があるなら、そんな時間をどうやって増やしていくかだと思う。実はぼくが教育雑誌に書いた論文は、それがテーマなんだ。勝手にそういう時間を『価値の共有体験』と呼んでるんだけどね。ひとつひとつ実際にクラスで起きたことを検証しながら、共有体験が起きる条件を検討してみたんだ」

良太はなかば感心し、なかばあきれていた。こういう男なら、いい教師を実際につくれるのかもしれない。

「龍一はほんとに頭いいな。ぼくはそんなこと考えてもみなかった」

にこりと笑って、染谷はいった。

「ぼくが良太に接近したのは、そのサンプルを集めるためだよ。うちのクラスは成績は優秀だけど、あまり子どもたちの心がひとつになることはない。でも、良太のクラスにはトラブルも多いけど、逆にみんながびしっとまとまるときがあるじゃないか。その点では、3組が学年のクラス競争でトップだよ」

誇らしい気もちがわいてくる。自分をほめられるよりも、自分のクラスをほめられるほうがずっとうれしい。それが教師なのだ。染谷はにやりと笑った。

「不思議だけど、クラスって担任の先生に似るんだよね。3組はほんとに良太にそっくりだ。5年3組リョウタ組って名前にしてもいいくらいだな」

良太は丼《どんぶり》をもって、炊きたてのごはんをかきこんだ。おかずはレバニラ炒《いた》めである。ブルドーザーが山を崩すように、モヤシとニラの斜面を切り崩し、口のなかに放りこんでいく。良太はたべるのが、とにかく速い。

「ところで、どんな家を建てるか考えてあるのか」

染谷の言葉で食事がとまった。箸をもった手で頭をかく。

「まいったな。子どもたちにいわれて、家をつくろうって決めたけど、具体的にどんな家にするかなんて、ぜんぜん考えてなかった」

染谷はあきれた顔をした。

「そんな状態で学校やテレビまで巻きこんで家を建てようっていってたのか。ほんとに良太はいきあたりばったりだな」

良太は口いっぱいに頬ばったごはんを、ハクサイと油あげの味噌汁《みそしる》で流しこんだ。冬のハクサイは甘さととろみがこたえられなかった。

「校庭のどこかに、子どもたちがつくるんだ。みっつもよっつも部屋があるような立派な家にはならないだろう。簡単なやつでいいんだ。大切なのは、子どもたちが自分たちでいいだしたことを最後までやりとげることなんだから」

「まあ、そういうことにしておこう。じゃあ、良太は学校内の敷地のどこに、どのくらいの家をつくるか。それにかかる費用や時間をきちんと調べるんだ。そうでないと、学校にプレゼンしにくいからね」

良太は調べものが苦手である。うわ目づかいで染谷にいった。

「悪いけど、そういうのは龍一も手伝ってくれないか」

はははと短く笑って、染谷は小鉢のひとつを片づけた。自家製のポテトサラダである。ごろごろしたジャガイモが残ったこの定食屋の名物だった。

「ダメだ。自分で調べて、きちんと予定を立ててくれ。だいたい良太には計画性がまったくないんだ。今回は子どもたちだけでなく、良太にもいい勉強になるんじゃないか」

「わかったよ」

染谷は銀縁のメガネを直していった。

「きちんと資料にあたって、それから専門家に話をききにいくんだぞ。三匹の子豚の話みたいに、わらの家や小枝の家なんて、ぼくは嫌だからな。きちんとしたいい家を建てて、みんなでお祝いをしよう」

そのとき、ジャージのポケットのなかで携帯電話が鳴りだした。良太は夕食の手を休めて、フラップを開いた。

「はい、中道です」

「たいへんご迷惑をおかけしました。日高真一郎の父でございます」

ひどくかしこまった声が流れてきた。思わず姿勢をただしてしまう。なんと返していいのか、まるでわからなかった。

「このたびはたいへんなことで……お力を落とされませんように……あの、クラスのみんなも真一郎くんのことを心配しています」

「それで、真一郎の復学なんですが、いつからにしたらいいでしょうか」

染谷が興味深そうにこちらを見つめていた。教育学の論文を書くための新しい素材を発見したのかもしれない。

「真一郎くんが元気なら、なるべく早くがいいと思います。疲れて熱をだしたり、横になっていたりということはありませんか」

「それはだいじょうぶです。でしたら、明日の朝、授業が始まるまえに、真一郎といっしょに学校にご挨拶《あいさつ》にうかがいます」

希望の丘小学校は公立校なので、親の仕事も階層もばらばらだった。なかには荒れている家庭もあるし、経済的にいき詰まっている両親もいる。真一郎の父はなかでもしっかりとした人物だった。代々県庁に勤めているというだけで、清崎ではよい家柄ということになる。その家が長男によって放火されたのだから、事件が地元で大騒動になったのも当然だった。

「わかりました。では、明日、お待ちしています」

良太は真一郎の復学を染谷に伝えた。うなずいて、染谷はいった。

「じゃあ、ぼくたちもすぐに動き始めないといけないな。良太は校長先生に報告だ。ぼくと良太の連名で、別件の話があるといっておいてくれ」

食事にもどろうとしたところで、染谷がいう。

「今夜中にきよさきテレビの記者をつかまえて、家づくりのドキュメンタリーの話をしておいてくれないか」

「えっ、そんなに早く？」

「もちろんだ。家をつくるのは、クラスのみんなで日高くんを迎えるためだろう。いっしょに始めなきゃ意味ないじゃないか」

良太はあわててレバニラ定食をかきこんだ。

冬の朝の冷えこみは身を切るようだった。清崎市は太平洋に面しているが、東京よりも緯度がかなり高いため、降雪はすくなくても冬の寒さは厳しかった。良太は白い息を吐きながら、校庭を歩いた。あちこちに短い霜柱が立って、足元でさくさくと氷の砕ける音がする。

ぐるりと二周ほど丘のうえの広い校庭をまわって立ちどまったのは、ゴミ焼却炉の横にある土地だった。元は資材おき場のようにつかわれていたようだが、現在は雑草がまばらに生える自動車数台分ほどの空き地である。校庭の隅で授業や遊びの邪魔にならないし、なだらかな南斜面につながり、清崎港への眺めも開けている。日あたりも文句なしだった。

「すいませーん」

校門のほうから男の声がきこえた。振りむくと、きよさきテレビの記者、山口が手を振っていた。良太は校門まで歩き、内側から開けてやった。

「急な電話でびっくりしました。でも、子どもたちと家をつくるというのはいいですね」

記者の吐く息は白かった。良太は軽く頭をさげていう。

「こちらこそ、急にお呼びだてしてすみませんでした。でも、山口さんにもちょっと力を借りなければならなくて。うちの小学校は頭が固いんです。敷地のなかに家を建てる、それも子どもたちだけでなんていったら、うえのほうに断られそうで」

良太は建設予定の空き地まで、山口を案内した。記者は周囲を見わたしていう。

「ここなら、いい画が撮れそうです。でも、うちのほうもさすがに昨日の今日だから、上司にドキュメンタリー制作の許可なんてもらってませんよ。それでも、いいんですか」

良太は頭をかいて笑い声をあげた。

「うちの学校もテレビ局も、見切り発車でいいですよ。大切なのは子どもたちがやりたいといってることですから」

「そういえば、日高くんはどうなりましたか」

記者にこんな話をしてもいいのだろうか。隠すのが面倒になって、良太はいった。

「今日から学校にもどります。ご両親も挨拶にみえるようです」

「なんだ、それならカメラを用意しておけばよかった」

真一郎は放火犯ではないし、少年である。良太は釘《くぎ》を刺しておいた。

「もう事件ではないのだから、あの子だけを集中して撮影するのは無理ですよ」

テレビ局の報道記者は校庭の隅の空き地を歩きまわった。指で四角いフレームをつくり、遠くの校舎と清崎港を切りとっている。

「ここにどんな家をつくるんですか」

良太はまだなにも家づくりについて調べていなかった。思いつくままにいってみる。

「ずっと建てておくようなものじゃないんです。みんなでつくって、みんなで壊す仮設のちいさな家になると思います。基礎なんかもしっかりコンクリートを打ったりしないんじゃないかな。かたすのが面倒ですから」

山口が短い笑い声をあげた。

「なんだか、良太先生って軽いですね。髪の色と同じだなあ」

若い男性教師で茶髪なのは、希望の丘小学校でひとりだけだった。そういえばスターリングシルバーのネックレスもそうかもしれない。

「ええ、ぼくはあまり立派なことが好きじゃないんです。教師だからって、等身大の自分よりも立派なことを子どもたちにいいたくないですよ。記者さんも、ときどき感じませんか。なんだか、自分は正しすぎることといってるなあって」

山口は指でつくったファインダーを、良太にむけた。

「まいったな。仕事柄いつだって、自分はずるいと思ってますよ。事故や犯罪を伝えても、まったく心が動いてないことがある。ニュース原稿を書いて、カメラのまえで読みあげて一丁あがりです。でも、良太先生のいうとおり今回はもう事件じゃない」

最初は嫌な感じだったが、この記者はおもしろい男だと良太は思った。

「事件じゃないことを追うのを、上司は許してくれるんですか」

にやりと笑って山口は肩をすくめた。

「ええ、ちゃんと本業のほうをやっていればね。撮影の機材は局のものをお貸しできますが、ぼくがこられないときは、良太先生が撮ってください。もちろん時間があれば、ぼくが撮影にきます。本職はカメラマンじゃないけど、機材のあつかいには慣れてますから。それと……」

「なんですか」

「良太先生もたくさん撮影することになりますが、それはだいじょうぶですか。今回の事件よりもっと人生が変わっちゃうかもしれませんよ」

良太は記者から目をそらし、朝の港を見つめた。

冬の朝の太陽は低かった。くしゃくしゃにした銀紙を敷きつめたような道が、沖にむかってまぶしく続いている。

「ぼくのことなら、心配はいりません。でも、あくまで子どもたちが主役ですから」

「わかってます。じゃあ、いっしょにいいドキュメンタリーをつくりましょう。まだ放映も予算も未定ですが、いい素材ならきっと誰かがすくいあげてくれる。で、いつから家づくり、始めるんですか」

良太は朝の空気を思い切り吸いこんだ。肺のなかがきれいにぬぐわれるほど、空気は冷たく澄んでいる。

「今日の総合学習の時間から、話しあいは始めようと思います」

山口は苦笑していた。

「だったら、車に積んであるカメラをとってこなくちゃ。ぼくは午前中から県警でレクチャーがありますから、ファーストシーンは先生にお願いします」

良太はうなずいた。校舎を見あげると三階の端の窓から、こちらを見ている人影があった。染谷である。良太はおおきく手を振った。いい教師を育てるために大学にもどるという同僚は、手首の先だけで挨拶《あいさつ》を返してきた。

校長室の空気は硬かった。日高真一郎と父親の県庁職員、光一がやってきたのだ。ソファにならんで座った親子を、良太は学校側の席から見つめていた。たった一日でふっくらと丸かった学級委員の頰はしぼんでしまっている。牧田副校長がいった。

「今回はたいへんな事態でしたね。わが校でも、真一郎くんのフォローに全力を尽くします」

深々と頭をさげて、光一はいった。

「ご迷惑とご心配をおかけしました。この子も、児童相談所にいる長男も落ち着いてきたようです。クラスの子どもや親御さんがたにも、よろしくお伝えください」

副校長がためらうようにいった。

「あの事件の原因になった家族間でのいさかいというのはどういうことだったのでしょう

か」

あれこれと噂は流れていた。マスコミは少年事件なので、詳細をほとんど報道していない。

光一の声がか細くなった。

「携帯型のゲーム機を壊してしまったんです。長男のただひとつの宝ものでした。あの子は成績も優秀で、なんでも親のいうことをきく子だったんですが……ほんとうにゲームが大好きで」

その場にいた全員が黙りこんでしまった。ちいさなゲーム機を父親によって壊された。たったそれだけで、家族が寝静まっている家に火を放つ。そんなことが想像できるだろうか。父親は顔を伏せたままいった。

「ゲームは一日に一時間までと決めていました。長男の善一郎は、たびたび約束を破っていたようです。一昨日は職場ののみ会で酔って帰って、妻からまた長男が時間をオーバーした、わたしがいくらいってもゲームをやめないときいて、怒ってゲーム機を踏みつけてしまったんです」

「そんなことがあったんですか」

良太はその場の空気にあわせて、適当なあいづちを打った。それはどの家でも起きているあたりまえの光景である。まっすぐ正面を見ていた真一郎が口を開いた。

「ぼくは善兄の気もちがわかります。火をつけちゃったのは、ほんとうに悪いことだけど。善兄は一日のスケジュールをすべてゲームの一時間のために組んでいました。勉強も、塾も、お風呂《ふろ》も、テレビも、全部です。善兄はいってました。十年以上生きてきて、ほんとうに好きになったのはゲームだけだったって。いつかゲームをつくる仕事をしたいって」

光一はひざのうえにおいた手を思い切りにぎり締めていた。関節のところが白くなっている。

「そんな話は初めてきいた」

真一郎はあたりまえのようにいった。

「お父さんがちゃんと話をするのは、成績表を見るときだけだから」

校長室が静かになった。時間の流れがとまってしまったようだった。壁の時計の秒針だけが音もなくすべっていく。秋山校長が腕組みを解いた。

「わたしはなにか問題が起きるのは、いいことだと思うことにしています。お父さまは家の建て直しなど、これからもご苦労があるでしょう。ですが、問題が起きたことで、きちんとむきあえることもある。お子さんともっと話しあわれてはいかがですか」

光一はほとんど眠っていないのだろう。目を真っ赤に充血させていた。

「至らぬ父親で、もうしわけありません」

牧田副校長がいった。

「真一郎くんのことは心配ありません。全校をあげてフォローしますから」

今朝二度目の言葉だと良太は思った。口のうまい副校長でも、こういうときにはいうことがないらしい。

真一郎の父親が急に良太のほうにむき直った。

「中道先生、昨日のニュース拝見しました。わたしも妻も、テレビのまえで泣いてしまった。どの報道もうちの子やうちの家庭を責めるばかりでした。あれほど心強く感じたニュースはなかった。この子をよろしくお願いします」

良太は自分がいったいなにをしたのだろうかと思った。自分に正直には対応したが、テレビカメラのまえで泣いてしまったのは、いまだに恥ずかしかったのである。

「こちらこそよろしくお願いします」

周囲を見わたした。秋山校長も牧田教頭も微笑んでうなずいている。ここには染谷はいないが、あの男なら今がチャンスだとけしかけるだろう。思い切っていった。

「5年3組ではみんなでどうやって真一郎くんを迎えようか話しあいました。それで子どもたちのなかから、素晴らしいアイディアがでたんです」

牧田副校長が最初に興味を示した。

「ほう、どういうことでしょうか」

「真一郎くんの家は半焼して、ああいうことになりましたよね。うちのクラスの子がいったんです。みんなで家をつくらないかって」

副校長が自動的に返事をした。

「日高くんの家を再建するんですか。無理に決まっている」

良太は秋山校長に視線をすえた。まずこの人を口説き落とさなければ始まらない。

「違います。うちの学校の敷地に、子どもたちが力をあわせて家をつくるんです。もちろん真一郎くんもいっしょです。そうすれば、家をつくることのたいへんさと家の大切さがわかるんじゃないでしょうか。クラスのチームワークもよくなるでしょうし、得ることがたくさんあります」

校長は黙ったままだった。なにかを考えるときの癖で、また腕を組んで目を閉じている。

副校長が先にいった。

「それはむずかしいでしょう。だいたい家をつくるなんて、いろいろな工具が必要ですし、危ないことも多い。第一、建材はどうするんですか」

良太は親が材木屋を営む坪山虎之助を思いだした。宮原諒の家は工務店だ。

「子どもたちの親から、ボランティアで借りるつもりです。きよさきテレビの記者にこの話をしたら、なんとかドキュメンタリーを撮れないかといわれています。うちの学校は今回の事件でよくない形で有名になってしまいましたよね」

良太は必死になって言葉を探した。

「うちの学校の名誉を回復するチャンスだと思うんです。ぼくは子どもたちになんとかすると約束してしまいました。ゴミ焼却場の横に空き地がありますよね。あそこにちいさなひと部屋だけの家でいいから建てさせてもらえませんか」

これほど長く学校の管理者に話をしたのは初めてだった。良太はさして暖房のきいていない校長室で汗をかいていた。真一郎の父はいった。

「あの、そのきよさきテレビの撮影では、うちの子も映るんでしょうか」

ここは正直にいうしかないだろう。良太は腹をすえた。

「たぶん撮影されると思います。でも、放火事件のあった家の弟としてではなく、力をあわせて家をつくる子どもたちのひとりとしてです。ドキュメンタリーの内容はぼくも見せてもらいますし、学校側でチェックしてもらってもいい。どうでしょうか、校長先生」

秋山校長が腕組みを解いた。おおきな目を見開いていう。

「きみはおもしろい先生だな。言葉は悪いが、わたしたちは今回の事件をどうごまかしていくか、そんなことばかり考えていたのかもしれない。波風を立てずに、学校の評判を守ろうとな。だが、中道先生は違うようだ。まったく別な方法を考えていた。なにかを守るのではなく、なにかをつくろうとする。副校長先生、どうかな」

牧田副校長はあれこれと頭のなかで計算しているようだった。ますますカウンターの奥に座る銀行員に見えてくる。

「安全対策を徹底して、他のクラスの授業の進行の邪魔にならなければ、しかたないでしょう。中道先生、どの時間を作業にあてるおつもりですか」

どうやら難関を切り抜けたようだった。良太の声ははずんだ。

「はい、総合学習とかホームルーム、それに放課後も有志でがんばることになると思います。この話をしたら、子どもたちもおおよろこびしますよ」

真一郎はきょとんとした顔をしていた。光一がいった。

「よかったな。いい家をつくってくれよ。お父さんも、がんばってローンを組んで、あの家を建て直すから。真一郎と勝負だ」

学級委員の目が真っ赤になった。こらえていた涙が頰をすべっていった。

良太は自分でセットしたビデオカメラが気になってしかたなかった。操作方法はテレビ記者から説明を受けていたが、きちんと録画されているのか不安だったのである。たまにカメラをつかうことはあっても、動画はめったに撮らなかった。なにかを記録しておくことに、元から興味がないのだ。それなのに番組につかうかもしれない素材を、急に撮影しているのだ。

「みんな、カメラのことは無視していいから。ホームルームを始めます」

宮原諒が目ざとくいった。

「でも、そのカメラの横にきよさきテレビって書いてあるよ、先生」

「えー、わたしたち、テレビに映っちゃうの」

「すげえな」

ほかの子どもたちまで騒ぎだした。良太は手をたたいて、声を張った。

「はいはい、いいから。校長先生と話して、うちのクラスで家をつくってもいいことになりました」

「やったー」

子どもたちの歓声がおおきな波になって返ってくる。5年生の表情は感動的なくらい生きいきと変化する。きっといい映像が撮れているに違いない。

「このカメラは力をあわせて家をつくるみんなを映すんだ。まだわからないけど、それを一本の番組にして、放送することになるかもしれない」

良太はクラスにもどった学級委員に目をやった。日高真一郎はかすかに頬を赤くして、背筋を伸ばし正面をむいている。まわりの子どもたちは口にはしないが、包みこむような優しさで真一郎に接していた。授業だけが教育ではなかった。トラブルを起こしたクラスメートをどう迎えるか。それは子どもたちにとっても、とてもいい経験になることだろう。うなずいて、良太はいう。

「宮原くんのうちは工務店。坪山くんは材木問屋。みんな、このふたりを家づくり委員にしてもいいかな」

拍手が湧きおこった。諒はいう。

「もううちの父さんには話しておいたよ。なんだったら、若い衆に手伝わせるって」

がっしりした体格の虎之助が右手をあげた。

「うちの父ちゃんものりのりです。ひと部屋なんていわないで、3DKでも5DKでも一軒分材木をくれるってさ」

子どもたちの歓声はさらにおおきくなった。

放課後の学年会議では、富田主任からすこし皮肉をいわれただけだった。マスコミへの対応がうまくいったからといって、あまり調子にのらないように。小学校の本分は子どもたちの教育にあります。良太ははいはいとうなずいて、主任の話をきき流した。学校側が家づくりに許可をだしているのだから、学年主任にそれをひっくり返すことはできなかった。

会議後プリントと未採点のテストを大量にリュックに押しこんだ。教師の事務作業は驚くほど大量で、時間に追われることが多かった。こうして仕事をもち帰らないと、自由な時間はとてもつくれないのだ。学校をでようとして、教職員用の駐車場で染谷に声をかけられた。

「うまくいったな、良太」

振りむくとクラス競争一位の教師が、笑って腕を組んでいた。

「日高くんと保護者がいるまえで、ドキュメンタリーの話をするなんて、良太の度胸を見直したよ」

良太はVサインを送った。

「いや、あのときは龍一なら、今だというと思ったんだ。副校長はともかく、校長の反応がよかったからね」

「それで、これからどうする？」

良太には計画などなかった。いつだって走りだしてから考えるタイプなのだ。ただし、今回はあまりに家の設計や建築について無知なので、少々不安を感じていた。

「すこし自分でも家づくりについて調べてみる。本町の文椙堂《ぶんしょうどう》にいって、じっくり本を探してみるつもりだ」

その書店は清崎一の大型店だった。休みの日の恰好《かっこう》の暇つぶし場所である。

「ドキュメンタリーだけど、ぼくの論文のための資料としてつかわせてもらってもいいかな」

真剣な様子だった。良太は染谷の目を見て、うなずき返した。

「いいけど、いよいよ大学院にもどる準備を始めるのか」

かちりと紺のスーツを着こなした染谷がいう。

「そうだ。小学校の現場はたのしいし、やりがいもあるけれど、いつまでものんびりしているわけにはいかない」

「とめはしないけど、淋《さび》しくなるな」

良太は黄色いマウンテンバイクにまたがった。きっと誰もが自分のすすむべき方向と出発のときをもっているのだろう。

その夜、良太は枕元に家づくりの本を積みあげ、ベッドにもぐりこんだ。気楽な独身寮暮らしのうえ、自分で家を建てることなど想像したこともなかった。良太は書店の「家づくり・建築」コーナーで目をまわすことになったのである。巨大な書棚みっつ分が、関連の書籍で埋まっていたのだ。

さんざん迷ったすえに選んだ本は四冊だった。小学校の教師はとても高給取りとはいえない。財布には少々痛かったが、やむをえない出費だった。自分で買った本でなければ、内容が身につかないことに、良太は学生時代から気づいていた。

家の構造を勉強した。どうやらもっとも大切なのは基礎のようだが、仮設でひと間きりの家にはあまり関係がないようだ。同じ理由で、断熱材や水まわりも必要なかった。家といっても、子どもたちの秘密基地のようなものである。生活のために必要な設備はほとんどいらないのだ。

大引《おおび》き、根太《ねだ》、垂木《たるき》、妻壁《つまかべ》、間仕切り壁……。家のパーツひとつひとつがまるでわからない専門用語ばかりだった。メモをとりながら、すこしずつ読んでいく。教師は教育関係の資料やテキストを読むことは多いが、まったく異なる分野の本は新鮮なおもしろさだった。

四冊のうち一番参考になったのは、まったくの素人がキットのログハウスを仲間といっしょに完成させた家づくりの日記だった。誰ひとり建築のプロはいなくても、説明書どおりに組みあげ、釘《くぎ》を打ちこんでいくと、家はつくれるとあったのだ。感覚としては、大人の積み木遊びに似ているという。実物大の家の形をした積み木。これはおもしろそうだと良太は思った。

小学校5年生の子どもたちでも、それならなんとかなるかもしれない。良太はベッドのうえで正座して、作業の工程をまとめた表を眺めた。ログハウスの製作には、三カ月ほどかかっていた。だが、小学校の敷地内に建てるのは、ひと間だけの小屋である。人手は多いし、プロの大工の力もすこしは借りることができるだろう。なんとか5年生のうちには、形にすることができるのではないか。

良太は終業式の夢を見た。クラスのみんなで建てた家のなかで、子どもたちに期末の挨《あい》拶《さつ》をするのだ。それはきっと全員にとって忘れられない体験になることだろう。染谷が考えだしたという言葉を思いだす。「価値の共有体験」。確かに教師と子どもたちのあいだで、どれだけ同じ思いをもつことができるか、それが小学校の教育の成否を決めるのかもしれなかった。

つぎの朝は学校にでかけるまえに、独身寮から電話をかけた。宮原諒の家は、若い大工が何人もいる勢いのある工務店だときいていた。諒には昨日、明日の朝電話すると伝えてある。

「もしもし、希望の丘小学校の中道ですが」

朝とは思えない元気のいい声が返ってきた。

「おう、先生、電話いつくるのか、待ってたよ」

いきなり父親の正輝《まさてる》がでた。

「はあ」

「息子からきいた。学校にちいさな家を建てるというんだろ。社会科見学にも、技術工作にも、きっと役に立つよ。家をつくるのって、チームワークがいるしな。子どもにはいいことばかりだ」

「ありがとうございます」

どう切りだしたらいいのか迷っていたのだが、相手は想像以上にのり気だった。

「坪山さんのところとも、電話で話したんだ。今日の放課後にでも、いっしょに顔をだすから、打ちあわせでもしようや。坪山さんのとこは、おれのほうで連絡しとくから」

一気にまくしたてられた。正輝は工務店の棟梁《とうりょう》という仕事柄、決断や人をまとめるのが得意なのかもしれない。それにけっこう短気なようだ。気をつけなければいけない。親との関係は小学校教師の生命線である。良太はようやくいうべきことのひとつを思いだした。

「あの、すみませんが、学校には予算がまったくないんです。宮原さんにも坪山さんにも、金銭的なお礼はさしあげられないと思うんですが……」

すかさず正輝はいった。

「そんなちいさな仕事で、金をもうけようなんて気はないですよ。それは坪山さんのとこも同じ。子どもたちのよろこぶ顔が見られたら、それでいいんだ。まあ、うちのガキの場合は、この件で家づくりのおもしろさに目覚めてくれると、将来うちを継ぐとき役に立つかもしれない。その程度の親の計算はありますけどね」

電話越しでも腹からだしているとわかる豪快な笑い声が響いた。良太は携帯電話をすこし耳から離した。

「わかりました。では、今日の放課後お待ちしています」

電話を切ってから、自分の部屋でジャンプしてしまった。がぜん良太はやる気がでてきた。普段の授業だけでなく、こうした特別なイベントがあると、学校生活にも張りがでてくる。

希望の丘小学校では、「かがやき」と呼ばれる総合学習は週に三時間、ホームルームは一時間あった。公立校は週休二日制である。週に四時間なら、ほぼ毎日のように家づくりのための時間がもてることになる。

清崎市は太平洋側なので冬は晴天が多いのだが、その日はめずらしく曇り空だった。天気予報では昼まえから小雪が舞うだろうと告げている。四時間目のかがやきの時間は、みんなで絵を描くことになった。どんな家を建てるか、想像をふくらませるのである。イベントはそこにむかうまでの盛りあげも大切だ。

画用紙を配って、良太はいった。

「みんながつくる家を、みんなで考えてみよう。実際にはそのとおりにつくるのはむずかしいかもしれないけど、こんな家ができたらいいなって、好きなように描いていいんだぞ。いいアイディアなら採用するかもしれないから」

やったーという歓声が返ってくる。子どもたちは社会や将来については妙に現実的なことを口にするのに、こと遊びになると急に生きいきと本来の子どもらしさを発揮する。こうした点では、十数年まえになる良太の小学校時代と変わりはほとんどなかった。というよりも、時代のせいで変わる部分など、ほんとうはごくわずかなのかもしれない。良太の実感では、子どもたちの八割は昔となんら変わっていなかった。携帯電話やネットなど技術の進歩で残りの二割は変わったけれど、それは変わってもたいして影響のない部分にすぎない。

班に分かれて、机の島をつくった。良太はビデオカメラを片手に、ゆっくりと子どもたちの絵を見てまわった。なにか課題をだして、懸命に集中する子どもたちの姿をのんびり観察する。これは教師の醍醐味《だいごみ》のひとつだった。

宮原諒はかわら屋根がのった数寄屋《すきや》造りの一軒家を描いている。となりの席に座る冗談好きな川村友樹がいった。

「すげーな、諒のは戦国大名が住むみたいだ」

「いいんだよ。日本建築っていうのは、奥が深くて、すげー技術と腕がいるんだよ」

諒の返事に、今朝電話で話したばかりの父親の言葉を思いだした。この子は家づくりのおもしろさに、とうに目覚めているのかもしれない。良太は立派なお屋敷の絵を写してから、つぎのグループへ移動した。ここには学級委員の真一郎がいる。どんな絵を描いているのだろうか。ゆっくりと手元へズームアップした。

真一郎の横顔は真剣だった。息をつめて一枚の絵にとりかかっている。良太はファインダーをのぞきながら、自分も呼吸をするのを忘れてしまった。

画用紙のまんなかにあったのは、なんの変哲もないブルーグレーの建て売り住宅だった。屋根は濃い灰色で、窓のサッシはアルミニウムの銀だった。良太も家庭訪問で一度足を運んだことがあるので、その家のことはわかっていた。長男が放火して、今では取り壊しを待つだけの真一郎の家である。

じっくりと男の子の横顔と色鉛筆の家を、ビデオカメラで撮影した。良太はゆっくり声をかける。

「日高くん、その家は？」

利発そうな男の子は、さっと顔をあげた。

「先生は好きな家を描いていいといったでしょう。あれこれと考えてみたんですけど、やっぱり絵を描くと、この家になっちゃうんです。半分燃えちゃったけど、ぼくが生まれて育った家だから。思い出とかたくさんあって」

となりの女の子がフレームのなかにはいってきた。藤井冴水《さえみ》はおしゃれで気の強い、女子のリーダー格である。

「さすがに日高くんは絵がうまーい。先生、わたし、この家の色好きです。わたしたちがつくる家は、この色のペンキを塗りませんか」

グループの子どもたちが、真一郎の机に集まってきた。いつのまにか、学級委員をかこんでおおきな輪ができる。子どもたちは真剣に真一郎の絵をのぞきこんでいた。この絵が特別なものだということは、いつもはふざけてばかりいる男子のいたずらグループでさえわかるようだった。宮原諒がいった。

「おれもその色の家にするといいと思う。日本建築もいいけど、そういうツーバイフォー工法みたいな家のほうが、つくるのも簡単でいいよ」

良太はカメラを教室の隅まで引いた。クラス全員を写しこんで質問してみる。

「じゃあ、みんなの家のモデルは、日高くんのでいいかな」

はーい、良太先生。子どもたちの返事はばらばらだが、うなずく勢いはいっしょだった。

真一郎は輪の中心で、頬と目を赤くしている。心が動いたいい顔だった。諒がいう。

「おれたちにまかせとけ。真一郎の思い出の家を、ばっちりつくってやるからな」

目を輝かせる子どもたちを、良太のカメラはずっと追い続けた。


その日の放課後最初にやってきたのは、きよさきテレビの山口だった。良太は広いほうの応接室に案内した。保護者と話をするために、予約していたのである。山口はショルダーバッグから新しいビデオテープをとりだしていう。

「なんとか間にあってよかった。もっと早くきて、ホームルームのほうもぼくがカメラをまわしたかったんですけどね。セッティングを先にすませていいですか」

山口は校庭を望む窓にさがるカーテンを全開にした。窓の横に三脚を立て、ビデオカメラをセットする。準備を終えて、雑談をしているとこつこつとドアをノックする音がした。牧田副校長の声だった。

「お着きになりました」

ドアが開いて、教頭と宮原諒の父親、正輝と坪山虎之助の父、孝之助がはいってきた。工務店と材木問屋。ふたりとも肉体をつかって生きてきた男独特の生気を放っている。胸板も木の幹のように厚かった。良太など軽く吹き飛ばされそうな迫力がある。牧田副校長は案内したまま、でていかなかった。目立ちたがりなので、きっとこの話しあいにも参加したいのだろう。ちらりとカメラの位置を確認して、副校長がいった。

「わたしも学校代表として、話をきかせてもらいますよ」

テーブルの隅に席をとった。良太は正面の椅子を手で示しながら、ふたりの父親にいった。

「どうぞ、おかけください。こちらはきよさきテレビの山口さんです。カメラのことなんか、気にしなくていいですから。おいそがしいところ、わざわざ学校まで足を運んでくださってありがとうございます」

正輝は座ると同時にテーブルにパンフレットを開いた。孝之助ものりだすようにして、のぞきこんでくる。

「こいつは今年の夏まで、清崎の住宅展示場でつかわれていたものなんだ。離れとして勉強部屋とか書斎につかえるようになってる。たまたまいいもんが見つかってな」

孝之助は厚いてのひらで、正輝の肩をたたいた。

「なにいってんだよ。なにがたまたまだ。あんたとおれで、あちこちのつてに電話かけまくったじゃないか」

「黙ってろよ、孝ちゃん。おれとこいつはこの小学校の同級生で、うちの親父たちもここの卒業生だ。名前は希望の丘小学校と変わったけれど、このあたりの人間みんなの母校なんだ」

小学校も百年以上続くと、すっかり地元に溶けこんでいる。親子三代どころか、四代目までが希望の丘小学校の卒業生というのもめずらしくはなかった。

「ちょっといいでしょうか」

良太はパンフレットを手にとった。どこかの丘のうえにちいさな切り妻屋根の家が建っている。若い主婦が玄関の扉を開けようとして、静止していた。扉の両脇には木のフレームの窓がふたつ。そらにはシュークリームのような雲が浮かんでいる。正輝がいった。

「そいつはキットだから、建てるのは簡単だ。大人ならプロの大工の手がなくてもつくれる。さすがに小学校5年生じゃあ、ちょいとした手助けが必要かもしれないが、まあたいしたことはない」

孝之助が腹から笑い声を響かせた。

「いやあ、良太先生はついてるんだよ。展示場でお払い箱になって、どこかの業者に安く売り払うところだったんだが、担当者があのニュースを見ていてな。良太先生とあの事件の子どものいるクラスでつかってもらえるならと、安いのをさらに安くしてくれた。おれたちもねばって値切ったんだがな。ちゃんとできあがったら、展示場の担当にも見せてやってくれ」

幼なじみのせいか、正輝と孝之助のコンビのタイミングは絶妙だった。

「だから、先生たちは金の心配なんてすることはない。全部、うちのガキやクラスのみんなのためなんだ」

「ありがとうございます」

ただ、礼の言葉しかなかった。良太はテーブルに額がふれるほど、深々と頭をさげた。県庁のある大都市とはいえ、まだまだ清崎の人情は捨てたものではなかった。山口のビデオカメラはじっと保護者との話しあいを写している。

宮原諒の父親はいった。

「そいつは写真だとちいさく見えるが、なかは十畳とすこしある。ひと部屋こっきりとはいっても、けっこうでかいんだ。どこに建てる予定なんだ？　土地によっては、うわものよりも基礎のほうが問題かもしれない」

すかさず孝之助が口をはさんだ。

「まったくだ。生のコンクリートもいるし、水平をきちんとださなきゃならん。そこはプロの腕がいるな。まあ、腕のいい大工なら、ここにいるがな」

ばしんっと音を立てて、正輝の背中を思い切りたたいた。

正輝が声をあげた。

「痛えな、おまえはガキのころから力が強いんだから、ちょっとは手加減しろ」

お返しに孝之助の肩をたたく。いい年をした中年男がふたり、子犬がじゃれあうようである。宮原諒の父親はいった。

「良太先生、もう材料はトラックにのせてある。いつでも、希望の丘に運びこめるんだ。なんなら明日の朝でもいいぞ」

孝之助が口をはさんだ。

「まあ、それはこいつのとこじゃなく、うちのトラックだけどな」

「細かいことはいいんだよ。それより、さっそく土地を見せてもらおうか」

厚い胸をした男がふたり立ちあがった。良太と牧田副校長も席を立つ。きよさきテレビの山口は、三脚からビデオカメラをはずし、肩にかついだ。

応接室をでて、廊下を玄関ホールにもどる。冬の小学校の空気はしんと静かに冷えこんでいた。建物のなかでも白い息が伸びる。靴をはき替えて、校庭にでた。

海辺の夕日がななめにさしこむなか、細かな雪が風に舞っていた。頭上は灰色の雪雲である。雪は透きとおるように澄んで、光をはじいていた。学童保育の子どもたちが、喚声をあげながらドッジボールをしていた。ここは小学校という名のついた楽園ではないのか。

良太は毎日かよっている仕事場を眺めて、一瞬考えた。

「こちらです」

校舎に沿って、保護者を案内していった。ゴミ焼却炉は校舎のとぎれた先の校庭の隅である。

近づいていくにつれて、子どもたちの騒ぎがきこえてきた。この時間に残っているのは誰だろうか。保育の子どもたちではなさそうだが。

校舎の角を曲がると、良太の目に5年3組の子どもたちが飛びこんできた。真冬の通学服なので、まるまると着ぶくれている。みんなの家を建てる予定地に、子どもたちがあふれていた。木の枝をつかって、地面に設計図を描いている子どもがいる。そのまわりを駆けまわっている子どもがいる。空を滑りおりる雪をつかまえようとする子どもがいる。ちいさな空き地は、子どもたちの熱と笑いに満ちていた。染谷が声をかけてきた。

「良太先生、子どもたちがどうしても見たいというので、この場所に連れてきてしまいました。うちのクラスの子も交ざってるけど。カメラのほうはだいじょうぶかな」

良太はうなずいていった。

「もちろん、かまわないよ」

山口のカメラはゆっくりと動きながら、子どもたちの表情をひろっている。青野真治がいる。天野沙希がいる。雨宮みなみがいる。伊藤雄太郎は風邪をひいているようだ。はなを垂らしていた。上原夢佳、江田《えだ》美佐、奥村明広、川村友樹……。良太は出席番号順に子どもたちを目で追った。工務店の社長が声をかけた。

「諒、そいつが平面図か」

宮原諒は木の枝で三部屋もある家の図を地面に描いていた。

「そう。うちのクラスの家だから、立派なやつじゃないと。やっつけ仕事はよくないって、いつも父さん、いってるだろ」

正輝はまぶしげに息子を見た。

「玄能《げんのう》もろくにつかえねえくせに、生意気いいやがって」

小雪が舞うなか、子どもたちは駆けまわり、飛び跳ねている。良太はひとりひとりの子どもたちに目をやった。副学級委員の西川未央がいる。未央は心配げに真一郎のそばについていた。もしかしたら、淡い恋心を抱いているのかもしれなかった。ホームルームで未央が見せたのは、ほんとうに大切に思う相手への気づかいだったと、良太はあらためて考えた。人を好きになることも、きっと教育のいい機会なのだろう。

真一郎は利発な子どもらしく、爽《さわ》やかな笑顔をみせていた。事件が起こるまえの明るさをとりもどしているようだ。沼田悠太がいる。野川葉子がいる。藤井冴水はいつもと変わらず都会の少女のようなファッションだ。本多元也は春の嵐をのり越えて、すっかり元気になった。教室を脱走していたころより、頬がすこし丸くなったようである。

宮原諒は父親となにか立ち話をしていた。父は子どもが描いた図面に、真剣にダメだしをしているようだった。そのままだと扉が開かないと注意している。安田唯花《ゆいか》は口数のすくないおとなしい女の子だ。溶けこむように集団に埋もれていた。出席番号の最後は米山悠馬だった。ひょろりと長身で肩がいいので、学級対抗ドッジボールのポイントゲッターである。5年3組の三十二人の子どもたちを、良太はひとりずつ心のなかで見直していた。みな、素晴らしい子どもたちだった。染谷がやってきて、低い声でいう。

「どうした、良太。なんだか感極まったって顔をしてるな」

「なんでもない。みんな、いい子だな。それに平凡だけど、今年もいろいろあったなあって」

そのあとは言葉が続かなかった。大学を卒業して、いきなり小学校の現場に放りこまれ、子どもたちどころか、年長の保護者からも「先生」と呼ばれる。立派にしなくちゃいけない、子どもたちをいい方向へ導かなければいけない。そう思いこんで、毎日をがちがちに身体を硬くして生きてきた。

けれども、ようやくこの一年で肩から力が抜けてきたようなのだ。教師がなにをしても、子どもが自分から成長しようとする力にかなうわけがない。教師の仕事は添え木のようなものだ。実際に成長し、花を咲かせ、実をつけるのは、子どもたちである。歓声の響く校庭の隅で、良太はしびれたように立っていた。今年もあとわずかで終わる。この夕暮れを子どもたちといっしょに分けあえてよかった。雪は風にあおられ、乱れながら楽しげに空にのぼっていく。

正輝と孝之助のふたりは、つま先で地面を確かめ、家を建てる方向を検討しているようだった。ビデオカメラは子どもたちを十分に撮影したのだろう。良太にもどってきている。山口はファインダーをのぞきながらいった。

「すごくいい画が撮れましたよ、良太先生。でも、最後になにかひとつ、やらせでもいいからこの場を締めてほしいな」

染谷が冷たく笑っていう。

「いいんじゃないか。良太にまかせるよ」

良太は考えた。別にテレビのためにやるわけではない。今ここにいる子どもたちの気分をそのまま表現するだけでいいのだ。両手を口にあててメガホンをつくり、海に沈んでいくおおきな夕日に負けないように思い切り声を張った。

「みんな、そろそろ家に帰る時間だぞ。最後にみんなの家をつくる記念に、バンザイをしよう」

いいですねーといったのは、なぜか牧田副校長だった。副校長もにこにこしながら子どもたちを眺めていたのだ。良太のまわりに子どもたちが集まってきた。周囲で白い息が温泉のようにあがっている。良太は叫んだ。

「じゃあ、いくよ。希望の丘小学校、5年3組、バンザーイ」

「バンザーイ、バンザーイ、バンザーイ」

丘のうえで子どもたちの歓声が三度はじけた。バンザイのあとの静けさを埋めて、雪が舞いおりる。だが、それはほんのわずかな時間だった。つぎの瞬間には、子どもたちのにぎやかなおしゃべりが、爆発的に校庭にもどってきた。

Ⅳ　三月、クラス競争の終わり

金曜朝の職員室には、奇妙な緊張感があった。

まるで中学生にもどったようで、どきどきしてしまう。良太のかよっていた中学校では、実力テストのみ順位が発表されていた。あのころは成績上位の五十人だけ模造紙に名前を書きだされ、職員室まえの廊下に張られていた。だが、希望の丘小学校のクラス競争では、各学年の一位から最下位の五位まで、すべての順位が一枚の再生紙にプリントされてしまう。

そのペーパーは定例の職員会議のあと、ほんのオマケだとでもいう雰囲気で、あっさりと配られることになっていた。5年生の分をまわしたのは、4組担任の山岸真由子である。

「はい、中道先生。くやしいけど、今回はうちのクラス抜かれちゃった」

良太はこれまで、毎年最下位競争をしていた。だが、四月の授業脱走と十二月の自宅放火騒ぎをのり越えて、クラスの結束は高まっていた。不思議なもので、子どもたちの心がひとつになると、授業の成果もあがってくるのだ。3組の成績はじりじりと上昇して、年度末の三月、ついに万年トップの2組と肩をならべるところまできていた。

「すごいな。ぼくはなにもやってないのに。うちのクラスの子どもたちをほめてあげたいですよ」

となりの机で染谷が冷たく笑っていた。

「いいえ、中道先生のお手柄ですよ。だからいったでしょう。いつか、ぼくと中道先生が5年生のトップを競うようになるって」

山岸が不思議そうな顔をした。

「へえ、そんな予言をしてたんだ。染谷先生、それいつごろの話なの」

染谷は銀縁メガネの位置をすこしじまんげに直した。この教諭は自分の手柄には冷淡なくせに、妙に良太を高く買っている。

「去年の春からですよ」

山岸が驚きの声をあげた。

「そんなに早くから、中道先生のサイノーを評価していたんだ」

才能という言葉を、冗談でもいうように伸ばしていた。七歳年上の先輩だが、良太は山岸にからかわれると妙にカチンときてしまう。良太は調子にのっていってしまった。

「もちろんですよ。教諭としての才能が違うんだから。やっぱり教育って、無駄に積んだキャリアじゃないですよね」

染谷はいつものように無言で笑っている。山岸は黙って親指で、学年主任のほうを示した。今回の発表では、学年主任の富田の5組は岩本の1組とともに最下位競争をしていた。岩本はちいさくなってしたをむいたが、二十年選手の学年主任は険しいキツネ顔でせき払いをした。

「あまり浮かれるのも、考えものですよ。まだ一年間の順位が決定するまでは、ひと月近くある。これからなにが起こるか、わかりません。みなさん、しっかりと引き締めていきましょう」

そういうと主任は出席簿を抱えて、足早に職員室をでていった。1組の岩本も背を丸めてあとに続いた。染谷が小声でいった。

「ああでもいわないと恰好《かっこう》がつかないところはあるね。学年主任はクラス競争の結果には、昔から神経質だったから」

若い教諭だけになった5年生の島で、ちいさな笑い声が起こった。

「あーあ、うちのクラスが第二位かあ。バカ組とかリョウタ組とかいわれていたのに、信じられないな」

染谷と山岸の声がそろった。

「そうかな」

淡いブルーのジャージをぴたりと着こなした山岸がいう。

「中道先生はうえからの受けはよくなかったけど、若い先生のあいだでは割と評判だったんだよ。熱血ぶりと醒《さ》めた感じのバランスがいいって。イエスマンでもないしね。ついでにいえば、女子会ではなかなかかわいいっていう先生もいた」

素直によろこびがでてしまった。

「えー、ほんとですか。誰ですか、その先生」

染谷が机のうえを整理しながらいった。

「そういうことはあまりがつがつしないほうがいい。もてない感が強くなるからね」

山岸は笑ってこたえなかった。染谷が職員室をでていく。良太と山岸も後方にある出入り口にむかった。良太の背中に山岸がいった。

「さっきの主任の台詞《せりふ》じゃないけど、わたしもこのまま三番手で終わるつもりはないから」

クラス競争の結果は、すぐに子どもたちの親にも伝わってしまう。新年度からの学級運営の風あたりは、成績が上位ならずっと軽くなるのだ。希望の丘では子どもたちだけでなく、教諭も試されている。

「わかりました。ぼくもせいぜいがんばります」

春の日ざしが広い廊下に落ちていた。窓のむこうは気だるげな清崎の港だった。沖をいく貨物船さえ春はなぜかのんびりとして見えるから不思議だ。染谷が振りむいていった。

「今週末はどうしますか。また、みんなで明日香山《あすかやま》にドライブでもいきますか」

それはこのところ三人のあいだでブームになっているレジャーだった。清崎は東京から新幹線で一時間半ほどだが、海にも山にも恵まれた環境にある。明日香山には清崎市から一番近いキャンプ場があった。今度は良太と山岸の声がそろった。

「いいですねえ」

海風の吹き抜ける階段をあがって、三階に到着した。2組の染谷が教室にはいり、つぎは自分の教室が近づいてくる。子どもたちのざわめきがきこえた。朝一番できくその音は、最高の音楽のようだ。

「それじゃあ」

軽く手をあげて良太が挨拶《あいさつ》すると、山岸がいたずらっ子のような顔をしていった。

「女子会で中道先生のことといいっていいってた教諭って、ほんとはわたしのことだったんだ。じゃあね、リョウタ先生」

小走りで山岸がとなりの4組に消えていった。

（ちょっと待って……それって、どういう意味ですか）

良太は胸のなかで声をあげたが、実際には年上の女性教諭にひと言も投げることはできなかった。あまり女性にもてた経験のない良太は、こんなときどう対処していいのかまるでわからなかった。放課後になったら、染谷にきいてみようか。

気をとり直して、朝の教室にはいった。

良太が顔をだすといつもなら静かになる教室が、その日はやけに騒がしいままだった。窓際のうしろのほうで、子どもたちが固まっている。その中心には何人かの児童が机で教科書を広げているようだ。

本多元也が高い声をあげていた。

「なんで、この練習問題を復習してきてないの。きちんと勉強してくるって、みんなに約束したじゃないか」

ほかの子どもたちの声が重なった。すこしヒステリックな調子である。

「そうだ、そうだ」

「やる気ないのかよ」

良太は手をたたいていった。

「はい、そこまで。もうすぐ一時間目が始まるぞ。いったいどうしたんだ」

良太は周囲を子どもたちにかこまれた机をのぞきこんだ。上原夢佳、佐藤亜由美、進藤英子《えいこ》、戸張卓美《とばりたくみ》、野島優真《ゆうま》。5年3組で成績が下からかぞえて五番目までの子どもたちが、顔をそろえていた。背を丸め、ちいさくなっている。開いた教科書を見た。数週間まえにすませたところで、宿題をだした覚えはなかった。

担任の良太がきても、周囲の子どもたちの怒りはおさまらないようだった。

「なんなんだよ、やる気あるのか」

「うちのクラスみんなで約束したでしょう」

厳しい声が飛んで、勉強の苦手な五人はますます身体を縮めてしまった。良太は元也の肩に手をおいてきいた。

「いったい、これはどういうことなのかな。本多くん、先生に話してくれないか」

本多元也はふっくらとした頬を赤くして、誇らしげにいった。

「みんな、中道先生のためです。うちの3組をクラス競争の一番にしようと思って、おたがいの勉強を見てるんです。テストの平均点をあげるのになにより早いのは、勉強が苦手な子たちの成績をよくすることだから」

それで自主的に勉強会を開いていたのか。どうしたらいいのだろうか。悪いことではないけれど、なんだか困ったことになってしまった。教室にはいるまでは、どんなトラブルが待っているのかまるでわからない。それが教育現場の現実で、おもしろさだった。

「わかった。でも、もう始業時間だよ。みんな、席について」

子どもたちは口々に文句をいいながら、自分の机にもどっていった。責められていた子たちはうつむいたまま、じっと耐えている。クラスのなかに溝ができたような気がして、良太は困ってしまった。だが、子どもたちは自主的に勉強をしようと意欲に燃えているのだ。その場で判断ができなくて、しばらく様子を眺めることに決めた。

そこで、教諭がよくつかう手に逃げることにした。

安全なことばかり書いてある教科書に逃げこむのだ。

明日香山をのぼるつづら折りは、新緑のなかだった。木々は気の早い若葉と新芽を控えめにつけて、浅い春を祝っている。銀のクーペは目のまえをいくバイクを追っていた。山岸がまたがるのは、真っ赤なガソリンタンクを抱えた中型バイクである。助手席の良太は感心していった。

「見事なもんだなあ、山岸先生」

ゆるいカーブのてまえでしっかり減速すると、バイクと背中に一本線を引いたようにぴたりと同じ角度で倒れこんで、山岸は加速しながらコーナーを抜けていく。そのリズムが心地よくて、見ているだけでうっとりしてしまうのだ。背中など男も女も同じはずなのに、すこし丸みをおびた曲線から目が離せない。

「そうだね。なんでも同じだけど、リズムがいいってことは、かなりの腕まえなんだな。山岸先生にはオートバイがよく似あってるよ」

確かにそのとおりだった。山岸はスタイルのいい身体を赤い革のつなぎに包んで、バイクを自在にのりこなしている。太ももからヒップにかけてのラインに目を奪われないようにするため、良太にはかなりの努力が必要だった。

「ところでさ、龍一、うちのクラスでちょっと困ったことがあって」

染谷はドライブが好きだった。サングラスと指先を切り落とした専用のグローブをつけて運転に集中している。いくらBMWのスポーツクーペでも、峠道ののぼりでは、気を抜けば加速のいいオートバイにすぐ引き離されてしまう。気のない様子の返事がもどってきた。

「今、いそがしいんだけど、なにかな」

希望の丘小学校では見せたことのない夢中の表情だった。良太は前日教室で起きたことを簡単に染谷に話してきかせた。染谷はコーナーのおおきさとスピードにあわせて最適のギアを選びながら、黙ってきいている。そろそろ明日香山の頂上にある展望台が近づいてきた。

「なるほど、子どもたちが自主的に勉強会を始めたのか。そうなると……」

ヘアピンカーブにさしかかって、ギアを二速分落とした。染谷はそのたびにアクセルを操作して、エンジンの回転数をあわせている。見事なヒールアンドトゥだった。カーブを抜けると、展望台まで一直線だった。目覚ましく加速しながら、銀の自動車が緑のなかを駆けていく。

「……ぼくには手ごわいライバル出現ということになるね。あと三週間で、5年生も終了する。教諭が無理やりやらせたんじゃなくて、子どもたち自身がやる気になっているというのは、おおきな成果じゃないか。別にそのままでいいんじゃないか」

良太にはその返事がすこし不満だった。

「でも、クラスのなかの雰囲気が悪くなりそうだ」

「そうかな。あまり目先のことで一喜一憂しないほうがいいと思うけど。もし、子どもたちが組織した勉強会で、うちの2組をまかして3組がクラス競争のトップに立ったら、子どもたちはすごく自信をつけることになる。6年生になったら、3組が圧倒的な一番になるかもしれないよ」

その場合、2組は指定席だった学年トップを明けわたすのだが、あせりを感じさせない声で染谷はそういった。くやしいが、この教諭にはいつも余裕がある。

「まあ、そうかもしれないけどな」

クーペは広い駐車場にすべりこんでいった。染谷は山岸のバイクのとなりに自動車をとめた。ハンドブレーキを引いていう。

「これまではいつも良太の相談にのっていたけど、今ではおたがい競争相手だ。このBMWもかかっているしね。そろそろ別々のコースを走らないか。だから、今回はぼくからのアドバイスはなしだ」

ヘルメットを脱ぐと、山岸の黒髪がなだれ落ちた。自動車まで歩いてくると、こつこつとサイドウインドウをたたく。良太が窓をさげると顔をのぞかせていった。

「ふたりともいつも仲がいいよね。職員室の噂しってる？」

山岸は完全にからかっている表情だった。染谷は涼しい顔でいう。

「いいえ、予想はつきますけどね」

「あのふたりできてるんじゃないかだって」

良太は思わず叫んでいた。

「やめてくださいよ、山岸先生。そんなことあるわけないじゃないですか。龍一、おまえもなんとかいえ」

染谷はゆっくりときついグローブを脱いでいるところだった。

「そうかもしれないし、そうではないかもしれない。どちらにしても、男心というのはなかなか複雑なものです」

「龍一！」

山岸が笑い声をあげていた。

「早く熱いエスプレッソでものみにいこう。こっちはバイクだから、すっかり身体が冷えちゃった」

良太は自動車をおりた。三月初めの山頂の空気は肌を切るように冷たい。サクラが咲くころには一年間のクラス競争の結果もでているだろうが、そのとき染谷と自分の関係はどうなっているのだろうか。良太は飛び切り優秀な同僚といっしょに、半分埋まった駐車場を歩いていった。

展望台から突きだすように建てられたログキャビン風のカフェだった。エスプレッソとドイツ風の本格的なソーセージでつくったホットドッグが人気の店である。窓のむこうには明日香山の斜面がはるかかなたまで、細密なディスプレイのように広がっていた。春の色が驚くほど細かな筆のタッチで塗り分けられている。

「山岸先生、3組がいよいよ本気でトップを狙ってるみたいですよ」

染谷が冗談めかしていった。コーヒーの香りが店のなかを満たしている。

「あら、それは染谷先生にとってのほうがたいへんよね。どうせ、うちの4組は三番手だから」

良太は万年ビリ競争しかしてこなかったので、クラス競争にこれほどのプレッシャーがあるとは思っていなかった。別に給与が変わるわけでも、昇進するわけでもない。ただ職員室やPTAの評価が変わるだけである。

「そうなんです。だから、今回ぼくと中道先生はおたがい敵同士です。正々堂々とたたかって、5年生の終わりにはきちんと決着をつけるつもりです。なあ、良太」

困ってしまった。良太は一番にこだわりはない。

「へえ、驚いた。染谷先生と中道先生は一心同体だと思っていたけど、今回だけは別なのね。でも、わたしもいますからね。ふたりのうちのどちらかが一位だって決まったわけじゃないよ」

良太の気分が重くなった。週末にまで学校のことなど考えたくもない。良太は現代《いま》の教諭である。

「こんなにいい景色を見てるのに、クラス競争の話なんかやめましょうよ。せっかくのホットドッグが冷めちゃうし」

良太は刻んだタマネギとマスタードがたっぷりのったホットドッグにかぶりついた。染谷はエスプレッソだけしか注文していない。

「すみません、ちょっとメールを確認するので、席をはずします」

そういうと、店をでていってしまった。山岸が背中を見送っていった。

「なんだか、今回は染谷先生も本気みたいね。いつも楽にクラス競争ではトップだったから、3組にあせりを感じているのかもしれない」

もぐもぐとソーセージをかみながら、良太は返事をした。こんな気分でも、脂が口中に流れだすソーセージはうまい。

「そんなもんですか」

「もちろんそうよ」

山岸もホットドッグをかじりだした。思いついてきいてみる。

「そういえば、このまえ学校の廊下でいってましたよね……」

急に言葉がでてこなくなってしまった。授業で慣れているので、四、五十分話し続けても平気な良太だが、相手が女性だとまた問題は別だった。

「……あの、ぼくのことを……山岸先生が……その」

しどろもどろになった良太はしかたなく、ホットドッグを口に押しこんだ。山岸はしばらくわからないという顔をしていたが、ようやく気づいたようだった。

「なんだ、わたしが中道先生なかなかいいよっていった話ね」

ホットドッグを口にくわえながらうなずくのは、ひどく頭が悪くみえたことだろう。がっかりである。

「……そうです」

山岸は平気な顔でいう。

「それなら、今でもそう思っているけどね」

七歳年上の女性教諭はホットドッグを皿にもどした。ライダースーツの胸元が開いて、襟ぐりの開いたカットソーがのぞいていた。赤い革に、黒い薄手のニット。胸元には糸のように細いゴールドのチェーンが揺れている。これはなにかの告白になるのだろうか。良太が迷っていると、山岸がいった。

「でも、わたしのほうがずいぶん年上だよ。リョウタ先生から見たら、わたしなんかオバサンでしょう」

地方都市の三十三歳はオバサンなのだろうか。確かにそういう人も多いのだろうが、この同僚教諭にはくたびれた四文字は似あわない気がした。良太の声はついおおきくなってしまう。

「いや、大人って感じはするけれど、ぜんぜんオバサンなんかじゃないですよ」

「あら、ありがとう。そんなことといわれたの久しぶりだなあ」

照れたように笑って、山岸が視線を落とした。いつも強気の女性教諭にはめずらしいことである。それからふたりは黙々と新緑の窓を背にして、ホットドッグと格闘した。

「あの、山岸先生……」

良太の声は自分で思っていたよりも、ずっとおおきくなってしまった。山岸がびっくりした顔で見つめてくる。

「なんでしょうか」

彼はいるのか、好きな人はいるのかと、シンプルにききたいのに、頭のなかでは熱をもった渦がぐるぐると回転していた。

「……いや、別に。そのうちぼくにもバイクを教えてください」

山岸はさっと視線で、良太の服装をチェックした。

「いいよ。だったら、ちょっとわたしのうしろにのってみる？」

驚いた。かじりかけのホットドッグが空中でとまってしまう。

「今ですか」

「うん。染谷くんが席をはずしているから、いいチャンスじゃない」

続く三十秒で良太はホットドッグを片づけた。山岸は笑って見ている。良太がたべ終えると、席を立っていった。

「いきましょう」

ログキャビン風のカフェのなかをずんずんと歩いていく。良太は革のスーツの背中を追いかけた。からからとカウベルの音を立ててドアを開いたところで染谷と会った。

「もう店をでるんですか。ぼくはまだコーヒーのんでないんだけど」

山岸がにっと笑っていう。

「ちょっと良太先生をバイクにのせてくるから。五分でもどるね」

染谷はやれやれという顔をして、良太を見た。

「ははあ、なるほど。良太、がんばってこいよ。振り落とされないようにな」

同僚の言葉を完全に無視して、良太は春の日ざしが落ちる駐車場を山岸と歩いていった。

山岸がわたしてくれたのは、バイクと同じ色の真っ赤なヘルメットだった。良太がかぶると、ストラップを調節しようと女性教諭の手が伸びてきた。首筋にふれる女性の指先がくすぐったかった。良太は息をとめて、身体を硬くしていた。

「しっかり締めてね。事故ることはないけど、いちおう安全第一だから」

山岸が先にバイクにまたがった。エンジンをかけると心臓の鼓動のペースで、山頂の空気が震えた。ヘルメット越しの声はくぐもっている。

「のって、いいよ」

良太も細身のジーンズの脚をあげて、シートのうしろに腰をおろした。

「わたしの腰に手をまわして、しっかりとつかまって。バイクの加速は自動車なんかとは比較にならないから、遠慮してると上半身だけおいていかれるよ」

どぎまぎして、良太はこたえた。

「……あっ、はい」

「いくよ」

かけ声と同時に山岸がアクセルを開いた。機械の鼓動は一気に高まって、駐車場を赤いバイクは矢のように駆けだした。山岸は叫んだ。

「カーブではバイクに身体をあずけていればいいから」

左右を確認して、駐車場をでていく。出始めの新芽が飛ぶようにすぎていった。手をまわした山岸の腰は、頼りないほど細かった。腕のなかに焼けたフライパンでも抱えているようだ。身体の熱が直接伝わってくる。その熱を冷ますように、三月の風が身体のおもてを吹きすぎていく。良太は叫んでいた。

「きもちいいですねー、山岸先生」

新しいカーブが近づいて、バイクがかたむいていった。アスファルトの道路がぐんぐん迫ってくる。

「ほんとにね、ねえ、先生はやめて、真由子でいいよ、良太くん」

カーブを抜けると、バイクは垂直に立ちあがり、まっすぐに加速していく。良太は風にむかって叫んだ。

「わかりました、真由子さん。学校の外ではそういうことにします」

良太はもうなにも考えずに、山岸の背中に身体をあずけてしまった。いつか自分もバイクにのるのもいいかもしれない。スピードに酔いしれながら、良太は山岸とふたりで走る場面を想像していた。


「けっこう遅かったな」

カフェにもどると、染谷は窓際の席でひとり待っていた。

「ぼくがお邪魔なようなら、先に帰っていてもよかったんだけど」

染谷の声はからかいをふくんで涼しい。山岸が手を振っていった。

「いいの、いいの。おばさんに若い子が気をつかうことないんだから」

良太は席につくと、むきになっていった。

「だから、今は三十代でおばさんなんていいませんよ。どこに革のライダースーツ着たおばさんがいるんですか、真由子さん」

したの名前で呼んだことに、染谷が気づいたようである。ぴくりと右の眉《まゆ》を動かして、優秀な同僚はいう。

「なるほど、そういうことか。でも、山岸先生、今回は良太のほうがめずらしく正解だと思いますけどね」

山岸は照れたように笑って、右手をあげた。遠くのウエイトレスを呼んでいる。

「風で手足が冷えちゃった。あったかいコーヒーでもお代わりしよう」

そこで三人はコーヒーを注文し直し、学校のこと、バイクや自動車の話をもう三十分ほどすることになった。


新しい週が始まった。

希望の丘小学校では、月に二度、国語・算数・理科・社会の四教科分の試験がおこなわれていた。職員室では到達度試験と呼ばれるこのテストは、クラス競争においてもっとも重要度の高い指標になっていた。遅刻や欠席のすくなさ、課外活動や生活学習の充実といったその他の評価は、テストの結果の半分ほどしか評価されない。名門小学校の復活には、やはり成績が第一なのだった。

授業一時間をつかって二教科分をすませるドリル形式の簡単な試験である。出題は直近の一ヵ月分の学習内容に限られていた。文字どおり授業の到達度を測る試験だ。採点の公平を期すためには担任教諭は自分のクラスではなく、よそのクラス分を担当する徹底振りだった。以前、クラス競争でトップになるために、答案に手心を加えた先生がいたらしい。

良太が月曜朝一のホームルームに顔をだすと、教室のなかは自習時間のようだった。教室のあちこちに四、五人の子どもたちが集まってグループをつくっている。熱心に勉強しているようだ。授業中にも見られないほどの真剣さだった。

「おはよう。どうしたんだ、みんな。朝から、そんなに勉強なんかして」

学級委員の日高真一郎が右手をあげていった。

「はい、中道先生。あの、今週は水曜日に競争ドリルがあるでしょう」

「ああ、そうだね」

子どもたちのあいだではテストという呼びかたをさせていなかった。保護者むけにはあくまでも軽いドリルなのだ。

副委員の西川未央がいう。

「今うちのクラスは第二位です。みんなでがんばって、3組を一番にしようって話しあったんです」

ほかの子どもたちも口々に騒ぎだした。

「そうそう、3組一番」

「2組を大逆転」

「絶対追い抜いてやろうな」

良太は両手をあげていった。

「わかった、わかった。みんながやる気になってるなら、先生はなにもいわない。せいぜいがんばってくれ」

本多元也のよくとおる声がきこえた。

「もしうちのクラスがトップになったら、中道先生にとって初めてですよね」

子どもたちの目が急に真剣になったのがわかった。三十二人の目がじっと黒板を背にした良太にむかってくる。

「ああ、そうだよ。ずっと四位かビリだったからなあ」

近くの席から本多元也がじっと見あげてきた。

「先生も、うちの3組が一番になったら、うれしいですか」

現在の五クラス中二番という成績だって、できすぎなくらいである。良太自身にはクラス競争に欲はなかった。だいたいが良太はがつがつしたところのない無邪気な性格である。だが、せっかくやる気になっている子どもたちに水をさすわけにはいかなかった。すこしおおげさにいってみる。

「それは、すごくうれしいよ。きっとみんなのことを誇りに思うだろうな」

よく子どもたちの目が輝くという。けれども全員の輝きがそろうことなど、良太の経験ではめったになかった。だが、そのとき教室にいる三十二名の子どもたちの目が文字どおり生きいきと光ったのである。春の清崎港を見おろす教室の温度が、二、三度急に上昇したようだった。学級委員の真一郎がいった。

「先生、ぼくたち、中道先生のためにがんばります。うちのクラスは、すごくいいクラスだから、絶対に一番でゴールしますから」

お調子者の川村友樹が手拍子を打ち始めた。

「3組一番、3組一番、3組一番」

だんだんとほかの子どもたちも声をあわせ始める。無口でおとなしい武田清人や戸張卓美まで、月曜朝の頬を赤く染めて手を打っている。クラスがまとまるときというのは、こういう感じなのか。良太は立ち尽くして、教室を見わたしていた。自分もすこしは手を貸したかもしれない。けれど、ほとんどは子どもたち自身がみずから集まって、心をひとつにしたのである。良太の短い教諭生活で、そんなことは初めてだった。うれしさと誇らしさで、なんだか涙がでそうになる。

良太は手を広げて、子どもたちの熱狂を抑えた。

「はい、はい、よくわかりました。みんな、がんばってくれ。さあ、ここからはいつものホームルームだよ」

心地よい熱気の残る教室で、良太は学校からのルーティンの連絡を子どもたちに伝え始めた。


「へえ、そんなことがあったの」

山岸がすこし険しい顔をしていった。

小学校教諭の夜は長い。試験の採点やプリントの準備、うえにあげる報告書などをつくっているうちすぐに午後九時、十時になってしまう。月曜日の夜、山岸と染谷といっしょに、良太はコンビニエンスストアの弁当をたべていた。さしてうまくはないけれど、空腹と便利さには勝てない。

「そんなふうに子どもたちがまとまると、いよいよ3組がダークホースになりそうだなあ」

山岸が重ねていった。良太は甘辛いつくねがのどにつまりそうになった。ペットボトルのお茶をのんでいう。

「ちょっと待ってくださいよ。ただ今日そういうことがあったっていうだけの話ですから」

良太は別にほかのクラスの担任にけんかを売るつもりはなかった。ただクラスで起きたいい話をしただけである。山岸は良太を無視して、染谷に質問した。

「2組では、子どもたちの様子はどうですか」

染谷は測ったように白いごはんを四角く切り崩しながら淡々といった。

「学年末が近づいて、それなりには盛りあがっていますよ。でも、3組みたいな自発性は見られませんね。やはり去年の春から、あれこれと3組には事件がありましたからね。それをのり越えることで、子どもたちも成長したんじゃないかな。つぎの年度がたのしみです」

さすが染谷で校長のようなコメントだった。クラス替えはないので3組をもちあがることになるのだが、そこまで先のことを良太は考えていなかった。

「あら、染谷先生にはそんなに余裕があるの。いよいよお尻《しり》に火がついてきた感じだけど」

染谷は箸《はし》をもった右手の人さし指で、メタルフレームのメガネの位置を高く直した。

「まあ、それなりに手は打っています。うちのクラスの子は、自分たちでがんばろうというほどのやる気はだしていませんけどね」

うーんとうなって、山岸がいった。

「そうかあ、わたしも到達度試験のために、特別に補習でもしようかな。負けていられないものね」

良太は5年生の島を見わたした。学年主任のキツネは副校長について、どこかにいってしまった。小学校の教諭には意外なほど地域社会との接点が多く、校外活動も活発だ。1組の岩本は採点用紙をもって、早々に学校をでている。良太はいった。

「富田主任も、岩本先生も、授業時間を割いて補習をしてるって噂だけど、ほんとうですか」

山岸は白いジャージの肩をすくめた。

「まあね、いちおう到達度試験のために授業時間をつかうのは禁止されてるけど、背に腹は替えられないものね。だいたい小学校の教諭は、自分の教室にはいってしまえば独立国の王さまみたいなものだから。なにをしてるかなんて、ブラックボックスみたいだもんね」

主任や副校長のいないところでは、山岸ははっきりとものをいった。教室がブラックボックスであることは、良太もつねづね感じていたことだった。自分のようなたったひとりの若い教諭に、三十二人の子どもたちが閉じこめられた暗室の運命がまかされているのだ。それを考えると、ときどき責任の重さに震えてしまうことがある。

「うちはどうしようかな」

良太がつぶやくと、染谷が微笑んでいった。

「良太はそのままでいいんじゃないかな。ぼくはルールを破って、ゲームに勝つようなことはよくないと思う。その点では主任や岩本先生には反対です。ずるいことをしてまで勝たなければいけない。口ではなにをいっても、子どもたちにそういうメッセージを送ることになる」

さすがにクラス競争トップの常連がいうと説得力があった。

「うん、龍一のいうとおりだな。まあ、うちは一番じゃなくて、今の位置でも十分いい感じだから、無理はしないでおこう」

「へえ、余裕だね。わたしの4組に抜かれて三番手に落ちるかもしれないのに」

地方のちいさな小学校のたった一学年の教諭のあいだでさえ、こうしてライバル心はある。それがなんだか不思議な気がした。良太は山岸を笑って見ていた。

「いいですよ。去年のビリにくらべたら、それでもふたつもジャンプアップだ」

山岸はおかしな顔をして、良太を見た。染谷にいう。

「やっぱり中道先生って、調子がはずれてるなあ」

染谷も苦笑して、うなずいた。

「そうでしょう。ぼくも良太を見てると、いい教育ってなんなのか、迷うことがあります。教師はただぼーっとしてるほうがいいのかなって」

「ほんとにそうかもねー」

山岸と染谷が大笑いしているのが、良太には不愉快だった。山岸は半分たべた弁当を、机のうえにもどした。

「ダイエット中だから、もういいや。今笑ったから、お腹が苦しくなったし」

良太は山岸のジャージに目をやった。どこにもきつそうな線はでていない。

「山岸先生はダイエットの必要なんて、ぜんぜんないじゃありませんか」

山岸はため息をついてみせた。

「あのね、外から見えないところについてるものなの。三十を超えると、女もけっこうたいへんなんだから」

「そうかなあ、ほんとに太ったなんてわかんないけど」

山岸がキッと良太をにらんだ。

「太ったっていうな。これでも、最後の二キロが落ちなくて、悩んでるんだから」

良太はしっかりと弁当をたべ切ると、染谷に応援を頼んだ。

「なあ、龍一も山岸先生はちょうどいいくらいだと思うだろ」

メタルフレームのしたの切れ長の目はまったく揺れることはなかった。

「そういう質問にはノーコメントだ。ふたりだけでやっていてくれ。ぼくは先に失礼するから」

机のうえに広げてあったテストをかたして、染谷は帰り支度を始めた。いつもなら、いっしょに帰るのだが、なぜかその夜は職員室を去るのは気がすすまなかった。

「じゃあ、お先に」

染谷がいってしまうと、5年生の島の空気が妙に緊張してきた。良太はしかたなく採点を始めた。確かにこのところの試験では、昔よりもずっと子どもたちの出来はよくなっているようだ。クラスが投げやりになっているか、懸命に努力しているかは、数枚採点してみればすぐにわかる。3組は今のりにのっている。成績上位の子はさらに点を伸ばし、勉強が得意ではなかった子でさえ、試験問題に必死でくらいついてくる手ごたえがあった。良太はなにげなく口にしていた。

「うちのクラスがほんとに龍一の2組を抜くかもしれないな」

顔をあげると、ななめむかいの机で頬づえをついて山岸が良太を見ていた。

「そう、よかったね」

まるで感情の読めない声で、年上の女性教諭はいった。

「ねえ、今日はいっしょに帰ろうか。ちょっと話があるんだ」

良太は返事をするまえに、職員室中を見わたしてしまった。今の重大なひと言を誰かにきかれていないだろうか。どちらも独身だから、気にすることはないのだろうが、女性からの久々の誘いで良太の胸は嵐の清崎港のように波立ってしまった。ぶっきらぼうな声がでてしまって、自分でもあせった。

「了解しました」

山岸はジャージ姿で華やかに笑った。

「良太くんは、うちのお父さんみたいだな」

顔を赤くして、良太は採点にもどった。山岸がおもしろがってこちらを見ているのはわかっていたが、恥ずかしくて顔をあげられなかったのである。


待ちあわせは、夜の港を見おろす丘の中腹の公園だった。山岸はバイクだが、良太は自転車なので遠出することはできない。独身の若い教諭がふたりきりで、学校近くの飲食店にはいるわけにもいかなかった。県庁所在地とはいえ、清崎はちいさな街である。どこに人目があるかわからなかったのである。

先に着いていた良太は、海にむかうベンチに座っていた。三月の夜で空気はかなり冷えこんでいる。ダウンジャケットを着こんでいても、指先が凍えるほどだった。バイクの音がきこえて、公園をヘッドライトがまぶしく一周した。ブーツの底がタイルを踏んでくる足音が近づいてきた。良太は目をそらして、暗い海を眺めていた。

「寒いね、はい、これ」

目のまえに缶コーヒーが降ってくる。受けとると、もっていられないほど熱かった。

「ありがとう……真由子さん」

勇気をだして名前を呼んだが、山岸の反応は薄かった。

「急に誘っちゃって、ごめんね」

ジーンズにブーツをはいた山岸が、ベンチのとなりに座った。手のなかだけでなく、となりにも温かな熱を感じた。

「いいですよ。どうせ、寮に帰って寝るだけだから」

山岸はブーツの脚を投げだすように伸ばした。ベンチの背もたれに身体をあずける。

「わたし、迷ってるんだよね」

返事はいらないだろう。良太は缶コーヒーのプルトップを開けた。ひと口のんでみる。甘くない微糖タイプのようだった。

「今から五年まえ、わたしは結婚しそうになったんだ」

いきなりの爆弾発言だった。良太の手は缶コーヒーをにぎったまま、空中で凍りついた。

「そうだったんですか」

ほかになにをいえばいいのだろうか。良太は全身を耳にしてきいていた。

「もう招待客全員が式場にきていてね。それでも、どうしても結婚するのが嫌になってしまった。控え室からでていけないの。自分の足じゃないみたいだったよ」

「うーん」

清崎の港には貨物船が何隻か停泊していた。ライトを浴びた貨物船は、豪華な客船のようにきれいだ。白と朱に塗り分けられたガントリークレーンさえ、遊園地のアトラクションのように見える。夜はなんでも美しく見えるものだった。良太はちらりと山岸の横顔を盗み見た。目はガラス球のように透明で、なにも映していないようだった。

「相手はとてもいい人だったんだよね。でも、なんでかな、最後まであの人が一生をともにする相手だって思えなかった。ずっとお兄ちゃんみたいに頼れて、すごくわたしのこと大切にしてくれる人だったんだけど」

「それからは、なにもなかったんですか」

山岸はにっと笑ってみせた。

「そんなはずないでしょ。二十代後半からの五年だもの。でも、なんだか今ひとつ真剣みに欠けるというか。あのときほど盛りあがらないというか」

良太はまだ結婚したいと思う相手と出会ったことはなかった。女性経験がないことはないけれど、不足していると自分でも思っていた。いきなり山岸がこんなことをいうのは、どういう気もちなのだろうか。もしかしたら告白だろうか。良太の鼓動は一気に高まったが、年上の教師はあっさりとベンチを立った。清崎の港にむかって、おおきく背伸びをする。

「はあー、でもほんとにもう三十三歳だものね」

振り返ると、山岸は港の明かりを背にしたやわらかなシルエットになっていた。頭蓋骨《ずがいこつ》も背骨も肩甲骨もほとんど変わらないのに、なぜ女性は影までやわらかいのだろう。

「でも、最近自分の気もちがようやく動きだしてきた感じがするんだ」

これはどう考えても、自分への告白だろう。良太が胸をどきどきさせていると、山岸は意外なことをいった。

「良太くんさ、2組の染谷先生なんてやっつけちゃいなよ」

なぜ、となりのクラスの担任の名前がでてくるのだろうか。

「染谷先生には失敗というか、挫折《ざせつ》が必要だと思うんだよね。それも先輩ではなく同世代の教諭に負ける経験をしたほうが、彼のためにもなる」

自分が染谷になにかを教えられるとは思わなかったが、良太は考えた。この人とつきあうには、クラス競争で一番にならなければいけないのかもしれない。話が突然だったし、良太は単純なので、頭からそう思いこんでしまった。胸を張り、おおきな声でこたえた。

「わかりました。クラス競争のトップ狙ってみます」

山岸は笑っていた。

「そういう単純なところが、染谷先生にももうすこしあるといいんだけどね。いこうか」

希望の丘小学校から港へと続くくだり坂を山岸のバイクと良太の自転車は、二匹の魚のように走った。春の夜の風は冷たかったけれど澄んでいて、息を吸いこむと熱くなった身体を内側から冷ましてくれた。

坂道の終わりで、山岸がバイクをとめた。ヘルメットの風防をあげていう。

「つぎの信号でお別れだけど、そこまでわたしの肩につかまっていけば」

良太は山岸の細い肩に左手をのせた。つぎの信号というけれど、清崎のような地方都市ではは るか先に赤信号が蛍のようにかすんで見えるだけだった。

「いくよ」

山岸がゆっくりとバイクのアクセルをひねった。バイクと自転車は加速していく。山岸がヘルメット越しに叫んだ。

「規則を破るのって、気もちいいね」

自転車でバイクにつかまってはいけないという交通規則などあっただろうか。時速は五十キロ近くでているようだが、良太はすこしも怖くなかった。風にむかって、良太も叫んだ。

「ぼくもほんとに気もちいいです。さっきの話だけど……」

「えっ、なあに。エンジンがうるさくて、きこえない」

良太は勇気をだして声を張った。

「真由子さんの心がまた動きだして、よかったですね」

遠くに見えた交差点が近づいてきてしまった。良太は女性教諭の肩から手を離すのを、ひどくもったいなく感じた。だが、山岸はウインカーをだしていう。

「じゃあね、良太くん。また明日、学校で。おやすみ」

「おやすみなさい」

信号は青だ。良太は左手を年上の女性の薄い肩から離した。バイクは深く倒れこむと、なめらかな曲線を描いて交差点を左折していく。勢いのついた自転車は矢のように交差点を抜けていった。

良太は心の奥で、なにかが始まった予感に震えていた。


到達度試験は、水曜日の午後から始まった。

五時間目と六時間目をつかって、国語・社会と算数・理科の二教科ずつのミニテストが開催された。一教科について、せいぜい二十分ほどしか試験時間はとれないので、プリント一枚の表裏の分量しかないのだが、内容は濃く直近の授業内容の習熟度を測る指標としてはなかなか有効だった。

希望の丘小学校は公立だが清崎市では有数の進学校だったので、親からの期待はなによりも勉強の成績があがることだった。その意味でも、クラス競争の上位にいると学級運営上のメリットは多い。

テスト用紙を配って、良太はゆっくりと机のあいだを歩いた。試験を開始して、すぐにわかった。これまでとは子どもたちの真剣さがまるで違う。優秀な子もそうでない子も、必死に問題にとりくんでいるのだ。人は苦手なことをするのが、誰でも嫌である。勉強が苦手な子どもは、試験でも集中力を発揮できずに、だらだらと時間をつぶしているものだが、その手の気のゆるみが三十二人の子どもたちに誰ひとり見あたらなかった。以前、教室で責められていた成績下位の五人、上原夢佳、佐藤亜由美、進藤英子、戸張卓美、野島優真も真剣に鉛筆を動かしている。このクラスの成績が飛躍的に上昇した理由を、良太はようやく気づいた。

（みんな、ベストを尽くすことの大切さがわかったんだ）

口でいうのは簡単だが、それは大人でもほとんど不可能なことだった。全力を尽くすよりも、いいわけを考えるほうが容易である。しかもベストを尽くすというのは、裏側にもうひとつの強さを必要とする。仮に失敗した場合、その結果を自分の実力として受けいれる強さをもつこと。そして、その結果を恥じないこと。大人でもむずかしいことが、きちんと受けいれられた。だから、あの五人は集中できているのだろう。

良太は窓のむこうの春の空を見た。雲は穏やかに輪郭を崩して、港のうえにかかっている。いつか課外授業の時間にでも、この誇らしい子どもたちを連れて海にいこう。良太は教諭になって何度目かの感動をもって、5年3組の教室を見わたしていた。

「はい、うちのクラスの分」

染谷がどさりと到達度試験の答案を、良太の机のうえにおいた。採点は自分のクラスではなく、ひとつまえの教室分をおこなうことになっている。良太も山岸に四教科分百二十八枚の再生紙のテスト用紙をわたした。あの夜以来、ふたりのあいだに変化はなかった。良太のほうは意識してしまい、それまでのように気軽に接することができなかったが、年上の女性教諭はあっさりとぎこちない後輩を流している。

到達度試験のある水曜の職員室は、異様な雰囲気だった。どの学年の島でも採点のあいだは教諭は寡黙になり、赤ペンを走らせる音しかきこえなくなる。午後六時近くなると、職員室のあちこちから電卓をたたく音が響いてくる。クラス競争に組みいれられているのは、四教科の平均点である。

良太はつぎつぎとトップの染谷のクラスの答案の点数を合算していった。さすがにクラス競争も終盤で、2組はさらに成績を伸ばしているようだ。あとすこしで平均点がでるだろう。そのとき山岸がななめむかいの机で声をあげた。

「中道先生、3組すごいですね。四教科平均が60・9点です。5年生の到達度試験で60点台がでたのは初めて」

学年主任の富田がちらりと顔をあげて、良太を見た。その目に一瞬嫉妬《しっと》の色を見て、良太はびっくりした。あのベテランがほぼ万年ビリの自分をそんな目で見るなんて。染谷がいつもの冷静な声で報告した。

「1組の平均点がでました。54・2点です」

学年主任がキツネ顔をあげていった。

「山岸先生の4組は、58・6点でした。中道先生と岩本先生は集計までですか」

試験の成績はともかく、採点ではふたりがいつもラストを競っていた。もしかしたら、今回は3組がトップになるかもしれない。電卓のキーをたたく良太の指先は、なぜか力がはいらなかった。先に計算を終えた岩本が細い声でいった。

「5組は55・4点です」

うーんとうなってキツネ顔の主任は腕を組んでしまった。したからかぞえて二番目というのは、他の若い教諭を指導する立場として、受けいれがたいのだろう。良太は最後の割り算のキーを押した。

「あっ、でました。2組の平均点は、61・1点。うちのクラスはほんのちょっと届かなかった。くやしいなー」

良太の声は無邪気である。染谷は平然といった。

「平均点で0・2点差か。追いあげがだんだん厳しくなってきましたね。前回の到達度試験では2点以上あったのに」

そうなのだ。前回の総得点差はひとクラス分で70点以上あった。それが今回はわずかに6点差である。鉄壁だと思っていた2組に肩をならべるところまできている。良太は自分のクラスの子どもたちが誇らしくなった。

「はい、では試験用紙を集めます。続いて、5年生の学年会議に移ります。今週の議題は以前つくっていただいた家庭における家事手伝いの報告書についてです」

富田の声は冷静だが、どこか無理をしているように感じられた。希望の丘小学校ではクラス競争がこれほど真剣におこなわれているのに、教諭のあいだではその結果をわざと無視する空気があった。昇給や昇進にまったく影響はなくとも、教諭のプライドをかけた競争だった。ほとんどの教諭は結果を軽くやりすごすことで、自分たちを守っていたのかもしれない。

到達度試験の結果は、翌日の朝一番で発表された。良太は一時間目の授業を始めるまえに、子どもたちに伝えている。

「みんな、よくがんばったな。平均点が60点を超えたのは、染谷先生の2組とうちのクラスだけだったんだぞ」

やったーと多くの子どもたちが歓声をあげたが、本多元也が落ち着いた声でいった。

「でも、先生、まだトップは2組で、うちじゃないんですよね」

普段は無口な武田清人がぽつりと漏らした。

「そうか、くやしいな」

良太はクラス全体を見わたした。子どもたちの表情は明るいが、どこかもの足りないようだった。

「よくがんばったじゃないか。前回は70点以上あった差が、もうひと桁《けた》なんだ。きっと2組はひやひやしてると思う。うちのクラスの追いあげが厳しいから」

学級委員の日高真一郎が男の子らしく元気よくいった。なぜか指導力のある子どもというのは、よくとおる澄んだ声をしているものだ。

「つぎの競争ドリルまで二週間ある。みんなでがんばって、絶対3組が一番になろう。いいか、みんな、3組、ファイト！」

おーとかけ声が続いた。そのとき良太はたまたま成績下位のひとり、上原夢佳と目があってしまった。ほかの子どもたちが騒いでいるのに、夢佳は暗く目を伏せていた。そのまま顔をあげようともしない。なにか困ったことでも起きているのだろうか。

良太は成績のよくない五人の子どもたちの顔を、クラスのほかの子たちに気づかれないようにさっと掃くように注目した。さすがに何年か教室に立っていると、そんな芸当もできるようになる。佐藤亜由美も夢佳と同じで暗い表情をしている。進藤英子はぼんやりしていてなにを考えているかわからなかった。普段どおりといえば、そうなのだろう。戸張卓美はやはり肩をすぼめてちいさくなっていた。野島優真は困ったような顔で、周囲にあわせ無理に笑顔をつくっているようだ。

クラス競争の順位があがったのは、素直にうれしい。だが、担任教諭の見えないところで、なにか新しい事態が動いているようだった。それがなんなのか、良太にはわからなかった。ひどく気がかりだが、授業は一瞬も待ってくれない。今日の課題は今日の授業時間にすすめなければならないのだ。良太は胸に針が刺したような違和感を残したまま、子どもたちに国語の教科書のページを開かせた。

放課後の職員室で、良太が社会の授業でつかうプリントを作成していると、副校長の牧田がやってきた。いきなりぽんと肩をたたいてくる。そんなことを牧田にされたことのない良太は驚いて振りむいてしまった。副校長はにこにこ笑って立っている。

「最近、好調みたいですなあ、3組は」

去年まではあつかいがまるで別だった。なにか問題が起こるたびに原因は良太ではないかと疑われてきたのである。

「はあ……」

「いや、さっき3組の保護者のかたから電話をいただいてね。中道先生のことをほめていた。成績もぐんぐん上昇しているようだし、頼もしい限りです」

こんなふうにてのひらを返せるのも、立派な管理職の心得なのかもしれない。良太はまだほんのすこし茶色のカラーリングが残った頭をさげた。このところ髪の色やアクセサリーで文句をいわれることはない。

「ありがとうございます」

山岸が自分の机から興味深そうに見ていた。副校長にほめられるのは、じっと座っていられないほど落ち着かない気分である。

「それから、お父さんからきいたんだが、先生のクラスでは子どもたちが自習グループをつくっているそうだな」

良太はそんなことを耳にしたことはなかった。

「自習グループですか」

副校長は上機嫌である。曲がっていないネクタイに手をやって、さらにきつく締め直した。

「そのお父さんの子どもはハイテンにはいっていて、しっかりと勉強を教えているそうだ。この調子なら、2組もうかうかしていられない。そうですな、染谷先生」

今度は染谷の肩をたたいた。染谷は眉《まゆ》ひとつ動かさずにいった。

「そうですね。うちのクラスの平均点もあがっているし、中道先生とは同じ年のいいライバルです」

歯の浮くような台詞《せりふ》を平然と口にする。染谷は副校長よりも役者が一枚うわてのようだ。良太は不思議に思って質問した。

「あの、ハイテンってなんですか」

牧田は銀行の支店長のような顔をして笑っている。やはり良太はこの上司が苦手だ。

「いや、わからない。なにかのグループなんじゃないか。5年生はいい担任がそろって、ほかの学年の鑑《かがみ》だ。せいぜい切磋《せっさ》琢磨《たくま》してください」

きたときと同様、上機嫌のまま去っていった。良太は染谷にいう。

「なんだか、ああいうの気もち悪いな。うちのクラスでやってることは、学年の初めから変わってないのに。龍一のクラスでは、子どもたちが自習グループとかつくってるのか」

染谷はじっと良太の顔を見つめ返してきた。こういうときの染谷はなにを考えているのか、まったくわからない。

「いいや。つくっていないと思う。教諭が無理やりやらせても、そういうのはうまくいかないものだ」

ななめむかいの机から顔をだして、山岸がひやかした。

「そうなると、染谷先生は授業のテクニックで、中道先生は子どもたちのがんばりで、記録的な平均点60点を達成したわけね」

かちんときてしまった。

「なんですか、そのいいかた。染谷先生は実力で、ぼくは子どもたちのがんばりにおんぶに抱っこみたいじゃないですか」

七歳年したの男性はかわいく見えるものなのだろうか。山岸の目には、どこかおもしろがっているような光がある。染谷が眉をひそめ、真剣な表情になった。

「うえからの押しつけでやらされるのと、子どもたちが自分からすすんでとり組むのでは、同じ点数でもまったく内容が違うと思います。今はなんとかうちのクラスが上位にいるけど、もう自力では3組のほうがうえかもしれない」

良太は胸を張った。

「ほらね。さすがに染谷先生はわかってる」

山岸の顔は書類の山のむこうに沈んでしまった。声だけきこえてくる。

「まだ最後の試験が残ってるでしょう。そういうのは、ほんとの一番になってからいってくれる」

この人はかわいいところがあるのに、なぜときどきひどく憎らしい口をきくのだろう。女性というのはほんとうに不思議なものだった。

つぎの到達度試験にむけて、3組の集中力はあがっていた。数日して給食後の教室をのぞいてみると、昼休みなのに半数以上の子どもたちが校庭にでずに残っていた。いい天気だから、外で遊んだらといっても無駄だった。だいじょうぶです、ここはぼくたちの好きなようにさせてくださいという返事がもどってくるだけだ。

自習はふたりひと組でおこなわれていた。進藤英子には学級委員の日高真一郎が、上原夢佳には本多元也がついている。授業時間に配ったプリントをまえにぼんやりしている夢佳に、元也が厳しい顔をしていった。

「だから、どうしてそこで、そのままかけるの。分数の割り算は、たすきがけで逆転させてかけるんでしょう。もう何十回も教えたじゃないか」

同じ年の子どもたちのあいだには、微妙なプライドと力関係がある。クラスメートに対してちょっと厳しすぎるんではないかと、良太が近づいていった。すると坪山虎之助と奥村明広と工藤紳がやってきた。良太の背中を三人がかりで押していく。

「先生はいいから、いいから。ここはぼくたちにまかせてください。絶対に3組がクラス競争で一番になるようにするから心配しないでいいです」

良太は教室のまえの戸口まで押されてしまった。最後に室内を振り返ると、上原夢佳が切なそうな目で良太のほうを見つめてきた。なにか声をかけようと思ったが、目のまえでガラスのはまった引き戸ががらがらと閉められてしまった。扉のむこうには、先ほどの三人が立ってなかをのぞけないように、背中で視線をさえぎっている。しかたない、ここは子どもたちにまかせてみよう。クラス競争でここまでこられたのも、子どもたち自身の力だ。良太は自分にそういいきかせて、職員室にむかった。

5年生の島に着いてみると、なぜか空気が硬かった。1組の担任、岩本はじっと机のうえをにらんでいた。目にはうっすらと涙がたまっているようにも見える。なにがあったのだろうか。理由を尋ねようとして学年主任に目をやると、富田は全身を硬くして猛スピードでテストの採点をしていた。しかたなく、染谷に小声で質問した。

「なにがあったんだ、いったい」

学年主任の目がつりあがっていた。じろりとにらんで、また赤ペンにもどる。良太は寒気がした。この先輩教諭になにか悪いことでもしたのだろうか。染谷は平気な顔でいった。

「ちょっときてくれないか」

先に立って、職員室まえの廊下にでていく。良太もしかたなくあとに続いた。良太は染谷の背中にいった。

「もったいぶって、なんだよ」

染谷はドアを閉めると、小声でいう。

「先ほど校長先生がいらして、1組と5組の補習について釘《くぎ》を刺していったんだ。到達度試験は正々堂々とやらなければいけません。子どもたちにズルを教えてどうするんですかってね」

初耳だった。それで学年主任の目つきはあれほど険しかったのだろう。引き戸の開く音がして、染谷と良太は反射的に戸口に目をやった。山岸が淡いブルーのジャージで顔をだした。

「染谷先生、さっきの口ぶりだと、なんだか3組の保護者から直接校長先生のところに電話がはいったんじゃないかな」

良太はますます困ってしまった。

「なんなんだよ、まいったな。どういうことなんだ」

染谷が腕組みをしていった。

「最近ぐんぐん成績を伸ばしてるクラスの保護者で、秋山校長と面識がある人という印象だった」

良太はこの街の有力者である本多元也の父親を思いだした。べっ甲のメガネをかけた押しの強い会計士だ。あの人ならさぞ校長にも厳しいことをいったに違いない。山岸が肩をすくめていった。

「どっちにしても、中道先生はいなくてよかったね。富田主任は青くなったり赤くなったり、ものすごい顔してたもの」

午後の授業開始十分まえの予鈴が鳴った。校庭に散らばった子どもたちが、掃除機にでも吸いこまれるように下駄《げた》箱のある校舎の出入り口に集まってくる。山岸がぽんと良太の肩をたたいた。

「この調子だと、クラス競争の最終結果がでるまでは、職員室も教室も落ち着きそうにないね」

良太は助けを求める思いで染谷に目をやったが、同じ年の教諭は黙ってうなずくだけだった。午後の授業の教材をとりにいくために、良太はひどくはいりにくくなった職員室の扉を開いた。

土曜日、良太は静かな書棚のあいだを歩いていた。先をいくのは、ふわふわと雲のようにやわらかなスカートをはいた山岸真由子である。本屋にいこうと、どちらがいいだしたのか、良太は忘れてしまった。デートの誘いというより、自然に読みたい本があるという話になり、こんなところまでやってきてしまったのだ。清崎市内にもいくつか大型の書店はあったが、そこでは保護者の目につく。そこでとなり街にある全国チェーン店まで足を伸ばしたのだった。

すでに良太は自分の目あての本を選び終えていた。教育関係の雑誌と本が少々に、日本の歴史書を何冊か。意外なことに茶髪でシルバーのアクセサリーをつけていても、歴史好きなのである。山岸が本を探しているのは、日本の小説のコーナーだった。良太の抱えた本に目をやるといった。

「良太くんは、あんまり小説とか読まないの」

むやみにカラフルなカバーのならぶ平台を見た。洪水のような量の本がならんでいる。

「うーん、学生のころはすこし読んだけど、最近はあんまり読みませんね」

　山岸は山が低くなった話題の本を一冊手にとった。

「これなんか、おもしろそうだけど。どろどろの中年不倫もの。わたしはこういうのけっこう好きだよ」

　にっと笑って、山岸がうわめづかいで見つめてきた。なにがいいたいのだろうか。良太は若いので、中年男がたくさんの若い愛人をもつ話が苦手だった。

「なんでかわかりませんけど、実際の社会にでてみたら、つくりものの世界があんまりたのしめなくなりました。できすぎているような気がして」

　そっと本をおくと、山岸はつぎの本に手を伸ばした。

「男の人に多いよね、そういう人。つくりものは信じられないとかいう人。でも、そんなことばかりいってると、男性はみんなやられちゃうよ」

　年うえの女性の話はおもしろいのだが、どこに飛んでいくのかまるで読めなかった。

「誰にやられちゃうんですか」

「それはもちろん女の子にだよ」

　ぱらぱらとページをめくって、山岸はその本を手元に残した。帯を見ると年うえの中年女性と若い男性の恋を描いた話題作らしい。年齢差はなんと十七歳だという。自分と山岸よりも十歳も離れているのだ。良太は真剣に読んでみようかと考えた。同じ本に手を伸ばしながらいった。

「女の子にやられちゃうなんて、いいと思うけど」

いやらしい意味にとられなければいいがと、良太は口にしてから思った。山岸はまったく気にしていないようだ。

「まあ、そういう意味ではいいかもしれないね。だけど、わたしがいってるのは、苦もなくひねられちゃうっていうこと」

「女の子にですか」

「そう、小説は実際の世界ほど複雑でも、意味不明でもないけど、この世界を写したモデルだよね。シミュレーションみたいなものかな。女子は子どものころから、ずっとそういうモデルで恋愛の特訓を積んでるから、いざ実戦というときに男子よりもずっと強いんだよ。良太くんなんて、若い子にぼこぼこにやられちゃうんじゃないかな」

たのしんでいるうちにいつのまにか、その人の架空の経験値をあげてくれる。確かに小説でなら、そんな心の高地トレーニングが可能なのかもしれない。良太は山岸と同じ恋愛小説を一冊加えた。

「その本なら、わたしが買うから、あとで貸してあげるよ」

「いや、いいんです。ぼくも同じときに読んで、山岸先生……じゃなかった、真由子さんとあとで感想を話したいから」

「ふーん、そうなんだ」

山岸はじっと良太を見てから、大型書店の書棚のあいだを歩いていった。

ふたりがお茶をしたのは、その書店の最上階にあるブックカフェだった。窓際にはカウンター席が伸びて、店の中央にはおおきなボックスシェルフがすえつけられていた。インテリアや美術や動物の写真集がドローイングのように飾られている。

窓辺のカウンターに、ふたりは購入したばかりの本を積みあげていた。

「わたしは本屋さんのあとで喫茶店にはいるの好きだなあ。もしかすると、実際に本を読むより好きかもしれない」

手なれた手つきで、本のカバー、見返し、表紙、奥付と確認していく。

「そうですね。ここのカフェはコーヒーがただになるし」

三千円以上買った客には、コーヒーのサービス券が一枚ついてくるのだった。

「まあ、恋愛も本によく似てるかもしれない。始まる直前が、一番期待とわくわくがおおきくて、実際に始まっちゃうと、これちょっと違うなという問題がたくさん見えてくるというか」

良太の数すくない経験でも、まったくそのとおりだった。そうなると、山岸とは今こうしている時間がピークになるのだろうか。考えるとぞっとしてしまう。良太がコーヒーをすると、山岸がいった。

「それにしてもクラス競争にはまいるよね。うちのクラスはおおらかな子が多いんだけど、それでもみんなぴりぴりしてるし。最近眠れないって相談にきた子がいたんだ。わたしたちのころって、小学校5年生で不眠症になるなんて考えられなかったでしょう」

自分のクラスはどうなのだろうか。まだ良太は副校長にいわれたハイテンの意味さえ確かめてはいなかった。学級運営は野球のゲームにも似ていて、調子がいいときにはなるべく新たな手を打たないほうがいい。良太は子どもたちの自発性を信じていた。

「うちのクラスでもプレッシャーはあるみたいです。でも、あの子たちのやる気にかけてみようかなと思って」

「それにしても、保護者からの密告はやりすぎだったんじゃないかな」

校長に電話をいれたのが、本多元也の父親かは結局確かめていなかった。実際に正規の授業時間をつかって到達度試験対策の補習をするのは規則違反である。

「いいですよ、そんなこと。悪いのはむこうだし、四月から新しい年度が始まれば全部ちゃらになっちゃうじゃないですか」

「でも、この何日か岩本先生も学年主任も良太くんとぜんぜん口をきいていないよね」

良太は人からどう見られるかという点では、さばさばと受け流すところがあった。誰かの気もちをコントロールはできない。だとしたら、気にかけるだけ無駄である。

「逆恨みなら、しかたないです。ぼくとしては早くクラス競争の最終順位が確定して、学校がいつもみたいにもどるとうれしい。いつまでもこんな調子じゃやってられないですよ」

山岸はコーヒーカップを片手に皮肉そうに笑った。

「できたら、3組がトップでね」

この女性教師でさえ、そんなふうに思っているのだろうか。良太は思わず顔のまえで手を振った。

「いいえ、ぼくはほんとは順位なんて、どうでもいいです。ビリだった去年の四月も、トップを競っている今も、うちのクラスの子はぜんぜん変わっていないから」

そういってから、穏やかに晴れた窓に目をやった。自分が学年一のクラスの担任になる。そう思うと、やはり胸のなかに誇らしい気もちが湧いてくる。それはとめようがないことだった。良太も万年ビリとかバカ組とかいう心ない言葉に傷ついてはいたのである。

「どっちにしても、あと試験は一回だけ。おたがい、がんばろうね」

「はい、お手やわらかに」

「それはこっちの台詞《せりふ》よ」

山岸と目があった。しばらくそのまま良太は固まってしまった。クラス競争で一位になれたら、きちんと交際してくれないかと告白しよう。良太はブックカフェの窓際で心に決めた。

週明けの教室は、異様な熱気だった。

朝から自習する子どもたちを見るのは、良太も初めてだった。子どもたちのおしゃべりが教室から消えてしまったようだ。始業まえも、昼休みも、放課後も、いつもならはしゃいでいる子どもたちが、到達度試験のために復習をしている。去年までの3組とは別なクラスのようだった。これほどの集中力はいったいどこからでてくるのだろうか。おかしなことに授業時間よりも、休み時間の自習のほうがクラス内の緊張感が高いのだ。

水曜日の放課後、良太は職員室をでて図書室にむかった。国語のプリントでつかう例文を探すためだ。下駄《げた》箱のまえをとおると、ちょうど本多元也が上履きをはき替えるところだった。

「ちょっといいかな、本多くん。話があるんだけど」

去年の春とは違う生きいきとした表情だった。あのころはいつもなにかに耐えるような顔をしていたが、今は目に光がある。

「はい、いいですけど」

良太は校舎をでて、水のみ場の横にあるベンチに座った。元也もランドセルを背負ったまま、浅く腰かける。いつも姿勢のいい男の子だった。

「最近、うちのクラスは勉強すごくがんばってるみたいだな。休み時間にもぜんぜん遊びにいかないし」

それとなく話を振ってみる。校庭で遊ばない子どもたちが、すこし気がかりだったのだ。

「だけど、あと一週間だけですから。みんなでがんばって同じ目標にむかうって、すごい力がでますね。ぼくは自分の勉強だけなら、あんなに一生懸命になれないです」

「本多くんはいつも誰を教えているんだい」

「上原さんです。よくがんばっていると思います」

元也ははきはきとこたえた。頭のいい子だ。良太は副校長にきいた言葉をたずねてみた。

「ところでさ、ハイテンってどういう意味なんだろう」

すこしだけ笑って、元也はあっさりといった。

「うちのクラスの成績上位十人のことです。クラス競争では平均点が勝負ですよね。もともとあのドリルはそんなにむずかしい問題はでないから、できる人はみんな90点とかとっています。それ以上はむずかしいから、平均点をあげるには、成績のよくない人の点数をあげるのが大事ですよね」

子どもは大人と同じように頭がまわるものだ。

「それで、ハイテンの子が成績のよくない子を教えているんだ」

「そうです。中間の人は自分で勉強して、できる子はできない子を助ける。今うちのクラスはすごくいい感じで試験対策ができていると思います」

それにしても、気になることがあった。良太は三人の男子に教室を追いだされたとき、最後に見た上原夢佳の目が忘れられなかった。あれはSOSの信号をだしていたのではないだろうか。

「じゃあ、きくけど、ハイテンがあるなら、ローテンもあるんだよね」

元也は子どもたちが遊んでいる校庭に目をやっていった。

「はい。うえがあるなら、したもある。そういうのはしかたないことですよね。大人の社会だって同じで、もっともっと厳しいんだって、おとうさんからききました」

成績下位の十人がローテンか。平均点をアップさせるには、底あげが一番というのもあからさまなら、低い十人のローテンという呼び名もストレートだった。

「そういえば、本多くんのおとうさんだったのかな、校長先生に電話したの」

元也は悪びれずにあっさりといった。

「そうですよ。だって、1組や5組がズルをしてるのは、みんなしっています。授業時間をドリルのためにつかうなんて、いけないことでしょう。ぼくはただ公平な形で、試験をしてほしかっただけです。おとうさんにそういったら、学校に電話をかけてくれました。中道先生もそのほうがいいでしょう。学年主任の富田先生にはいいにくいでしょうし、正々堂々闘おうっていつもいってるじゃないですか」

元也のいい分には文句のつけようがない。だが、そのただしすぎるところが、良太には引っかかった。子どもも大人も同じだが、それほどただしいことばかりしていて、だいじょうぶなのだろうか。どこかにちいさな悪や引け目やずるさがある。それが生きていくうえでは、ちょうどいいバランスではないだろうか。だが、これは小学校5年生にはとてもむずかしいことなのかもしれない。教科書にはただしいことばかり書いてあるし、大人は口をぬぐってただしいことしかいわないのだ。

良太は優秀で敏感な子どもを見た。元也が異様に強い目の光で見つめ返してくる。

「でも、クラス競争で一番になりたいのは、中道先生のためですから。ぼくがほんとうに困ったときに、先生はクラスのみんなを放りだして助けてくれた。日高くんの火事のときだって、みんながなにをいってもかばってくれた。今度のことは全部、先生になにかお礼がしたいなあって、日高くんとぼくが話しているときに始まったんです」

そうだったのか。担任のしらないところで、子どもたちは考えているものだ。

「それで、クラス競争の一番になろうって思ったんだ」

「そうです。中道先生のことをバカにするみんなを見返してやろう。うちのクラスがほんとうはすごくいいクラスだって、思いしらせてやろう。そう決めたんです」

「わかったよ。ありがとう。でも、あんまりむちゃしたらいけないよ」

元也はすこし驚いた顔をした。

「誰もむちゃなんてしてないです。みんなで話しあって決めたことだし、自分からすすんでやってるんだから。先生もうちのクラスが一番になったら、うれしいですよね」

むずかしい質問だった。良太は三十年にならない人生のなかで、一番になったことは一度もなかった。

「うん、きっとうれしいと思う」

元也はぴょんとベンチから立ちあがった。さらさらの前髪が乱れて、無邪気な笑顔になった。

「中道先生によろこんでもらえて、よかった。ぼくたちは絶対、5年生の一番になりますから」

ランドセルのフックにかかった体操着袋が左右に揺れていた。ハイテンの子の話はきいた。つぎはローテンの子と話をしなければいけない。良太は元也のちいさな背中を見送って、そう考えていた。


上原夢佳はおとなしい女の子だった。教室では自分からすすんで手をあげることも、発言することもあまりなかった。和風の整った顔立ちなのだが、いつもうつむき加減なせいか、やや暗い雰囲気の少女である。

本多元也の担当だときき、良太は夢佳から話をきくことにした。翌日の放課後、また3組の下駄箱のあたりをうろうろする。夢佳は同じローテンのひとり佐藤亜由美といっしょにやってきた。亜由美は小柄で、ひどく線の細い子どもだ。夢佳ひとりに話をきこうと思っていたが、いい機会だった。

「ちょっと、いいかな」

なぜだろうか、ただ勉強が得意でないというだけで、成績不振な子どもはおどおどしている。ふたりの子どものあいだで不安な視線がいきした。ためらいがちに夢佳が返事をした。

「あっ、はい」

良太はなるべく明るい表情をつくった。笑顔でいう。

「ふたりに話があるんだ。今、だいじょうぶかな」

クラスのほかの子どもたちに気づかれない場所がいいだろう。

「先生についてきてくれ」

ふたりがうなずくと、良太は階段にむかって歩きだした。屋上まで適当に声をかけながらのぼっていく。ふたりからははっきりとした返事はなかった。塔屋のドアを開くと、コンクリートが広がっていた。空は薄く春の雲におおわれている。雲を透かした日ざしで屋上は汗ばむほどの熱気だった。いつか元也と座った金網の近くに、良太は腰をおろした。

「さあ、ここに座って。先生がききたいのは、みんなでやってる競争ドリルの勉強会のことなんだ」

それをきいただけでふたりの女の子の顔に、黒いカーテンがおりたようだった。残されていたわずかな表情が消えてしまう。良太は解きほぐすようにいった。

「上原さんは本多くんに教わっているんだよね。本多くんなら、先生よりも教えるのうまいかもしれないな」

辛抱強く笑顔を作って、夢佳からの返事を待った。少女はうつむいたまま、ちいさく首を振る。ききとりにくいほど細い声だった。

「いえ、そんなことないです」

良太は夢佳のとなりに張りつくように座った亜由美に声をかけた。

「佐藤さんのほうはどう？」

こたえはなかった。雨染みの浮いたコンクリートに風が吹いているだけだ。困ったな、なぜほとんどの子どもは成績がよくないというだけで、これほど自信を失ってしまうのだろうか。良太が清崎港のうえの空を見ていると、静かな泣き声がきこえた。驚いてふたりに目をもどすと、亜由美が口を押さえて泣いていた。夢佳が肩に手をおいていった。

「だいじょうぶ？　亜由美ちゃん」

泣きながら、少女はうなずいている。

「そんなに競争ドリルの勉強会ってつらいのかな」

泣いている亜由美の代わりに、夢佳がこたえた。

「あの、これは本多くんや日高くんの悪口じゃないですから」

夢佳の目におびえに似た色を見て、良太はショックを受けた。

「わかってるよ。上原さんはなにをいいたいの」

亜由美の背中をさすりながら、夢佳が良太をまっすぐに見た。必死さが伝わってくる視線だ。

「最初のころは、よかったんです。みんなで話しあって、なにか中道先生のためにやろう。それで、どうせなら、クラス競争でうちのクラスが一番になって、ほかのクラスの子や先生たちを見返してやろう。自習もたのしかったし、本多くんもやさしかった……」

それだけいうと、夢佳は黙りこんでしまった。良太はゆっくりと待った。この子はなにか胸のなかにたまっていたものを吐きだしたがっている。けれど、言葉の多くない子どもだから、時間がかかるのだ。屋上をわたる海風の音に耳を澄まして良太は待った。

「……でも、あの、最近はみんな、一生懸命すぎて怖いです。廊下とかですれちがっても、もっと勉強しろとか、平均点さげるなとかいわれて」

担任教師の見えないところで、そんなことが起きていたのか。良太は胸のなかにごつごつとした石ころを投げこまれた気分だった。

「今では、休み時間も校庭に遊びにいけない雰囲気で。ほかのことしてると、ローテンは勉強しろ、中道先生のためにがんばれって」

夢佳の言葉をきいて、亜由美の泣き声がいっそうおおきくなった。

「とくに今週にはいってからはひどいんです。家に帰ってもチェックの電話が本多くんからはいるんです。どことどこを復習したか、何時間くらい勉強したか。亜由美ちゃんもわたしも、来週の競争ドリルが怖くてしょうがないです」

元也の強い目の光を思いだした。ただしさはときにいきすぎることがある。だが、子どもたちの自発性は大切にしなければならなかった。成績は目覚ましく上昇しているのだ。教育効果という点では、間違ってはいなかった。だが、その光のかげにこれほど苦しんでいる子どもがいる。きっとほかのローテンの子どもたちも、気もちは同じなのだろう。迷っていると、夢佳がいった。良太の目を見ている。そんなことは授業時間にはなかったことである。

「中道先生、誰にでも苦手なことありますよね。わたしとか亜由美ちゃんとかは、勉強が苦手なんだと思う。でも、みんなはわたしたちがクラスにいるだけで、お荷物みたいな目で見るんです。したから十番の人がいなかったら、うえから十番だっていないはずなのに、なんで、わたしたちだけが冷たくされるんですか」

学校は子どもたちを成長させる場所だ。それは間違いないはずだった。そのひとつの手段として学習があり、学習の成果を測る手段のひとつとして試験がある。それが、単試験の結果にすぎない成績に振りまわされている。矛盾はなにも学校だけではなかった。

仕事の報酬としてある金銭も同じことだ。仕事の内容を離れて、報酬のおおきな仕事が単純にいい仕事だと考えていないだろうか。生涯賃金だけで仕事をくらべて、多くの人は恥じることもない。成長のおまけの成績、仕事のおまけの金銭、この世界ではすべてが逆立ちしてしまったようだった。ずっと泣いていた亜由美がいった。

「このごろ、学校にくるのが、つまらないし、すごくつらいです。朝に、なると、お腹が痛く、なるし」

夢佳も涙目になった。

「みんな、かげであの子ローテンだ、足手まといだっていうんです」

クラス競争の一番がそれほどえらいものだろうか。目のまえで泣いている女の子涙ひと粒の価値が、あのいきすぎた競争にはあるのだろうか。良太は夢佳と亜由美をなぐさめる言葉もなく、黙って暮れていく春の空を眺めていた。

良太は迷っていた。

自分をライバルだといった染谷には、もう相談はできなかった。週末も寮の自分の部屋で鬱々《うつうつ》としているうちにすぎてしまう。月曜日に希望の丘小学校に登校すると、もう最後の到達度試験の週だった。一年間の学級運営の最終評価が、たった一回きりのテストではぼ確定するのだ。どの学年の教師も目の色を変えていた。朝の職員室の空気もぎりぎりまで張りつめている。

良太が相談相手に選んだのは、山岸だった。あれこれと考えた火曜日の午後である。良太は5年生の島にほかの教師がいないすきを見はからって、低く声をかけた。

「山岸先生、今日の帰り、ちょっとお話があるんですが」

山岸はレモンイエローのジャージ姿である。かたほうの眉《まゆ》だけつりあげていった。

「うん、いいけど。明日は到達度試験なのに、中道先生は余裕ね。じゃあ、あの公園にしましょう」

良太がもうひと言いおうとしたところで、厳しい顔をした学年主任がやってきた。もともと細おもてのキツネ顔が、クラス競争のプレッシャーで一段ととがったようだ。椅子の背に上着をかけると、富田は腹に手をあてた。

「いつもこの時期になると胃が痛くなる。早く結果がでてしまうといいんですがね」

学年主任でさえ、これほど苦しんでいるのだ。クラス競争には教師のあいだでも功罪がいろいろとあるのだろう。良太は目をそらして、理科のプリント作成にもどった。

港も空も藍色《あいいろ》に染まっていた。良太は海にむかうベンチに座り、彫刻のように動かなかった。山岸のバイクの音がきこえても振りむきもしない。

「やっぱりまだ暗くなると寒いね」

「ありがとうございます」

前回に続いて、あたたかな缶コーヒーが目のまえにおりてくる。山岸は良太のとなりに腰をおろした。きっと疲れているのだろう。どさりと重い荷物を投げだすような座りかただった。

「話って、なんなの」

良太と違って、山岸に緊張はないようだった。夜の公園で異性とふたりきりでも意識しない。やはり年うえは違うと良太は思った。

「うちのクラスの自主勉強のことなんです」

「自分たちでやる気をだしたなら、いいことじゃない」

やはり教師ならそう思うのだろう。自分からすすんで勉強する子どもたち。それもおたがいに助けあっているとなると、いい面しか見えてこないのだ。

「それがそんなに単純な問題じゃないんです。うちのクラスの成績下位の十人は、上位の十人から特訓を受けているみたいです。ローテンとハイテンっていうんです。残酷な呼びかただと思いませんか」

到達度試験の週にはいって、勉強が苦手な子どもたちの顔色がひどく悪くなっていた。良太はこれまでに調べたことを、山岸にすべて話した。話が終わったころには、澄んだ藍色だった空は濃紺に深みを増している。

「そうだったの。ただ成績があがってよろこんでいるというわけにもいかないね」

かれてしまったのどを微糖の缶コーヒーでうるおした。良太の吐く息は夜のなかかすかに白い。

「ええ、でも子どもたちが自発的に始めたことだから、簡単にやめろともいえなくて」

山岸がさっと横をむいて、良太を見た。

「ほんとにそれだけかな。良太先生のほうでも、もしこのままうまくいってクラス競争の一番になれたら、好都合だっていう気もちがないの」

「……うーん」

いわれてみれば、そのとおりだった。第一、クラス競争でトップをとったら、すぐとなりに座る女性教師に告白しようなどと決心したのは自分なのだ。職員室でほかの先生が良太を見る目が変わって、ひそかに誇らしい気分になっていたのは確かだ。

「だいたいね、到達度試験のまえの夜にそんなことをいってるっていう時点で、良太先生らしくないよ。今までだったら、もっと早く手を打っているはずでしょう」

良太はベンチのうえで固まってしまった。

「クラスの自発性を尊重するためにはしかたなかった。そういってずっと放っておいて、試験ではいい成績を収める。あとですこし子どもたちと話をしておけばいいんだ。心の底でそんなふうに考えてないかな」

さすがに七歳も年が離れていると、指摘が鋭かった。良太自身が無意識のうちに選んだ方法を的確についてくる。山岸がかすかに笑い声をあげてからいった。

「まあ、それも大人の選択ではあるよね。富田主任や、岩本先生や、わたしだって、今の良太くんと同じやりかたを選んだと思う。だって、ルールを破ったわけでもないし、多くの子どもたちはよろこんでいるし、一番は悪いことじゃない。でも、そういうのは、良太くんには似あわないよ」

良太のなかでなにか熱いものがぐらぐらと煮え立ってきた。ひざのうえでにぎったこぶしが震えてしまう。

「良太くんは、いつも無鉄砲で、頭で考えるよりも、身体でこたえをだしてきた。そんなふうにくよくよ悩むなんて、良太くんらしくない」

そうだったのだ。もともと考えるのが苦手な良太である。気がついてみれば簡単なことだった。悩むよりは、走ればよかったのだ。

「わかりました。確かにぼくはすこしずるいことを考えていたのかもしれない。明日はもう到達度試験だから、できることはあまりないかもしれないけど、思い切ってやってみます」

山岸は手を伸ばすと、良太の茶色の頭をくしゃくしゃに乱した。

「そうそう、良太くんはそういうところがかわいいんだよね」

クラス競争の順位などもうどうでもよくなった。だったら、あんなふうに一番になれなければ、告白しないというのもバカらしい考えである。考えるより先に動いてしまえ。

「真由子さん……」

良太は自分の声のおおきさに驚いた。女性教師の反応も同じだった。

「いきなりなあに、わたしはとなりにいるんだよ」

一度走りだしたらとまらないところが良太にはある。

「まえからいおうと思ってました。ぼくと正式につきあってもらえませんか」

山岸は缶コーヒーをもったまま、じっと良太を見ている。なにかいわなければいけない気がして、良太はつけ加えた。

「年がうえだとかしただとか、同じ学校の教師だとかではなくて、一対一の男と女としてですね、これからちゃんとつきあってもらえませんか」

電話でも、メールでもない。いきなり直接相手に告白する。なんだか十年まえの方法をつかってしまったと、良太は思った。しばらくして、山岸がいった。

「そうだったんだ」

また返事のあいだがあいてしまった。良太は全身を耳にして、つぎの言葉を待った。

「ごめんね。良太くんのことは、どうしても男性としては見られないや」

身体を支える骨がすべて崩れ落ちていくようだった。

「実はわたし、まえの学校の同僚だった先生に結婚を前提でつきあってほしいといわれていたんだ。わたしよりも二歳うえの三十五歳の人。その人とつきあうかどうか迷っていてね。わたしも久しぶりに男の人とつきあうのがすこし怖くなって、良太くんでお試ししちゃったんだ。ごめんね、まさか七歳もうえのおばさんに、本気になってくれるなんて思ってもみなくて」

ぱんぱんにふくらんだ風船から空気が抜けていくようだった。良太は一気に年をとった気がした。枯れた笑顔で、山岸にいった。

「いや、だいじょぶです。ぼくの早とちりでした。なんだかいい雰囲気だなって、勝手に舞いあがってしまって。真由子さんは気にしなくていいです。ほんと、ぼくはだいじょぶですから」

まったく女のいうことはわからなかった。くよくよ考えるより、直感で行動しろといっておいて、いざ告白すればばっさり斬り捨てられる。これでは明日もどう動いたらいいのか、まるでわからないではないか。これ以上ふたりでここにいるのはみじめだった。良太はなるべく爽《さわ》やかな声をつくっていった。

「ぼくはもうすこしこのベンチで考えごとをしますから、真由子さんは先にいってください」

ゆっくりと背中を見送るくらいはいいだろう。

「わかった」

山岸の声はかすれていた。いきなりベンチをずれて、良太に黒い影がかぶさってくる。耳元で息が鳴った。

「ごめんね、良太くん」

山岸のやわらかな唇が額にそっと押しつけられる。良太は身体中がしびれてしまったようだった。なぜ、女性の唇はこれほどやわらかいのだろう。呆然《ぼうぜん》としていると、背中でバイクのエンジン音が鳴り響いた。

良太は額のキスの衝撃で、山岸を見送ることもできなかった。そのままの姿で三十分。のろのろと立ちあがったときには手足は氷につけたように冷え切っていた。もちろん良太には、そんなことはまるで気にならなかった。心のほうがもっと冷たかったのだから、あたりまえである。


決戦の水曜日は、朝から快晴だった。清崎の海と校舎のうえの空、どちらもおたがいを映しあって青はどこまでも深い。良太の心もその色に染まったのだろうか。寮をでるまえから、気もちはブルーだった。

職員室の教師たちは形だけの挨拶《あいさつ》をかわしたが、誰もが見知らぬ他人のようにおたがいに接していた。自分の力を測られるとなると、大人だって試験まえの子どもたちと変わらなかった。

「おはよう、中道先生。いよいよ最後の試験ね」

「おはようございます」

山岸はいつものように明るく声をかけてきた。良太はななめむかいの山岸のデスクに目をむけずに返事だけした。昨日の公園での出来事などなんでもなかったように振る舞っている。やはり年うえの女性は役者だった。

「なにかあったんですか、中道先生」

染谷が横から口をはさんできた。自分の表情は硬いのだろうか。山岸に告白して、あっさりと振られたことを読まれた気がして、良太の顔は赤くなった。

「3組でちょっと困ったことが起きてるんですって。成績をあげようとして、子どもたちが無理をしているらしい。染谷先生の2組は逃げ切りのチャンスね」

「なるほど、そういうことですか」

山岸が思わぬ助け舟をだしてくれた。良太は礼をいう代わりに、軽く会釈しておいた。

そのとき副校長の声が職員室の前方からきこえた。

「中道先生、電話です」

ほぼ同時に5年生の机の電話が鳴った。良太は受話器をとる。

「はい、中道です」

「佐藤亜由美の母でございます。娘がいつもお世話になっています」

「いえ、こちらこそ」

朝のこの時間にかかってくる電話はほとんど保護者による病欠のしらせだった。

「亜由美さん、どうかしましたか」

「いえ、朝からお腹が痛いといっていまして、熱を測ると三十八度近くあるものですから、今日はお休みさせていただこうかと思いまして」

しゃくりあげて泣いていた屋上の亜由美の姿を思いだした。

「せきはしてますか」

「いえ、せきはしていないですし、のどを見ても腫《は》れてる様子はないんですけど。様子がおかしいんです」

到達度試験へのプレッシャーが身体にでてしまったのだろう。良太は気が重くなった。

「わかりました。お大事に」

電話を切ったところで、学年主任がやってきた。手には到達度試験のはいった封筒をもっている。うやうやしく5年の担任教師に配っていった。良太は机のうえにおかれた封筒が、手紙爆弾のように見えた。開いたとたんに爆発して、子どもたちを吹き飛ばしてしまうのだ。染谷がいった。

「長かったクラス競争もこれでおしまいだな。中道先生、結果がどうなっても恨みっこなしでいきましょう」

初めから良太には染谷に恨みなどなかった。ただこの試験に気が重いだけだ。

「ええ、わかってますよ」

予鈴が鳴って、教師たちが職員室をでていった。ほかのローテンの子どもたちはだいじょうぶだろうか。机のうえを整理すると良太も、到達度試験の封筒を抱え、いそいで5年3組の教室にむかった。

良太は出席簿を読みあげて、順番に点呼していった。いつもよりも時間をとって、子どもたちの顔をひとりひとり確かめていく。

「青野伸治」「はい」

この子は成績は中くらいだった。とくに変わった様子はない。

「天野沙希」「はい」

おしゃれで、かわいいけれど、沙希はローテンのひとりだった。顔色がすこし暗いようである。

「雨宮みなみ」「はい」

こちらは成績上位の十人のひとりだった。問題はなさそうだ。良太はつぎつぎと子どもの名前を呼んでいく。十四番目は亜由美だった。

「佐藤亜由美」

当然、返事はない。良太はつけ加えた。

「佐藤さんのおうちのかたから電話があって、今日はお休みだそうです」

教室のなかがざわざわとしだした。ローテンのひとり、沼田悠太がちいさな声でいった。

「なんだよ、おれだって嫌だったのに、逃げやがって」

子どもたちに悠太の言葉が動揺を広げていくのがわかった。おたがいに目配せをしたり、小声で話したり、急に落ち着きがなくなっていく。本多元也がからかうような調子でいった。

「よかったじゃないか。競争ドリルは平均点だろ。佐藤さんがいなくなれば、間違いなく平均点はあがるんだから」

「だったら、おれも休めばよかったな」

伊藤雄太郎はそれほど勉強のできない子どもではなかった。きっと冗談のつもりでいったのだろうが、誰ひとり笑う者はいなかった。教室には冷たい空気が満ちている。良太はしかたなく、出欠の確認を再開した。

「佐々木麗奈」「はい」

この子も成績には問題なさそうだが、顔色が悪かった。最後の到達度試験は、このあとすぐに開始されるのだ。午後からは全校で卒業式の予行演習がある。プレッシャーに押し潰《つぶ》されそうなのだろうか。

「進藤英子」「……はい」

英子は顔をあげなかった。ローテンのひとりだが、机のうえにおいてあるプリントを復習しているようだ。出席簿はどんどんすすんでいく。学級委員の日高真一郎と本多元也は元気いっぱいのようだった。早く試験をしたくて、たまらない顔をしている。

5年3組全三十二人の最後の番号までやってきた。

「米山悠馬」「はい」

元気が取り柄の悠馬も、緊張しているのだろう。声がすこし震えていた。もうここまできたら、しかたないだろう。出欠の確認をしたら、すぐに試験開始だ。封筒から最初の社会の試験用紙をだしたときだった。

「うっ、うっ……」

苦しそうなうめき声がきこえた。声のほうに目をやると、上原夢佳が口を押さえるところだった。口を隠した指のあいだから、液体が漏れだしている。夢佳は涙目になっていた。

良太はテストをおいて、すぐに教室においてある雑巾《ぞうきん》とティッシュをもって夢佳の席にむかった。

「なんだよ、汚ねえな」

男子の誰かが叫んでいた。

「おまえも逃げんのかよ」

沼田悠太の声だとは感じたが、良太は確かめられなかった。夢佳はうつむいたまま、身体を震わせて泣いている。別な誰かがいった。

「わたしもこんなのもう嫌だ。亜由美ちゃんみたいに休めばよかった」

なぜ、こんなことになってしまったのだろう。おたがいに勉強を教え始めたころはひとつだったクラスの気もちは、トップが見えたとたんにばらばらになってしまった。夢佳の口をティッシュでぬぐいながら、良太は腹が立ってたまらなかった。

「だいじょうぶか、上原さん。先生なにもしてやれなくて、ごめんな」

夢佳が泣きながらいった。

「先生は悪くないです。わたしたちが決めたことだから。顔を洗って、すぐにもどりますから、競争ドリルやりましょう」

先ほどまで、机のプリントを復習していた英子がいった。

「早く始めてください。忘れちゃうから」

別な誰かがいった。

「上原さんは保健室に連れていったら、どうかな。どうせローテンでしょ。あの子がいなくなれば、平均点はあがるよ」

声だけでは誰だかわからなかった。夢佳の机のわきにしゃがみこんだ良太は、背中にその冷たい言葉をきいた。ぐらぐらと腹が立ってくる。保健委員にいった。

「藤井さん、上原さんを手洗い場まで連れていって、きれいにしてあげてください」

良太は吐きもどしをぬぐったティッシュと雑巾をもって、黒板のまえにもどった。手もぬぐわずに試験用紙をとりあげる。

「いいか、みんな、今日はテストは……」

百枚以上の再生紙はかなりの厚みだった。良太は胸のまえに試験用紙をあげると力まかせにじりじりと引き裂いていった。子どもたちはあまりのショックで無言になってしまった。沈黙の教室にテストを裂く音だけが響いていた。ふたつになった試験用紙を教壇のうえに放ると、良太は肩で息をしながらいった。

「……これで、おしまいだ。5年3組はクラス競争から抜けることにした」

学級委員が目を丸くしていった。

「でも、先生、そんなことしていいんですか」

良太は笑った。きっとあとで学年主任や副校長からひどくしかられることだろう。

「いいんだ。このクラスのことは、先生にまかされているから」

本多元也の声は悲鳴のようである。

「でも、今、競争ドリルをやれば、間違いなく3組が一番になれる。ここでドリルをやめたら、またビリにもどってしまいます」

良太は汚れた手を試験用紙でぬぐった。くしゃくしゃに丸めて、黒板に投げつけた。なんだか愉快でたまらなくなる。

「別にいいじゃないか。みんなに試験を受けないとどうなるのか、教えてあげるよ」

副学級委員の西川未央が恐ろしそうにいった。

「試験を受けないと、ほんとはどうなるんですか」

良太は百パーセントの笑顔をつくった。これで言葉よりもっと強いメッセージが伝えられるといいのだが。

「試験を受けなくても、どうにもならないさ。さあ、みんな、上着を着て」

真一郎の目は丸くなったままだ。

「良太先生、どこいくんですか」

「海にいこう。試験を蹴飛《けと》ばして、みんなで生活学習だ。先生がいいといったんだから、それでいいんだよ」

教室の引き戸が開いて、夢佳がもどってきた。泣きながら抱きついてくる。

「先生、ごめんなさい」

良太は熱い背中を軽くたたいていった。

「いいんだ。これでよかったんだ。さあ、みんな教室をでて、海にいこう」

5年3組の子どもの歓声が爆発した。

「試験やらなくていいんだ」

「やったー」

良太と三十一人の子どもたちは、元気いっぱいで到達度試験で静まり返った希望の丘小学校の校舎をでた。校庭をわれ先に駆けていく子どもたちの背中が、とてもカラフルだった。職員室の窓が開いて、牧田副校長がなにか叫んでいた。良太はまったく気にしなかった。頭のなかには清崎港のはずれの砂浜と穏やかに揺れる海しかなかったのである。

「リョウタ先生、早く、早く」

子どもたちが校門で良太を待っていた。無限に寄せて返す波は子どもたちに似ているのかもしれない。一日や二日では変化はわからない。けれど一年、二年と時を重ねるうちに、海岸線さえ変えてしまうほどの力があるのだ。ゆっくりと成長すること。これほど力強い変化はなかった。良太は5年3組の子どもたちに手を振った。

「先生をおいていかないでくれよ」

良太は子どもたちの成長のスピードに負けないように、春の校庭を思い切り走りだした。

エピローグ

クラス競争の最終成績は、5年3組の最下位で確定した。

教室内でのトラブルについて良太は懸命に説明したが、決められたルールを担任教師みずからが破ったということが、学校側からは重く見られたのである。試験当日の放課後、良太は副校長と学年主任にさんざん絞られてしまった。校長はいつものようにひどくまっすぐな姿勢のまま、黙って話をきいているだけだった。良太が校長室から解放されたのは、二時間半後のことだった。校庭はすっかり暗くなっていた。

他には誰もいない職員室の5年生の島で、染谷と山岸が待っていた。良太の顔色を見た女性教師がいった。

「あら、案外元気そうじゃない」

染谷はスーツ姿である。

「今夜、本町のバーで集合しないか」

良太はくたくたに疲れていたが、妙に気分だけは爽《さわ》やかだった。

「いったいなんのお祝いをするんだよ、龍一のクラス競争一番祝いか」

山岸もジーンズに革のライダースジャケットに着替えていた。

「あら、わたしもクラス競争は第二位よ。いっしょにお祝いしてもらおうかな」

良太はやけになっていった。

「わかりましたよ。ふたりにおごらせてもらいますよ。どうせ、ぼくは万年ビリのダメ教師だから」

「ほんとにそうかな」

山岸の顔は真剣だった。

「ぼくも山岸先生から話はきいた。思い切った判断だったけど、結果はクラス競争の順位ではなく、子どもたちの顔にでるんじゃないかな。すくなくとも、今日の放課後5年生の全クラスのなかで、一番元気よく輝いていたのは良太の3組だった」

山岸がショルダーバッグを肩にかけた。

「そうね、それはわたしも認める。さあ、いきましょう」

そこで良太は思いだした。染谷とのスポーツカーを賭《か》けた約束のことである。

「ぼくがクラス競争で一番か二番にならなかったら、あのクルマをくれる約束をしたよな、龍一」

染谷は平気な顔で、スクエアカットのフレームの位置をただした。

「ああ、したよ。でも、今回のように反則負けじゃダメだ。6年生の最終順位で、また同じ賭けをしないか。どっちにしても、良太が一番のライバルであるのは変わらないんだからな」

良太は同僚の言葉で胸のなかにちいさな火が灯《とも》ったような気がした。なにをしてもどこかに必ず見てくれる人がいる。今夜は思い切りのんでしまってもいいかもしれない。良太はなぜか誰にも負ける気がしなかった。勢いでもう一度山岸に告白したら、今夜ならうまくいくかもしれない。染谷の声が廊下から響いた。

「さあ、いこう」

良太は壁のスイッチを押すと、真っ暗になった職員室をあとにした。

あとがき

これがぼくの、初めての新聞連載でした。

連日原稿用紙二・五枚ずつ、半年以上も書き続けるのです。毎日締切がやってくるなんて、無間地獄のような仕事ができるのか、自分でもおおいに不安でした。でも、やってみると、これが意外なことにおもしろい。その日の気分を織りこんで、微妙に作中の空気が変わったりするのが、とても新鮮でした。

『5年3組リョウタ組』の題材は、早くから決まっていました。ぼくの頭のなかでは新聞連載といえば、夏目漱石。それも主人公が痛快で、無邪気で、おまけに迷惑千万な『坊っちゃん』しかないだろうという思いこみがあったのです（もっとも『坊っちゃん』は新聞連載ではありませんけど）。あの小説が漱石全作品のなかで一番抜けがいいよなと、昔から感じていたのでした。

現代の教育問題を全部投げこんだ痛快な若い教師の物語が書きたい。それも熱血でも、サラリーマンでもなく、自分の仕事に誇りをもちながら、日々悩みつつ教育の現場に立つ「普通」の教師の目線で書きたい。この本は、そういう意図のもとで始まりました。

実際に取材でお会いした先生も、資料のなかの先生も、ぼくには普通の人に思えたからです。教育は不思議なもので、どこの誰からも文句をいわれるサンドバッグのような仕事です。でも、この作品をとおして、ぼくにはいつも同じ気もちがありました。

最後の最後なので、無責任にいっておきます。

「子どもたちも、学校も、きっとだいじょうぶ」

国際テスト（！）で日本の子どもたちの順位が少々さがろうが、だいじょうぶ。宇宙人に見える子どもだって、きっとだいじょうぶ。あれこれとガタがきても、学校だって先生だって、きっとだいじょうぶ。わが家の子どもたちを眺めてため息をつきながら、ぼくはそう自分にいいきかせていました。この小説は、なにかと問題ばかり指摘される先生と子どもたちに送る、すこしばかり長いエールだったのかもしれません。

では、迷惑千万な連載をこらえてくれた関係者各位に、お詫《わ》びのご挨拶《あいさつ》。

角川書店第一編集部の金子亜規子さん、ぎりぎりの進行におつきあいくださってありがとう。新聞三社連合事務局の東山秀樹さん、日曜日まで出勤させてしまってすみません。さし絵の横尾智子さん、ストックのまったくない連載に毎回あたたかな絵をありがとう。

そして、この本をつくり、運び、店頭にならべてくれる本の世界の全関係者のみなさんに、いつものようにお礼をいいたいと思います。ぼくたちののっている船は同じです。本の世界の領土を広げるために、みんなでがんばろう。すこし迷惑かもしれないけれど、ぼくももうすこし身を削って書き続けるつもりです。では、またつぎの本でお会いしましょう。

よく晴れたあたたかな十二月の夕べに

石田衣良

解説

宮本延春

石田衣良さんと初めて逢《あ》ったのは、2008年4月6日池袋だった。

この年の1月に発売された『5年3組リョウタ組』にちなんで企画された《がんばれ！「ふつう」の先生》と題された、石田衣良さんとのトークイベントの会場だった。

驚いたことに、このイベントの対談相手に、石田さんは私を指名されたのだ。

理由は単純に、私が「普通の先生」ということと、縁あって私の書いた本『オール1の落ちこぼれ、教師になる』を、角川書店より出版させて頂いた経緯から、担当して下さった方があいだを取り持ってくれた。

自分のことを「普通の先生」と申し上げたが、経歴は普通と少し異なる。

中学をオール1で過ごし、自分をあきらめて卒業後は見習い大工となり、16歳で母を、18歳で父を亡くし、兄弟も親戚《しんせき》もなく天涯孤独で世の中に放り出された。

頼れる人もいない、守ってくれる人もいない、それでもたった一人で生きていかなければいけない。

その後、あることが切っ掛けとなり、24歳のとき夜間定時制高校へ進学し、名古屋大学へ進み、同大学の大学院を経て教師となり、教育の道に携わるようになった。

リョウタ先生の経緯と比較すれば「普通」ではないかもしれないが、同じ先生としては「普通」に生徒のことを想う、どこにでもいる先生である。

この『5年3組リョウタ組』で取り上げられている話もまた、教師の現状も含め、どれも実際の学校で起こっている、または十分に起こりうる話である。つまり、小説だからといって、現実を超えるような作り込みはなく、今の時代を見すえて、どこの学校でもありそうな普通の話を取り上げているものなのである。

そして、私が教師として関わってきた普通の学校現場も、小説よりも奇なるものが少なくはない。

ざっとした説明だが、このような縁があって、対談相手に選んで頂けたのは嬉《うれ》しい限りである。

石田衣良さんとは、この催しの内外で、一時間ほどご一緒させて頂いたが、その物腰の柔らかさや、爽《さわ》やかな笑顔、落ち着いた無邪気な声と包容力には、抜群の魅力がある。

また、話をさせて頂いて分かったことだが、石田さんはとても繊細で、誰に対しても優しい視点を必ず持たれている方だった。

同様に、この作品にも石田衣良さんの優しさが詰め込まれている。

この本のように、学校が舞台となる話は、ドラマであれ、映画であれ、これまでかなりの数が描かれてきた。その理由は、おそらく教師と生徒達、それを取り巻く保護者や家庭など、様々な人間関係の中で、その模様を多彩に描くことができる場所だからではないかと、勝手に思っている。

別の言い方をすれば、学校ほど、誰もが子供の頃に経験する舞台として、共通しているものは無い。そういう意味でも学校ほど普遍的に身近な場所は、他に類を見ないと言えるかもしれない。

私は、この単行本を手に取ったとき、初めに帯のキャッチコピーが目にとまった。

「教師だって、男子なのだ。」そこにはそう書かれていたのである。

正直に言ってしまうが、第一印象は「教師という立場と、男という立場で、何か葛藤《かっとう》でも描かれているのか」と思いながらも「何を当たり前なことを……」そう感じていた。

そして、実はこの「当たり前＝ふつう」というところに、本作品のリアリティーがある。

この物語の主人公である中道良太は、無駄に体温の高い、いわゆる熱血先生ではなく、どこにでもいる教師であり、男子であり、学校という組織の一員であり、普通の人間なのである。

良太は、特に情熱を持って「教師」という仕事を選んだのではなく、教育に対する理想を燃やしている訳でもない、極端な言い方をすれば「何となく」というのが妥当だろう。

しかしそれは、現実の世界でも往々にしてあることで、決して悪いことではない。現場でもそうだが、教師だからといって、誰もかれもが熱血でもなければ、怠惰な先生ばかりでもない。それらは「普通」を中心に前後左右上下と広がって、教師という集団が作られている、そんなイメージのほうがずいぶんと現実的ではないだろうか。

自分や、周りの同僚を見ていても、至極普通であり、理想や情熱が無ければ、魅力ある教師になれないというわけでもない。

こう言ってしまうと、がっかりされてしまう人もいるかもしれないが、逆の言い方をすれば、理想や情熱だけで、魅力的な教師になれるわけでもないのである。

もちろん理想や情熱は大切だが、それは程度問題であり、教壇に立ってから得ても遅くはないだろう、もっと言えば、時間と共に変化することだってあるだろう。

主人公の良太は、特別な理想など掲げず、いつも目の前の問題に頭で考えるより、体でこたえを出そうと試行錯誤している。

それが良太の、最大の魅力ではないだろうか。

そして、そんな良太の姿に、励まされた読者も少なくないのではないだろうか。

四月の嵐、七月の冷たい風、十二月、みんなの家、三月、クラス競争の終わり……。

みなさんは、中道良太と一年を過ごし、何が心に残っているのだろうか。

私は、どうしても同じ教師としての目線が、いちばん色濃くなってしまい、こんなとき私なら元也君に何と声をかけるのだろうか、立野先生にどんな働きかけができるのだろうか、日高君をいかにケアするのだろうか、ときおり本を閉じて考えながら、自分なりの答えを探しながら読み進め、本当に楽しく、あっという間の一年を過ごした。

ときには良太と同じ言葉があふれ、涙まであふれることもあった。

まさに石田衣良さんのイメージした「平成の坊っちゃん」にふさわしい人物像に出来上がっているのではないだろうか。

また、個人的に思うことだが、作品名は『5年3組リョウタ組』とあるが、5年2組の担任、染谷龍一を抜きにして、良太の活躍はありえない。貧しい家庭に育った龍一だが、その志と努力に、とても共感を覚え、心から応援したくなる。龍一を友人に持つ良太がうらやましくてたまらない、本音を言えば、私が龍一と親友になりたいくらいだ（とは言ってはみたものの、龍一が私を友人にしてくれるとは限らないか……）。

個人的には、良太と龍一のコンビバランスはとても気持ちが良く、二人の活躍を、もっともっと見てみたいと強く思うばかりである。

龍一以外にも、山岸真由子もお気に入りだが、私がいちばん心に残っているのは、養護学校の瀬戸先生である。

障害を持って生まれてきた子供の中には人生が何なのか、その喜びも楽しみも知らず、障害と闘いながら、学校を出ても、働くこともままならない状態で生きている生徒もいると瀬戸先生は言う。

そして、自分よりも早く死んでいく生徒達の葬式を、何度も経験するなか、「あの子たちがこの学校にきて、なにかたのしい思い出をもって帰ってくれたら、それで十分なんだ……教師にできることなんて、なにひとつない」そう言っていた。

じつは私も、同じようなことを感じている。

目の前の生徒に、何がしてあげられるのだろう、何ができるのだろう、何をすべきなのだろう……。

情けない話だが、このことについて自問自答すると、いつも答えは「何もできない」という無力な言葉にたどり着く。

しかし、だからと言ってそれで何もしない訳にはいかない。何度もなんどもくり返し考えるのである。

「教師として、目の前の生徒達に何ができるのだろう」「いったい、教師は何をしなくてはいけないのだろう」「教師とは、学校とは何だろう」そう考え込んでしまうのだ。

もし、同じ質問を良太にしたら、「そんなこと考えても答えなんか無いよ、それより気晴らしに生徒達と海にでも出かけないか」きっと、そんなふうに言ってくれるような気がする。

良太は嫌がるだろうけど、答えはあっても正解のない問題について、ビールでも飲みながら、ゆっくりと話してみたいものである。

そして最後に、本作品のあとがきにて石田衣良さんご自身では、無責任と言われていたセリフ、

「子どもたちも、学校も、きっとだいじょうぶ」

この言葉を信じ、これが実現できるように、自分ができることを謙虚に紡いでいこうと思う。

本書は二〇〇八年一月に小社より刊行された単行本を文庫化したものです。

5年《ねん》3組《くみ》リョウタ組《ぐみ》

石《いし》田《だ》衣《い》良《ら》

角川文庫 16294

平成二十二年六月二十五日　初版発行

発行者―井上伸一郎
発行所―株式会社角川書店
東京都千代田区富士見二―十三―三
電話・編集（〇三）三二三八―八五五五
〒一〇二―八〇七八
発売元―株式会社角川グループパブリッシング
東京都千代田区富士見二―十三―三
電話・営業（〇三）三二三八―八五二一
〒一〇二―八一七七
http://www.kadokawa.co.jp

印刷所―旭印刷　製本所―BBC
装幀者―杉浦康平

い 60-3　ISBN978-4-04-385405-9　C0193

角川文庫発刊に際して

角　川　源　義

第二次世界大戦の敗北は、軍事力の敗北であった以上に、私たちの若い文化力の敗退であった。私たちの文化が戦争に対して如何に無力であり、単なるあだ花に過ぎなかったかを、私たちは身を以て体験し痛感した。西洋近代文化の摂取にとって、明治以後八十年の歳月は決して短かすぎたとは言えない。にもかかわらず、近代文化の伝統を確立し、自由な批判と柔軟な良識に富む文化層として自らを形成することに私たちは失敗して来た。そしてこれは、各層への文化の普及滲透を任務とする出版人の責任でもあった。

一九四五年以来、私たちは再び振出しに戻り、第一歩から踏み出すことを余儀なくされた。これは大きな不幸ではあるが、反面、これまでの混沌・未熟・歪曲の中にあった我が国の文化に秩序と確たる基礎を齎らすためには絶好の機会でもある。角川書店は、このような祖国の文化的危機にあたり、微力をも顧みず再建の礎石たるべき抱負と決意とをもって出発したが、ここに創立以来の念願を果すべく角川文庫を発刊する。これまで刊行されたあらゆる全集叢書文庫類の長所と短所とを検討し、古今東西の不朽の典籍を、良心的編集のもとに、廉価に、そして書架にふさわしい美本として、多くのひとびとに提供しようとする。しかし私たちは徒らに百科全書的な知識のジレッタントを作ることを目的とせず、あくまで祖国の文化に秩序と再建への道を示し、この文庫を角川書店の栄ある事業として、今後永久に継続発展せしめ、学芸と教養との殿堂として大成せんことを期したい。多くの読書子の愛情ある忠言と支持とによって、この希望と抱負とを完遂せしめられんことを願う。

一九四九年五月三日

角川文庫ベストセラー

角川文庫ベストセラー

刺繡する少女　小川洋子

母のいるホスピスの庭で、うずたかく積まれた古着の前で、大学病院の待合室で、もう一人の私が見えてくる。恐ろしくも美しい愛の短編集。

パイロットフィッシュ　大崎善生

出会いと別れの切なさと、人間が生み出す感情の永遠を、透明感溢れる文体で綴った至高のロングセラー青春小説。吉川英治文学新人賞受賞作。

アジアンタムブルー　大崎善生

愛する人が死を前にした時、人は何ができるのだろう——。最後の時を南仏ニースで過ごそうと旅立った二人。慟哭の恋愛小説。映画化作品。

孤独か、それに等しいもの　大崎善生

今日一日をかけて私は何を失ってゆくのだろう——（「八月の傾斜」より）。灰色の日常に柔らかな光をそそぎこむ奇跡の小説五篇。

水の繭《まゆ》　大島真寿美

母も兄も父も、私をおいていなくなった。別居する兄は不安定な母のため時々「私」になりかわっていた……。喪失を抱えて立ち上がる少女の物語。

宙《ソラ》の家《ノイエ》　大島真寿美

暇さえあれば眠くなる雛子、一風変わった弟の真人、最近変な受け答えが増えてきた祖母。ぎりぎりで保たれていた家族の均衡が崩れだして……。

愛がなんだ　角田光代

OLのテルコはマモちゃんにベタ惚れ。全てが彼最優先で会社もクビ寸前。だが彼はテルコに恋していない。直木賞作家が綴る、極上〝片思い〟小説。

角川文庫ベストセラー

800　川島誠

まったく対照的な二人の高校生が800mを走り、競い、恋をする——。型破りにエネルギッシュなノンストップ青春小説！（解説・江國香織）

セカンド・ショット　川島誠

淡い初恋が衝撃的なラストを迎える幻の名作「電話がなっている」をはじめ、思春期の少年がもつ素直な感情が鏤められたナイン・ストーリーズ。

もういちど走り出そう　川島誠

インターハイ三位の実力を持つ元400mハードル選手が順調な人生の半ばで出逢った挫折と再生を、繊細にほろ苦く描いた感動作。（解説・重松清）

ニコチアナ　川端裕人

米国で煙の出ないシガレットを売り出そうとしたメイ。しかし、記者会見場でニコチンテロが発生、タバコ畑に赤斑病が流行り、特許問題が勃発し。

はじまりの歌をさがす旅　川端裕人

曾祖父の死をきっかけに、謎の旅に招待された隼人。必要な持ち物は、きみの声と歌の言葉。身ひとつで豪州の砂漠に放り出される過酷な旅、その先に待ち受けていたものは。

君はおりこう　みんな知らないけど　銀色夏生

僕たちは楽しかった。ずっと前のことだけど——人は変わるのだろうか。……人はどうやって人の中で自分を知るのだろう。写真詩集。

どこへ行っても三歩で忘れる　鳥頭紀行　ジャングル編　西原理恵子　勝谷誠彦

ご存じサイバラ先生、かっちゃん、鴨ちゃん、西田お兄さんがジャングルに侵攻！　ピラニア、ナマズ、自然の猛威まで敵にまわした決死隊の記録！

角川文庫ベストセラー

嗤《わら》う伊右衛門《いえもん》　京極夏彦
古典『東海道四谷怪談』を下敷きに、お岩と伊右衛門夫婦の物語を、怪しく美しく、新たに蘇らせる。第二十五回泉鏡花文学賞受賞作。

巷説百物語　京極夏彦
舌先三寸の甘言で、八方丸くおさめてしまう小股潜りの又市や、山猫廻しのおぎん、考物の山岡百介が活躍する江戸妖怪時代小説シリーズ第1弾。

続巷説百物語　京極夏彦
凶悪な事件の横行でお取りつぶしの危機にある北林藩で、又市の壮大な仕掛けが動き出す。妖怪仕掛けが冴え渡る人気シリーズ第2弾。

後巷説百物語　京極夏彦
明治十年。事件の解決を相談された百介は、又市たちとの仕掛けの数々を語りだす。懐かしい鈴の音の思い出とともに。第百三十回直木賞受賞作!!

覘き小平次　京極夏彦
押入で死んだように生きる幽霊役者・小平次と、女房お塚をはじめ、彼を取り巻く人間たちが咲かせる哀しい愛の華。第十六回山本周五郎賞受賞作。

対談集　妖怪大談義　京極夏彦
怪しいことに関するあれこれを、語り尽くす！間口は広く、敷居は低く、奥が深い、妖怪の世界への溢れんばかりの思いがこもった、充実の一冊。

妖櫻忌　篠田節子
女流作家・大原鳳月が焼死した。編集者の堀口は彼女の秘書に鳳月をモデルにした手記を依頼するが…。消えない愛執を描くホラー・サスペンス。